Editora Charme

UMA HISTÓRIA DE AMOR

A VOZ DE ARCHER

INCLUI UM EPÍLOGO EXCLUSIVO DO ARCHER!

AUTORA BESTSELLER

MIA SHERIDAN

Copyright © 2016, 2018 by Mia Sheridan
Direitos autorais de tradução© 2022 Editora Charme.

Todos os direitos reservados.
Nenhuma parte desta publicação pode ser reproduzida, distribuída ou transmitida sob qualquer forma ou por qualquer meio, incluindo fotocópias, gravação ou outros métodos mecânicos ou eletrônicos, sem a permissão prévia por escrito da editora, exceto no caso de breves citações consubstanciadas em resenhas críticas e outros usos não comerciais permitido pela lei de direitos autorais.

Este livro é um trabalho de ficção.
Todos os nomes, personagens, locais e incidentes são produtos da imaginação da autora. Qualquer semelhança com pessoas reais, coisas, vivas ou mortas, locais ou eventos é mera coincidência.

1ª Impressão 2023

Capa copyright © 2018 by Hachette Book Group, Inc.
Design da Capa - Elizabeth Stokes
Adaptação da capa e Produção Gráfica - Verônica Góes
Tradução - Monique D'Orazio
Preparação e Revisão - Equipe Charme

Esta obra foi negociada por Hachette Book Group, Inc. ao intermédio da Agência Literária Riff

CIP-BRASIL. CATALOGAÇÃO NA PUBLICAÇÃO
SINDICATO NACIONAL DOS EDITORES DE LIVROS, RJ

S554v

    Sheridan, Mia
        A voz de Archer / Mia Sheridan ; tradução Monique D'Orazio. - 1. ed. - Campinas [SP] : Charme, 2023.
        412 p. ; 22 cm.

    "Inclui um epílogo exclusivo do Archer"
    Tradução de: Archer's voice
    ISBN 978-65-5933-131-4

    1. Romance americano. I. D'Orazio, Monique. II. Título.

23-85641   CDD: 813
                CDU: 82-31(73)

Gabriela Faray Ferreira Lopes - Bibliotecária - CRB-7/6643

www.editoracharme.com.br

Editora
Charme

UMA HISTÓRIA DE AMOR

A VOZ DE ARCHER

INCLUI UM EPÍLOGO EXCLUSIVO DO ARCHER!

TRADUÇÃO: MONIQUE D'ORAZIO

AUTORA BESTSELLER DO *NEW YORK TIMES*

MIA SHERIDAN

Este livro é dedicado aos meus meninos, Jack, Cade e Tyler.
O mundo precisa de quantos homens bons forem possíveis.
Tenho orgulho de ter criado três deles. Irmãos até o fim.

A LENDA DE QUÍRON, O CENTAURO

Os centauros, como um grupo, eram conhecidos por serem baderneiros, dados à embriaguez e a comportamentos desordeiros e luxuriosos. Porém, Quíron não era como os demais — ele era chamado de Bom Centauro e o Curador Ferido, mais sábio, mais gentil e mais justo do que os de sua espécie.

Infelizmente, ele foi ferido por uma flecha envenenada disparada por seu amigo Hércules durante uma batalha contra os outros centauros. Como Quíron era imortal, não podia encontrar alívio para essa ferida incurável e vivia com uma dor excruciante.

Então, Quíron encontrou Prometeu, que também sofria em agonia. Prometeu havia sido condenado a um tormento eterno pelos deuses e estava amarrado a uma rocha, onde, todas as manhãs, uma águia vinha lhe comer o fígado, que crescia novamente a cada noite.

Quíron se ofereceu para dar sua vida por Prometeu, e assim libertou a ambos do tormento eterno. Quíron caiu morto aos pés de Prometeu. No entanto, por causa de sua bondade e seu serviço, Zeus fez de Quíron parte das estrelas, como a constelação de Sagitário, onde sua beleza poderia ser admirada para sempre.

A ferida de Quíron simboliza o poder transformador do sofrimento — a maneira pela qual a dor pessoal, tanto física quanto emocional, pode se tornar a fonte de grande força moral e espiritual.

CAPÍTULO UM

ARCHER — SETE ANOS, ABRIL

— Pegue a minha mão! Eu te seguro — eu disse bem baixinho, enquanto o helicóptero levantava voo e Duke segurava a mão de Olhos de Cobra. Eu estava tentando brincar o mais quieto possível porque minha mãe estava machucada de novo e eu não queria acordá-la, onde ela estava dormindo, lá em cima, no seu quarto. Ela havia me mandado ver desenhos na TV, na cama com ela, e eu assisti por um tempo, mas, quando percebi que ela estava dormindo, desci para brincar com meus bonecos G.I. Joe.

O helicóptero pousou, e meus hominhos pularam e correram para debaixo da cadeira que eu tinha coberto com uma toalha para transformar em parte de um bunker subterrâneo. Peguei o helicóptero e o levantei do chão outra vez, fazendo um som de *uó-uó-uó*. Eu queria poder estalar os dedos e transformá-lo em um helicóptero de verdade. Aí eu ia poder colocar minha mãe nele e voar para longe dali — longe *dele*, longe dos olhos roxos e das lágrimas da minha mãe. Não me importava para onde a gente fosse, desde que fosse longe, muito longe.

Rastejei de volta para o meu bunker e, alguns minutos depois, ouvi o som da porta da frente se abrir e fechar, seguido de passos pesados percorrendo o corredor em direção ao lugar onde eu estava brincando. Quando espiei, vi um par de sapatos pretos brilhantes e a bainha da calça que eu sabia que era de um uniforme.

Saí rastejando o mais rápido que pude, dizendo: "Tio Connor!", enquanto ele se ajoelhava e eu me jogava em seus braços, tomando cuidado para não encostar do lado onde ele guardava sua arma e a lanterna da polícia.

— Oi, garotinho — ele falou, me abraçando. — Como está o meu herói do resgate?

— Bem. Viu a fortaleza subterrânea que construí? — respondi, me afastando um pouco e apontando orgulhosamente para trás com o polegar, na direção do forte que eu tinha construído embaixo da mesa usando cobertores e toalhas. Era bem legal. Tio Connor sorriu e olhou para trás de mim.

— Vi, sim, com certeza. Você fez um ótimo trabalho, Archer. Nunca vi uma fortaleza tão impenetrável assim. — Ele piscou e sorriu ainda mais.

Sorri.

— Quer brincar comigo?

Ele bagunçou meu cabelo, sorrindo.

— Agora não, amigão. Mais tarde, tá bom? Onde está sua mãe?

Minha expressão murchou.

— Hum, ela não está se sentindo muito bem. Está deitada. — Olhei para o rosto do tio Connor e seus olhos castanho-dourados. A imagem que me veio à mente imediatamente foi o céu antes de uma tempestade: escuro e um pouco assustador. Dei um passo para trás, mas, rápido como um relâmpago, os olhos do tio Connor clarearam e ele me abraçou novamente, me apertando.

— Tudo bem, Archer, tudo bem — ele disse. Ele me afastou um pouco e segurou meus braços enquanto seus olhos percorriam meu rosto. Sorri para ele, que sorriu de volta.

— Você tem o sorriso da sua mãe, sabia disso?

Sorri mais ainda. Eu adorava o sorriso da minha mãe — era caloroso, bonito e me fazia sentir amado.

— Mas eu me pareço com meu papai — falei, olhando para baixo. Todo mundo dizia que eu tinha a aparência dos Hale.

Ele só me olhou por um minuto, parecendo talvez querer dizer algo, mas depois mudou de ideia.

— Bem, isso é bom, amigão. Seu papai é um cara bonitão. — Ele sorriu para mim, mas o sorriso não alcançou seus olhos. Eu o olhei, desejando ser parecido com o tio Connor. Minha mãe me disse uma vez que ele era o homem mais bonito que ela tinha visto em toda a vida dela. Mas depois ela ficou com cara de culpa, como se não devesse ter dito aquilo. Provavelmente porque ele não era meu pai, eu acho. Além disso, o tio Connor era um policial... um herói. Quando eu crescesse, seria igualzinho a ele.

O tio Connor se endireitou em pé.

— Vou ver se sua mãe está acordada. Você brinca com seus hominhos e eu desço daqui a pouco, tá bom, amigão?

— Tá bom. — Assenti. Ele bagunçou meu cabelo de novo e então caminhou em direção às escadas. Esperei alguns minutos e depois o segui em silêncio. Evitei os lugares barulhentos do assoalho, segurando no corrimão para me guiar. Eu sabia como ser silencioso naquela casa. Era importante que eu soubesse ser silencioso naquela casa.

Quando cheguei ao topo da escada, parei do lado de fora da porta do quarto da minha mãe, escutando. A porta estava entreaberta, mas era o suficiente.

— Estou bem, Connor, de verdade — minha mãe disse, com a voz suave e ainda sonolenta.

— Você não está bem, Alyssa — ele sussurrou, sua voz falhando no final de um jeito que me assustou. — Meu Deus. Eu só quero matar esse cara. Estou cansado disso, Lys. Cansado dessa rotina de martírio. Você pode até achar que merece isso, mas o Archer. Não. Merece — ele continuou, bradando as últimas três palavras de um jeito que me mostrou que sua mandíbula estava tensa, como eu já tinha visto antes. Geralmente, quando meu pai estava por perto.

Não ouvi nada além do choro suave da minha mãe por alguns

minutos antes de o tio Connor falar de novo. Dessa vez, sua voz soou estranha, sem expressividade alguma.

— Você quer saber onde ele está agora? Ele saiu do bar e foi para a casa da Patty Nelson. Ele está transando com ela de todas as formas possíveis no trailer dela. Eu passei por lá e deu para ouvir tudo de dentro do carro.

— Meu Deus, Connor. — A voz da minha mãe falhou no final. — Você está tentando deixar isso pior...

— Não! — Sua voz rugiu, e eu dei um pulinho. — Não — ele repetiu, mais calmo agora. — Estou tentando fazer você enxergar que já chega. *Já chega.* Se acha que precisava pagar uma penitência, já está paga. Você já pagou há muito tempo. Agora todos nós estamos pagando. Jesus, você quer saber o que eu senti quando ouvi os sons vindos daquele trailer? Eu queria arrombar a porta e dar uma surra nele por te humilhar, te desrespeitar desse jeito. E o pior disso tudo é que eu devia ficar feliz por ele estar com outra pessoa além de você, *qualquer pessoa* além da mulher que já me deu nos nervos de tal forma que não sei como não fiquei louco. Mas, não, eu fiquei foi com vontade de vomitar. Vomitar, Lys. Vomitar porque ele não estava te tratando direito, mesmo que ele tratar você direito significasse que eu nunca mais pudesse ter você.

Houve silêncio lá dentro por alguns minutos e eu queria olhar, mas não olhei. Tudo o que ouvi foi o choro baixinho da minha mãe e alguns barulhos suaves.

Finalmente, o tio Connor continuou, sua voz agora tranquila, gentil.

— Me deixe te levar para longe daqui, meu bem, por favor, Lys. Me deixe proteger você e o Archer. Por favor. — Sua voz estava cheia de algo que eu não sabia o nome. Prendi a respiração. Ele queria nos levar para longe?

— E a Tori? — minha mãe perguntou em voz baixa.

Levou alguns segundos para o tio Connor responder.

— Eu teria que contar para a Tori que estou indo embora. Ela teria que saber. Nós já não temos um casamento de verdade há anos. Ela vai ter que entender.

— Ela não vai entender, Connor — disse minha mãe, parecendo assustada. — Ela não vai entender. Vai fazer alguma coisa para se vingar de nós. Ela sempre me odiou.

— Alyssa, não somos mais crianças. Isso não é alguma competição idiota. É a vida real. Tem a ver com o fato de que eu te amo. De que nós merecemos ter uma vida juntos. Isso tem a ver comigo, com você e com o Archer.

— E o Travis? — ela indagou baixinho.

Houve uma pausa.

— Vou dar um jeito com a Tori — ele respondeu. — Você não precisa se preocupar com isso.

Houve mais silêncio, e então minha mãe falou:

— Seu trabalho, a cidade...

— Alyssa — continuou o tio Connor, sua voz gentil —, eu não ligo para nada disso. Se você não estiver aqui, nada mais importa. Não sabe disso a essa altura? Vou pedir demissão do meu emprego, vender as terras. Nós vamos viver uma vida, meu bem. Vamos encontrar alguma felicidade. Longe daqui, longe desse lugar. Um lugar que a gente possa chamar de nosso. Querida, você não quer isso? Diga sim.

Houve mais silêncio, só que então ouvi sons suaves como se eles estivessem se beijando. Eu já os tinha visto se beijando antes, quando minha mãe não sabia que eu estava espiando, como agora. Eu sabia que era errado — mamães não deveriam beijar homens que não eram seus maridos. Mas também sabia que os pais não deveriam voltar para casa bêbados o tempo todo e dar tapas na cara de suas esposas, e as mamães não deveriam olhar para os tios com a expressão suave que minha mãe sempre tinha no rosto quando o tio Connor aparecia. Estava tudo misturado e confuso, e eu não sabia como resolver nada daquilo. Por isso os espionava, tentando entender.

Finalmente, depois do que pareceu um longo tempo, minha mãe sussurrou, de um jeito que mal consegui ouvir:

— Sim, Connor, tire a gente daqui. Leve a gente para longe, muito longe. Eu, você e o Archer. Vamos encontrar um pouco de felicidade. Eu quero isso. Quero você. Você é o único homem que eu sempre quis.

— Lys... Lys... minha Lys... — Ouvi o tio Connor dizer entre respirações pesadas.

Me afastei de fininho, descendo as escadas, evitando os lugares barulhentos do piso, movendo-me em silêncio.

CAPÍTULO DOIS

BREE

Pendurei a mochila no ombro, peguei a pequena caixa de transporte de cães no banco do passageiro e fechei a porta do carro. Fiquei parada por um minuto, apenas ouvindo as canções matinais dos grilos ecoando ao redor, que quase, mas não totalmente, abafavam o sussurro suave das árvores se agitando ao vento. O céu acima de mim era azul-vibrante, e eu conseguia ver apenas um pedaço cintilante da água do lago através das casas de campo à minha frente. Semicerrei os olhos para a casa branca, aquela que ainda tinha uma pequena placa na janela da frente anunciando que estava para alugar. Era claramente mais antiga e um pouco decadente, mas tinha um charme que me atraiu de imediato. Eu conseguia me imaginar sentada no alpendre à noite, observando as árvores ao redor oscilarem na brisa enquanto a lua surgia atrás do lago, o cheiro de pinheiro e água fresca no ar. Sorri para mim mesma. Esperava que o interior também tivesse um pouco de charme, ou pelo menos, na pior das hipóteses, um pouco de *limpeza*.

— O que você acha, Phoebs? — perguntei, baixinho. Phoebe latiu concordando dentro de sua bolsa.

— Sim, também acho que sim — respondi.

Um sedã mais antigo parou ao lado do meu pequeno VW Bug, e um homem mais velho e careca saiu, caminhando na minha direção.

— Bree Prescott?

— Eu mesma. — Sorri e dei alguns passos, apertando sua mão. — Obrigada por vir me encontrar tão em cima da hora, sr. Connick.

— Por favor, me chame de George — ele disse, sorrindo de volta para mim e se dirigindo à casa, levantando poeira e agulhas de pinheiro secas a cada passo. — Não foi problema algum. Estou aposentado agora, então não tenho realmente uma agenda para seguir. Deu tudo muito certo.

Subimos os três degraus de madeira até o pequeno alpendre, e ele tirou um chaveiro do bolso e começou a procurar uma chave.

— Aqui vamos nós — ele falou, colocando a chave na fechadura e abrindo a porta da frente. O cheiro de poeira e mofo leve me cumprimentou quando entramos e eu olhei ao redor. — Minha esposa vem aqui o máximo possível e faz uma limpeza básica, mas, como você pode ver, precisa de uma boa faxina. Norma não se locomove tão bem quanto costumava por causa da artrite no quadril e tudo mais. O lugar ficou vazio durante todo o verão.

— Está ótimo. — Sorri para ele, colocando a bolsa de transporte de Phoebe perto da porta e me aproximando do que parecia ser a cozinha. O interior precisava de mais do que uma limpeza básica, mais como uma faxina completa. Mas eu imediatamente amei. Era pitoresco e cheio de charme. Quando levantei alguns dos panos de proteção, vi que os móveis eram antigos, mas de bom gosto. O piso de madeira era composto de tábuas largas e lindamente rústico, e as cores das paredes eram sutis e calmantes.

Os eletrodomésticos da cozinha eram antigos, mas eu não precisava de muito em termos de cozinha, de qualquer maneira. Não sabia nem se algum dia ia querer cozinhar novamente.

— O quarto e o banheiro ficam nos fundos... — o sr. Connick começou a dizer.

— Eu vou ficar com a casa — interrompi, depois ri e balancei levemente a cabeça. — Quero dizer, se ainda estiver disponível e se estiver tudo bem para o senhor, vou ficar com ela.

Ele riu.

— Bem, sim, isso é ótimo. Deixe-me pegar o contrato de aluguel no meu carro, e assim podemos cuidar de todos os trâmites. Coloquei o depósito-caução no primeiro e no último mês, mas posso negociar se isso for um problema para você.

Balancei a cabeça.

— Não, não é um problema. Está tudo bem assim.

— Ok, então. Eu já volto — ele avisou, se dirigindo à porta.

Enquanto ele estava lá fora, aproveitei para caminhar pelo corredor e dar uma olhada no quarto e no banheiro. Ambos eram pequenos, mas serviriam, como eu havia imaginado. O que chamou minha atenção foi a grande janela no quarto voltada para o lago. Não pude deixar de sorrir ao apreciar a vista do cais de madeira que levava à água calma e cristalina, um azul deslumbrante sob a luz brilhante da manhã.

Havia dois barcos ao longe, que não passavam de pontos no horizonte.

De repente, olhando para aquela água, tive a sensação mais estranha de que queria chorar, mas não de tristeza, de *felicidade*. Assim que senti isso, começou a desvanecer, deixando-me com uma nostalgia estranha que eu nem conseguia explicar.

— Aqui estamos — chamou o sr. Connick, e ouvi a porta se fechar atrás dele. Saí do quarto para assinar os papéis do lugar que chamaria de lar, pelo menos por um tempo, esperando, contra toda esperança, que fosse onde finalmente eu encontraria um pouco de paz.

Norma Connick havia deixado todos os seus produtos de limpeza na casa e, depois de carregar minha mala para fora do carro e colocá-la no quarto, comecei a trabalhar. Três horas depois, afastei uma mecha úmida do cabelo de cima dos olhos e recuei para admirar meu trabalho. Os pisos de madeira estavam limpos e livres de poeira, todos os móveis estavam descobertos e o lugar estava bem espanado. Eu havia encontrado as roupas de cama e as toalhas no armário do corredor, as lavado e secado na pequena lavadora e secadora embutida ao lado da cozinha, e depois arrumei a cama. A cozinha e o banheiro foram esfregados e desinfetados com água sanitária, e eu havia aberto todas as janelas para deixar entrar a brisa quente do verão que vinha do lago. Não me acostumaria demais com o lugar, mas, por enquanto, eu estava satisfeita.

Peguei os poucos produtos de higiene pessoal que tinha jogado na mala, coloquei-os no armário de remédios e tomei um banho longo e refrescante, lavando o cansaço das horas de limpeza e horas extras de viagem do meu corpo. Eu dividira a viagem de dezesseis horas da minha cidade natal, Cincinnati, Ohio, em duas partes de oito horas, passando a noite em um hotelzinho à beira da estrada e dirigindo o resto do caminho para chegar de manhã. Havia parado em um café com internet em Nova York no dia anterior e pesquisado on-line imóveis para alugar na cidade para onde eu estava indo. A cidade no Maine que escolhi como destino era uma atração turística popular, e depois de mais de uma hora de pesquisa, o mais próximo que consegui foi do outro lado do lago, nessa cidadezinha chamada Pelion.

Depois de me secar, vesti um short limpo e uma camiseta e peguei o celular para ligar para minha melhor amiga, Natalie. Ela havia me ligado várias vezes desde que eu tinha lhe enviado mensagem e dito que estava indo embora, e eu só tinha respondido por mensagem de texto. Devia a ela uma ligação de verdade.

— Bree? — Nat atendeu, com o som de conversas animadas ao fundo.

— Oi, Nat, você está ocupada para falar?

— Espere, vou lá fora. — Ela cobriu o celular, disse algo para alguém e depois voltou à linha. — Não, não estou ocupada! Estava morrendo de vontade de falar com você! Estou almoçando com minha mãe e minha tia. Elas podem esperar alguns minutos. Eu estava preocupada — disse, com um tom levemente acusatório.

Suspirei.

— Eu sei, desculpe. Estou no Maine. — Eu tinha dito a ela que era para onde estava indo.

— Bree, você simplesmente foi embora. Caramba. Você sequer chegou a fazer as malas?

— Peguei algumas coisas. O suficiente.

Ela bufou.

— Ok. Bem, quando você volta para casa?

— Não sei. Acho que talvez eu fique um pouco. De qualquer forma, Nat, não mencionei, mas estou ficando sem dinheiro... acabei de gastar uma boa quantia em um depósito-caução para o aluguel. Preciso arranjar um emprego, pelo menos por alguns meses, e juntar dinheiro suficiente para pagar minha viagem de volta para casa e alguns meses de despesas básicas quando eu voltar.

Nat ficou em silêncio.

— Eu não percebi que estava tão ruim assim. Mas, Bree, querida, você tem um diploma universitário. Volte para casa e use-o. Não precisa viver como uma espécie de andarilha em uma cidade onde não conhece ninguém. Já estamos com saudades de você. Avery e Jordan estão com saudades de você. Deixe seus amigos te ajudarem a voltar à vida... Nós te amamos. Posso te mandar dinheiro se isso significar que você vai voltar para casa mais rápido.

— Não, não, Natalie. Sério. Eu... preciso desse tempo, está bem? Sei que você me ama. Eu também te amo. É só uma coisa que preciso fazer.

Ela ficou em silêncio por mais um instante.

— Foi por causa do Jordan?

Mordi o lábio por alguns segundos.

— Não, não totalmente. Quer dizer, talvez tenha sido a gota d'água, mas não, eu não estou fugindo do Jordan. Foi apenas meio que a última coisa de que eu precisava, sabe? Tudo ficou... demais.

— Ah, querida, uma pessoa só aguenta até *certo* ponto. — Quando fiquei em silêncio, ela suspirou. — Então, a viagem improvisada meio estranha já está ajudando? — Ouvi o sorriso em sua voz.

Eu ri baixinho.

— De certa forma, talvez. Em outros aspectos, ainda não.

— Então eles não sumiram? — Natalie perguntou em voz baixa.

— Não, Nat, ainda não. Mas me sinto bem em relação a esse lugar. De verdade. — Tentei parecer mais animada.

Nat pausou novamente.

— Querida, acho que a questão não é o lugar.

— Não é isso que quero dizer. Só quero dizer que este parece um bom lugar para escapar por um tempo... ah, caramba, você precisa desligar. Sua mãe e sua tia estão te esperando. Podemos falar sobre isso outra hora.

— Ok — falou ela, hesitante. — Então você está em segurança?

Demorei um pouco para responder. Eu nunca havia me sentido completamente segura. Será que voltaria a me sentir assim algum dia?

— Sim, e é lindo aqui. Encontrei um chalé bem em frente ao lago. — Olhei pela janela atrás de mim, admirando novamente a bela vista da água.

— Posso ir te visitar?

Sorri.

— Só deixe eu me ajeitar primeiro. Talvez antes de eu dar meia-volta para casa?

— Ok, combinado. Estou com muitas saudades de você.

— Também estou com saudades. Te ligo de novo em breve, está bem?

— Tá bom. Tchau, querida.

— Tchau, Nat.

Desliguei o telefone, fui até a grande janela, fechei as cortinas do meu novo quarto e deitei na cama recém-arrumada. Phoebe se acomodou aos meus pés. Adormeci assim que minha cabeça tocou o travesseiro.

Acordei com os cantos dos pássaros e o som suave da água quebrando na margem distante. Virei-me na cama e olhei para o relógio. Passava um pouco das seis da tarde. Me espreguicei e me sentei, tentando me orientar.

Me levantei, com Phoebe trotando atrás de mim, e escovei os dentes no pequeno banheiro. Depois de enxaguar a boca, observei meu reflexo no espelho do armário de remédios. As olheiras sob meus olhos ainda estavam presentes, embora menos acentuadas após as cinco horas de sono. Apertei as bochechas para trazer um pouco de cor a elas, fiz uma grande e falsa risada no espelho e então balancei a cabeça para mim mesma.

— Você vai ficar bem, Bree. Você é forte e vai voltar a ser feliz. Está me ouvindo? Tem algo de bom neste lugar. Consegue sentir? — Inclinei a cabeça e encarei meu reflexo por mais um minuto. Muitas pessoas davam incentivos para si mesmas no banheiro, não davam? Totalmente normal. Resmunguei baixinho e balancei a cabeça de leve outra vez. Enxaguei o rosto e rapidamente prendi meus cabelos castanho-claros compridos em um coque bagunçado na nuca.

Saí para a cozinha e abri o freezer, onde eu tinha colocado as refeições congeladas que estavam em um cooler com gelo no meu carro. Não tinha muita comida para trazer — apenas algumas coisas que estavam na minha geladeira em casa, refeições prontas de micro-ondas, leite, manteiga de amendoim, pão e algumas frutas. E meio saco de ração para Phoebe. Mas seria suficiente por uns dias antes que eu precisasse encontrar o supermercado local.

Coloquei um macarrão no micro-ondas que estava na bancada e

fiquei ali comendo com um garfo de plástico. Enquanto comia, olhei pela janela da cozinha e notei uma senhora idosa de vestido azul e cabelos curtos e brancos saindo da casa ao lado da minha e caminhando em direção à minha varanda, com uma cesta nas mãos. Quando ouvi sua leve batida, joguei a caixa vazia da refeição no lixo e fui atender.

Abri a porta e a velhinha sorriu calorosamente para mim.

— Oi, querida, sou Anne Cabbott. Parece que você é minha nova vizinha. Bem-vinda à vizinhança.

Sorri de volta para ela e peguei a cesta que ela me ofereceu.

— Bree Prescott. Obrigada. Quanta gentileza! — Levantei um canto da toalha que cobria a cesta e o cheiro doce de muffins de mirtilo chegou até mim. — Nossa, que cheiro delicioso — elogiei. — A senhora quer entrar?

— Na verdade, eu ia perguntar se você gostaria de tomar um chá gelado comigo na minha varanda. Acabei de fazer um fresquinho.

— Ah. — Eu hesitei. — Ok, claro. Só me dê um segundo para calçar alguma coisa.

Entrei novamente, coloquei os muffins na bancada da cozinha e então voltei para o meu quarto, onde havia deixado o chinelo.

Quando retornei, Anne estava parada à beira da minha varanda me esperando.

— Está uma noite bem gostosa. Costumo sentar aqui à noite e aproveitar. Em breve estarei reclamando do frio.

Começamos a caminhar em direção à casa dela.

— Então a senhora mora aqui o ano todo? — perguntei, olhando-a.

Ela assentiu.

— A maioria de nós deste lado do lago é residente o ano todo. Os turistas não estão interessados nesta cidade como ela é. Já do lado de lá... — ela apontou com a cabeça em direção à margem oposta do lago, mal visível daquela distância — é onde estão todas as atrações turísticas. A maioria das pessoas nesta cidade não se importa com isso, até gosta. Claro que tudo isso vai mudar. A mulher que é dona da cidade, Victoria Hale, tem planos para um monte de novos empreendimentos que trarão os turistas para cá também. — Ela suspirou enquanto subíamos os degraus até sua varanda e sentou-se em uma das cadeiras de vime. Eu me sentei no balanço de dois lugares e me recostei na almofada.

A varanda dela era bonita e acolhedora, cheia de confortáveis móveis de vime branco e almofadas azuis e amarelas vibrantes. Havia vasos de flores por toda parte — petúnias e flores de batata-doce selvagem cascateando pelas laterais.

— O que acha de trazer turistas para cá?

Ela franziu levemente a testa.

— Bem, eu gosto da nossa tranquila cidadezinha. Eu acho que eles deveriam ficar lá. Nós ainda recebemos os que estão de passagem, que são suficientes, para o meu gosto. Além disso, aprecio o ar de cidade pequena. Estão dizendo que vão construir apartamentos aqui, então não haverá mais casas à beira do lago.

Franzi a testa.

— Ah, que pena — falei, percebendo que ela queria dizer que teria que se mudar.

Ela acenou com a mão, tirando a importância do fato.

— Vou ficar bem. O que mais me preocupa é o comércio da cidade, que vai fechar por causa da expansão.

Assenti, ainda franzindo a testa. Ficamos em silêncio por um segundo antes de eu dizer:

— Eu passei as férias do outro lado do lago com a minha família quando era criança.

Ela pegou a jarra de chá na mesinha ao lado dela, serviu dois copos e me entregou um.

— Ah, é? O que te trouxe de volta aqui agora?

Dei um gole no chá, me demorando propositalmente por alguns segundos. Finalmente, respondi:

— Estou no meio de uma viagem curta de carro. Eu fui feliz lá naquele verão. — Dei de ombros. Tentei sorrir, mas falar sobre a minha família ainda apertava o meu peito. Optei por uma expressão agradável, esperançosa.

Ela me estudou por um momento, tomando um gole de chá. Em seguida, assentiu.

— Bem, querida, acho que é um bom plano. E acredito que se este lugar te trouxe felicidade antes, pode te trazer de novo. Alguns lugares simplesmente combinam com as pessoas, acho. — Ela sorriu calorosamente, e sorri de volta. Não contei a ela que a outra razão pela qual eu estava ali era o fato de que aquele era o último lugar onde minha família havia sido verdadeiramente feliz e despreocupada. Minha mãe foi diagnosticada com câncer de mama quando voltamos dessa viagem. Ela morreu seis meses depois. A partir de então, fomos só meu pai e eu.

— Por quanto tempo você pretende ficar? — Anne perguntou, me tirando do devaneio.

— Não tenho certeza. Não tenho um itinerário específico. Mas vou precisar de um emprego. Conhece alguém que esteja contratando?

Ela colocou o copo na mesa.

— Na verdade, sim. A lanchonete da cidade precisa de uma garçonete para o turno da manhã. Eles ficam abertos no café da manhã e no almoço. Fui lá outro dia e tinha um anúncio. A moça que trabalhava antes teve bebê e decidiu ficar em casa para cuidar dele. É bem na rua principal da cidade, a Norm's. Sempre cheia e movimentada. Diga que foi a Anne quem recomendou. — Ela piscou para mim.

— Obrigada. — Sorri. — Vou fazer isso.

Ficamos em silêncio por um minuto, cada uma tomando o chá, o som dos grilos cantando ao fundo e o ocasional zumbido de um mosquito passando pelo meu ouvido. Eu podia ouvir gritos distantes de barqueiros no lago, provavelmente prestes a voltar e encerrar a noite, e o suave som do lago batendo na margem.

— É tranquilo aqui.

— Bem, espero que não ache atrevimento da minha parte, querida, mas parece que você precisa de uma boa dose de tranquilidade.

Soltei um suspiro e ri baixinho.

— Você deve ler as pessoas bem — eu disse. — Não está errada.

Ela riu baixinho também.

— Sempre fui boa em entender as pessoas. Meu Bill costumava dizer que não conseguia esconder nada de mim, mesmo se tentasse. Claro, o amor e o tempo também fazem isso. Chega uma hora que a outra pessoa se torna praticamente uma extensão de você... e você não pode se esconder de si mesma. Embora alguns sejam bons em tentar, eu suponho.

Inclinei a cabeça.

— Desculpe. Há quanto tempo seu marido se foi?

— Ah, já faz dez anos, mas ainda sinto falta dele. — Melancolia atravessou brevemente seu rosto antes de ela erguer os ombros e acenar com a cabeça em direção ao meu copo. — Ele costumava gostar de um pouco de Bourbon no chá doce. Deixava-o animado. Claro que eu não me importava. Mantinha-o sorrindo e só levava um minuto ou dois do meu tempo.

Eu tinha acabado de dar um gole no chá e coloquei a mão sobre a boca para não cuspir. Depois de engolir, eu ri e Anne sorriu para mim.

Assenti depois de um minuto.

— Acho que os homens são bem simples nesse aspecto.

— Nós mulheres aprendemos isso cedo, não é? Tem algum rapaz esperando por você em casa?

Balancei a cabeça.

— Não. Tenho alguns bons amigos, mas ninguém mais está me

esperando em casa. — Enquanto as palavras escapavam dos meus lábios, a verdadeira natureza da minha solidão no mundo parecia um soco no estômago. Não era novidade para mim e, no entanto, de alguma forma, dizer as palavras trazia isso à tona de uma maneira que o conhecimento em si não o fazia. Esvaziei meu copo de chá, tentando engolir a emoção que subitamente me dominara.

— Melhor eu ir andando — eu disse. — Muito obrigada pelo chá e pela companhia. — Sorri para Anne, e ela sorriu de volta, começando a se levantar enquanto eu também ficava de pé.

— Quando quiser, Bree. Se precisar de alguma coisa, sabe exatamente onde me encontrar.

— Obrigada, Anne. Isso é muito gentil. Ah! Eu preciso ir até uma farmácia. Tem alguma na cidade?

— Sim. A Haskell's. É só dirigir de volta para a cidade, pelo mesmo caminho por onde você veio, e vai vê-la à sua esquerda. É logo antes do único semáforo. Não tem como não ver.

— Ok, ótimo. Obrigada novamente — falei, descendo os degraus e acenando para ela.

Anne fez que sim com a cabeça, sorrindo, e acenou de volta.

Enquanto caminhava de volta pelo meu quintal para pegar minha bolsa em casa, avistei um único dente-de-leão cheio de penugens. Eu me abaixei, arranquei-o do chão e o segurei perto dos lábios, fechando os olhos e relembrando as palavras de Anne. Depois de um minuto, sussurrei: "Paz", antes de soprar e assistir às penugens flutuarem para longe, na esperança de que, de alguma forma, uma daquelas sementes, carregando meu sussurro, chegasse até algo ou alguém que tivesse o poder de realizar desejos.

CAPÍTULO TRÊS

BREE

O céu estava apenas começando a escurecer quando entrei em Pelion, uma área central tranquila e quase antiquada. A maioria dos estabelecimentos parecia ser familiar ou de propriedade individual, e grandes árvores ladeavam as calçadas largas, onde as pessoas ainda passeavam ao crepúsculo refrescante do final do verão. Eu adorava esse horário do dia. Havia algo mágico nele, algo *esperançoso*, algo que dizia: *Você não sabia se conseguiria, mas chegou ao fim de mais um dia, não é?*

Avistei a Haskell's e parei no estacionamento à direita dela.

Ainda não precisava fazer compras de supermercado, mas precisava *muito* de alguns itens básicos. Essa era a única razão pela qual eu sairia. Mesmo tendo dormido umas cinco horas naquela tarde, estava cansada novamente e pronta para me acomodar na cama com um livro.

Levei apenas dez minutos na Haskell's e já caminhava de volta para o carro ao crepúsculo que se aprofundava. Os postes de luz haviam se acendido no tempo em que eu passara na loja, lançando um brilho onírico sobre o estacionamento. Pendurei a bolsa no ombro e troquei a sacola plástica de uma mão para a outra, quando, de repente, o fundo do plástico rasgou e minhas compras caíram no chão de concreto, vários itens rolando para longe, fora do meu alcance.

— Merda! — praguejei, ao me abaixar para recolher minhas coisas. Abri minha bolsa grande e comecei a jogar dentro o xampu e o condicionador que tinha comprado na farmácia, quando vi alguém parado na minha visão periférica e levei um susto. Olhei para cima exatamente quando um cara se abaixou com um joelho no asfalto e me entregou o frasco de Advil que tinha rolado para longe, aparentemente bem no seu caminho. Eu o encarei. Ele era jovem e tinha cabelos castanhos, longos e ligeiramente ondulados, desgrenhados e que desesperadamente precisavam de um corte, e uma barba que parecia mais negligenciada do que rústica de propósito. Ele poderia ser bonito, mas era difícil distinguir exatamente como era seu rosto sob a barba e os cabelos que caíam sobre a testa e em torno da mandíbula. Ele vestia jeans e uma camiseta azul esticada sobre seu peito largo. A camiseta parecia já ter tido uma mensagem em algum momento, mas agora estava tão desbotada e desgastada que era impossível adivinhar o que estava escrito.

Percebi tudo isso nos poucos segundos que levei para estender a mão e pegar o frasco de remédio para dor, momento em que nossos olhares se encontraram e pareceram se enroscar. Os dele eram profundos e cor de uísque, enquadrados por longos cílios escuros. *Lindos.*

Enquanto eu o encarava, pareceu que algo se movia entre nós, quase como se eu devesse estender a mão e tentar agarrar o ar que cercava nossos corpos, como se talvez minha mão fosse voltar segurando algo tangível, macio e quente. Franzi a testa, confusa, mas não consegui desviar o olhar quando seus olhos se afastaram rapidamente dos meus. Quem era esse cara de aparência estranha, e por que eu estava paralisada na frente dele? Sacudi levemente a cabeça e me trouxe de volta à realidade.

— Obrigada — agradeci, pegando o frasquinho da sua mão ainda estendida. Ele não disse nada e também não olhou para mim uma segunda vez. — Merda — praguejei baixinho novamente, voltando a atenção para os itens espalhados no chão. Meus olhos se arregalaram quando vi que minha caixa de absorventes internos tinha se aberto e vários deles estavam no chão. *Alguém me mate agora.*

Ele pegou alguns e me entregou, e eu rapidamente os coloquei na bolsa, olhando para ele ao mesmo tempo em que ele olhava para mim, mas não houve reação em seu rosto. Novamente, seus olhos se desviaram. Senti o rubor subir em minhas bochechas e tentei falar qualquer coisa enquanto ele me entregava mais alguns absorventes, e eu os pegava e os jogava na bolsa, contendo uma risadinha histérica.

— Que sacolas plásticas fraquinhas — murmurei, falando rápido, depois respirando fundo antes de continuar, um pouco mais devagar dessa vez: — Não são apenas ruins para o meio ambiente, mas também não são confiáveis, sério. — O cara me entregou uma barra de chocolate Almond Joy e um absorvente, e eu os peguei e os coloquei na minha bolsa aberta, gemendo por dentro. — Tentei ser boazinha usando minhas próprias sacolas reutilizáveis. Até comprei umas bem bonitas, com estampas divertidas... *paisley*, bolinhas... — balancei a cabeça, colocando o último absorvente do chão na bolsa — mas eu sempre acabava deixando elas no carro ou em casa.

Balancei a cabeça novamente quando o homem me entregou mais duas barras de chocolate.

— Obrigada — falei. — Acho que consigo recolher o resto. — Acenei para as quatro barras de Almond Joy restantes no chão.

Olhei para cima, sentindo as bochechas esquentarem outra vez.

— Estavam em promoção — expliquei. — Não estava planejando comer todas de uma vez nem nada assim. — Ele não me olhou enquanto as pegava, mas jurei que vi um pequeno tremor nos seus lábios. Pisquei e já havia desaparecido. Estreitei os olhos para ele, pegando as barras de chocolate da sua mão. — Só gosto de ter chocolate em casa, sabe, para me fazer um agradinho de vez em quando. Isso aqui deve durar alguns meses. — Eu estava mentindo. O que eu tinha comprado duraria apenas alguns dias, *se tanto*. Talvez até comesse várias no trajeto de volta para casa.

O cara se levantou e eu também, pendurando a bolsa no ombro.

— Ok, bem, obrigada pela ajuda, por me resgatar... e aos meus... itens pessoais... meus chocolates e coco... e amêndoas... — Soltei um riso pequeno e envergonhado, mas então fiz uma careta. — Sabe, me ajudaria bastante se você falasse e me tirasse dessa agonia aqui. — Sorri para ele, mas imediatamente fiquei séria quando seu rosto esmoreceu, seus olhos se fecharam e uma expressão vazia substituiu a mais calorosa que eu tinha jurado estar lá momentos antes.

Ele se virou e começou a se afastar.

— Ei, espere! — chamei, começando a dar um passo atrás dele. Mas me detive, franzindo a testa à medida que a distância crescia entre nós, seu corpo se movendo com graça enquanto ele começava a correr lentamente em direção à rua. A sensação mais estranha de perda me inundou enquanto ele atravessava e desaparecia de vista.

Entrei no carro e fiquei lá parada por alguns minutos, pensando no encontro estranho. Quando finalmente liguei o motor, notei que havia algo no para-brisa. Eu ia ligar o limpador de para-brisa, mas parei e me inclinei para a frente, olhando mais de perto. Sementes de dente-de-leão estavam espalhadas pelo vidro, e, enquanto uma brisa leve soprava, as extremidades fofas eram capturadas no ar em movimento e dançavam delicadamente sobre o vidro, voando para longe de mim, na direção em que o homem tinha ido.

Acordei cedo na manhã seguinte, saí da cama, abri as cortinas do meu quarto e fiquei olhando para o lago, o sol da manhã refletindo na superfície e conferindo a ela uma cor dourada e quente. Uma ave grande voou e eu pude ver apenas um barco solitário na água, próximo à margem distante. Sim, eu poderia me acostumar com isso.

Phoebe pulou da cama e veio sentar aos meus pés.

— O que você acha, menina? — sussurrei.

Ela bocejou.

Respirei fundo, tentando me concentrar.

— Não hoje de manhã. Hoje de manhã você está bem — murmurei.

Caminhei lentamente em direção ao chuveiro, relaxando um pouquinho, e a esperança florescendo no meu peito a cada passo. Mas quando liguei a água, o mundo ao meu redor se apagou e o som do chuveiro se tornou o som da chuva batendo no telhado.

Um medo avassalador se apoderou de mim, e congelei quando um estrondo alto de trovão ecoou nos meus ouvidos e a sensação de metal frio percorreu meu seio nu. Eu me encolhi com o movimento brusco da arma percorrendo meu mamilo, arrepiado pelo frio, enquanto as lágrimas escorriam mais rápido pelas minhas bochechas. Dentro da minha cabeça, parecia o grito agudo e estridente de um trem parando de supetão nos trilhos de metal. *Meu Deus. Meu Deus.* Prendi a respiração, esperando apenas que a arma disparasse, o terror gélido fluindo através das minhas veias. Tentei pensar no meu pai deitado em seu próprio sangue no cômodo ao lado, mas meu medo era tão avassalador que não conseguia me concentrar em mais nada. Comecei a tremer incontrolavelmente, a chuva ainda tamborilando no...

Uma porta de carro bateu lá fora, trazendo-me de volta para o momento presente. Eu estava parada em frente ao chuveiro ligado, a água se acumulando no chão onde a cortina estava aberta. Um vômito subiu pela minha garganta, e me virei a tempo de alcançar o vaso, onde vomitei bile. Fiquei lá sentada, ofegante e trêmula por vários minutos, tentando controlar meu corpo. As lágrimas ameaçavam vir, mas eu não as deixava. Apertei os olhos e fiz uma contagem regressiva começando do cem. Quando cheguei a um, respirei fundo outra vez e me levantei, pegando uma toalha para enxugar a poça crescente em frente ao chuveiro aberto.

Tirei as roupas e entrei debaixo do jato quente, inclinando a cabeça para trás e fechando os olhos, tentando relaxar e voltar ao presente, tentando controlar os tremores.

— Você está bem, você está bem, você está bem — murmurei, engolindo a emoção e a culpa, meu corpo ainda tremendo de leve. Eu *ficaria* bem. Sabia disso, mas sempre levava um tempo para afastar a sensação de voltar *lá*, àquele lugar, naquele momento de tristeza e terror absolutos, e às vezes demorava horas antes que a tristeza me deixasse, mas nunca por completo.

Todas as manhãs, o flashback vinha, e todas as noites eu me sentia mais forte novamente. A cada amanhecer, tinha esperança de que *aquele* novo dia seria o que me libertaria, e que eu conseguiria passar sem ter que suportar a dor de estar presa à tristeza da noite que para sempre separaria o *agora* do *antes*.

Saí do chuveiro e me sequei. Olhando para mim mesma no espelho, achei que parecia melhor do que na maioria das manhãs. Apesar de os *flashbacks não terem* parado ainda, eu tinha dormido bem, o que não havia acontecido muito nos últimos seis meses, e tinha uma sensação de contentamento que atribuía ao lago do lado de fora da janela. O que era mais pacífico do que o som da água lambendo suavemente a areia? Com certeza, parte disso se infiltraria na minha alma, ou pelo menos me ajudaria a conseguir um sono tão necessário.

Voltei para o quarto e vesti um short cáqui e uma camisa preta de botões com mangas curtas. Planejava ir à lanchonete no centro mencionada por Anne e queria parecer apresentável, já que ia tentar conseguir o emprego, que, eu esperava, ainda continuava disponível. Eu precisava de um trabalho o mais rápido possível.

Sequei o cabelo com o secador e o deixei solto, depois fiz uma maquiagem discreta. Calcei sandálias pretas e saí, sentindo a carícia da manhã cálida na minha pele enquanto trancava a casa.

Dez minutos depois, parei junto à calçada em frente ao Norm's. Parecia um clássico restaurante de cidade pequena. Olhei pela grande janela de vidro e vi que já estava meio cheio para uma segunda-feira às oito da manhã. O cartaz "Estamos contratando" ainda estava na janela. *Isso!*

Abri a porta e fui recebida pelo cheiro de café e bacon, e pelos sons de conversas e risadas suaves vindos das mesas e dos balcões.

Caminhei em direção ao balcão e me sentei ao lado de duas jovens de shorts jeans desfiados e regatas, que claramente não faziam parte do grupo que parava para tomar café da manhã a caminho do escritório.

Quando me sentei em um banco giratório com revestimento vermelho de vinil, a mulher ao meu lado me olhou e sorriu.

— Bom dia — cumprimentei e sorri de volta.

— Bom dia! — ela respondeu.

Peguei o cardápio na minha frente, e uma garçonete, uma mulher mais velha com cabelos curtos e grisalhos, olhou por cima do ombro para mim, de pé perto da janela da cozinha, e anunciou:

— Já vou atender você, querida. — Ela parecia agitada enquanto folheava seu bloquinho de pedidos. O lugar estava apenas meio cheio, mas ela estava claramente sozinha e com dificuldades para dar conta. A clientela da manhã sempre desejava um atendimento rápido para chegar ao trabalho no horário.

— Sem pressa — garanti.

Alguns minutos depois, quando ela já tinha entregado algumas refeições, aproximou-se de mim e disse, distraída:

— Café?

— Por favor. E você parece ocupada, então vou facilitar as coisas e pedir o número três, do jeito que está aqui.

— Deus te abençoe, querida. — Ela riu. — Você deve ter experiência como garçonete.

— Na verdade... — sorri e entreguei o cardápio — tenho sim, e sei que este não é um bom momento, mas vi o cartaz na janela dizendo que vocês estão contratando.

— Sério? — disse ela. — Quando você pode começar?

Eu ri.

— O mais rápido possível. Posso voltar mais tarde para preencher uma ficha ou...

— Não precisa. Você tem experiência como garçonete, precisa de um emprego, está contratada. Volte mais tarde para preencher a papelada necessária, mas Norm é meu marido. Eu tenho autoridade para contratar outra garçonete, e acabei de te contratar. — Ela estendeu a mão. — Maggie Jansen, aliás.

Sorri para ela.

— Bree Prescott. Muito obrigada!

— Você é quem acabou de alegrar minha manhã — ela respondeu enquanto seguia pelo balcão para encher as outras xícaras de café.

Bem, foi a entrevista mais fácil que já tive.

— Nova na cidade? — perguntou a jovem ao meu lado.

Virei-me para ela, sorrindo.

— Sim, eu me mudei ontem, na verdade.

— Bem-vinda a Pelion. Sou Melanie Scholl, e esta é minha irmã, Liza. — A garota à sua direita se inclinou para a frente e estendeu a mão.

Apertei sua mão, dizendo:

— Muito prazer em conhecê-las.

Notei os laços dos biquínis saindo de trás das regatas delas e indaguei:

— Vocês estão de férias aqui?

— Ah, não. — Melanie riu. — Nosso emprego é na outra margem do lago. Seremos salva-vidas nas próximas semanas, enquanto os turistas estão aqui, e depois voltamos para trabalhar na pizzaria da nossa família durante o inverno.

Assenti, dando um gole no café. Achei que elas tinham mais ou menos a minha idade, sendo Liza provavelmente a mais jovem. Elas eram parecidas, com seus cabelos castanho-avermelhados e os mesmos olhos azuis grandes.

— Se quiser saber alguma coisa sobre esta cidade, é só nos perguntar — ofereceu Liza. — Nos dedicamos a saber todas as fofocas. — Ela piscou. — Também podemos te dizer com quem sair e quem evitar. Já conhecemos praticamente todo mundo nas duas cidades, somos uma boa fonte de informações.

Eu ri.

— Ok, vou me lembrar disso. Fico realmente feliz por ter conhecido vocês. — Comecei a virar para a frente quando algo me ocorreu. — Ah, na verdade, tenho uma pergunta sobre alguém. Deixei algumas coisas caírem no estacionamento da farmácia ontem à noite e um rapaz parou para me ajudar. Alto, magro, de boa aparência, mas... não sei, ele não disse uma palavra... e tinha uma barba comprida...

— Archer Hale — interrompeu Melanie. — Estou chocada que ele tenha parado para ajudar você, na verdade. Ele normalmente não presta atenção em ninguém. — Ela parou por um instante. — E ninguém normalmente presta atenção nele, também, eu acho.

— Bom, não sei se ele tinha muita escolha — continuei. — Minhas coisas literalmente rolaram bem na frente dos pés dele.

Melanie deu de ombros.

— Ainda assim, é incomum. Acredite em mim. De qualquer forma, acho que ele é surdo. É por isso que não fala. Ele sofreu algum tipo de acidente quando era criança. Tínhamos apenas cinco e seis anos quando aconteceu, bem aqui perto da cidade, na estrada. Os pais dele morreram, assim como o chefe de polícia da cidade, que era tio dele. Foi quando ele perdeu a audição, eu acho. Ele mora no final da Briar Road. Costumava morar com o outro tio dele, que dava aulas para ele em casa, mas esse tio morreu há alguns anos, e agora ele mora sozinho lá. Nem costumava vir à cidade até que o tio dele morreu. Agora o vemos de vez em quando. Mas ele é totalmente solitário.

— Caramba — falei, franzindo a testa —, isso é bem triste.

— Sim — Liza interveio —, e você já viu o corpo dele? Claro, é coisa de família. Se ele não fosse tão antissocial, eu pegava.

Melanie revirou os olhos, e coloquei a mão na boca para não cuspir café.

— Ah, fala sério, sua vadia — Melanie disse —, você pegaria ele de qualquer jeito; bastava ele olhar para você uma vez.

Liza considerou isso por um segundo e depois balançou a cabeça.

— Duvido que ele sequer soubesse o que fazer com aquele corpo dele. Uma pena, de verdade. — Melanie revirou os olhos novamente e depois olhou para o relógio acima da janela por onde os pedidos vinham da cozinha. — Ai, droga, temos que ir ou vamos nos atrasar. — Ela pegou a carteira e chamou Maggie: — Vou deixar a conta no balcão, Mags.

— Obrigada, querida — respondeu Maggie enquanto passava rapidamente por nós, segurando dois pratos.

Melanie rabiscou algo em um guardanapo e me entregou.

— Aqui está nosso número — ela falou. — Estamos planejando uma noite de garotas do outro lado do lago, em breve. Quer ir com a gente?

Peguei o guardanapo.

— Ah, ok, bem, talvez. — Eu sorri. Rabisquei meu número em um guardanapo e entreguei o meu também. — Muito obrigada. Isso é muito legal da sua parte. — Fiquei surpresa com o quanto meu humor melhorou depois de conversar com duas mulheres da minha idade. Talvez seja disso que preciso, pensei, para lembrar que fui uma pessoa que tinha amigos e uma vida antes da tragédia. Era muito fácil sentir que toda a minha existência havia começado e terminado naquele dia terrível, mas não era verdade. Eu precisava me lembrar disso tanto quanto possível.

Claro, meus amigos haviam tentado me fazer sair algumas vezes nos meses seguintes à morte do meu pai, mas eu simplesmente não estava disposta. Talvez sair com pessoas que não estivessem tão familiarizadas com minha tragédia fosse melhor — afinal, não era disso que se tratava essa viagem? Uma fuga temporária? A esperança de que um novo lugar traria uma nova cura? E assim eu poderia encontrar forças para enfrentar minha vida novamente.

Liza e Melanie saíram apressadas, cumprimentando e acenando para algumas outras pessoas sentadas na lanchonete. Depois de um minuto, Maggie colocou um prato à minha frente.

Enquanto comia, considerei o que elas tinham me dito sobre o cara chamado Archer Hale. Fazia sentido agora — ele era surdo. Por que essa possibilidade ainda não havia me ocorrido? Era por isso que ele não tinha falado. Ele sabia ler lábios, óbvio. E eu o havia insultado completamente quando fiz o comentário sobre ele falar alguma coisa. Era por isso que seu rosto tinha parecido se desanimar e ele havia se afastado daquele jeito. Me encolhi por dentro.

— Boa, Bree — eu disse, baixinho, enquanto mordia um pedaço de torrada.

Eu faria questão de me desculpar na próxima vez que o visse. Será que ele sabia a língua de sinais? Eu contaria que a conhecia e que ele poderia usá-la se quisesse falar comigo. Eu a conhecia bem. Meu pai era surdo.

Algo sobre Archer Hale me intrigava — algo que eu não conseguia identificar. Algo que ia além do fato de que ele não podia ouvir ou falar e que eu conhecia intimamente aquela condição em particular. Ponderei por um minuto, mas não consegui chegar a uma resposta.

Terminei a refeição e Maggie fez um aceno de "deixa para lá" quando pedi a conta.

— Funcionários comem de graça — declarou ela, servindo um refil de café no balcão a alguns lugares de onde eu estava. — Volte a qualquer hora depois das duas para preencher a papelada.

Sorri para ela.

— Tudo bem — respondi. — Vejo você esta tarde. — Deixei uma gorjeta no balcão e saí. Nada mal, pensei. Apenas um dia na cidade e tenho uma casa, um emprego e uma espécie de amiga na figura da minha vizinha, Anne, e talvez também em Melanie e Liza. Havia um entusiasmo maior no meu passo enquanto eu caminhava para o carro.

CAPÍTULO QUATRO

BREE

Comecei a trabalhar no Norm's Diner na manhã seguinte. O próprio Norm trabalhava na cozinha e era basicamente mal-humorado e rabugento na maior parte do tempo, e não falava muito comigo, mas o vi lançar olhares para Maggie que só poderiam ser descritos como de adoração. Eu suspeitava de que ele, na verdade, fosse uma manteiga derretida; ele não me assustava. Eu também sabia que era uma boa garçonete e que o nível de estresse de Maggie havia baixado significativamente uma hora depois que comecei, então imaginei que tinha marcado um ponto com Norm logo de cara.

A lanchonete era movimentada; o trabalho, simples; e os moradores locais que comiam lá, agradáveis. Eu não podia reclamar, e os primeiros dias foram rápidos e tranquilos.

Na quarta-feira, depois que saí do trabalho, voltei para casa, tomei banho, troquei de roupa e vesti meu biquíni, um short jeans e uma regata branca, com a intenção de descer até o lago e explorar um pouco. Coloquei a coleira de Phoebe nela e tranquei a casa antes de sair.

Quando eu estava saindo, Anne me chamou do seu quintal, onde estava regando as roseiras. Me aproximei dela, sorrindo.

— Como está a adaptação? — ela me perguntou, colocando o regador no chão e caminhando até a cerca onde eu estava.

— Ótima! Eu queria vir e agradecer por me avisar sobre a vaga na lanchonete. Fui contratada e estou trabalhando como garçonete lá.

— Ah, isso é ótimo! Maggie é uma joia. Não deixe que Norm assuste você, ele só late e não morde.

Eu ri.

— Eu descobri isso bem rápido. — Dei uma piscadinha. — Não, tem sido bom. Eu só ia pegar a estrada e dar uma olhada no lago um pouco.

— Ah, que bom. As docas não são muito boas para caminhar aqui; é claro, você deve ter percebido. Se descer pela Briar Road, pode seguir as placas até a prainha. — Ela me deu instruções breves e acrescentou: — Se quiser, tenho uma bicicleta que não uso mais. Com minha artrite, não consigo segurar o guidão para me sentir segura, mas está praticamente nova e ainda tem um cesto para sua cachorrinha. — Ela olhou para a cadelinha em questão. — Olá. Como você se chama? — Ela sorriu para Phoebe, que bufou alegremente, dançando um pouquinho no lugar.

— Diga "oi", Phoebe.

— Que garotinha linda você é — elogiou Anne, curvando-se ligeiramente para deixar Phoebe lamber sua mão.

Ela se levantou e disse:

— A bicicleta está no meu quarto de hóspedes. Quer dar uma olhada?

Eu parei.

— Tem certeza? Quero dizer, eu adoraria andar de bicicleta até o lago em vez de ir de carro.

— Sim, sim. — Ela acenou para mim enquanto começava a caminhar para sua casa. — Eu adoraria vê-la sendo usada. Eu costumava colher mirtilos assim. Eles crescem na natureza. Leve umas sacolas e então pode trazer os mirtilos na cesta depois. Você faz tortas, bolos?

— Hum — falei, seguindo-a para dentro da sua casa —, eu costumava fazer. Já tem um tempo que não faço mais.

Ela olhou para mim.

— Bem, talvez os mirtilos te inspirem a pegar um avental outra vez. — Ela sorriu ao abrir a porta da sala principal.

Sua casa tinha uma decoração casual com móveis bem usados, mantas e muitos bibelôs e fotos emolduradas. O cheiro de eucalipto seco pairava no ar. A sensação foi imediatamente reconfortante e feliz.

— Aqui vamos nós — disse Anne, empurrando uma bicicleta para fora do quarto em que ela havia entrado segundos antes. Não pude deixar de sorrir. Era uma daquelas bicicletas antigas com uma grande cesta na frente.

— Ai, meu Deus! É fabulosa. Tem certeza de que quer que eu use?

— Nada me faria mais feliz, querida. Na verdade, se gostar, pode ficar com ela.

Sorri para Anne, empurrando a bicicleta para a varanda.

— Muito obrigada. Foi uma enorme gentileza da sua parte. Eu realmente... obrigada.

Ela veio atrás de mim e me ajudou a descer os degraus.

— O prazer é meu. Fico feliz em saber que a bicicleta vai ser usada e apreciada.

Sorri novamente, admirando-a, quando algo me ocorreu.

— Ah! Posso te fazer uma pergunta? Esbarrei em um homem lá no centro, e outra pessoa mencionou que ele mora no final da Briar Road. Archer Hale? Você conhece?

Anne franziu a testa, parecendo pensativa ao mesmo tempo.

— Sim, eu sei *sobre* ele, pelo menos. Na verdade, você vai passar pelas terras dele a caminho da prainha. Você vai ver... é a única propriedade naquele trecho da estrada. — Ela parou por um segundo. — Sim, Archer Hale... eu me lembro dele como um menino doce, mas agora ele não fala mais. Suponho que seja porque não ouve.

Inclinei a cabeça.

— Você sabe exatamente o que aconteceu com ele?

Ela apertou os lábios e fez um *humm* baixinho.

— Houve um grande acidente de carro nos arredores da cidade bem na época em que meu Bill recebeu o diagnóstico. Acho que não prestei tanta atenção aos detalhes quanto o resto da cidade... só lamentei junto com todo mundo. Mas o que sei é que os pais de Archer e o tio dele, Connor Hale, o dono da cidade e chefe de polícia, morreram naquele dia, e o que quer que aflija Archer aconteceu naquele acidente. Humm, agora me deixe pensar... — Ela fez uma pausa. — Ele foi morar com outro tio, Nathan Hale, mas ele morreu há uns três ou quatro anos... algum tipo de câncer, pelo que me lembro. — Ela olhou para além de mim, fixando o olhar no nada por alguns segundos. — Alguns na cidade dizem que ele não está bem da cabeça. Archer, quero dizer. Mas quanto a isso, eu não sei. Pode ser apenas que as pessoas estejam passando para ele a personalidade do tio. Minha irmã mais nova estudou com Nathan Hale, e ele nunca foi muito certo. Muito inteligente, mas sempre um pouco estranho. E quando ele voltou do exército, ficou ainda mais... diferente.

Fiz uma careta para ela.

— E ainda mandaram um menininho morar com ele?

— Ah, bem, suponho que ele se apresentou bem às autoridades do condado. E, de qualquer maneira, até onde sei, ele era a única família que restava daquele menino. — Ela ficou quieta novamente por um minuto. — Não falo sobre os primeiros garotos Hale há anos. Mas eles com certeza sempre causaram um rebuliço. Hum. — Ela ficou quieta novamente por alguns segundos. — Agora que paro para pensar, a situação do menino Hale mais novo é mesmo triste. Às vezes, em cidades pequenas, pessoas que estão por aí desde sempre... tornam-se parte do pano de fundo, eu acho. Enquanto a cidade tentava se recuperar da tragédia, Archer pode ter se perdido na confusão. Uma pena.

Anne voltou a ficar em silêncio, parecendo distraída por suas lembranças, e achei melhor ir embora.

— Humm, bem... — Sorri. — Obrigada mais uma vez pelas informações. Eu passo por aqui mais tarde.

Anne se iluminou e pareceu voltar ao presente.

— Sim, seria ótimo. Tenha um ótimo dia. — Ela sorriu, virou-se e pegou o regador que havia deixado na varanda, enquanto eu conduzia a bicicleta pelo portão da frente.

Coloquei Phoebe na cesta e, enquanto subia na bicicleta e pedalava lentamente em direção à entrada da Briar Road, pensei no que Anne havia me contado sobre os irmãos Hale e sobre Archer. Parecia que ninguém sabia a história exata do que acontecera com ele — ou tinham esquecido os detalhes? Eu sabia como era perder os pais, não pai e mãe ao mesmo tempo, no entanto. Como a gente começava a lidar com algo assim? A mente permitia que a pessoa assimilasse uma perda de cada vez? A gente não ficava louco de dor se uma quantidade tão grande inundasse o coração de uma vez só? Alguns dias, eu sentia como se mal estivesse contendo minhas emoções a cada momento. Achava que todos nós lidávamos com as coisas de maneiras diferentes: a dor e a cura eram tão pessoais quanto os indivíduos que as vivenciavam.

A visão do que devia ser a propriedade dele me tirou dos meus pensamentos. Havia uma cerca alta ao redor, as copas das árvores muito numerosas e grossas para que fosse possível enxergar qualquer coisa além da estrutura alta. Estiquei o pescoço para ver até onde ia a cerca, mas era difícil perceber pela estrada, e havia bosques dos dois lados. Meus olhos voltaram para a frente da cerca, onde pude ver um trinco, mas estava fechado.

Eu não sabia por que estava ali, apenas olhando e ouvindo o zumbido dos mosquitos. Mas depois de alguns minutos, Phoebe latiu baixinho e continuei a descer a estrada para o acesso à praia que Anne havia me recomendado.

Passei algumas horas na margem do lago, nadando e tomando sol. Phoebe ficou deitada em um canto da minha toalha na sombra, dormindo satisfeita. Era um dia quente de agosto, mas a brisa do lago e a sombra das árvores atrás da margem o tornavam confortável. Havia algumas pessoas mais adiante na pequena área da praia, mas estava quase deserta. Achei que era porque esse lado do lago era usado apenas pelos habitantes locais. Deitei na toalha e olhei para as copas das árvores ondulantes e os pedaços de céu azul brilhante, ouvindo o marulhar da água. Depois de alguns minutos, fechei os olhos, apenas com a intenção de descansar, mas peguei no sono.

Sonhei com meu pai. Só que, dessa vez, ele não morria imediatamente. Ele se arrastava até a cozinha bem a tempo de ver o homem sair correndo pela porta dos fundos.

— Você está vivo! — eu exclamava, começando a me sentar no chão onde o homem havia me deixado.

Ele assentia, um sorriso gentil em seu rosto.

— Você está bem? — eu perguntava, hesitante, com medo.

— Estou — ele respondia, e eu me assustava, pois meu pai nunca havia usado a voz, apenas as mãos.

— Você consegue falar — eu sussurrava.

— Consigo — ele dizia novamente, rindo de leve. — Claro. — Mas foi então que notei que seus lábios não estavam se movendo.

— Quero você de volta, pai — eu falava, meus olhos lacrimejando. — Sinto muito sua falta.

Seu rosto ficava sério e parecia que a distância entre nós estava aumentando, embora nenhum de nós tivesse se mexido.

— Sinto muito por você não poder ter nós dois, Abelhinha — dizia ele, usando meu apelido.

— Vocês dois? — eu sussurrava, confusa, observando a distância entre nós crescer ainda mais.

De repente, ele sumia e eu estava sozinha. Eu chorava e meus olhos estavam fechados, mas podia sentir uma presença pairando sobre mim.

Acordei sobressaltada, lágrimas quentes escorrendo pelo meu rosto, os contornos do sonho desvanecendo na névoa. Enquanto eu estava lá tentando reunir minhas emoções, jurei ter ouvido o som de alguém se afastando, através do bosque atrás de mim.

Cheguei à lanchonete cedo na manhã seguinte. Apesar de dormir bem, eu tivera um *flashback* particularmente ruim naquela manhã e estava tendo problemas para me livrar da melancolia, que ainda se agarrava a mim.

Mergulhei na correria da manhã, mantendo a cabeça baixa e a mente ocupada com a atividade de anotar pedidos, entregar refeições e reabastecer o café nas xícaras. Por volta das nove, quando a lanchonete começou a esvaziar, me senti melhor, mais leve.

Estava reabastecendo os condimentos no balcão quando a porta da lanchonete se abriu e um homem com uniforme de policial entrou. Ele tirou o quepe e passou a mão pelo cabelo castanho curto e ondulado antes de acenar para Maggie, que sorriu de volta para ele e cumprimentou de longe:

— Oi, Trav.

Seu olhar se moveu na minha direção enquanto ele vinha até o balcão, e nossos olhos se encontraram por um segundo. Seu rosto se iluminou com um sorriso, seus dentes retos e brancos brilhando quando ele se sentou à minha frente.

— Bem, você deve ser a razão pela qual Maggie está com um sorriso esta manhã — disse ele, estendendo a mão. — Eu sou Travis Hale.

Ah, outro Hale. Sorri de volta, apertando sua mão.

— Oi, Travis. Bree Prescott.

Ele se sentou, colocando suas longas pernas debaixo do balcão.

— Prazer, Bree. O que traz você a Pelion?

Escolhi minhas palavras com cuidado, não querendo parecer uma espécie de nômade esquisita. Embora eu supusesse que era exatamente isso no momento, se tivesse decidido ser completamente sincera.

— Bem, Travis, acabei de me formar na faculdade e decidi fazer uma espécie de viagem de liberdade. — Sorri. — Acabou aqui na sua linda cidadezinha.

Ele sorriu e disse:

— Explorando enquanto pode. Legal. Eu queria ter feito mais disso.

Sorri de volta, entregando-lhe um cardápio no momento em que Maggie apareceu atrás de mim. Ela pegou o cardápio e o jogou embaixo do balcão.

— Travis Hale já deve ter memorizado esse negócio a essa altura — garantiu ela, piscando para mim. — Vem aqui desde que a mãe dele tinha que colocá-lo em um cadeirão de bebê para alcançar a mesa. Falando na sua mãe, como ela está?

Ele sorriu.

— Ah, ela está bem. Você sabe, ela se mantém ocupada, nunca lhe falta um círculo social. Além disso, ela está ainda mais ocupada com todos os planos de expansão da cidade.

Os lábios de Maggie franziram, mas ela respondeu:

— Bem, diga que mandei lembranças. — E sorriu gentilmente.

— Eu falo — disse Travis, voltando-se para mim.

— Então seu sobrenome é Hale — observei. — Você deve ser parente de Archer Hale.

A testa de Travis franziu ligeiramente e ele pareceu confuso por um momento.

— Archer? Sim, ele é meu primo. Você o conhece?

— Ah, não. — Balancei a cabeça. — Encontrei-o na cidade há alguns dias e quis saber sobre ele... ele foi um pouco...

— Esquisito? — Travis concluiu.

— Diferente — corrigi, refletindo. Fiz um aceno. — Eu só conheci algumas pessoas e ele foi uma delas, então... Quero dizer, não que eu realmente o tenha conhecido, mas... — Peguei a jarra da cafeteira e a levantei para ele interrogativamente. Ele assentiu e eu comecei a servir o café em uma xícara.

— É difícil encontrar alguém que não fala — disse Travis. Ele pareceu pensativo por um segundo. — Eu tentei com ele ao longo dos anos, mas ele simplesmente não responde a gentilezas. Vive em um mundo próprio. Lamento que ele tenha sido parte do seu grupo de boas-vindas. Enfim, bom ter você aqui. — Ele sorriu, tomando um gole de café.

— Obrigada — respondi. — Então você é policial em Pelion? — perguntei, afirmando o óbvio, mas apenas puxando conversa.

— Sim.

— A caminho de se tornar o *chefe* de polícia — Maggie interrompeu —, assim como o pai dele. — Ela piscou, voltando para a mesa ao lado do balcão que usávamos para os intervalos.

Travis ergueu as sobrancelhas e sorriu.

— Veremos — disse ele, mas não parecia duvidar.

Apenas sorri para ele, que sorriu para mim. Não mencionei que Anne havia me contado sobre o pai dele, que eu presumia ser Connor Hale. Achei que poderia soar estranho se ele soubesse que eu já havia perguntado sobre sua família. Ou, pelo menos, sobre a essência da tragédia que acontecera com eles.

— Onde você está morando? — perguntou.

— Ah, bem na beira do lago. Rockwell Lane.

— Em um dos chalés de aluguel de George Connick?

Confirmei com a cabeça.

— Bom, Bree, eu adoraria mostrar a região para você algum dia, se estiver disponível. — Seus olhos cor de uísque me percorreram.

Sorri, estudando-o. Ele era bonito, sem dúvida alguma. Eu tinha certeza de que ele estava me convidando para sair, não apenas sendo amigável. Apesar disso, encontros simplesmente não eram a ideia mais atraente para mim no momento.

— Desculpa, Travis, as coisas estão meio... complicadas para mim agora.

Ele me estudou por alguns segundos, e eu corei sob seu olhar.

— Sou um cara bastante simples, Bree. — Ele piscou.

Eu ri, grata por ele ter quebrado a tensão. Conversamos com bastante facilidade enquanto ele terminava seu café e eu continuava a abastecer os condimentos no balcão e arrumar o salão.

Norm saiu da cozinha no momento em que Travis se levantava para ir embora.

— Você está flertando com a minha nova garçonete? — resmungou ele.

— Eu tenho que fazer isso — respondeu Travis. — Por alguma razão desconhecida, Maggie ainda não está disposta a trocar seu azedume por mim. — Travis piscou para Maggie, que estava limpando uma mesa ao lado do balcão. — Mas ela vai ceder qualquer dia desses. Eu mantenho a esperança.

Norm bufou, limpando as mãos no avental manchado de gordura que cobria sua barriga.

— Ela vai para casa todo dia à noite por causa disto aqui — disse ele. — O que ela ia querer com você?

Travis riu, virando-se para sair, mas falando alto para Maggie ouvir:

— Me procure quando cansar desse ogro mal-humorado.

Maggie riu, acariciando seus cachos curtos grisalhos, e Norm resmungou enquanto voltava para a cozinha. Na porta, Travis se virou para mim, dizendo:

— Minha oferta continua de pé, Bree.

Sorri quando ele fechou a porta atrás de si.

— Cuidado — Maggie me avisou. — Esse garoto vai enfeitiçar você. — Mas ela falou sorrindo.

Eu ri, balançando a cabeça e observando pela janela enquanto Travis Hale entrava em sua viatura e se afastava do meio-fio.

Naquela noite, peguei a bicicleta para andar pela Briar Road novamente e colhi mirtilos ao longo da estrada. Quando minha sacola estava pela metade e as pontas dos meus dedos estavam manchadas de roxo-escuro, parti para casa. No caminho de volta, sentei na bicicleta na beira da estrada poeirenta em frente à propriedade de Archer e olhei para a cerca à minha frente sem nenhum motivo específico — pelo menos não um que eu pudesse explicar para mim mesma. Depois de alguns minutos, comecei a pedalar a caminho de casa.

Naquela noite, sonhei que estava deitada na margem do lago.

Eu podia sentir a areia sob minha pele nua, os grânulos pinicando minha carne enquanto eu me balançava na praia, o peso bem-vindo de um homem acima de mim. Não havia medo, nem angústia; eu o queria lá. A água subia pelas minhas pernas como seda suave e fresca, acariciando minha pele e acalmando a ardência da areia abrasiva.

Acordei ofegante, meus mamilos endurecendo dolorosamente contra a camiseta e sentindo um pulsar rítmico entre as pernas. Me revirei até que finalmente adormeci, em algum momento perto do amanhecer.

CAPÍTULO CINCO

BREE

Eu tinha folga no dia seguinte. Quando acordei e olhei para o relógio, eram 8h17. Me assustei um pouco. Não dormia até tão tarde havia meses e meses, mas suponho que era de se esperar, já que mal havia dormido na noite anterior. Sentei-me lentamente, o quarto entrando em foco. Me senti pesada e grogue enquanto me preparava para levantar. Minha cabeça cheia de sono mal começou a clarear quando um som veio de fora, apenas um galho caindo, ou um motor de barco falhando ao longe, mas meu cérebro travou e me catapultou direto para o meu pesadelo acordado — congelei, o terror tomando conta de mim, e meus músculos, meu cérebro gritando. Eu olhava pela pequena janela na porta que separava meu pai e eu. Ele me viu em sua visão periférica e começou a fazer sinais para eu me esconder, repetidamente, enquanto o homem gritava para ele abaixar as mãos. Meu pai não podia ouvi-lo e suas mãos continuaram a se mover apenas para mim. Meu corpo estremeceu quando a arma disparou. Eu gritei e minha mão voou até a boca para abafar o som enquanto tropecei para trás, instantaneamente cheia de choque e horror. Tropecei na beira de uma caixa e caí de costas, puxando as pernas para cima, tentando ficar o menor possível. Não tinha telefone ali. Meus olhos voaram ao redor do ambiente, procurando algo atrás do qual eu pudesse me esconder, algum lugar para onde pudesse rastejar. E foi aí que as portas se abriram...

A realidade voltou rapidamente quando o mundo ao meu redor clareou, e eu senti a colcha agarrada nos meus punhos cerrados. Deixei escapar um suspiro ofegante e me levantei, trêmula, correndo para o banheiro bem a tempo. *Deus, eu não posso ficar assim para sempre.* Isso tinha que parar. *Não chore, não chore.* Phoebe sentou no chão aos meus pés, gemendo baixinho.

Depois de alguns minutos, me controlei.

— Está tudo bem, garota — eu disse, acariciando a cabeça de Phoebe para tranquilizá-la, mas também para mim.

Fui andando até o chuveiro aos tropeços e, vinte minutos depois, enquanto vestia meu biquíni, short e uma regata azul, me senti um pouco melhor. Respirei fundo, fechei os olhos e me concentrei. Eu estava bem.

Depois de um rápido café da manhã, calcei as sandálias, peguei meu livro e a toalha, chamei Phoebe e saí para o ar quente e levemente abafado, os mosquitos já zumbindo ao meu redor, um sapo coaxando em algum lugar próximo.

Respirei fundo o ar fresco, o cheiro de pinho e água do lago enchendo meus pulmões. Enquanto subia na bicicleta, com Phoebe na cestinha, consegui expirar.

Desci para Briar Road novamente, retornando para a pequena área de praia em que me sentei alguns dias antes. Mergulhei no meu romance e, antes que percebesse, eu o havia terminado e duas horas haviam se passado. Levantei e me espreguicei, olhando para o lago tranquilo, apertando os olhos para ver o outro lado, onde barcos e jet-skis se moviam na água.

Ao dobrar a toalha, pensei que era um golpe de sorte ter acabado desse lado do lago. A paz e a tranquilidade eram exatamente do que eu precisava.

Coloquei Phoebe de volta na cesta, empurrei a bicicleta pela leve inclinação da estrada e pedalei devagar em direção à cerca de Archer Hale.

Manobrei para o lado quando um caminhão do correio passou por mim, o motorista acenando em saudação. Os pneus levantaram poeira e eu tossi, afastando o ar áspero à minha frente enquanto retornava à estrada.

Percorri a curta distância até a cerca e então parei. Naquele dia, por causa da inclinação do sol no céu, pude ver vários retângulos na madeira que eram um pouco mais claros, como se placas tivessem sido penduradas ali uma vez, mas agora já tivessem sido removidas.

Assim que comecei a me mover novamente, notei que o portão estava ligeiramente entreaberto. Fiz uma pausa e o encarei por alguns segundos. O carteiro devia ter entregado alguma coisa ali e deixado aberto.

Puxei a bicicleta para a frente e encostei-a na cerca enquanto abria o portão um pouco mais e colocava a cabeça para dentro.

Respirei fundo enquanto observava a bela entrada de pedra que levava à pequena casa branca a cerca de trinta metros de onde eu estava. Não sabia exatamente o que estava esperando, mas não era isso. Tudo estava limpo, arrumado e bem-cuidado, um pequeno trecho de grama verde-esmeralda recém-cortada entre algumas árvores, ao lado da entrada de automóveis, e um jardim cercado por paletes de madeira diretamente à esquerda.

Inclinei-me para trás, começando a fechar o portão quando Phoebe saltou da cesta da bicicleta e se espremeu pela abertura estreita.

— *Merda!* — xinguei. — *Phoebe!*

Abri um pouco o portão e olhei para dentro novamente. Phoebe estava parada na entrada da garagem, olhando para mim, ofegante.

— Garota má — sussurrei. — Volte aqui!

Phoebe olhou para mim, virou as costas e trotou para mais longe. Eu gemi. *Ai, merda!* Atravessei o portão, deixando-o ligeiramente aberto, e continuei a chamar Phoebe, que aparentemente pensou "você que lute", mesmo que estivesse me ouvindo.

Conforme me aproximei, pude ver um grande pátio de pedra e uma passarela na frente da casa, construída em ambos os lados e adornada com grandes jardineiras cheias de vegetação.

Enquanto meus olhos se moviam pelo quintal, de repente percebi que havia um barulho alto tocando a cada poucos segundos. Alguém estava cortando madeira? Era isso que era o som?

Phoebe trotou pela casa e sumiu de vista.

Inclinei a cabeça, ouvindo e ajustando meu peso entre um pé e outro. O que devo fazer? Eu não poderia deixar Phoebe ali. Não podia voltar para o portão e gritar alto para Archer responder — ele não podia ouvir.

Eu tinha que ir atrás dela. Archer estava lá. Eu não estava disposta a me colocar em situações perigosas. Não que tivesse me colocado antes — e ainda assim, o perigo havia me encontrado de qualquer maneira. Mas ainda assim... Entrar em território desconhecido não era algo que me entusiasmava. Que cadelinha arteira. Mas enquanto eu estava lá pensando, reunindo coragem para ir atrás de Phoebe, pensei em Archer. Meus instintos me diziam que ele era seguro. Isso tinha que contar para alguma coisa. Eu deixaria aquele homem mau me fazer duvidar dos meus próprios instintos pelo resto da vida?

Pensei em como meus braços se arrepiaram no minuto em que ouvi a campainha tocar naquela noite. Algo dentro de mim sabia, e estando ali, algo dentro de mim parecia dizer que eu não estava em perigo. Meus pés avançaram.

Caminhei lentamente pela entrada da garagem, inalando o cheiro pungente de seiva e grama recém-cortada, continuando a chamar Phoebe baixinho.

Peguei o caminho de pedra ao redor da casa, arrastando as mãos pela madeira pintada. Espiei pela parte de trás da casa e lá estava ele, de costas nuas para mim ao levantar um machado sobre a cabeça, seus músculos flexionando enquanto ele golpeava para baixo, quebrando um tronco vertical bem no meio, de modo que três pedaços caíram na terra.

Ele se abaixou, os pegou e os colocou em uma pilha de pedaços cuidadosamente empilhados ao pé de uma árvore, uma grande lona de um lado.

Quando ele se virou para o toco onde estava cortando os pedaços menores, me viu, se assustou e então congelou. Nós dois ficamos olhando um para o outro, minha boca ligeiramente aberta e seus olhos arregalados. Um pássaro gorjeou em algum lugar próximo e um chamado de resposta ecoou por entre as árvores.

Fechei a boca e sorri, mas Archer permaneceu me olhando por vários instantes antes de seus olhos fazerem uma varredura rápida em mim e retornarem ao meu rosto antes de se estreitarem.

Meus olhos se moveram sobre ele também, seu peito nu definido, todos os músculos de pele lisa e abdominais trincados. Eu nunca tinha visto um tanquinho com oito gomos, mas lá estava, bem na minha frente. Imaginei que mesmo os eremitas ligeiramente estranhos e silenciosos não estavam isentos de físicos excepcionais. *Bom para ele.*

Ele estava vestindo o que parecia ser uma calça cáqui, cortada na altura dos joelhos e amarrada na cintura com uma... aquilo era uma *corda*? Interessante. Meus olhos se moveram para suas botas de trabalho e de volta para seu rosto. Ele inclinou a cabeça para um lado enquanto nos estudávamos, mas sua expressão permaneceu a mesma: cautelosa.

A barba estava tão desgrenhada quanto da primeira vez que eu o tinha visto. Aparentemente, seu talento para aparar a grama não se estendia a seus próprios pelos faciais. Estes poderiam se beneficiar de uma aparada significativa. A julgar pelo tamanho, ele devia estar cultivando a barba havia algum tempo; provavelmente anos. Pigarreei.

— Oi. — Eu sorri, me aproximando para que ele pudesse ler claramente meus lábios. — Desculpe, hum, incomodar você. Minha cadela correu aqui para dentro. Eu chamei, mas ela não me atendeu. — Olhei em volta, mas Phoebe não estava à vista.

Archer tirou o cabelo excessivamente longo dos olhos e franziu a testa com as minhas palavras. Ele virou o corpo, ergueu o machado e o enterrou no toco da árvore, e então se virou para mim. Engoli em seco.

De repente, uma pequena bola branca de pelo saiu da floresta e trotou em direção a Archer, sentando-se a seus pés e arfando.

Archer olhou para ela e então se curvou e lhe acariciou a cabeça. Phoebe lambeu a mão dele com entusiasmo, ganindo para pedir mais quando ele se retirou e se levantou. *Mini traidora.*

— É ela — eu disse, afirmando o óbvio.

Ele continuou a encarar.

— Ah, então, sua casa... — continuei, acenando com a mão, indicando a propriedade dele — é muito legal. — Ele continuou a me encarar. Finalmente, inclinei a cabeça. — Você se lembra de mim? Do centro da cidade? As barras de chocolate? — Eu sorri.

Ele continuou a olhar.

Deus, eu precisava ir embora. Aquilo estava muito constrangedor. Pigarreei.

— Phoebe — chamei. — Venha aqui, garota. — Phoebe olhou para mim, ainda sentada aos pés de Archer.

Alternei o olhar entre Archer e Phoebe. Ambos estavam completamente imóveis, dois pares de olhos fixos em mim.

Enfim...

Meus olhos pousaram em Archer.

— Você entende o que estou dizendo? — perguntei.

Minhas palavras pareceram chamar um pouco a atenção dele. Ele me encarou por um instante e então seus lábios se franziram e ele soltou um suspiro, parecendo tomar uma decisão. Ele caminhou ao meu redor e em direção à sua casa, Phoebe seguindo logo atrás. Me virei para observá-lo, confusa, quando ele se virou, olhou para mim e fez sinal com a mão para segui-lo.

Presumi que ele estava me levando de volta ao portão. Corri atrás dele, caminhando rapidamente para acompanhar seus passos largos, a pequena traidora conhecida como Phoebe acompanhando o passo de Archer o tempo todo, mas virando-se para me observar segui-los, latindo animada.

Quando cheguei onde ele estava esperando por mim, eu disse:

— Você não é, tipo, um assassino do machado ou algo assim, é? — Eu estava brincando, mas me ocorreu novamente que, se eu gritasse, ninguém me ouviria. *Confie nos seus instintos, Bree*, lembrei a mim mesma.

Archer Hale ergueu as sobrancelhas e apontou para a leve inclinação onde havia deixado seu machado, cravado no cepo. Eu olhei para o machado e de volta para ele.

— Certo — sussurrei. — Essa coisa toda de assassino do machado realmente não funciona se você não tiver seu machado.

Aquele mesmo sorriso minúsculo que eu tinha visto no estacionamento da farmácia tomou a decisão por mim. Segui o resto do caminho até a frente da sua casa.

Ele abriu a porta da frente e ofeguei quando olhei para dentro e vi uma grande lareira de tijolos flanqueada por duas estantes do chão ao teto cheias de livros de capa dura e brochura. Comecei a me mover em direção a eles como um robô entorpecido e amante de livros, mas senti a mão de Archer no meu braço e parei. Ele ergueu o dedo para indicar que demoraria apenas um minuto e entrou. Quando voltou, alguns segundos depois, tinha um bloco nas mãos e estava escrevendo algo nele. Esperei e, quando ele o virou para mim, estava escrito em letras maiúsculas:

SIM, EU TE ENTENDO.
VOCÊ PRECISA DE MAIS ALGUMA COISA?

Meus olhos dispararam para os dele, e minha boca se abriu ligeiramente para responder, mas a fechei antes disso. Foi uma pergunta meio grosseira, diga-se de passagem. Mas, sério, eu queria mais alguma coisa? Mordi o lábio por um minuto, trocando meu peso entre os pés novamente enquanto ele me observava, esperando minha resposta. Sua expressão era cautelosa e vigilante, como se não tivesse ideia se eu iria responder ou mordê-lo, e ele estava preparado para qualquer uma das opções.

— Ãh, eu só, me senti mal no outro dia. Não sabia que você não... falava, e só queria que você soubesse que não foi intencional, o que eu disse... Acabei de... Sou nova na cidade e... — Bem, isso estava indo muito bem... Jesus. — Você quer sair para comer uma pizza ou algo assim? — deixei escapar, meus olhos se arregalando. Eu não tinha exatamente decidido ir por esse caminho, apenas tinha ido. E estava olhando para ele esperançosamente.

Ele me encarou como se eu fosse um problema de matemática avançado que ele não fosse capaz de resolver.

Franziu a testa para mim e então levou sua caneta ao bloco, nunca quebrando o contato visual. Finalmente, ele olhou para baixo enquanto escrevia e então ergueu o bloco para mim:

NÃO.

Não pude evitar a risada que irrompeu de mim. Ele não sorriu, apenas continuou me olhando com desconfiança. Minha risada morreu e sussurrei:

— Não?

Uma breve expressão de confusão passou por seu rosto enquanto ele me observava, e ele pegou seu bloco e escreveu outra coisa. Quando o ergueu, havia acrescentado uma palavra à primeira. Agora dizia:

NÃO, OBRIGADO.

Soltei a respiração, sentindo minhas bochechas esquentarem.

— Ok. Entendo. Bem, mais uma vez, desculpe pelo mal-entendido no estacionamento. E... desculpe por interromper você hoje... que a minha cadela... — Peguei Phoebe nos braços. — Bem, foi um prazer te conhecer. Ah! A propósito, eu realmente não te conheci. Sei seu nome, mas sou a Bree. Bree Prescott. E não precisa me acompanhar até a saída. — Sinalizei o polegar sobre o ombro, andei para trás, e então me virei apressada e caminhei rapidamente de volta para a entrada de automóveis em direção ao portão. Ouvi seus passos atrás de mim, caminhando na direção oposta, de volta para sua pilha de lenha, presumi.

Saí pelo portão, mas não o fechei totalmente. Em vez disso, fiquei do outro lado, com a mão ainda na madeira quente. *Bem, isso foi estranho.* E constrangedor. O que eu estava pensando, convidando-o para comer pizza comigo? Olhei para o céu, colocando a mão na testa e fazendo uma careta.

Enquanto estava ali pensando sobre isso, algo me ocorreu. Eu pretendia perguntar a Archer se ele sabia a língua de sinais, mas na minha falta de jeito, tinha esquecido. E então ele trouxe aquele bloco de papel idiota. Mas foi então que percebi que Archer Hale nunca havia observado meus lábios enquanto eu falava. Ele tinha olhado nos meus olhos.

Eu me virei e caminhei de volta pelo portão, marchando para a pilha de lenha atrás da sua casa, Phoebe ainda em meus braços.

Ele estava parado ali, segurando o machado, um pedaço de madeira em pé no toco, mas não estava usando o machado. Ele estava apenas olhando para o cepo, um pequeno franzido no rosto, parecendo imerso em pensamentos. E quando me viu, uma expressão de surpresa apareceu em seu rosto antes que seus olhos se fixassem naquela cautela estreita de antes.

Quando Phoebe o viu, começou a latir e ofegar novamente.

— Você não é surdo — eu disse. — Pode ouvir muito bem.

Ele permaneceu imóvel por um minuto, mas então enfiou o machado no toco, passou por mim e olhou para trás da mesma forma que tinha feito da primeira vez, gesticulando para que eu o seguisse. Eu obedeci.

Ele entrou na casa e voltou a sair com o mesmo bloco e caneta nas mãos.

Depois de um minuto, ele ergueu o bloco.

NÃO TE DISSE QUE ERA SURDO.

Eu parei.

— Não, você não disse — falei em voz baixa. — Mas você não fala?

— Ele olhou para mim, pegou o bloco, escreveu por meio minuto, e, em seguida, virou-o para mim.

EU FALO. SÓ QUERIA MOSTRAR MINHA BELA CALIGRAFIA.

Encarei as palavras, digerindo-as, franzindo a testa, e então olhei para o rosto dele.

— Você está sendo engraçadinho? — perguntei, ainda franzindo a testa.

Ele ergueu as sobrancelhas.

— Certo — respondi, inclinando a cabeça. — Bem, você pode querer se esforçar um pouco mais nessa.

Ficamos olhando um para o outro por alguns segundos, até que ele suspirou pesado, pegou o bloco de papel novamente e escreveu:

HÁ ALGO MAIS QUE VOCÊ QUEIRA?

Olhei para ele.

— Eu conheço a língua de sinais — falei. — Poderia te ensinar. Quero dizer, você não conseguiria exibir sua caligrafia, ha-ha, mas é uma maneira mais rápida de se comunicar. — Sorri, esperançosa, tentando fazê-lo sorrir também. *Ele* sorriu também? Será que ele sequer era capaz de sorrir?

Ele me encarou por vários instantes antes de colocar o bloco e a caneta suavemente no chão ao lado dele, endireitar-se, erguer as mãos e sinalizar, *Já conheço a língua de sinais.*

Me assustei um pouco, e um nó veio à minha garganta. Ninguém trocava sinais comigo havia mais de seis meses e isso trouxe meu pai, a sensação da presença do meu pai, à tona.

— Ah — suspirei, usando minha voz porque Phoebe estava nos meus braços. — Certo. Você devia falar desse jeito com seu tio.

Ele franziu a testa, provavelmente se perguntando como eu sabia sobre seu tio, mas não perguntou. Finalmente, ele sinalizou, *Não.*

Pisquei para ele, e depois de um minuto, pigarreei.

— Não? — perguntei.

Não, ele repetiu. Silêncio novamente.

Exalei.

— Bem, sei que parece meio idiota, mas pensei que talvez pudéssemos ser... amigos. — Dei de ombros, deixando escapar uma risada desconfortável.

Archer estreitou os olhos novamente, mas apenas olhou para mim, nem mesmo anotando nada.

Olhei entre ele e o bloco, mas quando ficou claro que ele não iria "dizer" nada, sussurrei:

— Todo mundo precisa de amigos. — *Todo mundo precisa de amigos? Sério, Bree? Meu Deus, você parece patética.*

Ele continuou olhando para mim.

Suspirei, sentindo-me envergonhada de novo, mas também desapontada.

— Ok, fique à vontade, eu acho. Vou embora agora. — *Sério, por que fiquei desapontada?* Travis estava certo, esse cara simplesmente não respondia a sutilezas.

Ele me encarou, imóvel, seus profundos olhos cor de uísque brilhando enquanto eu começava a me afastar. Eu queria tirar todo aquele cabelo desgrenhado do seu rosto e me livrar da barba para poder realmente ver como ele era. Ele parecia ter um rosto bonito sob toda a cabeleireira.

Suspirei pesado.

— Ok. Bem, então acho que vou embora... — *Só cale a boca, Bree, e VÁ. Claramente essa pessoa não quer nada com você.*

Senti seus olhos me seguindo quando me virei e caminhei pela entrada da garagem e saí pelo portão, desta vez fechando-o firmemente. Me encostei no portão por um minuto, coçando distraidamente o queixo de Phoebe, imaginando o que havia de errado comigo. Qual tinha sido o objetivo de tudo aquilo? Por que eu não tinha só pegado a droga da minha cadela e ido embora?

— Droga de cadela — eu disse a Phoebe, coçando-a mais. Ela lambeu meu rosto, latindo suavemente. Eu ri e a beijei de volta.

Quando subi na bicicleta e comecei a andar, ouvi o corte de lenha recomeçar.

CAPÍTULO SEIS

ARCHER — SETE ANOS - MAIO

Onde eu estava?

Me sentia como se estivesse nadando para cima na piscina da academia, a superfície da água a quilômetros de distância. Ruídos começaram a surgir nos meus ouvidos e havia uma dor no meu pescoço, quase como uma garganta muito inflamada tanto por dentro quanto por fora. Tentei me lembrar de como tinha me machucado, mas apenas sombras se moviam ao redor da minha cabeça. Eu as afastei.

Onde eu estava?

Mamãe? Eu quero minha mamãe.

Senti as lágrimas, quentes e pesadas, escapando dos meus olhos fechados, descendo pelas bochechas. Tentei não chorar. Homens fortes não deveriam chorar. Homens fortes deveriam proteger os outros, como meu tio Connor. Só que ele chorou. Chorou tanto, gritando para o céu e caindo de joelhos bem ali no asfalto.

Ah, não. Ah, não. Não pense nisso.

Tentei mexer o corpo, mas parecia que alguém tinha amarrado pesos nos meus braços e pernas, até mesmo nos meus dedos das mãos e dos pés. Achei que talvez estivesse me movendo um pouco, mas não tinha certeza.

Ouvi uma voz de mulher dizer:

— Shhh, ele está acordando. Deixe-o acordar devagar. Deixe-o despertar sozinho.

Mamãe, mamãe. Por favor, esteja aqui também. Por favor, esteja bem. Por favor, não esteja deitada na beira da estrada.

Mais lágrimas quentes escaparam dos meus olhos.

De repente, meu corpo inteiro parecia perfurado por alfinetes e agulhas quentes. Tentei gritar por ajuda, mas acho que nem cheguei a abrir os lábios. Ai, Deus, a dor parecia estar despontando em todos os lugares, como um monstro ganhando vida no escuro embaixo da minha cama.

Depois de alguns minutos apenas respirando, apenas me aproximando cada vez mais daquilo que eu podia sentir ser a superfície, abri as pálpebras, semicerrando os olhos porque havia uma luz forte bem acima de mim.

— Diminua a luz, Meredith. — Ouvi à minha esquerda.

Abri os olhos de novo, deixando que se acostumassem à luz, e vi uma enfermeira mais velha com cabelos loiros curtos olhando para mim.

Abri os lábios.

— Mamãe — tentei dizer, mas nada saiu.

— Shhh — falou a enfermeira —, não tente falar, querido. Você sofreu um acidente. Está no hospital, Archer, e estamos cuidando muito bem de você, tá bom? Meu nome é Jenny e essa é Meredith.

Ela sorriu tristemente e apontou para uma enfermeira mais jovem atrás dela, que estava checando algo na máquina ao lado da minha cama.

Balancei a cabeça. Onde estava minha mamãe? Mais lágrimas caíram pelas minhas bochechas.

— Ok, bom garoto — declarou Jenny. — Seu tio Nathan está bem aqui fora. Espere que vou buscá-lo. Ele vai ficar muito feliz por você ter acordado.

Fiquei deitado, olhando para o teto por alguns minutos, antes de a porta se abrir e fechar e o tio Nate olhar para o meu rosto.

— Bem-vindo de volta, soldadinho — ele disse. Seus olhos estavam vermelhos e ele parecia não tomar banho há algum tempo, mas tio Nate sempre parecia um pouco estranho de alguma forma. Alguns dias, ele vestia a camisa do avesso, em outros estava usando dois pés de sapatos diferentes. Eu achava engraçado. Ele me disse que era porque seu cérebro estava ocupado trabalhando em coisas mais importantes, então não tinha tempo para pensar se tinha vestido as roupas do jeito certo. Achei uma boa resposta. Além disso, ele me dava coisas legais como doces e notas de dez dólares. Ele me disse para começar um esconderijo em algum lugar onde ninguém pudesse encontrar meu dinheiro. E que eu iria agradecê-lo mais tarde e piscou para mim, como se eu soubesse o que era "depois", quando o depois chegasse.

Abri a boca novamente, mas Jenny e tio Nate balançaram a cabeça. Jenny pegou algo na mesa ao lado dela. Então se virou com um bloco e um lápis e me entregou.

Peguei-os e levei-os até mim, escrevendo uma palavra:

MAMÃE?

Os olhos de Jenny se afastaram daquela palavra, e tio Nate olhou para os pés. Naquele momento, todo o acidente voltou gritando à minha cabeça — imagens e palavras martelando na minha mente, fazendo com que eu batesse a cabeça no travesseiro e apertasse os dentes.

Abri a boca e gritei, gritei e gritei, mas o quarto permaneceu em silêncio.

CAPÍTULO SETE

BREE

No sábado, enquanto eu estava encerrando o expediente, um número desconhecido apareceu no meu celular.

— Alô — atendi.

— Oi, Bree? É a Melanie. Nós nos conhecemos na lanchonete na semana passada, lembra?

— Ah, oi! — eu disse, acenando para Maggie enquanto ia em direção à porta. — Sim, claro, me lembro de você.

Maggie sorriu e acenou de volta.

— Ah, que bom! Bem, espero não ter ligado em um momento ruim, mas eu e Liza vamos sair hoje à noite e queríamos saber se você gostaria de ir com a gente.

Fui para o lado de fora, sob o sol quente da tarde, e comecei a caminhar em direção ao meu carro. Me lembrei dos meus pensamentos sobre tentar ser uma garota normal outra vez, fazer coisas normais de garota.

— Hum, bem, sim, ok, parece bom. Claro, eu adoraria.

— Ah, que ótimo! A gente passa para te pegar. Nove horas está bom?

— Sim. Estarei pronta. — Dei meu endereço, e ela sabia exatamente onde era, então nos despedimos e desligamos.

Assim que eu estava colocando a chave na fechadura, notei um grupo de meninos com cerca de dez ou doze anos do outro lado da rua, rindo escandalosamente. O garoto maior estava empurrando um menino menor que usava óculos e estava com os braços cheios de livros. Quando o maior deu um empurrão especialmente forte no menor, o menino cambaleou para a frente e seus livros se espalharam na calçada. Os outros meninos riram mais um pouco e foram embora, um deles gritando pelas costas:

— Boa, esquisito! — Mesmo de longe, pude ver a vergonha que percorreu o rosto do menino enquanto ele se agachava para pegar seus livros.

Malditos babacas. Deus, como eu odiava os valentões.

Atravessei a rua para ajudar o menino.

Quando cheguei lá, ele me olhou com cautela, seu queixo tremendo de leve. Notei que tinha uma leve cicatriz onde devia ter passado por uma cirurgia para corrigir o lábio leporino.

— Oi — eu disse, abrindo um sorriso leve para ele e me abaixando para ajudá-lo a recolher os livros. — Você está bem?

— Sim — ele respondeu baixinho, seus olhos me espiando e então desviando enquanto o rubor subia por suas bochechas.

— Você gosta de ler, né? — perguntei, inclinando a cabeça na direção dos livros.

Ele assentiu, ainda parecendo tímido.

Olhei para o título na minha mão.

— *Harry Potter*... humm. Este é bom. Você sabe por que gosto tanto desse livro?

Seus olhos encontraram os meus e ele balançou a cabeça em negativa, mas não desviou o olhar.

— Porque é sobre um menino excluído. Ninguém dava nada por ele; era um garoto esquisito de óculos que vivia debaixo da escada da casa dos tios. Mas adivinha só? Ele acaba fazendo coisas bem legais, apesar de tudo o que tem contra ele. Não há nada melhor do que ver alguém por quem ninguém dava nada vencer, não acha?

Os olhos do menino se arregalaram e ele balançou a cabeça.

Levantei e ele fez o mesmo. Enquanto entregava os livros que havia recolhido, falei:

— Continue lendo. As garotas adoram isso. — Pisquei para ele e seu rosto se iluminou com um sorriso enorme, brilhando para mim. Sorri de volta e me virei para ir embora, quando notei Archer Hale parado em uma porta a poucas lojas de distância, nos observando, com uma expressão intensa e indecifrável. Sorri para ele, inclinando a cabeça, e algo pareceu passar entre nós novamente. Pisquei e Archer desviou o olhar, virando-se para caminhar pela rua. Ele olhou para trás uma vez enquanto se afastava, mas, quando nossos olhares se encontraram, ele imediatamente se virou para frente outra vez e continuou andando.

Fiquei ali por alguns segundos, observando Archer seguir em uma direção, e depois virei a cabeça para ver o menino indo na direção oposta. Suspirei e me virei, caminhando de volta pela rua, rumo ao meu carro.

Parei na loja de jardinagem a caminho de casa, quando estava saindo do centro da cidade e peguei algumas flores, terra e vasos de plástico. Quando cheguei, me troquei e vesti short e camiseta e passei algumas horas replantando as flores, colocando-as na varanda e fazendo uma limpeza geral no quintal, incluindo a remoção de ervas daninhas e varrendo os degraus da frente. Um deles estava solto e parecia prestes a se soltar completamente, mas eu era um desastre quando se tratava de manutenção doméstica. Teria que ligar para George Connick.

Quando me afastei para admirar todo o meu trabalho, não pude deixar de sorrir para meu pequeno chalé. Era adorável.

Entrei e tomei um longo banho, limpando a sujeira debaixo das unhas e me depilando por completo. Em seguida, liguei o rádio pequeno que havia na casa e ouvi uma estação de música local enquanto gastava um tempo extra arrumando meu cabelo, secando-o e enrolando-o com um babyliss, para que ficasse longo e ondulado. Passei a maquiagem com cuidado e depois hidratante nas pernas para que ficassem bonitas no meu vestido de malha, prateado-escuro, com as costas abertas. Era casual, mas sexy, e eu esperava que combinasse com o lugar para onde íamos esta noite. Deixei o visual um pouco mais casual com sandálias pretas sem tiras atrás.

A última vez que eu usara esse vestido tinha sido em uma festa de formatura organizada pelo meu dormitório. Bebi minha cota de cerveja, ri com as outras garotas do meu andar e fiquei com um cara que sempre tinha achado bonito, mas com quem nunca havia conversado até aquela noite. Ele não beijava muito bem, mas eu estava bêbada o suficiente para não me importar.

Enquanto estava ali parada, lembrando, pensando na garota que eu era, *senti falta* dela. Senti falta da minha antiga versão. Eu não era uma garota intocada pela tragédia. Não era ingênua em relação às coisas do mundo; eu sabia que nada era garantido e que a vida nem sempre era justa. Mas meu pai e eu tínhamos sobrevivido à tragédia da doença da minha mãe juntos, e éramos fortes. Nunca passou pela minha cabeça que ele seria arrancado de mim num instante, num momento sem sentido que me deixara sozinha e abalada. E que eu não teria a chance de me despedir.

Talvez essa viagem não fosse a resposta que eu esperava. Na verdade, não tinha sido uma escolha consciente.

Tudo em Ohio me lembrava do meu pai, da minha tristeza, do meu medo e da minha solidão. Vários meses de entorpecimento após aquela noite, arrumei uma pequena mala, coloquei Phoebe na caixa de transporte, entrei no carro e parti. Parecia ser a única opção. A tristeza era sufocante, claustrofóbica. Eu precisava escapar.

Forcei-me a sair desse estado antes que afundasse ainda mais no medo e na melancolia. Era sábado à noite, fim de semana. E no fim de semana, garotas normais saíam com suas amigas e se divertiam um pouco. Eu merecia um pouco disso, certo... certo?

Melanie e Liza pararam na frente da minha casa alguns minutos depois das nove e, quando vi os faróis, saí, trancando tudo.

A porta do pequeno Honda se abriu, e Justin Timberlake começou a cantar alto, quebrando o silêncio da noite.

Sorri ao abrir a porta de trás e entrar, ouvindo Melanie e Liza dizerem calorosamente:

— Oi!

— Você está linda! — Liza comentou, olhando para trás sobre o ombro enquanto Melanie saía com o carro.

— Obrigada. — Eu sorri. — Vocês também! — Ambas estavam usando saias e regatas, e me senti aliviada por ter escolhido um visual semelhante. Enquanto dirigíamos os trinta minutos até o outro lado do lago, conversamos casualmente sobre meu trabalho na lanchonete e o que eu estava achando de Pelion, e Melanie e Liza me contaram um pouco sobre o trabalho delas como salva-vidas no verão.

Estacionamos em frente a um bar chamado Bitter End Lakeside Saloon, uma pequena estrutura de madeira na beira da estrada. Ao sairmos do carro, pude ver que a fachada estava decorada com varas de pesca, remos, placas de embarcações, caixas de pesca e outras coisas relacionadas ao lago.

Entramos e sentimos cheiro de cerveja e pipoca, os sons de risadas, conversas altas e bolas de sinuca batendo uma na outra. O bar parecia ser muito maior por dentro do que do lado de fora indicava. Era ao mesmo tempo um lugar meio pé-sujo e moderno, com mais itens de pesca e placas decorando as paredes.

Mostramos nossas identidades para o segurança e nos sentamos a uma mesa perto do bar. Quando conseguimos nossas primeiras rodadas de bebidas, já havia uma fila se formando na porta.

Passamos os primeiros vinte minutos rindo e conversando. Melanie e Liza estavam observando os caras que achavam bonitos e tentando não deixar isso óbvio. Melanie logo percebeu alguém e começou a chamar a atenção dele. Funcionou e, depois de alguns minutos, ele veio até ela e a convidou para dançar.

Ela o seguiu para longe da nossa mesa, olhando para trás e piscando enquanto Liza e eu balançávamos a cabeça, rindo. Fizemos sinal para a garçonete trazer mais uma rodada. Eu já estava me divertindo.

Enquanto virava minha cerveja, um homem que acabava de entrar chamou minha atenção. Ele estava de costas, mas eu conseguia ver seus ombros largos e pernas longas e musculosas envoltas em um par de jeans bem desgastados. *Uau*. A simples visão do seu tamanho, a sua constituição física e seus cabelos castanhos ondulados me fizeram piscar e olhá-lo quanto ele começou a se virar. Ele se virou na minha direção, rindo de algo que o cara ao lado dele tinha dito, e nossos olhos se encontraram. Travis Hale. Seus olhos se arregalaram ligeiramente e seu sorriso ficou maior à medida que ele vinha direto para a nossa mesa.

Duas garotas que o acompanhavam pararam e pareceram desanimadas quando viram para onde ele estava indo. Elas se viraram para o grupo atrás delas.

— Bree Prescott — ele disse, seus olhos baixando para os meus seios rapidamente antes de voltarem para o meu rosto.

— Travis Hale — respondi, sorrindo e tomando mais um gole de cerveja.

Ele sorriu para mim.

— Eu não sabia que você estaria aqui esta noite. — Ele olhou para Liza e falou apenas: — Liza.

Ela deu um gole na bebida e respondeu:

— Oi, Trav.

Liza se levantou e disse:

— Vou ao banheiro. Volto já.

— Tá bom, quer que eu vá junto? — ofereci, começando a me levantar.

Travis colocou a mão no meu braço.

— Tenho certeza de que ela consegue se virar.

— Não, está tudo bem — falou Liza, seus olhos permanecendo na mão de Travis no meu braço. — Volto daqui a pouco. — E, assim, ela se virou e foi embora.

Travis olhou para mim.

— Então, pensei que *eu* é que te levaria para o tour de boas-vindas.

Eu ri e depois dei de ombros, olhando para ele por baixo dos cílios.

Ele sorriu novamente. Seu sorriso era muito bonito. Predatório, de certa forma, eu supunha, mas isso era ruim? Acho que dependia. Mas eu já tinha bebido duas doses, então, naquele momento, a sensação foi gostosa.

Travis se inclinou na minha direção.

— Então, Bree, essa viagem que você está fazendo... quando vai terminar?

Pensei na pergunta.

— Não tenho um plano específico, Travis. Acho que vai chegar uma hora em que vou voltar para casa. — Tomei mais um gole de cerveja.

Ele assentiu.

— Acha que vai ficar por aqui um tempo?

— Depende — respondi, franzindo levemente a testa.

— De quê?

— De eu me sentir segura aqui — soltei abruptamente. Não necessariamente queria dizer isso, mas a cerveja estava afetando meu estômago vazio e minha corrente sanguínea como um soro da verdade.

Suspirei e puxei a borda do rótulo da garrafa de cerveja, de repente me sentindo exposta.

Travis me estudou por alguns momentos e então sorriu devagar.

— Bem, isso é bom então, porque acontece que segurança é minha especialidade.

Levantei os olhos para o rosto dele e não pude deixar de rir da sua expressão convencida.

— Ah, tenho a sensação de que a sua companhia está longe de ser segura, policial Hale.

Ele fingiu estar magoado e deslizou para se sentar na cadeira que Liza havia deixado vaga alguns minutos antes.

— Bem, isso me ofende profundamente, Bree. Por que você diria isso?

Eu ri.

— Bem, em primeiro lugar... — me inclinei para a frente — se aquelas loiras que entraram com você pudessem atirar flechas venenosas com os olhos, eu já estaria morta há uns quinze minutos. E a ruiva à minha esquerda não tirou os olhos de você nem por um segundo desde que chegou. Acho até que a vi limpar um pouco de baba do lábio. Tenho a sensação de que todas têm planos para esta noite. — Ergui uma sobrancelha.

Ele manteve os olhos fixos em mim, sem olhar para nenhuma delas. Ele recostou-se, inclinando a cabeça e colocando um braço sobre o encosto da cadeira.

— Não posso controlar as ideias das outras pessoas. Enfim, e se meus planos forem diferentes? E se meus planos envolverem você? — Ele sorriu preguiçosamente.

Caramba, esse cara era bom, todo charme e autoconfiança despreocupados. Era bom flertar assim com alguém, sem pretensões — eu estava feliz por não ter esquecido completamente como fazer.

Sorri de volta para ele e dei um gole na cerveja, sem desviar o olhar dele.

Seus olhos se estreitaram nos meus lábios ao redor da garrafa e se dilataram ligeiramente.

— Você joga sinuca? — perguntei depois de um minuto, mudando de assunto.

— Eu faço qualquer coisa que você quiser — disse ele, tranquilo.

Eu ri.

— Ok, então, me impressione com suas habilidades de geometria — falei, começando a levantar.

— Com certeza — ele respondeu, pegando minha mão.

Fomos para as mesas de sinuca, e Travis pediu mais uma rodada enquanto esperávamos nossa vez. Depois de um tempo, Melanie, Liza e os caras que Melanie tinha conhecido se juntaram a nós, e passamos o resto da noite rindo e jogando sinuca. Travis era bom demais e ganhava todos os jogos com facilidade, claramente se divertindo ao mostrar suas habilidades.

Liza havia trocado para água logo no início para poder nos levar para casa, e eu também fiz isso perto da meia-noite. Não queria que o dia seguinte, meu dia de folga, fosse gasto me recuperando na cama.

Quando as luzes piscaram, indicando que o bar ia fechar, Travis me puxou para perto e disse:

— Nossa, Bree, você é a mulher mais linda que eu já vi. — Sua voz era como seda. — Me deixe te levar para jantar esta semana.

O efeito do que eu tinha tomado antes estava passando, e de repente me senti um pouco desconfortável com as investidas suaves e os flertes diretos de Travis.

— Hum... — hesitei.

Liza nos interrompeu de repente, dizendo:

— Pronta, Bree? — E Travis lhe lançou um olhar irritado.

— Todo mundo precisa comer — Travis ofereceu, olhando de volta para mim e sorrindo com charme encantador. Eu ri e, hesitante, escrevi meu número em um guardanapo para Travis, fazendo uma nota mental para comprar mais créditos. Eu tinha esquecido meu celular em Cincinnati e comprei um descartável. Dava certo para mim, mas eu sempre me esquecia de colocar crédito.

Me despedi de todos, e Liza, Melanie e eu partimos, rindo o caminho todo até o carro.

Assim que pegamos a estrada, Melanie disse:

— Travis Hale, Bree? Caramba, você foi direto para a liga principal dos encontros de Pelion, hein? Cara, para a liga principal do estado de Maine inteiro.

Eu ri.

— É assim que Travis Hale é considerado?

— Bem, é. Quero dizer, ele é disputado, mas não o culpo. As garotas geralmente se jogam em cima dele, tentando prendê-lo. Talvez você seja a que finalmente vai conseguir. — Ela piscou para mim, e Liza riu.

— Vocês duas já...?

— Ah, não, não — responderam, simultaneamente.

Em seguida, Liza continuou:

— Muitas das nossas amigas ficaram com ele e depois acharam que estavam apaixonadas. Vimos a destruição que ele deixa por onde passa. Só tenha cuidado.

Sorri, mas não disse nada. Cuidado era meu nome do meio nos últimos tempos. No entanto, apesar de o flerte de Travis ter me deixado um pouco desconfortável no final da noite, eu estava orgulhosa de mim mesma por dar alguns passos nessa direção. E tinha me divertido.

Conversamos um pouco mais sobre os caras que elas tinham conhecido e, antes que eu percebesse, estávamos estacionando em frente à minha casa.

Saí do carro, sussurrando para não acordar os vizinhos:

— Tchau! Muito obrigada!

— A gente te liga! — disseram, acenando de volta e depois indo embora.

Lavei o rosto, escovei os dentes e, naquela noite, fui para a cama sorrindo, pensando, *esperando*, que talvez eu também *acordasse* sorrindo.

CAPÍTULO OITO

> BREE

Acordei ofegante. Antes mesmo de conseguir me sentar, fui lançada diretamente em um dos meus maiores *flashbacks*. Tinha a força e a vivacidade dos que tive logo após o assassinato do meu pai, com ele deitado em uma poça de sangue, seus olhos sem vida olhando para o teto. Segurei os lençóis e aguentei vendo a cena passar, o mesmo som estridente preenchendo minha mente até a realidade, por fim, se estabelecer, e o mundo ao meu redor clarear.

Alguns minutos depois, me inclinei sobre o vaso sanitário, lágrimas nadando nos meus olhos.

— Por quê? — gemi, tomada pela autopiedade, além da dor e da tristeza que as lembranças traziam.

Me levantei e entrei no chuveiro, tremendo, recusando-me a passar o resto do dia na cama como eu queria agora, como tinha feito por meses depois daquela noite.

O *flashback* certamente havia acabado com o bom humor que eu tinha na noite anterior.

Tomei um banho rápido e vesti biquíni, short e regata. Por algum motivo, passar um tempo na prainha do lago em Briar Road me enchia de um senso particular de contentamento. Sim, eu havia tido aquele sonho com meu pai ali, mas apesar da tristeza de sentir sua falta e do sonho trazer isso à tona, eu acordara com uma sensação de esperança. Eu gostava daquele lugar.

Saí de bicicleta, com Phoebe na cestinha da frente. A manhã estava bem clara e começava a esquentar. Era final de agosto; eu não tinha ideia de quando o clima começava a mudar no Maine, mas por enquanto ainda parecia verão.

Virei na Briar Road, deixando a bicicleta deslizar enquanto esticava as pernas para o lado. Tirei as mãos do guidão por alguns segundos e deixei a bicicleta se guiar, passando por cima das pedrinhas na estrada de terra, e eu ri alto. Phoebe latiu várias vezes como se dissesse: *Cuidado, doidinha.*

— Eu sei, carga preciosa. Não vou deixar a gente sofrer um acidente, Phoebs.

Quando cheguei ao lago, coloquei a toalha e a caixa térmica no meu lugar habitual e entrei na água fresca, enquanto Phoebe me observava da margem. A água estava deliciosa, lambendo suavemente minhas coxas enquanto eu avançava. Por fim, mergulhei completamente e comecei a nadar, a água fluindo contra o meu corpo como um carinho refrescante.

Ao virar e começar a voltar, ouvi um animal, provavelmente um cachorro grande, uivando como se estivesse em grande aflição. Phoebe começou a latir animada, correndo de um lado para o outro. Saí totalmente da água e parei para ouvir, o uivo ainda soando à minha esquerda, na direção da propriedade de Archer Hale.

Fiquei me perguntando se as terras dele se estendiam até aquela prainha. Acho que era bem possível. Caminhei até a beira do bosque e, ao afastar alguns arbustos espinhosos e piscar os olhos para olhar através das árvores, não consegui ver nada além de mais árvores. No entanto, cerca de trinta metros adentro, vi um monte de amoreiras. Respirei fundo, sentindo a excitação me invadir. Meu pai fazia um bolo de amora que era uma delícia. Se ao menos ele pudesse ver essa abundância bem na minha frente... Comecei a caminhar em direção aos arbustos, mas quando um galho encostou na minha barriga nua, fiz uma careta e recuei. Eu não estava vestida para colher amoras. Isso teria que ficar para outro dia.

Voltei para a minha toalha, me sequei e me sentei novamente. Passei várias horas lá, lendo e deitada ao sol, antes de Phoebe e eu voltarmos para casa. Como de costume, parei por um instante em frente ao portão de Archer, curiosa, mais uma vez, para saber o que aquelas manchas desbotadas na cerca já tinham significado.

— Anda perseguidora, hein, Bree? — sussurrei para mim mesma. Enquanto pedalava, ouvi o mesmo cachorro uivando aflito. Esperava que Archer tivesse a situação sob controle.

Voltei para casa, troquei de roupa e depois dirigi para o centro a fim de passar na Biblioteca Pública de Pelion. Fiquei uma hora lá escolhendo vários livros novos. Infelizmente, tinha deixado meu e-reader em Cincinnati, então estava de volta aos livros de papel. Não percebi o quanto sentia falta do cheiro e da sensação de um livro nas minhas mãos. Além disso, sem necessidade de downloads ou uma conta. Eu não tinha entrado no Facebook havia mais de seis meses, e não sentia falta.

Deixei a pilha de livros no banco do passageiro e segui para o supermercado para abastecer a despensa para a semana. Passei bastante tempo percorrendo todos os corredores, lendo rótulos e enchendo meu carrinho. Quando fui pagar, as grandes janelas em frente ao caixa indicaram que já estava anoitecendo.

— Oi. — Sorri para a garota atrás do caixa.

— Oi — respondeu, estalando a goma de mascar. — Tem algum cupom?

— Ah, não. — Balancei a cabeça. — Nunca consegui entender isso. Sempre acabava com doze caixas de algo que nem comia e sabão em pó que formava grandes bolotas de... — Parei de falar quando percebi que a garota estava registrando meu pedido com uma das mãos e mandando mensagem no celular em cima do caixa, com a outra. Ela não estava ouvindo uma palavra que eu dizia. Tudo bem, então.

— Sessenta e dois dólares e oitenta e sete centavos — ela disse, estalando a goma de mascar novamente. Tirei o dinheiro da carteira.

Sessenta dólares certinho. *Droga.*

— Ai, droga — eu disse, minhas bochechas corando. — Me desculpe, pensei que estava prestando atenção. Só tenho sessenta. Preciso devolver alguma coisa.

Ela suspirou pesado e revirou os olhos.

— O que você quer devolver?

— Hum... — comecei a revirar minhas sacolas já cheias — que tal isso? Não preciso realmente disso. — Entreguei a esponja nova que eu tinha comprado, apenas para substituir a antiga no chalé.

— Isso custa só sessenta e quatro centavos — ela respondeu.

Eu pisquei, e alguém na fila atrás de mim resmungou.

— Ah, hum, bem, vamos ver... — Mexi um pouco mais. — Ah! Que tal isso? Não preciso realmente disso. — Entreguei a ela o novo pacote de lâminas de barbear que eu tinha comprado. Ela estendeu a mão para pegá-las e eu as puxei de volta. — Espere, na verdade, eu meio que preciso. Já que sou descendente de poloneses e tal. — Ri com nervosismo. A garota do caixa não riu. — Hum... — Enfiei a cabeça de volta nas sacolas, notando mais murmúrios atrás de mim.

— Ãh, obrigada. — Ouvi a garota do caixa dizer e, quando olhei para seu rosto confuso, ela continuou devagar: — Ele pagou para você. — Ela fez um sinal com a cabeça para o lado direito. Confusa, me inclinei para a frente e olhei além do homem de rosto amargo que estava bem ao meu lado e vi Archer Hale de pé atrás dele, seus olhos fixos em mim. Ele estava usando um moletom com o capuz levantado, embora não estivesse tão frio.

Sorri, inclinando um pouco a cabeça. A atendente pigarreou, chamando minha atenção. Peguei minha notinha da mão dela e me aproximei do final do balcão.

— Muito obrigada, Archer — agradeci.

Archer manteve os olhos fixos em mim. A atendente e o homem idoso olharam de mim para Archer, com expressões confusas.

— Vou te pagar de volta, é claro. — Sorri novamente, mas ele não sorriu. Balancei a cabeça de leve, olhando ao redor, notando que as pessoas nos caixas à minha direita e esquerda estavam nos observando agora.

O homem idoso pagou por seus poucos itens e passou por mim depois de um minuto, e Archer colocou um grande saco de ração para cachorro na esteira do caixa.

— Ah! — falei. — Estive no lago hoje e achei que tinha ouvido um cachorro uivando na sua propriedade. Parecia que estava bem incomodado. — Ele olhou para mim, entregando algumas notas para a atendente. Olhei ao redor outra vez, notando todos os olhos ainda em nós. Archer Hale não parecia estar ciente deles.

Bufei e fiz gestos para Archer: *Essas pessoas são realmente intrometidas, né?*

Lábio torcido. Piscada. E então nada.

Ele pegou suas compras e passou por mim. Me virei e empurrei o carrinho atrás dele, me sentindo boba e constrangida novamente. Sacudi a cabeça para mim mesma e segui em direção ao meu carro. Lancei um último olhar na direção de Archer e vi que ele também estava olhando para mim.

Minha boca se abriu quando ele ergueu a mão e fez sinais, *Boa noite, Bree*. Se virou e, segundos depois, desapareceu. Me encostei no carro e sorri como uma tola.

CAPÍTULO NOVE

ARCHER — QUATORZE ANOS

Caminhei pela floresta, desviando dos lugares em que sabia que torceria o tornozelo e contornando os galhos que pareciam se esticar para me agarrar se eu chegasse muito perto. Eu conhecia aquela terra de cor. Já fazia sete anos que não a deixava.

Irena andava ao meu lado, acompanhando meu ritmo, mas explorando as coisas que o olfato canino considerava interessantes. Eu estalava os dedos ou batia palmas se precisasse chamá-la. Ela era uma cadela idosa, e respondia quando eu chamava apenas metade do tempo — fosse porque estava com a audição prejudicada ou porque era teimosa, eu não sabia ao certo.

Encontrei a armadilha de rede que ajudei tio Nate a instalar alguns dias antes e comecei a desarmá-la. Eu entendia que esse tipo de coisa ajudava a acalmar as vozes que o tio Nate parecia ouvir na sua cabeça, e até podia entender o fato de que essas tarefas me mantinham ocupado, mas o que eu não suportava era ouvir pequenos animais sendo capturados nelas no meio da noite. Então, percorri a propriedade desmontando o que tínhamos montado apenas dias antes e procurando pelas que Nate havia armado quando estava sozinho.

Quando eu estava quase terminando, ouvi vozes, risadas e o barulho de água respingando, sons que vinham do lago. Coloquei no chão as coisas que tinha reunido nos braços e caminhei timidamente em direção aos sons das pessoas brincando na margem.

Assim que cheguei à beira das árvores, eu a vi. Amber Dalton. Pareceu que dei um gemido, mas é claro que nenhum som saiu. Ela estava de biquíni preto saindo do lago, completamente molhada. Me senti ficar rígido entre as pernas. Ótimo. Isso parecia acontecer o tempo todo agora, mas, de alguma forma, acontecer em resposta a Amber me deixava desconfortável, envergonhado.

Apesar de estar mortificado com a situação, eu havia tentado perguntar ao tio Nate sobre isso no ano anterior, quando fiz treze anos, mas ele apenas me jogou algumas revistas com mulheres peladas e saiu para a floresta para instalar mais armadilhas. As revistas não explicavam exatamente tudo, mas eu gostava de olhar. Provavelmente, eu gastava tempo demais olhando. E então, colocava a mão dentro da calça e me tocava até suspirar de alívio. Não sabia se estava certo ou errado, mas era bom demais para parar.

Eu estava olhando fixamente para Amber, observando-a rir e torcer os cabelos molhados, então não vi quando *ele* chegou. De repente, uma voz alta e masculina disse:

— Olha só *isso*! Tem algum tipo de esquisito bisbilhotando nas árvores! Por que não diz alguma coisa, bisbilhoteiro? Tem algo a *dizer*? — E então, ele murmurou, mas alto o suficiente para que eu ouvisse: — Aberração do cacete.

Travis. Meu primo. A última vez que o tinha visto fora logo depois de ter perdido a voz. Eu ainda estava acamado na casa do tio Nate quando Travis e sua mãe, tia Tori, vieram me visitar. Eu sabia que ela estava lá para ver se eu diria algo sobre o que tinha descoberto naquele dia. Eu não diria. Não importava, de qualquer maneira.

Travis tinha trapaceado em um jogo de Go Fish e depois reclamado para a mãe dele que eu estava trapaceando. Eu estava cansado demais e sentia dor demais, de todas as formas, para me importar. Virei o rosto para a parede e fingi dormir até eles irem embora.

E agora, lá estava ele na praia com Amber Dalton. Vergonha quente tomou conta do meu rosto com suas palavras zombeteiras. Todos os olhos se voltaram para mim quando fiquei ali, exposto e humilhado. Levei a mão até minha cicatriz, cobrindo-a. Não tinha certeza do motivo, apenas fiz isso. Não queria que vissem — a prova de que eu era culpado e danificado... *feio*.

Amber olhou para o chão, parecendo envergonhada também, mas depois olhou para Travis um segundo depois e falou:

— Vamos lá, Trav, não seja *mau*. Ele é deficiente. Nem consegue *falar*. — A última frase foi sussurrada, como se o que ela estava dizendo fosse algum tipo de segredo. Alguns olhares de pena foram lançados na minha direção, mas se desviaram quando os encarei, e outros brilhavam de animação, observando para ver o que aconteceria em seguida.

Meu rosto inteiro latejava de humilhação enquanto todos continuavam a me encarar. Eu me sentia congelado no lugar. O sangue fazia um som de zumbido nos meus ouvidos e eu me sentia zonzo.

Finalmente, Travis se aproximou de Amber, envolvendo sua cintura com as mãos, puxando-a para si e a beijando com a boca molhada. Ela parecia tensa, desconfortável, enquanto ele esfregava o rosto no dela, os olhos abertos, fixos em mim, que estava atrás dela.

Aquilo foi o catalisador que finalmente me fez mexer os pés. Dei meia-volta, tropeçando em uma pequena pedra bem atrás de mim e caindo no chão. Pedrinhas sob as agulhas de pinheiro se enterraram nas minhas mãos, e um galho arranhou minha bochecha quando caí. Risadas altas explodiram atrás de mim e eu me levantei praticamente correndo de volta para a segurança da minha casa. Eu tremia de vergonha, raiva e algo que parecia tristeza. Embora, naquele momento, não soubesse exatamente pelo que estava lamentando.

Eu *era* um aberração. Estava ali sozinho e isolado por um motivo — eu era culpado por tanta tragédia, tanta dor.

Eu era desprezível.

Pisei com força pela floresta e, quando as lágrimas surgiram nos meus olhos, gritei silenciosamente, peguei uma pedra e joguei em Irena, que nunca tinha saído do meu lado desde que as pessoas na praia haviam começado a zombar de mim.

Irena deu um ganido e pulou para o lado quando a pedrinha atingiu sua pata traseira e imediatamente voltou para perto de mim.

Por alguma razão, aquela cadela tola voltando para o meu lado depois de eu ter sido cruel com ela foi o que fez as lágrimas começarem a escorrer incontrolavelmente pelo meu rosto. Meu peito se agitava e eu enxugava o pranto que escorria dos meus olhos.

Caí no chão e coloquei Irena em meus braços, abraçando-a, acariciando seu pelo e dizendo, *desculpa, desculpa, desculpa*, repetidamente na minha cabeça, esperando que os cachorros tivessem o poder de ler mentes. Era tudo o que eu tinha a oferecer a ela. Repousei a bochecha em seu pelo e esperava que ela me perdoasse.

Depois de um tempo, minha respiração começou a ficar mais calma e as lágrimas secaram. Irena continuou a encostar o focinho em mim, soltando pequenos ganidos quando eu hesitava entre os afagos.

Ouvi o som de agulhas de pinheiro sendo esmagadas atrás de mim pelo peso dos pés de alguém e soube que era o tio Nate. Continuei olhando em frente enquanto ele se sentava ao meu lado, dobrando os joelhos como eu.

Por vários longos minutos, nós dois ficamos assim, sem dizer nada, apenas olhando para a frente, com o ofegar de Irena e seus ganidos suaves sendo os únicos sons entre nós.

Finalmente, tio Nate estendeu a mão e segurou a minha, apertando-a. Sua mão era áspera, seca, mas estava quente e eu precisava do contato.

— Eles não sabem quem você é, Archer. Não têm ideia. E não merecem saber. Não deixe que o julgamento deles te machuque.

Absorvi suas palavras, refletindo sobre elas na minha mente. Tive que supor que ele havia presenciado aquela troca de alguma forma. Suas palavras não faziam total sentido para mim — as palavras do tio Nate normalmente não faziam —, mas, de alguma forma, elas me confortaram mesmo assim. Ele sempre parecia estar no limite de algo profundo, mas nunca ninguém além dele mesmo entendia a profundidade do seu próprio pensamento. Acenei com a cabeça para ele sem virar o rosto.

Ficamos ali por mais um tempo e depois entramos para jantar e cuidar do corte na minha bochecha.

As risadas e o barulho de água ao longe foram ficando cada vez mais fracos até desaparecerem completamente.

CAPÍTULO DEZ

BREE

Alguns dias depois que Archer Hale acenou para mim no estacionamento do supermercado, fiz o turno da manhã na lanchonete e, quando cheguei em casa naquela tarde, vi Anne sentada na varanda da frente. Me aproximei e a cumprimentei. Ela sorriu, dizendo:

— Chá gelado, querida?

Destranquei o portão, atravessei-o e subi os degraus.

— Parece ótimo. Se você puder suportar o meu cheiro, *eau de grelhê* e gordura de bacon.

Ela riu.

— Acho que consigo. Como foi seu turno?

Desabei em seu balanço na varanda, inclinando-me para trás e movendo o corpo em direção ao pequeno ventilador que ela tinha ao lado. Suspirei com o conforto.

— Bom — respondi. — Gosto do trabalho.

— Ah, isso é maravilhoso — disse ela, entregando-me o copo de chá que acabara de servir. Tomei um gole agradecido e depois me inclinei para trás novamente. — Eu vi você saindo com as meninas Scholl na outra noite, e fiquei muito feliz em ver que você arranjou algumas amigas. Espero que não se importe de ter uma vizinha tão intrometida. — Ela sorriu gentilmente, e eu sorri de volta.

— Não, de jeito nenhum. Sim, fui para o outro lado do lago com elas. Encontramos Travis Hale e ficamos com ele no Bitter End.

— Oh, você tem conhecido todos os meninos Hale.

Eu ri.

— Ah, é? Tem mais?

Ela sorriu.

— Não, só Archer e Travis entre a geração mais jovem. Suponho que Travis seja realmente a única chance de haver outra geração de Hale agora.

— Por que você diz isso?

— Até hoje, não imagino Archer Hale saindo de sua propriedade, muito menos se casando com alguém, mas, verdade seja dita, não sei muito sobre ele, só que não fala.

— Ele fala — esclareci. — Eu falei com ele.

Anne pareceu surpresa e inclinou a cabeça ligeiramente.

— Bem, eu não fazia ideia. Nunca o ouvi dizer uma palavra.

Balancei a cabeça.

— Ele fala com língua de sinais — expliquei. — E eu também. Meu pai era surdo.

— Ah, entendi. Bem, nunca pensei nisso. Acho que ele se apresenta como alguém que não quer muito se relacionar com ninguém, pelo menos nas poucas vezes em que o vi na cidade. — Ela franziu a testa ligeiramente.

— Acho que ninguém nunca tentou de verdade. — Dei de ombros. — Mas não tem nada de errado com ele, exceto talvez suas habilidades com as pessoas, e que ele não pode falar em voz alta — eu disse, olhando por cima do ombro dela, imaginando Archer. — E algumas questões de moda. — Eu sorri. Ela sorriu de volta.

— Sim, ele tem uma aparência interessante, não é? Claro, imagino que se você o arrumasse, ele ficaria mais do que apresentável. Ele vem de uma longa linhagem de homens muito bonitos. Na verdade, todos os garotos Hale eram tão lindos que eram praticamente desumanos. — Ela deu uma risada juvenil, e sorri para ela novamente.

Tomei um longo gole de chá e inclinei a cabeça para o lado.

— Você não se lembra exatamente do que aconteceu com os outros dois irmãos no dia do acidente do Archer?

Ela balançou a cabeça.

— Não, só o que ouvi na cidade. Não sei o que aconteceu entre eles para causar toda aquela tragédia. Eu tento me lembrar deles como eram... como cada garota em um raio de duzentos quilômetros desmaiava com eles. Claro que aqueles garotos se aproveitaram disso, até mesmo Connor, que era o que menos se metia em confusões. Mas, pelo que me lembro, a única garota por quem eles realmente se interessaram foi Alyssa McRae.

— Os *três*? — perguntei, meus olhos arregalados. *Isso* sim parecia uma história.

— Humm — disse ela, olhando para longe. — Foi uma verdadeira novela por aqui com eles, principalmente entre Connor e Marcus Hale. Esses dois estavam sempre competindo por alguma coisa. Se não eram esportes, eram garotas, e quando Alyssa veio para a cidade, havia apenas uma garota pela qual eles competiam. Nathan Hale não escondeu o fato de que também estava interessado, mas os outros dois não prestaram muita atenção nele, eu acho. Como eu disse antes, ele sempre foi um pouco diferente.

— Quem a conquistou, no fim das contas? — sussurrei.

Anne piscou e olhou para mim, sorrindo.

— Marcus Hale. Ela se casou com ele... casamento "às pressas", como chamávamos na época. Ela estava de barriga. Mas ela perdeu aquele bebê e só anos depois engravidou novamente, do Archer. — Ela balançou a cabeça. — Depois que aquela garota se casou com Marcus, ela sempre parecia triste, e Connor Hale também. Suspeitei de que ambos sentiam que ela havia feito a escolha errada. Claro, com toda a bebedeira e sendo mulherengo do jeito que Marcus Hale ainda era, mesmo depois que ele e Alyssa se casaram, a cidade inteira sabia que ela havia feito a escolha errada.

— E então Connor Hale se tornou chefe de polícia?

— Sim, sim, ele se tornou. Também se casou, tentando seguir em frente, eu imagino. E ele teve o Travis.

— Caramba. E então tudo acabou em tanta tragédia.

— Sim, sim... muito triste. — Ela olhou para mim. — Mas, querida, você poder falar com Archer, bem, acho isso maravilhoso. — Ela balançou a cabeça um pouquinho. — Me faz perceber como todos nós fizemos pouco por aquele garoto. — Ela parecia triste e perdida em pensamentos.

Nós duas ficamos sentadas em silêncio por alguns minutos, tomando nosso chá antes de eu dizer:

— É melhor eu ir tomar banho e me trocar. Vou pedalar até o lago de novo hoje.

— Ah, que bom. Estou muito feliz que a bicicleta esteja sendo útil para você. Aproveite o máximo de tempo no lago que puder. O tempo vai mudar em breve.

Eu sorri, ficando de pé.

— Vou aproveitar. Obrigada, Anne. E obrigada pela conversa.

— Eu que agradeço, querida. Você traz um sorriso ao rosto de uma velha.

Sorri para ela e acenei enquanto descia os degraus e passava pelo portão.

Uma hora depois, eu estava andando de bicicleta pela Briar Road, minha cesta com uma garrafa de água, a toalha e minha doce e travessa cachorrinha.

Ao passar pela casa de Archer, diminuí a velocidade, arrastando os pés na terra. Seu portão estava ligeiramente aberto. Olhei para a entrada, parando por completo. Eu não tinha visto um carro do correio voltando pela estrada. Será que o próprio Archer o tinha deixado aberto?

Inclinei a cabeça, considerando a situação. Toquei meus lábios com um dedo, pensando. Seria muito chato entrar em sua propriedade sem ser convidada pela segunda vez? Ou ele deixara o portão ligeiramente aberto *como* um convite? Ou era um completo absurdo eu sequer pensar isso? Provavelmente.

Fui rolando a bicicleta para a frente e a encostei na cerca alta, pegando Phoebe e espiando dentro do portão aberto, com a intenção de dar apenas uma olhada rápida. Archer estava se afastando, em direção a sua casa, mas quando ouviu o rangido do portão, ele se virou, seus olhos em mim, nenhuma surpresa neles.

Entrei. *Oi*, eu disse, colocando Phoebe no chão e fazendo o sinal. *Eu realmente espero que seu portão aberto signifique que você não ia achar ruim que eu entrasse, e que eu não estaria invadindo de novo. Seria meio constrangedor.* Fiz uma careta, colocando as mãos nas bochechas e prendendo a respiração à espera da sua resposta.

Seus profundos olhos âmbar me observaram por alguns segundos enquanto o rubor subia pelo meu rosto, e algo suavizou em sua expressão.

Ele estava vestindo um jeans que parecia prestes a se desintegrar, de tantos rasgos, uma camiseta branca justa — *justa demais* — e pés descalços.

Eu queria te mostrar uma coisa, ele disse.

Soltei a respiração e não pude evitar o sorriso que se espalhou pelo meu rosto. Mas então inclinei a cabeça para o lado, confusa. *Você sabia que eu estava vindo?*

Ele balançou a cabeça lentamente. *Achei que talvez você viesse. Vejo as marcas dos pneus de bicicleta na terra.*

Meu rosto corou outra vez.

— Ah — suspirei, sem fazer sinais. — Hum...

Você quer ver, ou não?

Apenas olhei para ele por um segundo e então confirmei balançando a cabeça. *Ok. Espere, onde está o seu machado?*

Ele ergueu uma sobrancelha, me estudando por alguns segundos. *Está dando uma de engraçadinha?*

Eu ri, sentindo prazer com o fato de ele ter relembrado nossa última conversa. *Touché.* Eu sorri. *O que você quer me mostrar?*

Eles estão bem aqui.

Eles?, eu perguntei, caminhando com ele, pela entrada da garagem, por entre as árvores.

Assentiu, mas não explicou.

Phoebe viu um pássaro voar pelo gramado e saiu correndo atrás dele o mais rápido que suas pernas curtas permitiam.

Chegamos à casa dele e demos alguns passos pela diminuta varanda da frente, grande o bastante apenas para a cadeira de balanço branca e uma pequena caixa.

Ele moveu a cadeira de balanço para o lado e eu ofeguei.

Ai, meu Deus!, eu disse, respirando fundo e dando um passo à frente.

Sabe aquele som que você disse ter ouvido alguns dias atrás? Era a Kitty dando à luz.

Sorri quando olhei para a mamãe cadela adormecida, três cachorrinhos marrons agarradinhos, preguiçosos, à sua barriga, claramente tendo acabado de mamar e embriagados de tanto leite. Mas então minhas sobrancelhas franziram quando processei o que ele tinha acabado de dizer e olhei para ele. *Sua cadela se chama Kitty?*[1]

Archer afastou ligeiramente o cabelo do rosto, olhando para mim. *Longa história. Meu tio me confidenciou que os animais da nossa propriedade são espiões que trabalhavam para ele e por isso ele deu nomes de acordo. O nome completo dela é Kitty Storms. Ela foi treinada pelo agência de inteligência estrangeira russa. Ela trabalha para mim agora.*

Xiii, isso não era bom. *Entendo*, eu disse. *E você acredita nisso?* Eu o olhei com cautela.

---

1   Em tradução livre, gatinha. (N.E.)

Bem, as operações dela se restringem principalmente à localização de esquilos e, aparentemente — ele apontou para onde ela dormia com os filhotes —, *reuniões secretas com machos férteis.* Algo que parecia ser diversão dançou em seus olhos.

Soltei uma risada e balancei a cabeça. *Então, seu tio era um pouco...*

Paranoico, completou ele. *Mas inofensivo. Ele era um cara legal.* Pensei ter visto um breve lampejo de dor passar por suas feições antes de ele virar a cabeça para os filhotes novamente.

Toquei o braço de Archer e ele teve um sobressalto, se virando para mim. *Ouvi dizer que seu tio faleceu há alguns anos. Sinto muito.*

Ele olhou para mim, seus olhos varrendo meu rosto. Ele acenou com a cabeça, de modo quase imperceptível, e voltou-se para os filhotes mais uma vez.

Estudei seu perfil por alguns segundos, notando como era bem-feito — pelo menos o que eu podia ver dele. Então me abaixei para dar uma olhada nos filhotes.

Sorri de volta para Archer, que se agachou ao meu lado. *Posso segurar um?*, perguntei.

Ele assentiu.

São machos ou fêmeas?

Dois machos, uma fêmea.

Peguei um corpinho quente e macio e o trouxe para o meu peito, embalando seu peso adormecido e acariciando o pelo macio com meu nariz. O cachorrinho fez um barulhinho e começou a cheirar minha bochecha, seu focinho molhado me fazendo rir.

Olhei para Archer, que estava me observando, um pequeno sorriso nos lábios. Foi o primeiro que eu tinha conseguido, e isso me assustou um pouco. Olhei para ele, nossos olhos se encontrando e se enredando como na primeira vez que nos vimos. Eu me senti confusa enquanto tudo dentro de mim acelerava. Olhei para ele, esfregando minha bochecha distraidamente na maciez aveludada da barriga gordinha do filhote.

Depois de um minuto, coloquei o cachorrinho no chão para poder falar com sinais: *Obrigada por me mostrá-los...*

Ele estendeu a mão e parou as minhas, olhando nos meus olhos. Eu olhei para ele interrogativamente e então movi meus olhos para baixo, para sua grande mão descansando na minha. Ele tinha mãos lindas, poderosas e elegantes ao mesmo tempo. Olhei de volta para ele.

Ele ergueu as duas mãos e disse: *Você pode falar do jeito comum. Consigo te ouvir, lembra?*

Pisquei para ele e, depois de alguns segundos, levantei as mãos. *Se estiver tudo bem para você, eu gostaria de falar sua língua.* Dei um pequeno sorriso.

Ele me olhou, uma expressão ilegível antes de se levantar.

Tenho que voltar ao trabalho, disse ele.

Trabalho?, perguntei.

Ele fez que sim balançando a cabeça, mas optou por não entrar em detalhes. Bom, então tá.

Então é melhor eu ir andando, né?

Ele apenas me olhou.

Posso voltar?, indaguei. *Para ver os cachorros.*

Ele franziu a testa para mim por um segundo, mas depois assentiu.

Suspirei. *Ok. Se o seu portão estiver aberto, vou saber que posso entrar.*

Ele assentiu novamente, um aceno menor desta vez, quase imperceptível.

Nós olhamos um para o outro por mais alguns segundos antes de eu sorrir e me virar e voltar para sua garagem. Chamei Phoebe, que dessa vez veio correndo, e a peguei no colo. Me virei no portão e ele ainda estava parado no mesmo lugar, me observando. Acenei levemente e fechei o portão atrás de mim.

CAPÍTULO ONZE

BREE

No dia seguinte, caminhei pela entrada da casa de Archer, hesitante, mordendo o lábio. Ouvi o que parecia ser pedra batendo em pedra em algum lugar na parte dos fundos da casa. Ao virar a esquina da construção, vi Archer, sem camisa, de joelhos, assentando pedras para o que parecia ser o começo de um pátio lateral.

— Oi — cumprimentei, a voz baixa, e sua cabeça se levantou. Ele pareceu um pouco surpreso, mas... satisfeito? Talvez? Ele com certeza não era a pessoa mais fácil de ler, em especial porque eu não conseguia ver claramente todas as suas feições sob a barba e o cabelo que caía sobre a testa e ao redor do queixo.

Ele acenou com a cabeça e levantou a mão, indicando uma grande pedra que estava à direita do seu trabalho, e voltou à atividade.

Saí da lanchonete às duas, fui para casa e tomei um banho rápido, subi na bicicleta e fui até a casa de Archer. Eu havia deixado Phoebe com Anne porque não tinha certeza se outros cães poderiam chegar perto dos filhotes.

Quando cheguei ao portão de Archer, não pude evitar o sorriso que tomou conta do meu rosto quando vi que estava ligeiramente aberto.

Me aproximei da pedra que ele acabara de indicar e sentei à beira dela, observando-o em silêncio por um minuto.

Aparentemente, ele era pedreiro nas horas vagas? Devia ter sido ele quem tinha assentado as pedras do longo caminho de entrada e o pátio na frente da casa. O cara era cheio de surpresas, uma atrás da outra. Não pude deixar de notar a maneira como seus bíceps se flexionavam e esticavam enquanto ele levantava cada pedra e a colocava em seu lugar. Não era de admirar que ele fosse tão definido. Tudo o que ele fazia era trabalhar.

— Ok, então eu fiz uma lista — comecei, olhando para ele e empurrando minha bunda mais para cima na pedra grande, me acomodando melhor.

Archer olhou para mim, erguendo as sobrancelhas.

Eu estava falando com a voz para que ele pudesse continuar trabalhando sem ter que olhar para mim.

Mas ele se sentou de joelhos, colocando as mãos enluvadas nas coxas musculosas, e me olhou. Estava usando um short de treino desbotado, joelheiras e botas de trabalho. Seu peito nu era bronzeado e tinha um leve brilho de suor.

Uma lista?, ele indagou.

Fiz que sim, deixando o pequeno pedaço de papel no meu colo. *Nomes. Para os filhotes.*

Ele inclinou a cabeça para o lado. *Tá.*

Então, continuei, *sinta-se à vontade para vetar, quero dizer, já que eles são seus cachorros e tal, mas achei que Ivan Granite, Hawk Stravinski e Oksana Hammer eram as melhores escolhas.*

Ele olhou para mim. E então seu rosto fez algo milagroso. Ele se modificou em um sorriso.

Minha respiração ficou presa na garganta e fiquei boquiaberta para ele. *Você gostou?*, perguntei, por fim.

Sim, eu gostei, disse ele.

Balancei a cabeça, um sorriso lento tomando conta do meu rosto. Bem, ok, então.

Fiquei sentada ali mais um pouco, aproveitando o sol de verão e sua presença enquanto o observava trabalhar — seu corpo forte movendo as pedras, colocando-as onde queria que ficassem.

Ele olhou para mim algumas vezes e me deu um pequeno e tímido sorriso. Não trocamos muitas palavras depois disso, mas o silêncio entre nós era confortável, sociável.

Por fim, me levantei e avisei:

— Preciso ir, Archer. Minha vizinha, Anne, tem um compromisso e preciso buscar a Phoebe.

Archer também se levantou, enxugando as mãos nas coxas e assentindo. *Obrigado*, ele disse.

Sorri, balancei a cabeça em afirmativa e caminhei em direção ao seu portão. Voltei para casa com um pequeno sorriso feliz.

Dois dias depois, passei pela casa de Archer no caminho de volta depois de deitar na prainha do lago, e seu portão estava ligeiramente aberto outra vez. Uma emoção percorreu minha espinha quando desci da bicicleta. Entrei e passei pela entrada da garagem, carregando Phoebe nos braços.

Bati à sua porta, mas não houve resposta, então segui o som dos latidos que ouvi vindo da direção do lago. Quando passei por entre as árvores, avistei Archer e Kitty um pouco mais abaixo na margem. Fui andando para encontrá-lo e, quando ele me viu, me deu um pequeno sorriso tímido e disse: *Oi*.

Eu sorri, olhando para ele sob o sol brilhante. Coloquei Phoebe no chão e respondi: *Oi*.

Caminhamos um pouco ao longo da margem em um silêncio despreocupado. Quanto mais tempo passávamos juntos, mesmo sem nos falarmos, mais confortável eu me sentia com ele. E podia sentir que ele estava ficando mais confortável comigo também.

Archer pegou uma pedra e a jogou no lago. Ela saltou na água de novo, de novo e de novo, mal provocando qualquer borrifo da superfície parada. Eu ri alto em surpresa encantada.

Me mostre como fez isso!

Archer observou minhas mãos e então olhou para a margem arenosa, procurando uma pedra.

Ele encontrou uma que o deixou satisfeito e a entregou para mim. *Quanto mais plana, melhor*, explicou. *Agora lance como um frisbee, de um jeito que a parte plana toque de relance na superfície da água.*

Balancei a cabeça e alinhei meu lançamento. Joguei a pedra e observei enquanto ela patinava sobre a superfície uma vez e depois subia e batia na água de novo. Eu gritei, e Archer sorriu.

Ele pegou outra pedrinha e jogou no lago. Atingiu a superfície e saltou... e saltou... e saltou cerca de vinte vezes.

— Exibido — murmurei.

Olhei para seu rosto divertido. *Você é bom em tudo que faz, não é?*, perguntei, inclinando a cabeça para o lado e olhando para ele.

Ele pareceu pensativo por alguns segundos antes de sinalizar, *Sim.*

Eu ri. Ele deu os ombros.

Depois de um minuto, indaguei: *Seu tio te deu aulas em casa?*

Ele olhou para mim. *Sim.*

Ele devia ser inteligente.

Archer pensou nisso por um segundo. *Ele era. Principalmente em matemática e qualquer coisa relacionada à ciência. Sua mente vagava, mas ele me ensinou o que eu precisava saber.*

Balancei a cabeça, lembrando de Anne me dizendo que Nathan Hale sempre tinha sido inteligente na escola. *Antes de vir para cá, perguntei sobre você na cidade*, contei, sentindo-me um pouco tímida.

Archer olhou para mim e franziu a testa ligeiramente. *Por quê?*

Inclinei a cabeça e considerei. *Depois da primeira vez que nos encontramos... algo me atraiu para você.* Mordi meu lábio. *Eu queria te conhecer.* Minhas bochechas esquentaram.

Archer me encarou por um segundo, como se estivesse tentando descobrir algo. Então pegou outra pedra plana e a jogou na água, fazendo-a pular tantas vezes que meus olhos a perderam antes que ela parasse.

Balancei a cabeça devagar. *Se eles soubessem...*

Ele se virou totalmente para mim. *Se quem soubesse o quê?*

Todo mundo na cidade. Alguns deles acham que você não é certo da cabeça, sabe. Eu ri baixinho. *É ridículo, né?*

Ele deu de ombros outra vez, pegou um pedaço de pau e jogou para Kitty, que vinha em nossa direção na praia.

Por que você os deixa pensar assim?

Ele soltou um suspiro e olhou para o lago por alguns segundos antes de se virar para mim. *É mais fácil assim.*

Eu o observei por um instante e então suspirei. *Não gosto disso.*

Faz muito tempo que é assim, Bree. Está tudo bem. Funciona para todos os envolvidos.

Não entendi exatamente o que significava, mas pude ver as linhas tensas do seu corpo enquanto conversávamos sobre a cidade, então recuei, querendo que ele se sentisse confortável comigo outra vez.

Então, o que mais você pode me ensinar?, perguntei, provocando, ao mudar de assunto.

Ele ergueu uma sobrancelha e olhou nos meus olhos. Meu estômago se apertou, e um estranho enxame de borboletas vibrou sob minhas costelas. *O que você pode me ensinar?*, ele devolveu.

Balancei a cabeça mais uma vez, batendo o dedo indicador nos lábios.

Devo poder te ensinar uma coisa ou duas.

Ah, é? O quê? Seus olhos brilharam de leve, mas então ele os desviou.

Engoli em seco.

— Hum — sussurrei, mas então continuei em sinais para que ele tivesse que olhar para mim. *Eu costumava ser uma ótima cozinheira.* Não tinha certeza de por que tinha dito aquilo. Não tinha nenhuma intenção de cozinhar para ninguém, nem de ensinar ninguém a cozinhar. Mas, naquele momento, foi a primeira coisa que me veio à mente, e eu queria preencher o estranho constrangimento que havia entre nós.

Quer me ensinar a cozinhar?

Balancei a cabeça muito lentamente. *Quero dizer, se essa não for uma das muitas coisas que você já domina.*

Ele sorriu. Eu ainda não estava acostumada com seus sorrisos, e esse fez meu coração acelerar um pouco. Eram como um presente raro que ele oferecia. Eu o peguei e guardei em algum lugar dentro de mim.

Eu gostaria de aprender, ele disse depois de um minuto.

Balancei a cabeça, sorrindo, e ele me presenteou com outro sorriso.

Caminhamos ao longo da margem do lago por mais uma hora, encontrando pedras e lançando-as na água até que eu conseguisse fazê-las pular três vezes.

Quando cheguei em casa mais tarde, percebi que não passava um dia tão bom havia muito tempo.

No dia seguinte, empacotei alguns sanduíches na lanchonete, voltei para casa, tomei banho e me troquei, coloquei Phoebe na cesta da bicicleta e segui para a casa de Archer outra vez. Apesar de ter sido eu que havia aparecido na casa dele pela primeira vez e iniciado nosso tempo juntos, senti que ele também estava se esforçando, apenas por permitir que eu o visitasse.

Então, Archer, eu disse, *se seu tio não sabia a língua de sinais, como você falava com ele?*

Estávamos em seu gramado, Kitty e os filhotes deitados em um cobertor conosco, os corpinhos gordos dos filhotes balançando para lá e para cá, se perdendo em sua cegueira antes que a mãe os aninhasse de volta junto dela.

Phoebe também estava deitada por perto. Ela sentia uma leve curiosidade sobre os filhotes, mas não prestava muita atenção neles.

Archer olhou para mim de onde estava deitado, com a cabeça apoiada na mão. Sentou-se devagar para poder usar as mãos.

Eu não falava muito. Ele encolheu os ombros. *Escrevia se era importante. Caso contrário, apenas escutava.*

Considerei-o em silêncio por um minuto, desejando poder ver sua expressão melhor, mas estava escondida sob todo o cabelo despenteado. *Como você aprendeu a língua de sinais?*, eu finalmente perguntei, a voz baixa.

Aprendi sozinho.

Inclinei a cabeça, dando uma mordida no meu sanduíche de pastrami. Archer terminou seu sanduíche em cerca de trinta segundos, comendo a maior parte, mas dividindo pedaços de pastrami com Kitty. Eu coloquei o sanduíche na minha frente. *Como? Num livro?*

Ele assentiu. *Sim.*

Você tem computador?

Ele olhou para mim, franzindo a testa de leve. *Não.*

Você tem eletricidade?

Ele me olhou com divertimento. *Sim, eu tenho eletricidade, Bree. Todo mundo não tem?*

Escolhi não informá-lo sobre o fato de que ele parecia alguém que não tinha necessariamente *nenhuma* conveniência moderna. Inclinei a cabeça. *Você tem televisão?*, indaguei depois de um minuto.

Ele balançou a cabeça. *Não, eu tenho livros.*

Assenti, considerando o homem na minha frente. *E todos esses trabalhos que você faz — trabalhos em pedra, jardinagem —, também aprende sozinho?*

Ele encolheu os ombros. *Qualquer um pode aprender a fazer qualquer coisa se tiver tempo. Eu tenho tempo.*

Assenti, pegando um pedaço de carne do lado do meu sanduíche e mastigando por um segundo antes de questionar: *Como você conseguiu todas as pedras para a entrada e o pátio?*

Algumas peguei ao redor do lago, outras comprei na cidade, na loja de jardinagem.

E como você as trouxe para cá?

Eu carreguei, disse, olhando para mim como se fosse uma pergunta boba.

Então você não dirige? Você anda por toda parte?

Sim, ele falou, encolhendo os ombros. *Ok, chega de interrogatório,* disse ele. *E você? O que está fazendo em Pelion?*

Eu o estudei por um segundo antes de responder, seus olhos castanho-dourados fixos em mim, à espera do que eu ia dizer. *Estou meio que em uma viagem...* comecei, mas depois parei. Não, sabe *de uma coisa? Eu fugi. Meu pai... faleceu e... aconteceram algumas outras coisas com que tive dificuldade em lidar, e me apavorei e fugi.* Suspirei. *Não sei por que acabei de contar isso, mas essa é a verdade.*

Ele me estudou um pouco mais do que eu acharia confortável, e me senti exposta, então desviei o olhar. Quando vi suas mãos se moverem em minha visão periférica, olhei para seu rosto. *Está funcionando?,* ele perguntou.

— O que está funcionando? — sussurrei.

Fugir, esclareceu. *Está ajudando?*

Olhei para ele. *Em geral, não,* respondi, por fim.

Ele assentiu, me olhando pensativo antes de desviar o olhar.

Fiquei feliz por ele não ter pensado em algo encorajador para dizer. Às vezes, um silêncio compreensivo era melhor do que um monte de palavras sem sentido.

Olhei em volta para o quintal imaculado, para a casinha, compacta mas bem-cuidada. Eu queria perguntar como ele tinha dinheiro para morar ali, mas não achei educado. Ele provavelmente vivia de alguma apólice de seguro que seu tio havia deixado... ou talvez seus pais. Deus, ele tivera tantas perdas.

Então, Archer, eu finalmente falei, levando a conversa para outra direção, *sabe aquela aula de culinária que mencionei? Você está livre neste sábado? Na sua casa. Cinco horas?* Ergui uma sobrancelha.

Ele deu um leve sorriso. *Não sei. Vou ter que verificar com minha secretária.*

Eu bufei. *Você está sendo engraçadinho?*

Ele ergueu uma sobrancelha.

Foi melhor, comentei.

Seu sorriso ficou maior. *Obrigado, estou trabalhando nisso.*

Eu ri. Seus olhos brilharam e se moveram para a minha boca. Aquelas borboletas voaram novamente, e nós dois desviamos o olhar.

Depois de um tempo, juntei minhas coisas e minha cadelinha, me despedi de Archer e comecei a caminhar pela entrada da garagem.

Quando cheguei ao portão, parei, olhando para a pequena casa atrás de mim. De repente, ocorreu-me que Archer Hale havia aprendido sozinho um idioma inteiro, mas não tinha uma única pessoa com quem conversar.

Até eu chegar.

No dia seguinte, enquanto eu levava um sanduíche de carne com batatas fritas para Cal Tremblay e um de bacon, alface e tomate com salada de batata para Stuart Purcell na mesa três, a campainha tocou na porta. Olhei para cima e vi Travis entrando, de uniforme. Ele sorriu para mim e apontou para o balcão, perguntando se eu estava atendendo ali. Sorri e acenei com a cabeça, dizendo baixinho:

— Já vou aí.

Entreguei a comida que eu estava levando, abasteci os copos de água e então voltei para trás do balcão onde Travis estava acomodado.

— Oi — eu o cumprimentei, sorrindo. — Como você está? — Levantei a cafeteira e ergui as sobrancelhas interrogativamente.

— Por favor — ele disse para o café, e eu comecei a servir. — Tenho tentado ligar para você. Está me evitando?

— Evitando... ah, que merda! Fiquei sem crédito. Droga. — Bati a palma na testa. — Desculpe, eu tenho um daqueles telefones pré-pagos que quase não uso.

Ele ergueu as sobrancelhas.

— Não há família na sua cidade com quem você mantenha contato?

Balancei a cabeça.

— Alguns amigos, mas meu pai faleceu há seis meses e... não, não tem mesmo.

— Jesus, me desculpe, Bree — pediu, preocupação preenchendo sua expressão.

Fiz um aceno para dispensar o comentário. Eu me recusava a me emocionar no trabalho.

— Tudo bem. Estou bem. — Eu estava bem na maioria dos dias. Em especial nesses últimos dias.

Ele me estudou por um segundo.

— Bem, a razão pela qual eu estava te ligando era para saber se você gostaria de marcar aquele jantar.

Inclinei o quadril contra o balcão e sorri para Travis.

— Então você me rastreou quando não atendi o celular?

Ele sorriu.

— Bem, eu não chamaria isso exatamente de uma operação de rastreamento de espionagem de alto nível.

Eu ri, mas suas palavras me lembraram de Archer e, por alguma estranha razão, algo como culpa preencheu meu estômago. Por quê? Eu não fazia ideia. Nossa amizade estava florescendo, mas ele ainda era fechado em muitos aspectos. Eu entendia, talvez, e ficava louca da vida por toda a droga da cidade o ignorar, quando, na verdade, ele era um homem incrivelmente inteligente e gentil que, até onde eu sabia, nunca havia feito nada de errado a ninguém. Não era justo.

— Terra chamando Bree — disse Travis, tirando-me do devaneio. Eu estava olhando pela janela.

Balancei a cabeça de leve.

— Desculpe, Travis. Acabei me distraindo com meus pensamentos. Às vezes meu cérebro pode ser um verdadeiro buraco negro. — Ri baixinho, envergonhada. — De qualquer forma, hum, claro, eu janto com você.

Ele ergueu as sobrancelhas.

— Bem, tente não parecer animada demais.

Eu ri, balançando a cabeça.

— Não, desculpe, eu só... só jantar, certo?

Ele sorriu.

— Quero dizer, talvez um aperitivo... talvez até uma sobremesa...

Eu ri.

— Tá bom.

— Sexta-feira à noite?

— Sim, está bem assim. — Levantei o dedo para um casal que tinha acabado de se sentar na minha seção, e eles sorriram. — Tenho que voltar ao trabalho, mas vejo você na sexta? — Rabisquei meu endereço em um pedaço de papel do meu bloco de pedidos e entreguei a ele.

— Sim, que tal eu te pegar às sete?

— Perfeito. — Eu sorri. — Vejo você lá. — Enquanto eu contornava o balcão até a mesa, pude vê-lo recostando-se em seu banquinho para dar uma olhada na minha bunda enquanto eu me afastava.

CAPÍTULO DOZE

BREE

Trabalhei no turno da manhã e da tarde na sexta-feira e voltei para casa para me preparar para meu encontro com Travis.

Tomei um longo banho quente e passei um tempo extra cuidando do meu cabelo e maquiagem, tentando criar um pouco de emoção por ser apenas uma garota que estava prestes a ser buscada para um encontro.

E se ele me beijasse? Vibrações nervosas começaram na minha barriga. Estranhamente, mais uma vez, Archer veio à minha mente, assim como um vago sentimento de culpa. Isso era bobagem — Archer era apenas meu amigo. Achei que talvez houvesse algo entre nós, embora, exatamente o quê, eu não tinha ideia. Era um território confuso e estranho, desconhecido. Ele tinha um rosto bonito, pelo que eu podia ver, mas será que estava atraída por ele? Franzi a testa para mim mesma no espelho, parando a aplicação do delineador. Ele tinha um corpo bonito — não, apague isso: um corpo *incrível*, totalmente digno de babar — e eu o admirava constantemente, mas atraída? Como você poderia se sentir atraída por alguém que era tão diferente de qualquer pessoa por quem você já se sentira atraída antes? Ainda assim, eu não podia negar seu charme. Quando pensava nele, imaginava seu sorriso tímido e a maneira como seus olhos constantemente captavam cada pequena coisa a meu respeito, e sentia minha barriga vibrar. Sim, havia algo ali — *o quê*, eu não tinha certeza.

Travis, por outro lado, era aparentemente fácil de sentir atração. Ele tinha tudo: movimentos suaves e o tipo de beleza que qualquer garota em sã consciência acharia atraente. Ao que parecia, eu não estava exatamente no meu juízo perfeito. Mas talvez me dar um empurrãozinho fosse uma coisa boa, necessária. Já haviam se passado mais de seis meses...

Terminei a maquiagem. Não precisava complicar demais as coisas. Era apenas um encontro. Com um cara bonito, um cara legal.

E eu não precisava ficar tão nervosa. Não era inexperiente — e não era virgem. Tive três namorados mais ou menos sérios na época da faculdade e até pensei que poderia estar apaixonada por um deles. Acabou que ele estava apaixonado por todas as garotas do meu dormitório — ou pelo menos apaixonado por transar com elas pelas minhas costas, e isso acabou mal. Mas a questão era que eu não precisava ficar nervosa com Travis Hale. Esse era somente um encontro, e apenas um primeiro encontro. E se eu não quisesse vê-lo novamente, não o veria. Simples assim.

Travis bateu à minha porta às sete horas em ponto, lindo em uma calça social e uma camisa de botão. Eu havia escolhido um vestido tipo envelope preto que abraçava as poucas curvas que eu tinha e meus sapatos prateados de salto. Deixei o cabelo solto e o cacheei um pouco com um babyliss. Ele me olhou com admiração e me entregou um buquê de rosas vermelhas, já em um vaso de vidro.

— Você está linda, Bree.

Levei as flores ao nariz, sorrindo.

— Obrigada — respondi, colocando o vaso na mesa ao lado da porta e aceitando seu braço enquanto caminhávamos para sua grande caminhonete prateada-escura.

Ele me ajudou a entrar e, no caminho para o restaurante, conversamos sobre como eu estava me adaptando a Pelion.

Ele me levou a um lugar chamado Cassell's Grill do outro lado do lago, que eu já tinha ouvido falar que era o restaurante mais legal da região. O que eu tinha ouvido parecia bastante provável — era à meia-luz e romântico com uma bela vista do lago pelas enormes janelas que o cercavam.

Quando nos sentamos à mesa e comentei como o restaurante era bonito, Travis disse:

— Logo, não vamos mais precisar cruzar o lago para chegar a lugares como este. Teremos muitas opções em Pelion.

Ergui os olhos do cardápio.

— Então você gostou das mudanças propostas, imagino.

Ele assentiu.

— Gostei. Não apenas vai modernizar a cidade, mas também vai trazer mais renda para todos, incluindo a minha família. Acho que a maioria das pessoas ficará feliz no final.

Fiz que sim, pensando nisso. Pela conversa que tinha ouvido aqui e ali na lanchonete, a maioria das pessoas na cidade não gostava da ideia de transformar Pelion em outro grande e moderno destino turístico.

— Além do mais — continuou —, em breve vou herdar as terras onde fica a cidade, por isso tenho trabalhado com minha mãe em parte do planejamento.

Olhei para ele, surpresa.

— Ah, eu não havia me dado conta.

Ele tinha uma expressão ligeiramente presunçosa. Travis tomou um gole de água e disse:

— As terras onde esta cidade está localizada são da minha família desde que as primeiras pessoas de Pelion fizeram dela seu lar. Sempre foram transmitidas de filho primogênito para filho primogênito, quando ele completa vinte e cinco anos. Não em fevereiro próximo, mas no seguinte, sou eu que vou comandar as coisas.

Balancei a cabeça. Antes de me mudar para Pelion, eu nem havia percebido que as pessoas eram *donas* de cidades inteiras.

— Entendi. Bem, isso é ótimo, Travis. E o fato de você também ter seguido os passos do seu pai e se tornado policial... admiro muito isso.

Travis parecia satisfeito. Ele bebeu e jantou comigo, mantendo a conversa leve e divertida. Eu estava me divertindo. Quando estávamos no meio da refeição e ele me perguntou o que eu estava fazendo para espairecer na cidade além da noite com Melanie e Liza, fiz uma pausa e falei:

— Na verdade, tenho passado algum tempo com Archer.

Ele engasgou com o gole de água, levando o guardanapo à boca.

— Archer? Você está brincando, né?

Balancei a cabeça, franzindo a testa.

— Não. Você sabia que ele usa língua de sinais?

— Ãh, não. Ele nem olhou para mim da última vez que o cumprimentei na cidade.

Observei Travis.

— Humm, bem, ele não é uma pessoa que confia com facilidade, mas acho que tem um bom motivo para isso. Talvez você devesse tentar um pouco mais.

Ele olhou para mim por cima da borda da taça de vinho antes de tomar um gole.

— Talvez. Ok. — Travis fez uma pausa. — Então, o que vocês dois fazem juntos exatamente?

— Basicamente a gente conversa. Eu também sei língua de sinais... meu pai era surdo.

Ele pareceu surpreso por um segundo.

— Bem, isso é uma coincidência. O que Archer tem a dizer?

Dei de ombros.

— Falamos sobre muitas coisas. Ele é legal, inteligente e... interessante. Eu gosto dele.

Travis franziu a testa.

—Ok, bem, ei, Bree, tome cuidado com ele, ok? Ele não é exatamente... estável. Sei disso por experiência própria. Confie em mim. — Ele olhou para mim com preocupação. — Eu não gostaria que ele fizesse algo que te machucasse.

Balancei a cabeça para ele.

— Não estou preocupada com isso — falei, baixinho.

Não perguntei sobre o pai dele e o pai de Archer, embora soubesse um pouco sobre a suposta rivalidade entre os dois. Por alguma estranha razão, eu queria saber de Archer, não de Travis. Não tinha certeza exata de por que — talvez fosse o fato de que Archer e eu tínhamos criado mais amizade do que Travis e eu tínhamos até então. De qualquer forma, Travis mudou de assunto depois disso e nos levou de volta para um assunto mais leve. Depois que pagou a conta e entramos em sua caminhonete, ele pegou minha mão por cima dos assentos e a segurou durante todo o caminho de volta para a minha casa.

Ele me acompanhou até a porta, aquelas borboletas fervilhando na minha barriga novamente. Quando chegamos à varanda e me virei, ele pegou meu rosto em suas mãos e pressionou seus lábios nos meus. Sua língua pressionou para entrar na minha boca e eu congelei um pouco, mas ele insistiu e, depois de alguns segundos, relaxei. Ele me beijou com habilidade, suas mãos movendo-se para os meus ombros e depois para baixo nas minhas costas sem que eu percebesse, até que estava segurando minha bunda e me puxando contra seu corpo. Senti sua excitação através da calça e interrompi o beijo, nós dois respirando com dificuldade enquanto eu olhava em seus olhos cheios de luxúria. Algo parecia... errado. Devia ser apenas eu. Eu precisava levar as coisas devagar. A última vez que um homem tinha olhado para mim com desejo nos olhos foi o momento mais traumático da minha vida. Eu precisava dar passos de bebê aqui.

Sorri para Travis.

— Obrigada, foi ótimo — falei.

Ele sorriu de volta e beijou minha testa de leve.

— Eu te ligo. Boa noite, Bree.

Ele se virou e desceu os degraus da minha casa e, quando a

caminhonete deu partida, entrei e fechei a porta atrás de mim.

No dia seguinte, acordei cedo, tive um *flashback* doloroso — aparentemente, sair à noite com um cara bonito também não era a cura — e então me arrastei até a cozinha para tomar uma xícara de chá quente.

Quando me lembrei que era o dia da minha aula de culinária com Archer, a felicidade tomou conta de mim, substituindo a sensação de pavor do *flashback*. Eu precisava decidir o que ensinaria a ele. Um baque nervoso bateu no meu peito quando pensei em cozinhar outra vez. Será que era uma boa ideia? Eu tinha dito passos de bebê na noite anterior, quando se tratava de intimidade, e passos de bebê na cozinha também pareciam a escolha certa. Na verdade, eu não mergulharia na criação de uma refeição complicada. Ia mostrar a Archer como preparar algo simples. Era perfeito. Me senti bem com isso. E estava ansiosa para passar um tempo com ele.

Eu estava na pia, deixando meu saquinho de chá em infusão e depois bebendo cuidadosamente o líquido quente, considerando tudo isso e me sentindo melhor. O *flashback* tinha sido ruim, mas eu ficaria bem. Até o dia seguinte, quando aconteceria de novo. Inclinei-me pesadamente contra a bancada, tentando não deixar a depressão desse pensamento tomar conta de mim.

Felizmente, tinha bastante movimento na lanchonete e o dia voou. Fui para casa e tomei banho, vesti um short jeans e uma regata, sentei à mesa da cozinha e fiz uma lista de ingredientes. Quando terminei, peguei minha bolsa e as chaves e calcei os chinelos.

Dez minutos depois, eu estava entrando no estacionamento do mercado no centro. Sorri para mim mesma enquanto caminhava em direção à porta da frente, lembrando a última vez em que estivera ali e como tinha me sentido quando Archer se virou e me deu boa-noite. Me senti como alguém que descobre que ganhou o maior prêmio da loteria. Duas palavras de um garoto silencioso — minha sorte inesperada. Isso me deixou *cheia de entusiasmo*.

Cheguei ao caixa com dinheiro suficiente desta vez, graças a Deus, e dirigi a curta distância de volta para minha casa.

Homens gostavam de bife com batatas. E Archer morava sozinho. Pensei em mostrar a ele como preparar um bife perfeitamente, fazer uma batata gratinada simples e um acompanhamento de vagens assadas cobertas com parmesão.

Enquanto examinava a seleção de frutas para uma sobremesa, me lembrei dos arbustos de amoras perto do lago. Eu não tinha mais nada para fazer até a hora de ir para a casa de Archer, então achei que colher amoras para um *crumble* parecia um bom plano. Arrumaria tudo para levar e iria para o lago por volta das quatro e meia para passar meia hora ou mais colhendo o que eu precisava na natureza. Era melhor aproveitar a colheita de frutinhas de verão enquanto podia. Além disso, era um trabalho agradável em que eu não precisava pensar e que resultaria em algo maravilhoso. Seria ótimo.

Quando voltei para casa, guardei tudo, coloquei em potes e deixei no meu refrigerador maior. Todas as coisas que eu levaria teriam que ficar amarradas na parte de trás da bicicleta e na cesta, mas achei que daria certo.

Phoebe teria que ficar de fora dessa viagem, mas ela iria sobreviver. Eu a levaria para uma longa caminhada na margem do lago no dia seguinte.

Saí para o ar quente e ligeiramente abafado e sorri, a felicidade correndo por mim. Por que eu estava mais animada para mostrar ao meu homem estranho e silencioso como cozinhar para si mesmo do que na noite anterior, com o gostosão da cidade na minha varanda? Caramba. Parei e fiquei ao lado da bicicleta por um minuto. Meu homem estranho e silencioso? *Não é tão difícil, Bree. Basta subir na bicicleta e mostrar ao seu amigo como cozinhar uma refeição decente para si mesmo.*

Deixei a bicicleta encostada em uma árvore no acesso à praia como de costume e caminhei até a área arborizada próxima à margem. Afastei os galhos e arbustos com muito cuidado enquanto espiava. Lá estavam eles: vários arbustos de amora-preta carregados de frutos suculentos, prontos para serem colhidos. Seria uma pena deixar tudo isso apodrecer e cair no solo.

Atravessei os arbustos cautelosa e lentamente, evitando os galhos pontiagudos. Depois de passar pelo mato inicial, havia uma clareira pela qual eu poderia caminhar com bastante facilidade direto para as frutinhas.

Fui até elas e arranquei uma baga macia e madura do arbusto, colocando-a na boca. Fechei os olhos quando o suco doce explodiu na minha língua e gemi baixinho. Deus, que delícia. Daria um *crumble* delicioso.

Comecei a colhê-los com cuidado e colocá-los na pequena cesta que tinha trazido. Depois de um tempo, comecei a cantarolar enquanto colhia. Estava mais fresco ali, a vegetação atenuando o calor do sol do final da tarde, apenas pequenas manchinhas de luz entrando pelas frestas das árvores, a sensação de calor acariciando minha pele enquanto eu me movia através delas.

Entrei mais, em direção a um arbusto solitário de amoras silvestres com uma abundância de frutos. Estendi a mão, meus lábios se curvaram em um sorriso e, de repente, meu tornozelo torceu bruscamente embaixo de mim e fui agarrada violentamente por trás, braços por toda parte, minha cabeça batendo no chão antes de todo o meu corpo ser catapultado para cima e para fora da terra, para o ar.

Eu gritei, gritei e gritei, mas ele não me soltou. Ele me encontrou — ele veio me buscar. E, desta vez, ia me matar. Eu lutei, me debati e gritei, mas seu aperto ficou mais forte ao meu redor.

Estava acontecendo de novo. Ai, Deus, Deus, Deus, estava acontecendo de novo.

CAPÍTULO TREZE

ARCHER

Coloquei a última das pedras no lugar e recuei para examinar meu trabalho. Fiquei satisfeito com o que vi. O padrão circular provou ser um pouco desafiador, mas no final tudo se resumia à matemática. Eu havia elaborado o desenho da colocação no papel primeiro, mapeando o diagrama e o espaçamento antes de assentar a primeira pedra. Em seguida, usei barbante e estacas para garantir que a inclinação fosse correta, de modo que a chuva fluísse para fora da minha casa, não em direção a ela. Parecia bom. No dia seguinte, eu recolheria um pouco de areia da praia e a varreria entre os vãos e borrifaria água.

Mas, naquele momento, eu precisava tomar um banho e me preparar para Bree. *Bree*. O calor encheu meu peito. Eu ainda não tinha cem por cento de certeza sobre seus motivos, mas me permiti começar a esperar que fosse apenas amizade o que ela buscava. Por que comigo, eu não sabia. Tudo havia começado com a língua de sinais e, talvez para ela, isso satisfizesse alguma coisa. Eu queria perguntar por que ela queria passar tempo na minha companhia, mas não tinha certeza sobre as regras sociais nesse departamento. Eu poderia descobrir como me virar com diagramas avançados de alvenaria, mas quando se tratava de outras pessoas, me sentia perdido. Era apenas mais fácil fingir que os outros não existiam.

Claro, fazia muito tempo que eu não tinha certeza do que vinha primeiro, a cidade agindo como se eu fosse invisível ou eu enviando a mensagem de que *queria* ser invisível. De qualquer maneira, eu havia abraçado isso agora. E tio Nate definitivamente abraçara também.

— Está bom assim, Archer — dissera ele, passando a mão sobre minha cicatriz. — Não há ninguém na terra verde de Deus que possa torturá-lo para obter informações. Você mostra a eles sua cicatriz e finge que não entende, e eles vão te deixar em paz. — E foi o que fiz, mas não foi difícil. Ninguém queria acreditar em nada diferente. Ninguém se importava.

E hoje em dia, tanto tempo tinha se passado que eu sentia que não havia como voltar atrás. Estava tranquilo com isso, até que ela entrou alegremente na minha propriedade. E agora, eu estava tendo todos os tipos de ideias malucas e indesejadas. E se eu fosse vê-la na lanchonete em que ela trabalhava? Apenas sentasse ao balcão e tomasse uma xícara de café como se eu fosse uma pessoa normal?

Aliás, como eu pediria uma xícara de café? Apenas apontaria para tudo como uma criança de três anos enquanto as pessoas riam e balançavam a cabeça diante do pobre mudo? Sem chance. O mero pensamento já me enchia de ansiedade.

Foi quando eu estava saindo do chuveiro que ouvi o grito distante. Entrei em ação com um pulo e vesti o jeans às pressas, colocando a camiseta enquanto corria para a porta. Sapatos... sapatos... Olhei em volta e os gritos continuaram. Parecia Bree. *Esqueça os sapatos*. Saí correndo de casa e fui para a floresta.

Segui o som dos seus gritos angustiados através do mato, descendo em direção ao lago até a praia nos limites da minha propriedade. Quando a vi, emaranhada na rede, se debatendo desesperada, olhos bem fechados, chorando e gritando, meu coração parecia que ia explodir no peito. Tio Nate e suas malditas armadilhas. Se ele já não estivesse morto, eu o teria matado.

Corri em direção a Bree e coloquei as mãos nela dentro da corda emaranhada. Ela se sacudiu e começou a choramingar, levantando as mãos sobre a cabeça e se enrolando em uma bola o máximo que pôde dentro da armadilha. Ela era como um animal ferido. Eu queria rugir com a raiva que me percorria pela minha incapacidade de tranquilizá-la. Não podia dizer a ela que era eu. Soltei o topo da armadilha. Sabia como essas coisas funcionavam; eu tinha construído o suficiente delas quando Nate e eu nos sentávamos nas pedras à beira do lago, e ele planejava a segurança do seu complexo.

Bree estava tremendo violentamente agora, soltando gemidinhos, ficando tensa sempre que minhas mãos a tocavam. Eu a abaixei no chão e tirei as cordas do seu corpo. Então a peguei nos braços e comecei a voltar pela floresta para a minha casa.

No meio do caminho, seus olhos se abriram e ela olhou para mim, lágrimas grandes rolando por suas bochechas. Meu coração batia rápido no peito, não pelo esforço de carregá-la colina acima — ela parecia uma pena nos meus braços, pois eu estava tão cheio de adrenalina —, mas pelo medo e a devastação que pude ver gravados nas suas belas feições. Havia uma grande marca vermelha na sua testa, onde ela devia ter batido a cabeça antes que a armadilha a levantasse. Não é de admirar que ela estivesse toda confusa. Cerrei a mandíbula, jurando novamente que daria um pau em Nate quando chegasse à vida após a morte. Enquanto Bree olhava para cima, ela pareceu me reconhecer, seus olhos arregalados movendo-se pelo meu rosto. Mas então sua expressão se contraiu e ela começou a choramingar, colocando os braços em volta do meu pescoço e pressionando o rosto no meu peito. Seus gritos destroçaram seu corpo. Eu a segurei com mais força quando pisei na grama na frente da minha casa.

Abri a porta com um chute e entrei, e logo sentei no sofá, Bree ainda nos meus braços, chorando muito, suas lágrimas encharcando minha camiseta.

Eu não sabia o que fazer, então apenas fiquei sentado ali, segurando-a enquanto ela chorava. Depois de um tempo, percebi que a estava embalando e meus lábios estavam no topo da sua cabeça. Era o que minha mãe fazia quando eu me machucava ou ficava triste com alguma coisa.

Bree chorou por um longo, longo tempo, mas finalmente seu pranto diminuiu e sua respiração quente no meu peito saiu em exalações mais suaves.

— Eu não lutei — ela disse suavemente depois de alguns minutos.

Eu a afastei um pouco para que ela pudesse ver meus olhos questionadores.

— Eu não lutei — ela repetiu, balançando a cabeça levemente. — Eu também não teria lutado, mesmo se ele não tivesse fugido. — Ela fechou os olhos, mas os abriu alguns segundos depois, olhando para mim com o coração partido.

Levantei-a um pouco e a deitei no sofá, com a cabeça apoiada na almofada na ponta. Meus braços estavam doloridos e com cãibras por mantê-la na mesma posição por tanto tempo, mas não me importei. Eu a teria segurado pelo resto da noite se achasse que ela precisava de mim.

Absorvi sua imagem, ainda tão bonita mesmo em sua dor, seu longo cabelo castanho-dourado caindo em ondas soltas e seus olhos verdes brilhando com lágrimas. *Não lutou contra quem, Bree?*

O homem que tentou me estuprar, ela respondeu em sinais, e meu coração parou antes de retomar uma batida rápida e errática. *O homem que assassinou meu pai.*

Eu não sabia o que pensar, o que sentir. Eu certamente não sabia o que dizer.

Eu não lutei com ele, ela repetiu. *Não quando o vi apontando a arma para o meu pai e nem quando ele veio atrás de mim. Meu pai me disse para me esconder e foi o que fiz. Eu não lutei*, disse ela, com o rosto cheio de vergonha. *Talvez eu pudesse tê-lo salvado*, continuou. *Ele matou meu pai e, quando veio atrás de mim, ainda assim eu não lutei.*

Eu a estudei, tentando entender. Finalmente, falei: *Você lutou, Bree. Você sobreviveu. Você lutou para viver. E conseguiu. Isso era o que seu pai estava dizendo para você fazer. Você não teria feito o mesmo por alguém que ama?*

Ela piscou para mim, e então algo em sua expressão pareceu relaxar enquanto seus olhos percorriam meu rosto. E algo dentro de mim parecia ter se liberado também — embora eu não tivesse certeza exatamente do quê.

As lágrimas de Bree começaram a cair novamente, mas seu olhar distante de agonia pareceu diminuir um pouco. Eu a peguei de volta e a segurei contra mim mais uma vez enquanto ela chorava baixinho, e mais suavemente desta vez. Depois de um tempo, senti sua respiração se aprofundar. Ela estava dormindo. Eu a deitei no sofá mais uma vez e fui pegar um cobertor para cobri-la. Fiquei sentado com ela por um longo tempo, apenas olhando pela janela, observando o sol se pôr no céu. Pensei em como Bree e eu éramos tão diferentes... e ainda tão semelhantes. Ela carregava a culpa de não lutar quando achava que deveria, e eu carregava a cicatriz do que acontecia quando a gente lutava. Cada um de nós reagia de maneira diferente em um momento de terror e, ainda assim, nós dois ainda sofríamos. Talvez não houvesse certo ou errado, preto ou branco, apenas mil nuances cinzentas quando se tratava de dor e do que cada um de nós considerava responsável por provocar.

CAPÍTULO QUATORZE

BREE

Acordei e forcei meus olhos a se abrirem. Podia sentir que estavam inchados. O cômodo estava escuro, apenas uma única lâmpada acesa no canto ao lado de uma das estantes de livros embutidas. Eu estava deitada em um sofá de couro desgastado, e havia uma antiga mesa de centro feita de madeira na minha frente. As cortinas da janela estavam abertas, e pude ver que o sol já tinha se posto por inteiro.

Afastei para o lado a manta que estava sobre mim. Archer devia ter feito isso. Meu coração apertou. *Archer*. Ele havia cuidado de mim. Ele havia me salvado.

Sentei e, apesar dos meus olhos doloridos e do ponto na minha testa que estava um pouco sensível ao toque, o resto de mim parecia bem, descansado. De forma surpreendente, já que eu havia me transformado em um animal selvagem quando aquela rede havia caído sobre mim. Percebi muito de longe o que estava acontecendo enquanto Archer a retirava do meu corpo. Por que havia uma armadilha montada em sua propriedade, eu não fazia ideia, mas imaginei que tinha algo a ver com o tio dele.

Caramba, eu havia *surtado*. Agora estava envergonhada, mas de alguma forma me sentia aliviada também. De alguma forma, eu me sentia... mais leve? Quando percebi que estava sendo carregada e olhei para cima e encontrei os olhos preocupados de Archer, me senti *segura*, e assim as lágrimas finalmente caíram.

Fui interrompida nos meus pensamentos quando ouvi os passos de Archer atrás de mim, voltando para a sala.

Virei-me para agradecê-lo, um sorriso envergonhado nos lábios, mas quando ele apareceu, eu congelei. Doce mãe de tudo o que era mais sagrado. Ele estava com o cabelo preso, e havia se barbeado.

E ele era... *lindo*.

Fiquei boquiaberta.

Não, não era lindo no sentido de uma beleza delicada. Ele era apenas masculino o suficiente para amenizar o que, de outra forma, seria uma beleza masculina completa. O maxilar dele não era rígido, era ligeiramente quadrado, mas não de forma exagerada. Os lábios eram mais largos do que cheios, de uma linda cor levemente rosada.

Com o cabelo preso e sem barba, pude ver como seus olhos e nariz se encaixavam perfeitamente no formato do rosto dele. Por que ele já tinha se escondido? Eu sabia que ele tinha um rosto bonito em algum lugar sob toda aquela barba, mas não isso. Eu nunca tinha imaginado *isso*.

Bem quando eu estava prestes a falar, ele se aproximou de mim, à luz, e foi então que vi a cicatriz na base do pescoço — rosa e brilhante, a pele elevada em alguns lugares e plana em outros. Ela se destacava de forma contrastante em relação à beleza das feições acima dela.

— Archer — murmurei, olhando fixamente.

Ele pausou, mas não disse nada. Ficou parado ali, com uma expressão de incerteza no rosto e na forma como se mantinha rígido e imóvel. E eu só pude ficar olhando, hipnotizada por sua beleza. Algo apertou dentro de mim. Ele não tinha ideia. Nenhuma.

Venha aqui, eu disse, indicando o sofá ao meu lado. Virei enquanto ele contornava o sofá e se sentava ao meu lado.

Meus olhos percorreram seu rosto. *Por que você fez isso?*

Ele ficou imóvel por alguns instantes, olhando para baixo, mordendo o lábio inferior antes de levantar as mãos e dizer: *Não sei.* Sua expressão ficou pensativa, seus olhos encontrando os meus, e então ele continuou. *Quando você estava presa na armadilha, eu não podia falar com você para te tranquilizar. Você não pode me ouvir... eu não posso fazer nada quanto a isso.* Ele olhou para baixo por um segundo e depois voltou os olhos para mim. *Mas quero que você me veja.* Uma expressão de vulnerabilidade tomou seu rosto. *Agora você pode me ver.*

Sentir um aperto no peito. Eu entendia. Eu compreendia. Essa era a maneira dele de me fazer sentir mais confortável depois de ter exposto uma parte de mim para ele — fazendo o mesmo por mim. Levantei as mãos e falei: *Sim, agora consigo te ver. Obrigada, Archer.* Senti como se pudesse ficar olhando-o para sempre.

Após um minuto, respirei fundo e voltei a falar. *E obrigada pelo... que você fez mais cedo.* Balancei a cabeça ligeiramente. *Estou envergonhada. Você me salvou. Eu estava um caos.* Olhei para cima e o encarei. *Me desculp...*

Ele segurou minhas mãos para interromper minhas palavras e depois recuou com as próprias mãos. *Não, eu que peço desculpas,* disse ele, seus olhos intensos. *Meu tio montou armadilhas por toda esta terra. Eu tentei encontrar todas e desarmá-las, mas deixei essa passar.* Ele desviou o olhar. *Isso foi minha culpa.*

Balancei a cabeça em negativa. *Não, Archer. Não foi culpa sua.* Balancei a cabeça novamente. *Não. E, de qualquer maneira, por mais que eu sinta muito por ter surtado* — ri, envergonhada, e Archer abriu um pequeno sorriso para mim —, *talvez eu... precisasse disso. Não sei.*

Ele franziu a testa. *Você quer me contar sobre isso?*

Me recostei de volta no sofá e respirei fundo. Não tinha falado sobre aquela noite com ninguém, exceto com os detetives do caso. Ninguém mesmo. Nem mesmo meus melhores amigos. Eles só sabiam que meu pai tinha sido baleado por um ladrão e que eu havia sido testemunha ocular, mas não o resto, não tudo. No entanto, por algum motivo, sentia segurança em falar sobre isso agora. Me sentia segura com Archer. E havia algo de reconfortante em contar a história com as minhas mãos.

Estávamos prestes a fechar naquela noite, comecei. *O cara que normalmente trabalhava no balcão da nossa delicatéssen já tinha ido embora e meu pai estava lá, fazendo a contabilidade. Eu estava nos fundos assando pão para o dia seguinte. Ouvi o sino da porta tocar e levei um* minuto para lavar as mãos e secá-las. Quando fui até a porta da cozinha, pude ver pelo pequeno visor que havia um homem apontando uma arma para o meu pai.

Lágrimas encheram meus olhos, mas continuei.

Meu pai me viu pelo canto do olho e continuou fazendo sinais para que eu me escondesse. O homem estava gritando para ele entregar o dinheiro. Meu pai não conseguia ouvi-lo, então não respondeu. Respirei fundo enquanto Archer me observava com aqueles olhos que nunca deixavam nada passar, absorvendo minhas palavras, seu silencioso apoio me dando forças para prosseguir.

Antes mesmo de conseguir processar o que estava acontecendo, a arma disparou. Parei mais uma vez, imaginando aquele momento na minha mente e depois sacudindo a cabeça, trazendo-me de volta ao presente, de volta aos olhos compassivos de Archer.

Descobri depois que a bala acertou o coração do meu pai. Ele morreu instantaneamente. Lágrimas grossas rolaram dos meus olhos. Como eu poderia ter mais lágrimas? Respirei fundo, buscando me acalmar.

Tentei me esconder na cozinha, mas estava em choque, então tropecei e caí, e ele deve ter me ouvido. Ele entrou para vir atrás de mim e... — me arrepiei com a lembrança antes de continuar — *seus olhos estavam vermelhos, dilatados, ele estava trêmulo... Ele estava claramente sob efeito de alguma coisa.* Parei de falar, mordendo o lábio. *Mas ele olhou para mim de uma forma que eu soube o que ele ia fazer. Eu sabia.* Olhei para cima, para Archer, e ele estava tão imóvel, seus olhos penetrando nos meus. Respirei fundo mais uma vez.

Ele me fez tirar a roupa e... começou a percorrer meu rosto com a arma, cada traço. Então ele desceu para os meus seios. Ele disse que ia... me violentar com a arma. Eu estava tão aterrorizada. Fechei brevemente as pálpebras e olhei para o lado, desviando de Archer. Senti seus dedos no meu queixo e ele virou meu rosto de volta para ele, e algo naquele gesto foi tão amoroso que soltei um pequeno soluço sufocado. Parecia que ele estava me dizendo que eu não precisava ter vergonha, que eu não precisava me afastar dele. Meus olhos encontraram os seus mais uma vez.

Ele quase me estuprou, mas antes que o fizesse, ouvimos as sirenes... e elas estavam se aproximando. Ele fugiu. Saiu pela porta dos fundos em meio à tempestade. Fechei os olhos por um segundo e depois os abri novamente. *Agora eu odeio tempestades — o trovão, os relâmpagos. Isso me transporta de volta para lá.* Respirei fundo, com a voz trêmula. Eu acabara de contar tudo o que tinha acontecido naquela noite, e eu havia sobrevivido.

Bree, Archer começou, mas parecia que ele não sabia como prosseguir. Entretanto, eu não precisava que ele continuasse. Apenas meu nome, dito com tanto carinho em suas mãos, deixava meu coração mais leve.

Os olhos de Archer percorreram meu rosto antes que ele perguntasse: *Foi por isso que você foi embora? Foi por isso que veio para cá?*

Balancei a cabeça. *Depois que meu pai foi assassinado, descobri que ele havia deixado sua apólice de seguro de vida expirar. Ele deixou muitas coisas de lado enquanto eu estava na faculdade. Não foi uma surpresa para mim. Meu pai era uma pessoa incrível, o homem mais gentil que alguém poderia conhecer, mas era extremamente desorganizado.* Soltei uma pequena risada ao expirar.

Olhei para Archer, e seus olhos me encorajaram a continuar. Havia algo na maneira como ele me olhava — uma compreensão em seus olhos que me acalmava, me fortalecia.

Quando descobri que teria que vender a delicatéssen para pagar todas as despesas do funeral e as contas da empresa, simplesmente... fiquei entorpecida, acho. Não demorou muito para que eu recebesse uma oferta pelo negócio, mas doeu tanto assinar os papéis, que eu mal conseguia respirar. Balancei a cabeça de novo, não querendo voltar àquele dia, nem mesmo em pensamento. *Foi como perder mais um pedaço do meu pai. Ele tinha sido dono daquela delicatéssen por toda a minha vida — eu havia praticamente crescido ali dentro.*

Archer pegou minha mão por um breve segundo e depois a soltou, dizendo: *Sinto muito.* Já tinha ouvido essas palavras antes, mas olhando para ele naquele momento, eu sabia que elas nunca tiveram tanto peso quanto quando Archer as pronunciou.

Eles prenderam o homem que matou seu pai?

Balancei a cabeça em negativa. *Não. A polícia me disse que o cara provavelmente era um viciado que nem se lembrava do crime no dia seguinte.* Parei por um minuto, pensando. Algo nunca tinha parecido muito certo sobre isso... mas a polícia era a especialista. Ainda assim, às vezes me pegava olhando por cima do ombro, mesmo quando não reconhecia imediatamente que estava agindo assim.

Archer assentiu, franzindo a testa. Me deleitei com a imagem e a presença dele ali, sentindo-me mais leve, como se tivesse largado algo que não sabia que estava carregando. Dei um pequeno sorriso para ele. *Que maneira de arruinar sua aula de culinária, hein?*

Archer fez uma pausa e então sorriu de volta para mim, seus dentes retos brilhando. Percebi que um dos seus dentes inferiores era ligeiramente torto, e algo nisso me fez amar ainda mais seu sorriso. Eu nem tinha certeza do porquê — talvez fosse apenas uma daquelas imperfeições perfeitas. Ele tinha um vinco em cada bochecha, não exatamente covinhas, era apenas o jeito como seus músculos dali se moviam quando ele sorria. Olhei para aquelas dobras como se fossem unicórnios gêmeos que ele estava escondendo de mim debaixo da barba. *Mágico.* Meu olhar se moveu para baixo e permaneceu em sua boca por um segundo. Quando finalmente se moveu para o dele, o dele se arregalou um pouco antes de se desviar.

Fui buscar sua bicicleta e seus coolers enquanto você dormia, disse ele. *Coloquei tudo na minha geladeira. Acho que não estragou nada. Estava no gelo.*

Obrigada, agradeci. *Então, vamos matar a aula de culinária?* Eu ri, colocando a palma da mão na testa e gemendo de leve. *Quero dizer, se você me deixar voltar para sua propriedade outro dia?*

Ele sorriu para mim, sem dizer nada por vários minutos. Finalmente, ergueu as mãos. *Eu gostaria disso. E prometo não amarrar você em uma árvore da próxima vez.*

Eu ri. *Então está combinado?*

Ele sorriu, de um jeito lindo que tirou meu chão, e então disse: *Sim, combinado.*

Continuei sorrindo para ele como uma doida. Quem no mundo sabia que esse dia terminaria com uma risada da minha parte? Não a garota que tinha sido pega em uma armadilha, pendurada na floresta e surtado na frente do lindo (como agora dava para ver) homem silencioso.

Fiquei séria quando ele engoliu em seco e meus olhos se moveram para a cicatriz na base da sua garganta. Estendi a mão para tocá-la com cuidado e Archer se encolheu, mas depois ficou parado. Olhei em seus olhos e deixei as pontas dos meus dedos roçarem suavemente a pele ferida.

— O que aconteceu com você? — sussurrei, minha mão ainda em seu pescoço.

Ele engoliu mais uma vez, seus olhos se movendo pelo meu rosto, parecendo estar tentando decidir se me responderia ou não. Finalmente, ele ergueu as mãos e revelou: *Levei um tiro. Quando eu tinha sete anos. Eu fui baleado.*

Meus olhos se arregalaram e cobri a boca com a mão. Depois de um segundo, abaixei a mão e disse com a voz esganiçada:

— Baleado? Por quem, Archer?

Meu tio.

Meu sangue gelou. *Seu tio?*, perguntei, confusa. *Aquele que viveu aqui nesta terra com você?*

Não, meu outro tio. No dia em que perdi meus pais, meu tio atirou em mim.

Eu não... Eu não entendo. Por quê?, indaguei, sabendo que minha expressão transmitia o horror que eu sentia. *De propósito? Por quê...?*

Archer se levantou e soltou o cabelo do que quer que o estivesse segurando longe do rosto. Ele caminhou até uma mesinha atrás do sofá e pegou um pequeno tubo de alguma coisa. Quando voltou para o sofá e sentou ao meu lado novamente, colocando o tubo no colo, ele disse: *Vou passar um pouco dessa pomada de antibiótico nos seus arranhões para não infeccionar.*

Imaginei que ele tivesse parado de falar sobre si mesmo. Eu queria pressionar, mas não o fiz. Eu sabia melhor do que ninguém que, se você não estivesse pronto para falar sobre algo, ninguém deveria tentar te forçar.

Olhei para os meus braços e pernas. Havia vários arranhões pequenos e alguns maiores. Eles ardiam muito de leve, mas nada sério. Assenti, concordando com seu cuidado.

Ele abriu a pomada e começou a esfregar um pouco com o dedo em cada arranhão.

Quando se aproximou de mim, inalei seu cheiro limpo de sabonete, algo masculino e todo Archer logo abaixo da fragrância. Sua mão parou, e seus olhos dispararam para os meus e os sustentaram. O tempo pareceu parar, e meu coração acelerou bem antes de Archer interromper nosso olhar e desviar o rosto, rosqueando a tampa de volta no pequeno tubo e colocando-o em seu colo.

Isso vai ajudar, disse ele, levantando-se outra vez. Foi quando notei seus pés e engasguei. Havia cortes por toda parte, grandes e pequenos, e pareciam vermelhos e ligeiramente inchados. *Ai, meu Deus! O que aconteceu com seus pés?*

Ele olhou para eles como se estivesse percebendo só agora que estava ferido. *Não consegui encontrar os sapatos quando ouvi você gritando*, respondeu. *Meus pés vão ficar bem.*

Ai, Archer, falei, olhando para baixo. *Sinto muito. Você deve enfaixá-los. Se tiver ataduras, eu te faço um curativo para...*

Não precisa. Passei um pouco de pomada neles. Vão estar bem pela manhã.

Suspirei. Com certeza a pomada ajudaria, mas não o curaria da noite para o dia. Não com ferimentos que pareciam tão ruins. Seus pés pareciam rasgados. Deus, ele tinha corrido por cima de pedras e galhos pontiagudos e cobertura de solo espinhosa para me resgatar.

Me levantei. *Posso usar seu banheiro?*

Ele assentiu, apontando para uma porta ao lado da sala.

Passei por ele e entrei no pequeno banheiro. Tudo estava limpo e arrumado ali também — a pia e o espelho brilhavam e uma leve fragrância de limão pairava no ar. Eu não poderia criticar suas habilidades de dono de casa, com certeza.

Em cima da pia havia uma barra de sabão de um lado e, do outro, todo tipo de produto de limpeza dental existente: uma escova de dentes elétrica, fio dental, vários frascos diferentes de enxaguante bucal, escova interdental e — peguei um frasco — comprimidos de flúor. Ok, então o cara levava um pouco sério demais a saúde bucal. Nada a criticá-lo também, eu imaginei.

Usei o banheiro e depois voltei para me juntar a Archer. Sorri para ele. *Então, vejo que você está levando muito a sério seus dentes,* eu disse, provocando.

Ele sorriu de volta e balançou a cabeça levemente, levando uma mão à nuca. Seu cabelo caía no rosto, e eu queria puxá-lo para trás do jeito que estava quando estava preso para que eu pudesse ver seu lindo rosto novamente.

Meu tio não confiava em médicos ou dentistas. Ele disse que implantariam dispositivos de rastreamento se tivessem acesso ao seu corpo. Eu o vi puxar um molar podre com um alicate uma vez. Ele fez uma careta. A saúde dos meus dentes se tornou uma grande prioridade depois disso.

Eu me encolhi. *Deus! Isso é horrível,* reagi. *Seu tio arrancar o próprio dente, quero dizer. Porém, ser cuidadoso com a saúde bucal é um bom hábito.* Não pude deixar de rir, e ele sorriu de volta para mim, parecendo mais relaxado.

Depois de um segundo, ele perguntou: *Está com fome?*

Morrendo.

Ele assentiu. *Não tenho muitos ingredientes, mas poderia fazer uma sopa.*

Parece ótimo, eu disse. *Deixe que eu faço. Prometi a você uma grande refeição e, em vez disso, tive um colapso nervoso. Uma bela falta de educação.* Mordi o lábio, mas depois ri baixinho, encolhendo os ombros como se pedisse desculpas.

Ele olhou para mim e riu, seu peito se movendo debaixo da camiseta, mas nenhum som saindo da sua boca. Foi a primeira vez que ele fez algo próximo a rir na minha presença. Me deleitei com isso, amando aquelas marquinhas nas suas bochechas.

Fizemos o jantar em sua cozinha pequena e — nada surpreendentemente — limpa. Sopa de frango com macarrão e pãezinhos. Quando olhei em sua geladeira, me virei para ele. *Manteiga de amendoim, geleia, purê de maçã? Você tem seis anos?* Eu sorri.

Ele não sorriu de volta, porém, apenas olhou para mim por alguns instantes, como se estivesse considerando minha pergunta. *De certa forma, sim, Bree. De outras formas, não.*

O sorriso desapareceu do meu rosto. *Ai, Deus, Archer, me desculpe. Isso foi muita falta de noção...* Mas ele agarrou minhas mãos para me parar e ficamos assim por alguns segundos, nós dois apenas olhando para nossos dedos entrelaçados.

Por fim, ele me soltou. *Bônus para os meus amigos — eu tenho canudos engraçados naquele armário ali. Podemos fazer bolhas no nosso leite com chocolate.* Ele inclinou a cabeça, indicando um armário sobre o meu ombro.

Virei devagar e, em seguida, voltei para ele para vê-lo sorrindo. Inclinei a cabeça para o lado. *Você está sendo engraçadinho?*

Ele apenas continuou sorrindo. Eu ri. *Bom trabalho*, falei, piscando.

Archer me mostrou onde estavam suas panelas e frigideiras, e me ocupei em esquentar a sopa. Os eletrodomésticos eram mais antigos, mas Archer havia instalado as mais belas bancadas de cimento. Eu já tinha visto algo parecido em um programa da HGTV uma vez, mas não eram nem de longe tão bonitas quanto as que ele havia feito. Enquanto a sopa esquentava, passei a mão por elas, maravilhada com a habilidade de Archer.

Comemos em sua pequena mesa da cozinha e depois arrumamos tudo, principalmente em um silêncio amigável. Não pude deixar de estar ciente dele enquanto ele se movia pela cozinha, seu corpo alto e magro contornando o meu. Pude ver cada músculo sob sua camiseta e observei seus braços se flexionarem enquanto ele lavava e enxugava os pratos que havíamos usado, enquanto eu fingia limpar os balcões já limpos.

Quando ele terminou, se virou para mim, ainda segurando um pano de prato. Ele secou as mãos enquanto nos olhávamos, algo chiando no ar entre nós. Engoli em seco e o vi fazer o mesmo, meus olhos se demorando em sua cicatriz por uma fração de segundo.

Olhei de volta para ele e disse, *É melhor eu ir andando.*

Ele largou o pano e balançou a cabeça. *Não posso deixar você ir de bicicleta para casa no escuro e ainda não consigo andar essa distância toda.* Ele olhou para os pés, indicando seus ferimentos. *Vou estar bem pela manhã e então te acompanho.*

Balancei a cabeça.

— Hum... — falei, então sinalizei, *Ok. Eu posso dormir no seu sofá.*

Archer balançou a cabeça. *Não, você pode dormir na minha cama.* Quando meus olhos se arregalaram, seu rosto empalideceu e ele fechou os olhos por alguns instantes. *Quer dizer, vou dormir no sofá e você pode ficar na minha cama,* esclareceu. Manchas avermelhadas coloriam as maçãs do seu rosto e eu juro que senti meu coração pular uma vez no meu peito.

— Não posso fazer isso — sussurrei.

Pode sim, disse ele, passando por mim, saindo da cozinha.

Segui-o pela porta em frente ao banheiro e olhei em volta para o quarto pouco mobiliado: apenas uma cama, uma cômoda e uma cadeirinha no canto. Não havia enfeites, nem fotografias, nem nada.

Lavei os lençóis há alguns dias. Eles estão... limpos. Ele desviou o olhar de mim, aquelas mesmas manchas vermelhas aparecendo em suas maçãs do rosto.

Balancei a cabeça. *Ok*, eu disse. *Obrigada, Archer. Por tudo. Obrigada.*

Ele fez que sim, nossos olhos se demorando, e quando nossos ombros se tocaram enquanto ele estava saindo do quarto, eu o senti estremecer de leve. Ele fechou a porta atrás de si.

Olhei ao redor mais uma vez e notei que, na verdade, havia uma pequena fotografia em cima da cômoda. Me aproximei e peguei-a delicadamente. Era uma garota bonita, seus longos cabelos castanhos caindo sobre o ombro, rindo da pessoa atrás da câmera. Ela parecia despreocupada e feliz. Parecia estar apaixonada. Percebi por que seu sorriso parecia tão familiar — era o sorriso de Archer. *Esta deve ser a mãe dele, Alyssa McRae*, pensei. Virei a foto e no verso estava escrito:

Minha linda Lys.

Amor eterno.

C

C? Connor. Tio de Archer. O homem que havia atirado nele? Ele era um herói da cidade, no entanto — os habitantes não deviam saber que ele havia atirado no sobrinho.

— Mas como isso é possível? — perguntei à garota na foto, baixinho. Seus grandes olhos castanhos permaneceram sorrindo, sem me dar uma pista. Coloquei a foto de volta onde estava.

Tirei a roupa rapidamente, ficando só de calcinha e sutiã, puxei as cobertas e me deitei na cama de Archer. Tinha o cheiro dele: sabonete e homem limpo.

Enquanto eu estava deitada em sua cama, pensei nele no outro cômodo, seu corpo comprido provavelmente encolhido na beira do sofá. Inalei o cheiro dele em seus lençóis e o imaginei sem camisa, o luar brilhando em seu peito nu e macio, e estremeci de leve. Ele estava a poucos metros de mim do outro lado da parede.

Pensar em Archer dessa forma parecia um pouco perigoso — eu não sabia se era uma boa ideia. Considerando isso agora, percebi que havia uma química entre nós desde o início. Só tinha sido difícil classificar por causa de todas as maneiras pelas quais ele era tão diferente. E eu *ainda* me sentia um pouco confusa. Mas, aparentemente, meu corpo não sentiu confusão quando meus hormônios dispararam através de mim, minhas veias se encheram de calor, minha mente incapaz de deixar de lado as imagens de nós dois emaranhados nesses mesmos lençóis, aqueles lindos olhos cor de uísque cheios de paixão.

Virei o corpo e ajeitei o travesseiro, gemendo baixinho nele e fechando os olhos com força, desejando dormir. Depois de um tempo, embora tivesse dormido por várias horas naquela noite, caí em um sono tranquilo e não acordei até que o nascer do sol, atenuado pelas árvores ao redor da casa, iluminasse o quarto.

Sentei e me espreguicei, olhando ao redor do quarto de Archer sob o sol da manhã. Vesti meu short e regata e espiei fora da porta. Ele não estava à vista, então atravessei o corredor direto para o banheiro. Fiz o que tinha que fazer e usei o dedo para escovar os dentes e gargarejar com seu enxaguante bucal. Lavei o rosto e me olhei no espelho. Eu parecia bem. Meus olhos ainda estavam um pouco inchados, mas fora isso, não acho que meu surto tivesse me deixado com uma aparência muito ruim naquela manhã. Alisei meu cabelo para trás e me encostei na pia.

Pensar no meu surto me fez pensar no *flashback* que certamente aconteceria a qualquer momento. Seria melhor se eu tivesse o surto sozinha, fora da vista de Archer. Ele provavelmente já achava que eu era meio maluca. Deixá-lo ver meu episódio de estresse pós-traumático definitivamente o convenceria de que eu estava totalmente fora da casinha.

Fiquei encostada na pia por alguns minutos, de olhos fechados, desejando que o pior do *flashback* acontecesse enquanto eu estava trancada no banheiro. Nada aconteceu.

Abri a torneira e imaginei que era a chuva caindo ao meu redor, como naquela noite. Nada aconteceu.

Tentei esmagar a esperança que floresceu no meu peito — eu tinha sentido esperança no passado recente de que os *flashbacks* tivessem parado, pouco antes de ser lançada em um ataque.

Fechei os olhos e pensei na noite anterior, no que Archer havia me dito quando contei a ele minha mais profunda vergonha, que não tinha feito nada quando meu pai foi morto a tiros, já que eu quase tinha sido estuprada. Ele não olhou para mim com nojo... mas sim com *compreensão*. Alívio percorreu meu corpo novamente apenas com a memória.

E eu chorei mais do que achava que poderia. Chorei um rio de lágrimas... pelo meu pai, pela perda que sentia todos os dias por perder meu melhor amigo, *minha pessoa*... por *me* perder em algum lugar do caminho, por fugir...

Abri os olhos, roendo a unha e franzindo a testa. Era disso que eu precisava? Esse era o propósito dos *flashbacks* o tempo todo? Me forçar a enfrentar aquilo de que eu estava fugindo? Parecia certo, mas era apenas parte disso. Talvez eu precisasse me sentir segura e aceita em minha dor antes de me libertar dessa miséria diária. Precisava de alguém que me entendesse e me abraçasse enquanto eu chorava.

Eu precisava de Archer.

Abri a porta do banheiro e caminhei rapidamente pela casa, chamando-o. Ele não estava lá dentro. Corri para fora e chamei seu nome.

Depois de alguns minutos, ele caminhou por entre as árvores na direção do lago e ficou lá olhando interrogativamente para mim.

Não pensei que você acordaria tão cedo, disse ele, de longe.

Desci a encosta correndo e parei bem na frente dele, com um sorriso largo, a empolgação borbulhando dentro de mim. Eu ri, olhando para seu lindo rosto. Eu ainda não estava acostumada a ver ele todo. Ou pelo menos a maior parte. Ele ainda precisava desesperadamente de um corte de cabelo.

Eu não tive um flashback esta manhã, contei, movendo as mãos rapidamente.

Ele franziu a testa, olhando para mim, confuso.

Balancei a cabeça, dando uma risadinha. *Acho que simplesmente não consigo acreditar... Quero dizer, eu sempre tenho um. Diariamente. Tive um todos os dias durante seis meses*, continuei, minhas mãos se movendo rápido, meus olhos se enchendo de lágrimas.

Archer ainda olhava para mim, a compreensão surgindo em seus olhos, um lampejo de compaixão movendo-se em sua expressão.

Eu tenho que deixar a Phoebe sair de casa e dar comida para ela, eu disse, limpando rapidamente minhas lágrimas. Observei Archer mais uma vez, a alegria lavando meu corpo. Ele tinha me dado um presente incrível e eu estava boba de alegria. Eu queria passar o dia com ele e não me importava que fosse sempre eu quem pedisse. *Posso voltar mais tarde?*, falei de repente, olhando para ele com expectativa.

Seus olhos se moveram pelo meu rosto por alguns segundos, e então ele assentiu.

Eu sorri.

— Ok — sussurrei. Dei um passo à frente e seus olhos se arregalaram um pouco, mas ele não se mexeu. Passei os braços ao redor dele e o abracei com força. Ele não passou os braços em volta de mim, mas me deixou abraçá-lo.

Depois de um minuto, dei um passo para trás e sorri mais uma vez. *Eu volto.*

Tá.

Tá, eu repeti, sorrindo ainda mais.

Um sorriso apareceu no canto da sua boca, mas ele apenas acenou com a cabeça para mim.

Me virei e subi correndo a encosta arborizada até a casa dele e depois subi a entrada da garagem. Minha bicicleta estava encostada na parte interna da sua cerca. Passei pelo portão e parti para casa. Aqui e ali, eu descia a estrada de terra com a cabeça inclinada para o céu, me sentindo feliz, me sentindo viva, me sentindo *livre*.

CAPÍTULO QUINZE

BREE

Quando cheguei em casa, soltei Phoebe para fazer suas necessidades. Eu me sentia mais leve, mais feliz, como se tivesse me livrado das correntes que me mantinham presa à dor e ao luto da minha perda nos últimos seis meses. Enquanto esperava Phoebe do lado de fora sob o sol brilhante, uma sensação de profunda paz me envolveu. Eu nunca, jamais esqueceria meu pai. Ele estaria comigo em tudo que eu fizesse pelo resto da minha vida. Deixar para trás as correntes do luto e da culpa não significava *abandoná-lo*. Meu pai me amava; ele ia querer que eu fosse feliz. O alívio que inundou meu corpo quase me fez chorar. Engoli a emoção e chamei Phoebe, voltando para dentro de casa.

Depois de alimentá-la, sentei e tomei uma xícara de chá. Passei o tempo todo pensando no meu pai, me lembrando dos momentos especiais que tínhamos compartilhado, relembrando suas pequenas peculiaridades, visualizando claramente seu rosto na minha mente. Foquei no que tive, naquilo que algumas pessoas nunca têm nem por um minuto. Eu o tive por vinte e um anos. Eu era *sortuda* — tinha sido abençoada. Quando levantei para levar a louça para a pia, eu estava sorrindo.

Fui ao banheiro, liguei o chuveiro e tirei a roupa. Meus arranhões pareciam bem melhores. Ao que parecia, a pomada que Archer havia aplicado tinha funcionado.

Archer... Suspirei, tantas emoções e sentimentos confusos passando pelo meu corpo. Um calor preenchia meu peito sempre que eu pensava nele.

Eu queria saber sua história. Queria saber tudo sobre ele. Mas, instintivamente, sabia que não deveria pressionar para saber sobre o que acontecera no dia em que seu tio havia atirado nele. O chefe de polícia, *seu tio*, havia atirado nele. Meu Deus, como a gente consegue compreender algo assim? E *o que* acontecera para levar a isso?

Meia hora depois, eu estava vestida com short e camiseta, meu cabelo seco e preso em um rabo de cavalo.

Enquanto calçava os chinelos, olhei para o celular que estava em cima da cômoda e o peguei. Tinha duas mensagens. Eu as ouvi. Ambas eram de Travis. Joguei o celular de volta na cômoda. Eu retornaria a ligação; só que não agora.

Peguei Phoebe no colo e comecei a sair para voltar para a casa de Archer. Pensei em algo quando estava prestes a fechar a porta e voltei para dentro. Poucos minutos depois, eu estava saindo de casa na bicicleta, em direção a Briar Road.

— Oi. — Sorri quando Archer abriu a porta. Ele havia deixado o portão um pouquinho aberto para que eu pudesse entrar, trazer a bicicleta para dentro e deixar Phoebe ir encontrar Kitty e os filhotes.

Ele sorriu de volta e abriu mais a porta.

Assim que cruzei a soleira, me virei para ele. Respirei fundo. *Obrigada por me receber de volta aqui, Archer.* Mordi meu lábio, considerando. *Espero que não se importe... depois de ontem à noite... não há outro lugar no mundo onde eu queira estar hoje além de aqui com você.* Inclinei a cabeça, estudando-o. *Obrigada.*

Ele observou minhas mãos enquanto eu falava, finalmente olhando para os meus olhos, com uma expressão satisfeita. Ele acenou com a cabeça para mim e eu sorri.

Observei-o. Ele estava usando a mesma calça jeans desgastada que parecia que poderia se desintegrar a qualquer momento e uma camiseta azul-marinho justa. Seus pés estavam descalços... e, enquanto olhava para baixo, vi que eles pareciam muito melhores, principalmente porque o inchaço tinha diminuído. Mas os cortes e arranhões ainda pareciam dolorosos. Me encolhi e olhei de volta para ele.

Está tudo bem, Bree, ele me assegurou, claramente tendo notado minha reação aos seus ferimentos.

Eu ainda estava duvidosa, mas fiz que sim mesmo assim. Inclinei a cabeça para o lado. *Então, Archer, eu trouxe algo, mas antes de te mostrar, só quero que saiba que, se você não gostar da ideia... ou... simplesmente quiser dizer não para mim, eu vou entender completamente.*

Ele ergueu uma sobrancelha. *Parece assustador.*

Soltei uma risadinha. *Não... só... bem, me deixe te mostrar.* Fui até a pequena bolsa que eu tinha trazido e peguei minha tesoura.

Archer olhou para ela com cautela.

Pensei que você poderia querer um corte de cabelo, eu disse, e então continuei, apressada, *mas se não quiser, tudo bem também. Não estou dizendo que precisa de um, mas, bem, você precisa de um. Mas também posso apenas tirar um pouco — cortar as pontas.*

Ele abriu um sorriso ligeiramente envergonhado e colocou a mão na parte de trás do pescoço, mas então a abaixou e olhou para cima, para mim. *Eu gostaria, sim.*

Sorri. *Você gostaria? Que bom! Quero dizer, não sou a melhor, mas posso deixar reto. Eu cortei o cabelo do meu pai várias vezes.*

Ele sorriu. *Corte o quanto quiser, Bree.*

Bem, o que você quer? Faço o que você quiser.

Ele olhou para mim, algo caloroso adentrando seus olhos, embora não sorrisse. Me olhou com uma expressão séria, engolindo em seco antes de dizer: *Eu quero que você goste. Pode fazer o que quiser.*

Hesitei, não querendo que ele sentisse que estava fazendo algo contra a vontade. *Tem certeza?*

Muita, ele respondeu, indo até a cozinha e trazendo uma das cadeiras da mesa para o meio do espaço, onde o cabelo poderia ser facilmente varrido.

Fui até o banheiro e peguei uma toalha e o pente que estava na pia, e depois me juntei a ele, envolvendo a toalha nos seus ombros.

Comecei a cortar seu cabelo, concentrando-me no trabalho de medir e deixar reto. Ele tinha me dito que eu podia fazer o que quisesse, então ia cortar curto. Eu queria ver seu rosto, e tinha uma vaga noção de que ele usava o cabelo para se esconder. Seria minha responsabilidade despojá-lo disso? Não. Mas ele havia me dado permissão, então eu ia aproveitar. Se ele quisesse, o cabelo cresceria outra vez.

Coloquei o pente de lado e usei os dedos para pentear seu cabelo escuro e sedoso antes de usar a tesoura. Passar as mãos pelos seus fios espessos e levemente ondulados era íntimo e sensual, e minha frequência cardíaca aumentou enquanto eu me movia ao redor dele, cortando a parte de trás primeiro e depois a frente. Cada vez que eu deslizava a mão devagar pelo seu couro cabeludo, Archer tremia de leve. Eu me inclinei enquanto trabalhava, inspirando o aroma do seu shampoo e o cheiro limpo do seu corpo. Eu sentia o perfume do sabonete, mas, logo abaixo disso estava o cheiro amadeirado da sua masculinidade, e meu estômago se apertava de desejo.

À medida que eu me movia na frente dele, tirando o cabelo da frente da sua testa, olhei para o seu rosto, e os olhos dele encontraram os meus antes que ele os fechasse com força. Parecia quase como se ele estivesse sentindo dor, e meu coração apertou. Alguém, desde sua mãe, já havia tocado nele com ternura?

Continuei o trabalho, e quando me inclinei para cortar o cabelo acima da orelha, ele prendeu a respiração. Meus olhos se voltaram novamente para seu rosto. Suas pupilas estavam ligeiramente dilatadas e os lábios, entreabertos. Meus mamilos se enrijeceram sob a camiseta, e os olhos de Archer desceram, se arregalando quando se fixaram no meu peito. Seus olhos se desviaram, manchas vermelhas surgindo em suas maçãs do rosto, e ele fechou as mãos, que estavam apoiadas nas coxas musculosas.

Me inclinei sobre ele para cortar mais cabelo, meu peito ficando próximo ao seu rosto. Ouvi sua respiração engatar e começar a sair mais rápido, pequenas exalações de ar interrompendo o silêncio. Olhei rapidamente para baixo enquanto me afastava e vi sua excitação através da calça, espessa e rígida.

Rapidamente me movi ao redor dele, acertando ainda mais o corte e tentando controlar minha respiração. Meus olhos estavam vidrados, e eu esperava estar indo bem — não conseguia me concentrar, pois a umidade ia se acumulando entre as minhas coxas. Eu estava tão excitada que mal conseguia aguentar: pela sua proximidade, pela sensação de tocá-lo e pela certeza de que eu o estava afetando também. Nunca tinha ficado excitada tão depressa — e por causa de um corte de cabelo. Entretanto, parecia evidente que ele estava na mesma sintonia que eu.

Enquanto me movia para ficar à sua frente outra vez, pude ver que ele estava tremendo de leve.

— Pronto — sussurrei. — Acabamos. Ficou ótimo, Archer. — Ajoelhei na frente dele e engoli em seco quando o observei por completo.

Coloquei a tesoura na bancada atrás de mim e me virei, levantando-me nos joelhos o máximo que pude e me aproximando dele, meu coração batendo alto nos meus ouvidos e entre as pernas. Ergui os olhos, lançando um olhar de relance para sua boca. Seus olhos se fixaram rapidamente nos meus lábios também. Meu Deus, eu queria tanto que ele me beijasse que doía.

Ele olhou para baixo, na minha direção, e engoliu em seco, seu pomo de adão se movendo na garganta, e sua cicatriz se elevando. Enquanto nos encarávamos, a incerteza passou por seu rosto, e ele apertou mais os punhos sobre as coxas.

De repente, Archer recuou a cadeira e se levantou, e, chocada, eu também me levantei.

Você precisa ir agora, ele disse.

Ir?, perguntei. *Por que, Archer, desculpe, eu...?*

Ele balançou a cabeça. Pude ver sua pulsação no pescoço. *Não, não é nada, eu só... tenho coisas para fazer. É melhor você ir.* Ele estava ofegante como se tivesse acabado de correr oito quilômetros. Em todas as vezes em que eu tinha visto Archer fazendo trabalho físico, nunca o tinha visto ficar sem fôlego assim. Ele olhou suplicante para mim.

— Tá bom — sussurrei, a cor subindo pelo meu rosto. — Tá bom.

Peguei a tesoura e fui para a sala para colocá-la na minha bolsa. Virei-me para Archer.

Tem certeza? Eu não...

Sim, por favor, sim, insistiu ele.

Meus olhos desceram e eu pude ver que ele ainda estava completamente duro. Engoli em seco outra vez. Não sabia o que pensar. Ele estava envergonhado por estar excitado? Ou estava chateado por estar excitado por minha causa? Eu tinha sido muito atirada? Ele só queria que fôssemos amigos, e eu tinha interpretado tudo errado? Mágoa e confusão nublaram minha mente.

— Tá bom — eu disse uma vez mais, me aproximando da porta.

Ele segurou meu braço com delicadeza enquanto eu passava, e me assustei um pouco. *Desculpe. Agradeço de verdade pelo corte de cabelo.*

Eu o encarei de novo, observando como ele estava bonito, recém-barbeado, com o novo corte de cabelo e o mesmo rubor em suas bochechas, seus olhos vidrados, a cor castanho-dourado ainda mais brilhante do que o normal.

Assenti e saí. Phoebe estava na varanda, então a peguei no colo e saí às pressas pelo portão de Archer.

CAPÍTULO DEZESSEIS

BREE

Pedalei devagar de volta para casa. Quando estava virando na minha rua, percebi que não me lembrava de nada do caminho de volta. Eu tinha pedalado em um estado de névoa, alheia a tudo ao meu redor, focada apenas nos meus sentimentos de confusão e mágoa.

Ao avistar minha casa, vi uma caminhonete grande estacionada na frente e uma figura parada no meu alpendre. *O que estava acontecendo?*

Conforme me aproximava, percebi que era Travis. Desci da bicicleta, a encostei na cerca, peguei Phoebe no colo e caminhei em direção a ele, com um sorriso confuso.

— E aí, sumida — ele disse, se aproximando.

Dei uma risadinha.

— Desculpe, Travis. Não estou tentando sumir, e recebi suas mensagens. Só estive muito ocupada. — Encontrei-o no pé dos meus degraus.

Ele passou a mão pelo cabelo.

— Não estou tentando te perseguir. — Ele abriu um sorriso envergonhado. — É que eu realmente gostei de sair com você naquela noite, e a cidade está organizando um desfile com o departamento de polícia e de bombeiros daqui a algumas semanas. Sempre há um jantar depois para homenagear meu pai, é meio importante para a cidade... Eu estava esperando que você fosse comigo. — Ele sorriu. — Claro, espero que você tope fazer alguma coisa antes disso, mas queria te convidar para o jantar com antecedência. É importante para mim.

Mordi o lábio, sem saber o que fazer. E então me ocorreu: o pai dele era o homem que tinha atirado em Archer. Homenageá-lo? Como eu poderia? Não queria magoar Travis; eu gostava dele. Mas gostava mais de Archer. Ai, Deus. Era verdade. Gostava mesmo. Mas Archer tinha me expulsado da sua casa, enquanto Travis estava se esforçando para me encontrar e passar tempo comigo. Mesmo que fosse para um evento com o qual eu não me sentia confortável. Eu só queria entrar em casa e pensar sobre as coisas. Queria ficar sozinha.

Sorri.

— Travis, posso pensar? Desculpe... toda essa coisa complicada... eu só...

Um lampejo de algo que parecia raiva ou decepção passou rapidamente pelo seu rosto antes de ele sorrir e dizer:

— Que tal se eu te ligar daqui a um ou dois dias com os detalhes e aí você pode dizer que aceita? — Ele sorriu.

Dei outra risadinha e falei:

— Ok, me ligue daqui a alguns dias.

Ele sorriu, parecendo satisfeito, e então se inclinou para me beijar, e virei um pouco o rosto para que ele pudesse beijar minha bochecha. Ele franziu a testa enquanto recuava, mas não disse nada.

— A gente se fala — respondi, a voz baixa.

Ele assentiu uma vez e então contornou o meu corpo e foi em direção à caminhonete. Eu o observei de onde estava, seus ombros largos e seu traseiro musculoso preenchendo bem a calça. Ele era mesmo um bom partido. Por que eu não sentia nenhuma faísca? Suspirei e entrei em casa com Phoebe.

Fui para o meu quarto e deitei na cama, e antes que percebesse, acabei pegando no sono. Quando acordei, o cômodo estava escuro. Olhei para o relógio. Dez e dezoito. Tinha dormido a maior parte da tarde e da noite. Provavelmente porque não tinha dormido bem na cama de Archer... por estar tão consciente dele no cômodo ao lado. Resmunguei ao pensar nele, me perguntando o que ele estava fazendo agora. Esperava não ter estragado tudo entre nós.

Suspirei e me sentei, e Phoebe entrou trotando no quarto.

— Oi, menina — murmurei. — Acho que você precisa ir lá fora, não é?

Levei-a até a porta da frente e calcei os chinelos, notando que precisava jogar no lixo as rosas murchas que estavam na mesa de entrada. Quando abri a porta, imediatamente vi algo no tapete do meu alpendre. Confusa, me agachei e peguei. Cheirei e comecei a sorrir. Era um "buquê" de barras de chocolate Almond Joy, presas no meio por um pequeno pedaço de barbante, amarrado com um laço.

Girei as barras de chocolate entre as mãos, sorrindo bobamente, a felicidade florescendo no meu peito. Seria um pedido de desculpas? Ou... um gesto de amizade? O que exatamente significava? Resmunguei. Esse homem!

Ri alto, abraçando as barras de chocolate, e fiquei ali, sorrindo feito boba. Homem desajeitado. Doce e silencioso Archer Hale.

Meu turno era das seis da manhã às duas da tarde no dia seguinte e eu estava praticamente pulando de alegria quando entrei na lanchonete. Era minha segunda manhã sem lembranças dolorosas. Quando fui para a cama na noite anterior, estava com um pouco de medo de que aquela manhã tivesse sido algum tipo de anomalia estranha. Mas não, parecia que não era. Eu me sentia como uma pessoa totalmente nova. Uma pessoa mais leve, uma pessoa cheia de *esperança* e liberdade.

Enquanto a clientela do café da manhã estava diminuindo, Norm falou lá da cozinha:

— Maggie, eu preciso fazer uma pausa nos fundos. Me chame se alguém entrar. — Ele tirou as luvas de plástico das mãos, afastou-se da grelha e foi para o pequeno escritório atrás da cozinha.

Maggie balançou a cabeça.

— Ele está bem? — perguntei.

— Esse teimoso está doente, mas é claro que ele não vai contratar outro cozinheiro. Ele é mão de vaca *e* acha que é o único que consegue fazer alguma coisa. — Ela balançou a cabeça de novo.

Franzi a testa, parando de limpar o balcão e me virando para Maggie. Inclinei a cabeça, pensativa, e então disse:

— Maggie, se você precisar de ajuda na cozinha, minha família tinha uma delicatéssen e eu costumava cozinhar lá. Acho que eu conseguiria me virar aqui... quero dizer, sabe, se algum dia for necessário.

Maggie me observou.

— Bem, obrigada, querida. Vou manter isso em mente.

Assenti e voltei às minhas tarefas de limpeza do balcão.

Assim que eu estava terminando, o sininho da porta tocou. Olhei para cima e vi entrar uma mulher que eu estimaria ter por volta dos quarenta e poucos anos. Ela vestia um terninho com calça e blazer de mangas curtas bege-claro que parecia ser de marca, e embora eu não soubesse muito sobre nomes de grife, até eu sabia que o grande logo com o duplo *C* em sua bolsa era da Chanel.

Ela tinha cabelos loiros brilhantes presos em um coque, com algumas mechas artisticamente moldando seu rosto. Sua maquiagem era impecável, embora um pouco pesada, em um rosto esticado que claramente tinha passado pelo bisturi de um cirurgião plástico.

— Bem, olá, sra. Hale — cumprimentou Maggie, correndo até ela como se a rainha da Inglaterra tivesse acabado de entrar.

— Maggie — ela disse, mal olhando de lado enquanto se aproximava de mim no balcão.

Um cheiro de perfume caro — predominando lírios e rosas — fez meu nariz coçar. Espirrei, levantando o braço para cobrir a boca e o nariz, e depois abaixando-o novamente.

— Desculpe!

A mulher me olhou como se eu pudesse ser contagiosa. Caramba, um *Saúde não era muito a se pedir, era? Uau, eu estava recebendo vibrações realmente boas.*

— Vou esperar enquanto você lava as mãos.

— Ah, certo, ok, estarei de volta para anotar o seu pedido.

— Eu não vou pedir nada.

Eu parei. *Ok...* Mas apenas assenti e fui para os fundos, onde lavei e sequei as mãos, e então me apressei para o salão. Enquanto caminhava, de repente me ocorreu perguntar a mim mesma: por que eu estava obedecendo a essa pessoa mesmo?

— Como posso ajudar? — perguntei, mantendo uma distância do balcão, não querendo começar a espirrar de novo. Eu tinha certeza de que era alérgica a ela.

— Eu sou Victoria Hale. Tenho certeza de que você já ouviu falar de mim.

Olhei para ela sem entender.

— Não, desculpe, não ouvi — menti, sentindo uma pequena satisfação ao ver uma expressão de raiva passar brevemente por seu rosto. Que mulher desagradável.

Mas ela rapidamente se recuperou.

— Bem, então fico feliz por ter vindo para me apresentar. Sou a mãe de Travis Hale. Pelo que entendi, você está saindo com ele socialmente.

— Ãh, eu... — Parei de falar. O que estava acontecendo? — Saí uma vez com ele — respondi, franzindo a testa e estudando aquela mulher audaciosa. Eu não sairia com Travis de novo, mas essa mulher não precisava saber disso.

— Sim, foi o que ouvi — ela disse. — Está tudo bem, suponho. Travis escolhe as mulheres com quem ele quer... sair. O que não está tudo bem é que você aparentemente fez amizade com Archer Hale.

Meus olhos se arregalaram e minha boca se abriu. Como ela sabia disso? Cruzei os braços no peito.

— Na verdade, ele é mais do que um amigo. — Ergui o queixo, olhando para ela com o nariz empinado. Ok, isso não era exatamente verdade, pelo menos no que dizia respeito a Archer, mas eu queria ver sua expressão quando eu dissesse. Seu desprezo por Archer era óbvio, mas por qual motivo eu não tinha ideia. E a melhor maneira em que pude pensar para defendê-lo naquele momento era dizer que eu estava saindo com ele.

Ela me olhou por alguns segundos e então riu, fazendo uma onda de raiva percorrer meu corpo.

— Bem, isso não soa familiar? Outra garotinha controlando os garotos Hale por suas partes masculinas. — Então, seus olhos se estreitaram. — Aquele garoto tem um lado violento. Alguém já te contou?

Minha boca se abriu.

— Um lado violento? — Eu ri. — Você está errada sobre isso...

Ela fez um aceno para me silenciar.

— Pergunte a ele, garotinha. Ouvi dizer que você sabe língua de sinais e está ensinando a ele. Pergunte sobre como ele tentou me agredir vários anos atrás. — Ela assentiu, como se concordando consigo mesma.

Eu não disse nada, encarando-a, não a corrigindo em sua suposição de que eu estava ensinando Archer a se comunicar por sinais.

— Mantenha-se longe dele — ela continuou. — Nada de bom pode vir disso. E para uma garota que não é estranha à violência, eu pensaria que você ouviria o meu aviso. Não há como saber quando ele vai surtar e fazer algo para te machucar. Guarde minhas palavras. Ele já fez isso antes. Tenha um bom dia.

E, com isso, ela se virou e seguiu em direção à porta, acenando muito discretamente para Maggie, que agora estava sentada à mesa onde descansávamos, tentando parecer que não estava ouvindo a conversa.

Fiquei chocada. Aquela mulher tinha pesquisado a meu respeito — tinha investigado quem eu era e o que estava no meu passado? *Por quê?* E de todas as mulheres desagradáveis e condescendentes... Que vaca. Como elas eram umas vacas!

Quando a porta se fechou, Maggie correu até mim.

— Mas o que foi isso? — ela perguntou, de olhos arregalados.

Eu ainda estava parada lá, franzindo a testa.

— Literalmente não faço ideia. Quem essa mulher pensa que é?

Maggie suspirou.

— Tori Hale sempre foi metida desde o dia em que chegou à cidade, ainda mais depois de se casar com Connor Hale. Ela é esnobe e um pouco difícil de lidar, mas o que podemos dizer sobre uma mulher que é dona de toda a cidade, incluindo todos os comércios, e tem mais dinheiro que Deus?

— Que ela precisa comprar uma personalidade melhor? — sugeri.

Maggie riu suavemente.

— Não vou discordar de você, mas... — Deu de ombros. — Ela geralmente fica nos seus vários clubes sociais do outro lado do lago. Não tenho motivo real para interagir com ela. Claro, ela não está conquistando novos fãs com o que está planejando fazer com a cidade.

Olhei para Maggie.

— Isso vai afetar você e Norm?

Ela balançou a cabeça em negativa.

— Ainda não sabemos. Ninguém viu os planos finais. A única coisa que todos sabem com certeza é que condomínios vão ser construídos na margem do lago.

Olhei pela janela na direção em que Victoria Hale tinha desaparecido na esquina alguns minutos antes.

— Humm.

— Agora, o que é essa história de você estar saindo com Archer Hale? — perguntou Maggie, interrompendo meus pensamentos.

Respirei fundo, olhando para ela e apoiando meu quadril no balcão.

— Isso pode ter sido um pequeno exagero, mas tenho ido à propriedade dele e passado tempo lá. Eu gosto dele.

— Eu sempre achei que ele fosse simplório.

Balancei a cabeça vigorosamente.

— De jeito nenhum. Ele é inteligente, engraçado e gentil. É realmente incrível — eu disse, corando de leve e baixando os olhos quando Maggie me olhou, curiosa.

— Você gosta mesmo dele — concluiu, parecendo chocada. — Bem, quem poderia imaginar? Humm.

— Gosto, sim. Tem muito para gostar. De qualquer forma, sobre o que Victoria Hale estava falando... Archer sendo violento?

Maggie deu de ombros.

— Não faço ideia. Nunca vi nada assim. Como eu disse, sempre achei que ele fosse simplório. Claro, eu também não ficaria muito surpresa. Acho que é uma questão de genes. O pai dele era um bêbado malvado. Aquela pobre esposa dele tentava esconder os hematomas, mas todos nós sabíamos...

Encostei o quadril no balcão.

— Alguém fez alguma coisa? — questionei, sentindo um peso no coração pela mãe de Archer.

Maggie assentiu.

— Connor Hale, o irmão dele, sempre estava lá. Houve várias brigas entre os dois, pelo que sei. — Ela balançou a cabeça outra vez.

Mordi o lábio, me perguntando de novo o que, de fato, havia acontecido entre os dois irmãos tantos anos atrás.

— Melhor eu ir dar uma olhada no Norm — disse Maggie. — Tenho que garantir que ele não tenha morrido lá no escritório. Não seria bom para os negócios.

Dei uma risadinha e voltei ao trabalho, minha mente cheia de perguntas sobre irmãos, segredos, uma garota que ambos amavam e uma viúva insuportável. Perguntava-me como todo o quebra-cabeça se encaixava e onde Archer entrava em tudo isso.

CAPÍTULO DEZESSETE

BREE

Saí da lanchonete mais tarde naquele dia e percebi que estava notavelmente mais fresco — ainda quente e em clima de verão, mesmo sendo o início de setembro, mas eu já sentia o ar de outono. As folhas estavam começando a mudar de cor aqui e ali, e vi jeans e suéteres no meu futuro próximo. Parei ao lado do meu carro. Será que isso significava que eu ia ficar? Estava em Pelion há menos de um mês, mas já começava a ver aquele lugar como um lar. Teria que pensar em tudo. Por enquanto, não tinha pressa.

Abri a porta do carro e de repente senti um leve toque no meu ombro. Tive um sobressalto, inspirando rapidamente e me virando. Olhos castanho-dourados encontraram os meus. Por uma fração de segundo, fiquei confusa, enquanto meus olhos examinavam o rosto bonito em uma cabeça de cabelos curtos e escuros. *Archer*. Expirei, rindo e colocando a mão no peito.

Ele sorriu. *Desculpe.*

Ri novamente. *Está tudo bem. Eu só não te ouvi se aproximando.* Franzi a testa. *O que está fazendo aqui?*

Estou aqui por você, ele disse, enfiando as mãos nos bolsos e olhando para os sapatos por um segundo antes de tirar as mãos e voltar a olhar para cima. *Você acha ruim?* Ele manteve a cabeça baixa, mas olhou para mim, semicerrando os olhos. Meu estômago deu um salto.

Não, de forma alguma, respondi, sorrindo para ele. *Recebi o buquê que você deixou para mim. Eu adorei.*

Ele assentiu, seus lábios se curvando, mas então seu rosto assumiu uma expressão preocupada. *Desculpa pelo que aconteceu ontem*, disse ele, passando a mão pelo cabelo curto. *Eu deveria explicar, eu...*

Archer, falei, segurando sua mão para impedi-lo de continuar, *que tal uma aula de culinária hoje à noite e podemos conversar, então? Seria bom?*

Ele me estudou por um segundo e depois assentiu, enfiando as mãos de volta nos bolsos e olhando ao redor com nervosismo.

Sorri. *Ok, ótimo... bom. Vou para casa, me arrumar e ir de bicicleta até lá.*

Ele assentiu mais uma vez.

Entre, falei, *apontando para o meu carro. Eu te levo para casa.*

Ele olhou para o meu carro como se fosse um disco voador. *Não, eu vou a pé.*

Franzi a testa para ele. *Archer, sinceramente. Por que ir a pé quando posso te levar de carro?*

Ele começou a recuar, andando de costas. *Nos vemos daqui a pouco.*

Apenas o observei até que ele se virasse e começasse a se afastar. *Bem, como preferir*, pensei. Foi então que notei todas as pessoas olhando curiosamente para mim, passando devagar, nem tentando esconder sua intromissão. Droga, cidades pequenas podiam ser seriamente irritantes. Havia alguma privacidade ali, afinal?

Entrei no carro e tomei o caminho de casa.

Assim que cheguei, tomei um banho rápido e vesti meu short de linho amarelo-claro e regata branca favorita. Sequei o cabelo parcialmente e o amarrei meio folgado, deixando algumas mechas soltas emoldurando meu rosto. Passei uns minutos extras em frente ao espelho, querendo ficar bonita para Archer e sentindo uma emoção excitante ao pensar em passar tempo com ele.

Vinte minutos depois, Phoebe e eu chegamos ao portão aberto na propriedade dele e entramos, e eu o fechei atrás de nós. Como de costume, Phoebe correu pelo quintal em busca de Kitty e dos filhotes, que agora a seguiam enquanto ela se aventurava em missões secretas por toda a propriedade. Sorri para mim mesma. Acho que teria gostado de conhecer o tio Nate.

Archer saiu de casa e sorriu para mim, e eu sorri de volta, caminhando em sua direção. Levaria um tempo para eu me acostumar com sua nova aparência. Meu Deus, ele era lindo. É verdade que suas roupas ainda eram um pouco estranhas para um cara na casa dos vinte anos... espera, quantos anos Archer *tinha* mesmo?

A poucos metros dele, fiz sinais perguntando: *Quantos anos você tem?*

Ele pareceu confuso por um segundo, olhou para o horizonte como se estivesse calculando e disse: *Vinte e três.*

Parei, franzindo o cenho. *Por que você parece confuso?*

Ele balançou a cabeça um pouco. *O tio Nate nunca comemorava aniversários, então eu esqueço o ano às vezes. Meu aniversário é em dois de dezembro.*

Eu não sabia o que dizer. Ninguém tinha comemorado o aniversário dele? Todos esses anos? Parecia uma coisa relativamente simples, mas, por algum motivo, aquilo apertava meu coração dolorosamente.

Sinto muito, Archer, falei quando cheguei perto dele.

Ele deu de ombros como se não fosse importante. *Vamos entrar?*

Assenti.

— Aliás — eu disse, seguindo-o para dentro da sua casa —, você não sabe nada sobre o degrau da minha porta, sabe? — Percebi que ele não estava mais solto quando tinha chegado do trabalho mais cedo. Não tinha como George Connick saber disso. Eu não o tinha chamado. A última pessoa a subir os degraus tinha sido Archer.

Ele olhou para trás e virou levemente o corpo. *Estava perigoso*, ele respondeu. *Eu fui lá e consertei hoje de manhã. Levou apenas alguns minutos.*

Suspirei.

— Obrigada. Isso foi muito atencioso. — Meu Deus, esse homem. Ele ia me matar de tanta fofura.

Ele apenas assentiu como se não fosse nada.

Quando entramos, ele segurou minha mão e me levou até o sofá, e nós dois nos sentamos. Olhei-o com expectativa. Observar esse homem grande e bonito, com um corpo pelo qual muitos passavam horas na academia, sentado na minha frente, tão tímido e incerto, era algo que eu mal conseguia entender — mas isso fazia meu coração acelerar e um calor correr em minhas veias. Ele parecia tão desconfortável, mas deu uma respiração profunda e começou a dizer: *Sobre ontem... Eu...*

Archer, interrompi, *você não precisa explicar. Acho que entendo...*

Não, você não entende, foi a vez dele de interromper. Ele passou a mão pelo novo cabelo curto. *Bree, eu não...* Ele soltou um suspiro, cerrando ligeiramente a mandíbula. *Não tenho experiência com...* Seus olhos perfuraram os meus, brilhando com intensidade. Senti essa intensidade entre as minhas coxas. Eu não podia evitar, meu corpo reagia a ele, mesmo que eu não pedisse.

Posso te fazer uma pergunta?, disse ele, os mesmos pontos vermelhos surgindo em suas maçãs do rosto. Meu Deus, ele era lindo.

Qualquer coisa.

Você... queria que eu te beijasse ontem? Queria que eu te tocasse? Seus lábios se abriram levemente, e ele me observou em busca de uma resposta, como se sua vida dependesse disso.

Queria, respondi sem hesitar. Eu já tinha brincado com caras no passado. Jogos de flerte e de fazer-se de difícil, mas com Archer, não pensei duas vezes. A completa honestidade era a única coisa que eu daria a ele. Nunca machucaria intencionalmente esse homem lindo, sensível e ferido além do que ele já tinha sido machucado.

Ele soltou um suspiro alto. *Eu queria te beijar, te tocar. Só não sabia... se você também queria...*

Sorri, olhando para cima, através dos meus cílios. *Archer*, disse, pegando sua mão e colocando-a no meu coração, que batia descontrolado.

— Você sente isso? — sussurrei, usando a voz enquanto minhas mãos seguravam as dele contra mim. — É assim que você me afeta. Meu coração está acelerado, porque quero que você me beije tão intensamente que mal consigo respirar.

Seus olhos se arregalaram, e suas pupilas se dilataram tanto que seus olhos castanhos-dourados pareciam castanho-escuros. Algo quase palpável transmitiu-se entre nós. Ele olhou dos meus olhos para a minha boca e voltou a olhar para os meus olhos. Eu não me movi, instintivamente sabendo que significava algo para ele tomar a iniciativa. Fiquei imóvel, meus olhos percorrendo sua boca. Ele lambeu os lábios, e esse pequeno movimento enviou uma faísca de eletricidade direto entre as minhas pernas. Eu as apertei levemente, tentando aliviar a sensação de prazer que estava crescendo ali.

Me beije, me beije, repeti na minha cabeça, a tensão aumentando tanto que quando ele, enfim, começou a se aproximar devagar, quase gemi de alívio.

Ele veio na minha direção, os lábios se separando levemente, sua expressão uma mistura de incerteza e desejo explícito. Nunca esqueceria aquele olhar — enquanto vivesse, nunca esqueceria a beleza pura da expressão de Archer. Da próxima vez não seria a mesma coisa. Assim que ele me beijasse, seu primeiro beijo, eu sabia que isso nunca mais seria igual. Eu o absorvi, memorizei, tornei parte de mim. E então seus lábios encontraram os meus e eu gemi, um som sem fôlego que subiu pela minha garganta involuntariamente. Seus olhos se abriram, e por um segundo ele parou, seus olhos ficando ainda mais escuros antes de pressionar firmemente seus lábios nos meus, fechando os olhos mais uma vez. Fechei os meus também e aproveitei a sensação dos seus lábios macios, experimentando, acariciando suavemente e depois pressionando de novo. Após vários segundos, ele aproximou ainda mais seu corpo do meu, e sua língua varreu o contorno dos meus lábios, que abri imediatamente, convidando-o sem reservas. Sua língua adentrou minha boca timidamente, e usei a minha para se entrelaçar com a sua. Ele pressionou seu corpo ainda mais contra o meu, e uma pequena exalação escapou da sua boca para a minha, como se ele estivesse me trazendo à vida. E talvez ele estivesse. Talvez ele tivesse feito isso o tempo todo.

Ele me deitou gentilmente no sofá, sua boca nunca se separando da minha, e se inclinou sobre mim, movendo a cabeça. O beijo se aprofundou enquanto sua língua continuava a explorar dentro da minha boca, a minha encontrando a dele em uma dança lenta e erótica.

E nada jamais pareceu tão certo.

O alívio delirante que floresceu no meu coração ao sentir o quanto eu queria esse homem acima de mim, me beijando, quase me fez querer chorar de felicidade.

Após vários minutos, ele se afastou, ofegante, inspirando ar e olhando nos meus olhos. Eu o encarei e sorri, mas em vez de sorrir de volta, ele pressionou os lábios de novo nos meus e ergueu as mãos, passando os dedos pelo meu cabelo, segurando mechas suavemente. A sensação era tão boa que gemi baixinho, pressionando meus quadris contra o seu corpo rígido. Eu podia sentir sua ereção, dura e grossa, e me mexi até que ela pressionasse exatamente onde eu precisava, o calor irradiando através do tecido da sua calça jeans e do tecido fino do meu short de linho. Ele soltou outra pequena exalação na minha boca e eu me deleitei, sabendo que era um gemido que não tinha som.

Ele pressionou sua ereção de leve e afastou os lábios dos meus para olhar no meu rosto com um ar questionador, para ver se eu estava de acordo com o que ele estava fazendo. Sua delicadeza e sua preocupação com o que eu desejava fizeram meu coração apertar.

— Sim — sussurrei. — Sim.

Ele retomou o beijo e então adicionou o movimento suave dos quadris, fazendo com que sua ereção se movesse sobre meu clitóris em deliciosos círculos. Fiquei me perguntando se ele sabia que os movimentos que davam prazer a ele também davam prazer a mim. Fiz questão de expressar o que amava no que ele estava fazendo, ofegando em sua boca e pressionando meus quadris contra ele. Archer ajustou seus movimentos de acordo com as minhas reações, e o fato de que ele estava tão sintonizado com meu prazer disparou outro raio de excitação no meu âmago, fazendo meu clitóris formigar e inchar, o sangue pulsando furiosamente ali. Com a mente nublada, eu me questionei o quanto dessa dança entre um homem e uma mulher era puro instinto, pura comunicação não verbal.

Enquanto ele se movia acima de mim, meus mamilos rígidos roçavam em seu peito, disparando mais faíscas que desciam pelo meu corpo.

Outro sopro de ar saiu da sua boca e, ao sentir, meu corpo se contraiu deliciosamente e eu estremeci no ápice do prazer, soltando-me de sua boca e dando um grito, meu corpo se arqueando levemente do sofá.

Senti-o estremecer também e depois ficar imóvel acima de mim, sua respiração ofegante. Quando abri os olhos, ele estava me encarando, uma expressão de puro assombro e admiração. Ele se sentou, ainda me olhando, e fez sinais: *Era para isso acontecer? Só beijando, quero dizer?*

Eu ri e confirmei, levantando as mãos. *Sim*, eu disse, quero dizer, *sim, às vezes isso acontece.*

Me aproximei e o beijei levemente nos lábios. Quando me afastei, seu rosto se iluminou com um sorriso enorme. Ai, Deus, meu coração. Meu coração não aguentava esses sorrisos. Eles eram demais — muito bonitos e avassaladores.

Eu ri da sua expressão levemente convencida. Não ia dizer a ele que gozar na calça não era exatamente algo de que se vangloriar, porque a verdade era que eu não achava que já tinha ficado tão excitada como naquele sofá com ele alguns minutos antes. Então, ele podia se vangloriar por enquanto. Ri de novo, de felicidade, e o beijei depressa mais uma vez.

Me afastei e falei: *Não vou te dar a aula de culinária agora. Vou cozinhar para você. Quero cuidar de você esta noite. Tudo bem?*

Ele me observou, algo caloroso e gentil surgindo em seus belos olhos, e simplesmente assentiu.

Enquanto Archer lavava as mãos, me senti em casa em sua pequena cozinha e comecei a preparar uma refeição para ele. Era a primeira vez que eu cozinhava em quase um ano, mas não sentia nada além de felicidade e satisfação enquanto picava, misturava e preparava, cantarolando enquanto trabalhava. Archer entrou e despejou batatas chips em uma tigela e pegou um pote de molho de cebola na geladeira, colocando-o sobre o balcão. *Aperitivo*, ele disse, sorrindo.

Chique. Eu ri, e então afastei algumas batatas chips para pegar uma que tinha se dobrado durante o processo de fritura. Essas eram as minhas favoritas. Eram um pouco mais crocantes e perfeitas para usar como uma colherzinha para o molho. Coloquei-a na boca e sorri para ele, voltando ao trabalho.

Não conversamos muito enquanto eu cozinhava, já que minhas mãos estavam ocupadas, mas Archer parecia contente apenas em me observar, apoiado no balcão com um quadril estreito. Lancei-lhe alguns olhares, parado ali com os braços cruzados sobre o peito e um pequeno sorriso feliz.

Várias vezes ele me puxou para si e me beijou profundamente, e parecia de novo maravilhado quando eu não o impedia. Então, eu sorria e encontrava outra batata frita dobrada e a colocava na boca.

Quando o jantar ficou pronto, arrumei a mesa e nos sentamos, e servi a comida. Archer segurou minha mão e disse: *Obrigado por isso*, parecendo quase como uma criança que não sabia muito bem como expressar o que queria dizer de fato. *Obrigado*, ele repetiu. Eu entendia o que aquele simples obrigado significava. Ninguém cuidava dele havia muito tempo.

Ele deu uma garfada e recostou-se, seu rosto assumindo a mesma expressão sonhadora que vi depois do nosso primeiro beijo. Eu sorri. *Bom?*

Ele assentiu, ainda mastigando. *Você estava certa; você cozinha muito bem.*

Sorri. *Obrigada. Eu cozinhava na nossa delicatéssen. Meu pai e eu criamos todas as receitas. Costumávamos cozinhar e assar juntos.*

Olhei fixamente para além de Archer, imaginando meu pai jogando farinha no meu rosto e depois fingindo que tinha sido um acidente. Senti meus lábios se curvarem — a lembrança trouxe um calor ao meu peito, não a tensão que eu havia sentido nos últimos seis meses sempre que a memória do meu pai vinha à mente.

Você está bem?, perguntou Archer, olhando para mim, preocupado. Meus lábios se curvaram em um sorriso mais amplo, e segurei sua mão, apertando-a.

Sim, estou bem.

De repente, uma chuva começou a cair leve do lado de fora da janela da cozinha, e olhei para lá, franzindo um pouco a testa. Olhei de volta para Archer quando vi suas mãos se movendo na minha visão periférica.

Não era para ter tempestade esta noite, disse ele, parecendo ler minha mente.

Respirei fundo e sorri, relaxando os ombros. Archer me observou, segurando minha mão e apertando-a.

Levantei e fui até a porta da frente, chamando Phoebe, que já estava no alpendre. Eu a trouxe para dentro, e ela se acomodou no tapete da sala.

Voltei para a mesa, e Archer e eu voltamos a comer, nenhum de nós dizendo nada por alguns minutos enquanto continuávamos comendo.

Após a refeição, Archer me ajudou a lavar a louça e arrumar a cozinha. Enquanto eu enxugava um prato que ele acabara de lavar, falei:

— Archer, aconteceu uma coisa na lanchonete hoje sobre a qual eu queria te perguntar.

Ele olhou para mim, com as mãos na água ensaboada, e assentiu.

Coloquei o prato seco no armário e fiz sinais: *Uma mulher entrou na lanchonete hoje e...* Fiz uma pausa, pensando em como me expressar. *Ela não me ameaçou exatamente, foi mais como um aviso, eu acho. Mas ela me disse para me afastar de você.*

Archer estava olhando atentamente para as minhas mãos, e seus olhos dispararam para o meu rosto, franzindo a testa. Ele inclinou a cabeça para a direita, mas parecia de guarda, quase como se soubesse o que eu estava prestes a dizer.

Victoria Hale?, continuei, e imediatamente sua mandíbula se contraiu e ele virou a cabeça, olhando para a água com sabão. Ele ficou imóvel por vários segundos antes de erguer a panela que estava lavando e jogá-la na outra pia vazia, causando um som alto e repentino e me assustando.

Ele passou as mãos molhadas pelo cabelo, em seguida ficou imóvel, o mesmo movimento em sua mandíbula contraindo e relaxando repetidas vezes.

Toquei seu braço de leve, e ele não olhou para mim, embora seu corpo relaxasse um pouco.

Retirei a mão e hesitei por um segundo, observando seu corpo e expressão tensos, pensando que nunca tinha visto Archer Hale com raiva. Eu o vi desconfiado, tímido e incerto, mas nunca com raiva. Não sabia o que fazer.

Ele respirou fundo, mas não disse nada, olhando por cima do meu ombro, sua mente de repente em algum lugar distante.

Você vai me contar sobre ela, Archer?

Seus olhos voltaram-se para mim, clareando. Ele respirou fundo mais uma vez e assentiu.

Secamos as mãos e deixamos o restante da louça na pia, seguindo para o cômodo principal. Sentei ao lado dele no sofá e esperei que falasse.

Após um segundo, ele me olhou e começou: *Quando meu tio estava morrendo, a mente dele parecia... clarear um pouco às vezes.*

Ele se perdeu de novo por um segundo, olhando momentaneamente para além do meu ombro e depois retornando ao presente. Seus olhos encontraram os meus uma vez mais.

Era quase como se aquele câncer tivesse consumido parte do que tornava... sua mente diferente. Ele tinha uns momentos de normalidade que eu nunca havia testemunhado antes, ou pelo menos não por períodos prolongados de tempo.

Às vezes, durante esses momentos, ele confessava coisas para mim — sobre todo tipo de assunto. Coisas que ele havia feito em sua vida, como ele havia amado minha mãe... Um breve lampejo de dor passou por sua expressão antes de continuar.

Um dia, entrei em seu quarto e o encontrei chorando, e ele me puxou para perto e continuou dizendo o quanto sentia muito. Quando perguntei por quê, ele me disse que quando eu estava no hospital logo após ser baleado — ele levantou a mão até sua cicatriz inconscientemente, acariciando-a de leve, e depois abaixou a mão —, *os médicos disseram a ele que minha laringe poderia ser reparada, mas havia uma janela de tempo limitada para fazer isso.* Ele pausou de novo, sua mandíbula contraindo algumas vezes, a amargura enchendo sua expressão.

Mas então ele me contou como tinha dito a Victoria sobre a cirurgia marcada, e ela começou a plantar na cabeça dele que seria melhor se eu não pudesse falar. Se eu não pudesse falar, não poderia ser questionado. Ela explorou sua paranoia para que ele cancelasse a cirurgia e perdesse a oportunidade de eu poder voltar a falar.

Inspirei ofegante, horrorizada. *Por quê? Por que ela faria isso? Por que ela não queria que você falasse?*

Ele balançou a cabeça, olhando para o lado por um segundo. *Porque sei coisas que ela não quer que sejam compartilhadas. Ou talvez ela me odeie. Talvez os dois. Nunca entendi direito.* Ele balançou a cabeça novamente. *Mas não importa.*

Franzi a testa, confusa. *Archer, com certeza ela sabe que você pode escrever, que pode se comunicar se quiser. O que ela não quer que seja compartilhado?*

Ele respirou fundo. *Não importa, Bree,* repetiu. *Não é algo que eu jamais falaria, de qualquer maneira. Essa é a pior parte. Ela tirou minha única oportunidade de ser normal, de ser uma pessoa real, de viver uma vida como as outras pessoas vivem — e tudo por nada. Eu nunca teria revelado o maldito segredo dela, de qualquer maneira.*

— Archer... — Segurei suas mãos, trazendo-as para o meu coração como havia feito antes. — Você é uma pessoa real, pode viver uma vida como as outras pessoas vivem. Quem lhe disse que não pode? — Sentia como se meu coração estivesse se partindo. Esse homem doce, inteligente e gentil pensava tão pouco de si mesmo.

Ele olhou para baixo, balançando a cabeça, incapaz de me responder porque eu segurava suas mãos contra o meu peito.

Não perguntei mais sobre o segredo que ele guardava contra Victoria. Eu sabia que Archer me contaria quando se sentisse confortável. Ele havia vivido sua vida sozinho e isolado, sem ninguém com quem conversar por tanto tempo. Assim como eu com a culinária e a intimidade... passos de bebê. À nossa maneira, ambos estávamos aprendendo a confiar.

Entretanto, eu tinha uma última pergunta. Soltei suas mãos e indaguei: *Por que ela me disse que você é violento?* Era quase ridículo. Archer era o homem mais gentil que eu já tinha conhecido.

Ela veio até aqui depois que meu tio morreu, depois de me ver na cidade algumas vezes. Não faço ideia do porquê, e não me importo. Eu estava com raiva e sofrendo. Eu a empurrei para fora do meu portão. Ela caiu de bunda. Ele parecia envergonhado, embora não precisasse, pelo menos não para mim.

Franzi os lábios. *Entendo, Archer. Ela merecia isso e muito mais. Sinto muito.*

Ele me olhou, estudando meu rosto. Então inclinou a cabeça, como se algo estivesse se tornando claro em seus olhos. *Você não ligou para o que ela disse. Só me perguntou sobre ela depois que nós... nos beijamos.*

Assenti. *Eu te conheço*, falei sucintamente.

Ele parecia estar montando um quebra-cabeça. *Você acreditou em mim imediatamente, e não nela?*

Sim, respondi. *Sem dúvida.*

Ficamos nos encarando por alguns momentos e, em seguida, seu rosto se iluminou com um daqueles sorrisos que faziam meu coração parar. Eu quase gemi, sentindo o calor percorrer minhas veias. Aquele sorriso era meu — eu apostaria que ninguém havia feito Archer Hale sorrir assim em muito, muito tempo. Me senti gananciosa e possessiva por aquele belo sorriso. Sorri de volta.

Podemos nos beijar mais um pouco?, ele perguntou, seus olhos faiscando de desejo.

Eu ri.

O quê?, ele indagou.

Nada, respondi. *Nada mesmo. Venha aqui.*

Ficamos nos beijando no sofá de Archer por um bom tempo. Mas desta vez era doce e mais suave, nossa intensa necessidade de antes satisfeita por enquanto. Aprendemos sobre a boca um do outro, memorizamos o gosto um do outro e apenas desfrutamos da intimidade de beijar, lábios com lábios, respiração com respiração.

Quando abrimos os olhos e ele olhou para baixo na minha direção, ajeitando meu cabelo e colocando uma mecha atrás da orelha, seus olhos me disseram tudo que sua voz não podia. Nós comunicamos mil palavras, sem pronunciar uma única.

Mais tarde, depois que a chuva leve cessou, Archer me acompanhou até em casa, empurrando minha bicicleta ao lado dele, Phoebe sentada tranquilamente no cesto.

Ele segurou minha mão, olhando timidamente para mim e sorrindo enquanto eu sorria de volta, sentindo meu coração se encher no peito.

Então ele me beijou na entrada da minha casa, um beijo tão doce e suave que meu coração doeu, e pude sentir seus lábios macios nos meus mesmo depois que ele se afastou e virou a esquina, fora de vista.

CAPÍTULO DEZOITO

BREE

No dia seguinte, meu celular me despertou de um sono profundo com um sobressalto. Olhei para o relógio. Quatro e meia da manhã? O que estava acontecendo?

— Alô — atendi, sonolenta, pressionando o botão para atender.

— Querida? — Era Maggie.

— Ei, Mags, o que está acontecendo? — perguntei, agora preocupada.

— Querida, aceito sua oferta de trabalhar na cozinha hoje. Norm passou a noite toda vomitando até a alma... desculpe pelo excesso de informação... e não há como ele ir para a lanchonete. Se você decidir que não quer fazer isso, tudo bem. Mas, se for o caso, vamos ter que colocar uma placa de FECHADO NA PORTA.

Fiz uma breve pausa, sabendo que fechar por um dia ia tirar dinheiro do bolso deles. Seus filhos já eram adultos, mas eu tinha ouvido Maggie mencionar a uma amiga que ela e Norm tinham trabalhado muito nos últimos anos para compensar a aposentadoria que não tinham guardado enquanto seus filhos estavam na faculdade.

— Claro que eu vou, Maggie.

Ela suspirou aliviada.

— Ótimo. Muito obrigada, querida. Te vejo lá em breve?

— Sim, e deseje melhoras para o Norm.

— Vou fazer isso, obrigada.

Desliguei o telefone. Eu ia cozinhar para as pessoas hoje. Fiquei ali por alguns minutos, mas não me senti ansiosa com isso — exceto pelo nervosismo de conseguir acompanhar os pedidos que chegariam. Talvez fosse porque eu já tinha me aventurado ao cozinhar para Archer, ou talvez fosse porque eu agora estava em um lugar melhor em relação às minhas emoções e meus medos. De qualquer forma, não tinha tempo para ficar sentada pensando nisso o dia todo. Eu precisava ir para a lanchonete e começar a preparar a cozinha.

Tomei um banho rápido, vesti meu uniforme, sequei o cabelo e o prendi em um coque baixo, certificando-me de que todo o meu cabelo estivesse preso. Levei Phoebe para fora e depois a alimentei, e saí às pressas.

Dez minutos depois, entrei na lanchonete. Maggie obviamente tinha acabado de chegar, minutos antes de mim.

— Vou te ajudar a arrumar — disse ela. — Mas é tudo bem simples. Se você se sentir à vontade para fazer ovos, omeletes, bacon e panquecas, vai ficar tudo bem. Nada do que servimos é muito complicado.

Assenti.

— Acho que vou me sair bem, Maggie. Apenas avise aos clientes que este é o meu primeiro dia e vamos esperar que eles tolerem que a refeição demore alguns minutos mais do que estão acostumados.

— Eu vou cuidar deles — ela me assegurou.

Começamos a nos ocupar reunindo todos os ingredientes para as omeletes na geladeira e colocando-os em recipientes atrás do balcão, perto da chapa, para facilitar o acesso. Maggie também bateu várias caixas de ovos e colocou-os em recipientes na geladeira sob o balcão para que ficassem prontos para eu despejar diretamente nas frigideiras das omeletes. Meia hora depois, senti que todos os meus ingredientes estavam preparados. Maggie começou a fazer café e virou a placa na porta de fechado para aberto.

O sininho começou a tocar sobre a porta alguns minutos depois, enquanto os primeiros clientes começavam a chegar.

Passei a manhã fazendo omeletes, fritando fatias de bacon e batata rosti, e despejando a massa de panquecas do Norm na chapa. Algumas vezes fiquei um pouco atrasada, mas, no geral, para a minha primeira vez naquela cozinha e cozinhando para um grande número de pessoas em pouco tempo, me senti muito satisfeita com o trabalho que fiz. Eu podia perceber que Maggie também estava, pelas piscadelas e sorrisos que ela me lançava pela janela aberta.

— Você está se saindo muito bem, querida — ela elogiou.

Quando as coisas pareceram ficar um pouco mais calmas, comecei a dar um toque pessoal em alguns dos pratos: um pouco de alho nos ovos das omeletes, um toque de creme de leite nos ovos mexidos, leitelho em vez de água na massa das panquecas — coisas que meu pai havia me ensinado.

Enquanto eu limpava a cozinha em preparação para o almoço, fiz minha salada especial de batata com bacon e uma salada de macarrão com pimentão assado, que era sucesso na nossa delicatéssen. Sorri enquanto fazia isso, meu coração se alegrando pelo fato de que não era uma tarefa triste, mas sim algo que mantinha a memória do meu pai viva.

O almoço foi ainda melhor do que o café da manhã, pois eu já tinha total controle da cozinha e sabia como usar todos os aparelhos.

Maggie falou para todos sobre os dois "especiais" de salada, e até o meio-dia e meia, todas as porções das duas tinham sido completamente vendidas.

— Ótimas críticas para as saladas, querida — disse Maggie, sorrindo. — Acha que gostaria de preparar mais algumas porções delas para amanhã?

Eu sorri.

— Com certeza — respondi, feliz.

Às três horas, quando a lanchonete fechou, Maggie e eu estávamos exaustas, mas comemoramos com um toque de mãos e risos. Eu estava cansada, mas feliz e satisfeita.

— Precisa de mim de novo amanhã?

— Espero que não. Torço para que Norm esteja se recuperando, mas vou te avisar. — Ela piscou para mim. — Você fez um trabalho realmente excelente. — Ela ficou pensativa. — Mesmo quando Norm voltar, você estaria interessada em fazer algumas dessas saladas regularmente?

— Eu adoraria.

Deixei a lanchonete, sorrindo feliz, e fui para o meu carro. Quando estava quase lá, uma viatura policial estacionou na vaga ao lado da minha, com Travis ao volante.

Fiquei ao lado do meu carro, sem entrar, esperando Travis desligar o dele e sair.

Ele veio até mim, com um sorriso que não parecia nada genuíno.

— Oi, Bree.

— Oi, Travis. — Eu sorri.

— É verdade?

O sorriso sumiu do meu rosto.

— É verdade o quê? — indaguei, imaginando exatamente sobre o que ele estava perguntando.

— Que o Archer é mais do que um amigo para você. — Ele encostou-se no meu carro e cruzou os braços na frente do peito, os olhos fixos em mim.

Suspirei, olhando para baixo por um minuto e depois de volta para ele.

— Sim, Travis, é verdade. — Me apoiei pelo quadril, me sentindo um pouco desconfortável na frente daquele homem que eu tinha beijado. — Na verdade, estou, hum, saindo com ele.

Ele riu.

— Saindo com ele? Como assim? — Ele parecia realmente confuso.

Instantaneamente, fiquei com raiva e me empertiguei mais.

— Como assim? Porque ele é um homem bom, ele é inteligente e doce e... por que estou explicando isso? Olha, Travis, a verdade é... eu gosto dele, e não estava tentando te enganar saindo com você. Mas, naquela época, eu não tinha certeza do que estava acontecendo entre mim e Archer. E agora eu tenho. Então, espero que você entenda quando digo que não quero ver mais ninguém. Apenas ele. Apenas o Archer.

Seus olhos se estreitaram, a raiva passando pelo seu rosto. Mas tão rapidamente quanto o sentimento surgiu, Travis controlou sua expressão e deu de ombros.

— Escuta, não estou feliz com isso. Tenho interesse em você, então é meio ruim ouvir esse tipo de coisa. — Ele franziu os lábios. — Mas se você encontrou uma forma de se comunicar com Archer, como posso ficar bravo com isso? O garoto já teve problemas suficientes. Não sou egoísta a ponto de não reconhecer que ele merece um pouco de felicidade. Então... desejo o melhor para vocês dois, Bree. Sinceramente.

Soltei o ar, decidindo ignorar o comentário dele sobre Archer ser um "garoto" e lembrá-lo de que Archer, na verdade, era alguns meses mais velho que ele. Deixei isso de lado e disse:

— Obrigada, Travis. Eu realmente agradeço. Amigos?

Ele gemeu.

— Ai. *Friendzone.* — Mas então ele sorriu e parecia genuíno. — Sim, amigos.

Sorri para ele e suspirei.

— Ok, que bom.

Sorrimos um para o outro por um segundo, e então ele inclinou a cabeça para o lado, como se estivesse pensando.

— Escuta, Bree, toda essa situação me fez perceber que fui um idiota por não tentar ser amigo do Archer. Talvez eu o tenha descartado muito depressa, achando que o silêncio dele significava que ele não estava interessado em amizade. Talvez tenha sido eu que não tenha tentado o suficiente.

Concordei, animada.

— Sim, ele só quer ser tratado como uma pessoa normal, Travis. E ninguém nesta cidade parece fazer isso. Todos o ignoram, fingem que ele não existe. — Franzi a testa.

Ele concordou, me estudando.

— Você é uma boa pessoa, Bree. Vou passar lá nesta semana e dizer oi para ele.

Eu sorri.

— Isso seria ótimo, Travis. Acho que ele vai gostar.

— Ok. — Ele sorriu. — Agora vou afogar minhas mágoas na torta de cereja da Maggie.

— A lanchonete está fechada — eu disse, fazendo uma carinha triste e depois sorrindo.

Ele sorriu de volta.

— Sim, mas Maggie ainda está lá dentro, e quando ela olhar para o meu rostinho, vai me servir um pedaço. — Ele piscou. — Se cuida, tá?

Soltei uma risadinha suave.

— Você também, Travis. — Entrei no meu carro e dirigi para casa, cantando junto com o rádio o caminho todo.

Uma hora depois, eu havia tomado banho e estava vestida com um jeans escuro e justo, uma camiseta azul-clara, com o cabelo solto e liso. Dez minutos depois, parei em frente ao portão de Archer com Phoebe na minha cestinha. Empurrei o portão, que estava entreaberto, e coloquei-a no chão para ir encontrar seus amigos.

Encostei a bicicleta na cerca de Archer e comecei a caminhar pela sua longa entrada, quando ele apareceu pelo lado da sua casa, usando jeans rasgados, botas de trabalho e nada mais. Seu peito estava levemente brilhante de suor, e ele usou o braço para limpar o suor que pontilhava sua testa também. Obviamente, ele estava trabalhando em um dos seus muitos projetos.

Meu estômago se contorceu ao ver aquele corpo lindo, e pensei em como eu queria ver tudo — cada pedacinho. Em breve? Esperava que sim.

Ele sorriu para mim e começou a andar mais rápido, e um bando de borboletas voou entre minhas costelas. Comecei a me apressar em direção a ele também.

Quando estava quase alcançando-o, corri os últimos passos e me atirei nele, que me segurou e me levantou nos seus braços. Eu ri feliz enquanto ele girava e ria silenciosamente olhando para mim.

Aproximei meu rosto do dele e o beijei com força, perdendo-me no sabor doce de canela da sua boca, misturado com aquele sabor singular que era só dele. Beijei-o em todo o rosto, sorrindo e amando o leve gosto salgado da sua pele.

Ele olhou para mim daquela maneira que me fazia sentir querida. Sua expressão era simultaneamente maravilhada e cheia de alegria. Percebi que era eu quem colocava essa expressão no rosto desse homem bonito. Meu coração derreteu e meu estômago se contraiu uma vez mais. Passei o polegar na maçã do seu rosto e olhei para ele de cima, enquanto ele me segurava acima de si.

— Senti sua falta hoje — eu disse.

Ele sorriu para mim, e seus olhos me disseram tudo que suas mãos não podiam enquanto me abraçava. Ele juntou seus lábios aos meus outra vez e me beijou profundamente.

Após alguns minutos, eu me desvencilhei para respirar.

— Você pegou rápido o jeito de beijar, não é? — Ele riu em silêncio, seu peito vibrando contra o meu.

Ele me soltou e respondeu com sinais: *Você está especialmente feliz hoje.*

Assenti enquanto caminhávamos em direção à casa dele. Entramos na cozinha, onde ele nos serviu água enquanto eu lhe contava sobre cozinhar na lanchonete.

Ele bebeu sua água, me observando tagarelar, claramente encontrando prazer na minha felicidade. Doce homem. Sua garganta se movia a cada gole de água, a cicatriz esticando enquanto ele bebia. Parei de falar e me inclinei para frente e beijei-a, pensando momentaneamente no que ele me contara no dia anterior sobre Victoria Hale, a vaca malvada. Que tipo de demônio horrível você tinha que ser para fazer o que ela tinha feito com Archer, garantindo que sua mudez fosse algo com que ele teria que viver para sempre, isolando-o e fazendo-o se sentir danificado e limitado? Eu não era uma pessoa violenta, mas quando pensava nisso, sentia que poderia dar uma surra nela sem sentir um pingo de remorso.

Passei os braços em torno da cintura de Archer e encostei a cabeça em seu peito, ouvindo seu coração bater. Virei o rosto em sua pele quente e esfreguei o nariz contra ela, inalando seu cheiro almiscarado. Deslizei a língua para prová-lo e senti-o endurecer contra a minha barriga. Pressionei-me contra ele, apertando-o mais forte, e ele tremeu um pouco.

Ele entrelaçou os dedos no meu cabelo até que eu gemi, meus olhos se fechando. Abri-os para olhar para cima, e ele estava me encarando com aquele mesmo olhar de admiração que fazia meu coração bater fora de compasso. Por vários segundos, apenas nos olhamos antes de ele trazer seus lábios aos meus e sua língua entrar na minha boca, quente e molhada, deslizando deliciosamente sobre a minha. Faíscas dispararam para baixo no meu corpo, e me pressionei contra a ereção de Archer para aliviar a pulsação intensa que havia começado entre as minhas pernas. Mas isso só piorou.

— Archer... — expirei, parando o beijo.

Ele me abraçou de volta e seus olhos arderam nos meus, a expressão de alguma forma tanto nervosa quanto faminta. *Sei que gosta das minhas mãos no seu cabelo. Me mostre de que outras maneiras você gosta de ser tocada. Me ensine o que gosta*, ele disse.

Enquanto suas mãos formavam as palavras devagar, minha

respiração falhou e mais umidade se acumulou entre as minhas pernas. Por mais erótica que sua pergunta fosse, eu me sentia um pouco insegura também. Ninguém nunca tinha me perguntado algo assim — e eu não sabia exatamente o que fazer, por onde começar. Engoli em seco.

Sem desviar o olhar do meu, Archer me conduziu para trás até seu sofá e me deitou delicadamente. Pisquei, mordendo o lábio. Ficando em pé acima de mim assim, sua ereção marcando a frente da calça jeans, ele parecia cada fantasia que já eu tivera se tornando realidade. Só que minha imaginação tinha sido limitada, porque nunca pensei em adicionar o olhar de admiração e luxúria nublando as belas características da minha fantasia. Nunca tinha pensado em dar a ele aqueles maravilhosos olhos cor de uísque com os cílios escuros. Eu não poderia saber que Archer Hale existia em algum lugar neste mundo louco e cheio de gente, e que ele tinha sido feito especialmente para mim.

E naquele momento, eu soube. Estava me apaixonando pelo belo homem silencioso que olhava para mim do alto. Se é que eu ainda não tinha me apaixonado.

Ele sentou-se no sofá ao meu lado, se inclinou e me beijou docemente e depois recuou, passando as mãos pelo meu cabelo de novo até que gemi. Eu amava tudo isso. Se Archer ao menos passasse as pontas dos dedos pelo meu couro cabeludo a noite toda, talvez fosse suficiente para mim — *talvez*. Ok, não seria. Mas ainda assim era maravilhoso. Sorri para ele, e ele olhou para mim, questionando.

— Meu pescoço — sussurrei. — Eu gosto de beijos no pescoço.

Ele se inclinou imediatamente e passou seus lábios macios sobre a pele ali. Arqueei meu pescoço para trás e suspirei, usando meus dedos para passar pelo seu cabelo macio e espesso.

Ele experimentou chupar suavemente a pele sensível abaixo da minha orelha e depois roçar os lábios pelo meu pescoço, e eu lhe disse com meus gemidos do que mais gostava. E sendo bom em tudo que se propunha a fazer, Archer aprendia depressa e facilmente como me fazer ofegar e me contorcer debaixo dele.

Com meu desejo crescente, fiquei mais ousada, empurrando sua cabeça para baixo em direção aos meus seios. Ele entendeu de imediato e recuou e colocou as mãos sobre eles, sentindo o peso.

Seus olhos se fixaram nos meus, brilhando de luxúria, e então voltaram para o meu corpo enquanto ele levantava minha camiseta e a tirava. Ele percorreu meu corpo com o olhar enquanto eu estava ali deitada no meu simples sutiã de renda branca, e Archer inspirou bruscamente.

Estendi a mão e o desabotoei, deixando-o cair ao lado. Os olhos de Archer se arregalaram um pouco enquanto ele encarava meus seios. Em outras circunstâncias, eu poderia me sentir desconfortável, mas a fome descarada que brilhava em seus olhos e sua expressão de apreciação eram tão intensas que eu reluzia sob sua atenção.

Você é a coisa mais linda que eu já vi, disse ele.

— Você pode me beijar aqui, Archer — sussurrei, desejando sentir sua boca quente e molhada sugando meus mamilos com tanta intensidade que eu estava ardendo.

Seus olhos se incendiaram, e ele se inclinou no mesmo instante, como se fosse exatamente o que queria fazer e estivesse apenas esperando meus pedidos.

Ofeguei e gemi enquanto ele usava a língua para provar e lamber um mamilo e depois o outro. Meu sangue rugia nas veias, e não pude evitar quando meus quadris se ergueram, buscando alívio da pulsação profunda que latejava entre as minhas pernas, implorando para ser preenchida.

Archer continuou a provocar e chupar meus mamilos até que eu estivesse gemendo de êxtase e agonia.

— Archer — ofeguei. — É demais. Você precisa parar.

Ele ergueu a cabeça e olhou para mim com um pequeno franzido entre as sobrancelhas. *Não está bom?*, ele perguntou.

Eu ri, um som baixo e torturado.

— Não, é bom demais — respondi, mordendo o lábio.

Ele inclinou a cabeça, me estudando, e então assentiu. *Você precisa de alívio*, ele disse. *Me mostre como fazer com a minha mão.*

Pisquei para ele.

— Ok — sussurrei. Percebi que ainda estava usando minha voz, em vez das mãos, mesmo que houvesse espaço entre nós, e coloquei as mãos de volta ao redor da sua cintura para fazer sinais: *Pode tirar minha calça?*

Ele imediatamente se virou para desabotoar e descer o zíper e depois se levantou para tirá-la pelas minhas pernas. Sua ereção ainda enchia sua própria calça. Ele também devia estar precisando de algum alívio. Eu o queria desesperadamente dentro de mim, mas sabia que seria a primeira vez dele. Eu achava que deveríamos chegar a isso gradualmente. Não havia pressa.

Ele voltou para onde estava sentado ao meu lado e me olhou novamente com uma expressão interrogativa. Peguei sua mão e a coloquei de leve sob a borda da minha calcinha. Eu podia sentir que já estava encharcada.

Ele desceu a mão timidamente, e quando seus dedos alcançaram minhas dobras e deslizaram para dentro da minha umidade, eu gemi e inclinei a cabeça para trás, uma perna caindo para o lado, contra o encosto do sofá, para lhe dar melhor acesso. Seus dedos deslizando sobre mim e um pouco para dentro me faziam sentir bem demais.

Depois de um minuto, ele desceu pelo meu corpo, tirou minha calcinha gentilmente e reposicionou minha perna contra o encosto do sofá outra vez. Ele subiu e usou o dedo para traçar meus lábios íntimos e agora observava enquanto o fazia. Eu estava aberta e exposta a ele da maneira mais íntima possível. Mas estranhamente, não me sentia tímida. Quando seu dedo atingiu meu clitóris inchado, eu ofeguei e gemi, me pressionando em direção aos seus dedos. Seus olhos faiscaram, e ele me circulou com o dedo enquanto eu gemia e movia a cabeça de um lado para o outro na almofada do sofá. Senti o sangue, agora pulsando aquecido, começar a ferver.

— Mais rápido, por favor — implorei.

Archer acelerou, seu dedo fazendo círculos pequenos no meu clitóris pulsante, movendo-o em resposta aos meus gemidos e gritinhos. Ele me deixou tão excitada que só levou alguns minutos antes que meu corpo se contraísse e depois se soltasse gloriosamente em um banho de prazer tão intenso que gritei o nome de Archer, arqueando as costas para cima e depois caindo no sofá.

Quando abri os olhos, Archer estava me encarando, seus lábios levemente abertos com aquela mesma mistura de adoração e luxúria.

Ele me beijou carinhosamente, mordiscando meus lábios de um jeito provocador. Eu podia sentir o sorriso em sua boca, e sorri contra seus lábios.

Mas quando me mexi um pouquinho, ele inspirou de repente, e lembrei que provavelmente estava em uma situação necessitada também.

Sem falar, empurrei-o para trás e o pressionei de leve com as mãos até que ele estivesse sentado no sofá, apoiado no encosto. Seu olhar me seguiu o tempo todo, esperando para ver o que eu estava fazendo. Levantei e vesti minha calcinha, para que eu não tropeçasse com ela em volta dos tornozelos.

Me ajoelhei na frente dele e desabotoei sua calça, sem nunca desviar os olhos dele. Archer me observava com ânsia. Ele literalmente não tinha ideia do que eu estava fazendo. Meu Deus. Eu sabia que Archer havia ficado isolado ali naquela propriedade, mas me perguntei se seu tio já havia conversado com ele sobre sexo... Me perguntei o quanto ele sabia sobre as coisas que homens e mulheres faziam no quarto. Ou no sofá da sala.

Puxei sua calça para baixo, e seu pau pulou para fora. Eu o observei por um segundo, meus lábios se abrindo. Ele definitivamente não era carente nesse departamento. Assim como o resto dele, era grande e bonito. E parecia dolorosamente duro, a cabeça roxa e intumescida.

Olhei para cima e ele estava me observando, a incerteza agora obscurecendo suas feições. *Você é lindo*, eu disse com sinais, e ele relaxou visivelmente.

Inclinei-me para a frente e lambi de leve a cabeça inchada; ele estremeceu e inspirou bruscamente. Olhei para cima com satisfação, e seus olhos estavam arregalados, suas pupilas ainda mais dilatadas.

Me inclinei de novo e lambi a parte de trás do seu pau, desde a base até a ponta, e depois circulei a língua ao redor da ponta uma vez mais. Sua respiração ficou ofegante, e eu podia ouvi-lo inspirando muito fundo.

Coloquei a boca sobre a cabeça e usei os dedos para segurar a base da ereção enquanto o chupava o mais fundo que podia. Levei minha boca para cima e para baixo nele por alguns movimentos, e quando me afastei para ver se ele gostava do que eu estava fazendo, ele se pressionou em minha direção, implorando-me com os olhos para continuar. Sorri levemente e então coloquei a boca de volta nele.

Ele levou as mãos à minha cabeça e voltou a passar os dedos pelo meu cabelo enquanto eu me movia para cima e para baixo em seu comprimento duro.

Depois de menos de um minuto, senti-o crescer ainda mais e ficar mais duro na minha boca, e seus arquejos ficaram mais altos enquanto ele começava a dar estocadas em direção ao meu rosto. Apenas alguns movimentos e ele parou, sua essência espessa e salgada explodindo na minha boca. Engoli e depois passei a língua pela cabeça do seu pau uma última vez antes de erguer os olhos para observar seu rosto.

Sua mão estava no próprio cabelo agora, segurando as mechas logo acima da testa, e ele estava olhando para mim como se tivesse acabado de descobrir o Santo Graal. Sorri para ele, presunçosa. *Bom?*, perguntei com sinais.

Ele apenas fez que sim, aquela mesma expressão cheia de admiração em seu rosto. Inclinei o corpo para a frente e me acomodei no seu colo, beijando sua boca. Ele me beijou profundamente por vários minutos e então se recostou.

Você vai fazer isso de novo?

Deixei escapar uma pequena risada. *Sim. Tipo, não agora* — eu sorri —, *mas sim. Eu faço.*

Eu o beijei de novo e então saí do seu colo, me vestindo enquanto Archer subia a calça jeans por seus quadris estreitos. Eu tinha visto a maior parte dele agora, mas não por completo. Mal podia esperar para vê-lo inteiro nu. Mal podia esperar para senti-lo pele contra pele enquanto ele se movia dentro de mim. Estremeci. Embora eu tivesse tido um orgasmo menos de quinze minutos antes, senti um calor se espalhando pelas minhas veias.

Voltei para o seu colo e beijei seu pescoço, provando o sabor salgado ali. Ele tinha trabalhado no quintal mais cedo, suando de leve, mas tudo nele era delicioso. Inalei profundamente quando seus braços vieram ao meu redor, segurando-me firmemente. Me senti segura e protegida, e estava explodindo de felicidade.

Depois de um minuto, levantei a cabeça e perguntei, *Archer, seu tio, ele te ensinou sobre... sexo?* Corei um pouco, não querendo envergonhá-lo. Que situação estranha era estar sentada no colo do cara mais sexy que já conheci, um lindo homem de vinte e três anos, e perguntar se ele sabia o que era sexo. Não que eu estivesse muito preocupada com ele nesse departamento — evidentemente ele era um aluno rápido e um aluno nota dez. Achei que conhecia os aspectos reprodutivos do sexo; presumi que estudara biologia. Mas ele sabia alguma coisa sobre a variedade de coisas que homens e mulheres faziam juntos?

Archer deu de ombros. *Não. A mente dele não funcionava assim. Ele sempre parecia estar resolvendo algum problema em sua cabeça, ou protegendo nossa propriedade. Perguntei sobre isso uma vez quando eu tinha treze anos ou mais, e ele me deu algumas revistas.* Ele desviou o olhar, parecendo um pouco desconfortável. *Havia alguns artigos nelas... e eu entendi a essência.* Ele franziu a testa, me estudando por um minuto. *Te incomoda que eu nunca...*

Antes que ele pudesse terminar, eu estava balançando a cabeça. *Não, Archer. Você é o homem mais sexy que já conheci. Mesmo naquele dia em que parou no estacionamento para me ajudar, eu me senti atraída por você. Mesmo com a barba maluca e o cabelo comprido.* Sorri, e ele sorriu de volta. *Acho que estamos muito bem juntos, não é?*, provoquei, beijando seu pescoço.

Ele abriu um sorriso genuíno desta vez e assentiu, me beijando nos lábios.

Ficamos assim por alguns minutos, apenas nos beijando aos pouquinhos e abraçados, enquanto eu acariciava seu pescoço com cheiro delicioso. Poderia ter ficado assim o dia todo.

Ergui a cabeça quando me lembrei da conversa que tive com Travis. *Ei, encontrei o Travis na cidade hoje, e ele me falou sobre vir aqui para ver você.* Archer franziu a testa, mas não disse nada. Não mencionei o fato de ter saído com Travis. Não significou nada, de qualquer maneira, e eu nunca tive sentimentos por ele, então por que trazer isso à tona agora?

Enfim, continuei, *ele disse que se sentia mal por não ter nenhum tipo de relacionamento com você.* Archer ergueu uma sobrancelha. *Ele disse que viria aqui esta semana para uma visita.*

Archer parecia duvidoso. *O quê?*, perguntei. *Você não gosta dele?*

Saí do seu colo, ficando ao seu lado no sofá para que pudéssemos usar nossas mãos para conversar com mais facilidade. No pouco tempo em que o conhecia, tínhamos ficado muito bons em falar a língua de sinais juntos, usando uma espécie de abreviação para palavras que ambos entendíamos, soletrando apenas partes de palavras, coisas assim. Agora levávamos cerca de metade do tempo para dizer alguma coisa.

Archer havia melhorado significativamente sozinho. Agora estava melhor do que quando eu havia usado a língua de sinais com ele pela primeira vez, aprendendo coisas comigo enquanto avançávamos. Afinal, eu tinha me comunicado assim toda a minha vida. Era minha segunda língua. Ele a havia aprendido apenas em um livro, e esta era a primeira vez que a colocava em prática. Apenas algumas semanas antes, ele havia soletrado coisas para as quais não sabia o sinal — esse não era mais o caso.

Não, não realmente, disse ele. *Travis brinca com as pessoas, Bree.*

Sua mandíbula ficou tensa com alguma memória ou outra enquanto ele olhava para o nada. *Não o vejo há alguns anos, exceto dirigindo pela cidade no carro de polícia.*

Eu o estudei. *Bem, acho que ele mudou. Ele é um cara muito legal, na verdade. Talvez você possa dar uma chance quando ele vier aqui? Não seria bom ter uma família na cidade com quem você realmente tenha um relacionamento?* Pensei em como faria qualquer coisa para ter pelo menos uma pessoa para chamar de família — como faria tudo o que pudesse para promover um relacionamento se tivesse a oportunidade. E eu queria isso para Archer. Eu odiava a ideia dele sozinho o tempo todo, exceto por mim. Eu queria amigos para ele, família... queria que ele fosse feliz, que fizesse parte da comunidade.

Archer ainda parecia cético, mas percebeu o que eu tinha certeza que era uma expressão esperançosa no meu rosto e perguntou: *Você quer que eu dê uma chance a ele?*

Lentamente balancei a cabeça para confirmar.

Ele ficou me olhando por um minuto. *Ok, então eu vou*, ele disse sucintamente.

Coloquei a mão em concha em sua bochecha, inclinando-me e beijando seus lábios macios.

— Sei que não é fácil para você. Obrigada — respondi, usando a voz, bem encostada nos seus lábios.

Ele assentiu, puxando-me para junto de si novamente e me segurando com força.

CAPÍTULO DEZENOVE

ARCHER

Eu nunca tinha sido tão feliz na minha vida. Todos os dias, eu trabalhava pela propriedade enquanto os filhotes corriam atrás de mim, se metendo em encrenca onde podiam, derrubando coisas e fazendo a bagunça típica de filhotes.

E todas as tardes, meu coração se enchia de alegria quando ouvia o rangido do portão, sinal de que Bree tinha chegado.

A gente conversava, e ela ia me contando sobre o seu dia. Seus olhos brilhavam enquanto ela falava sobre todas as novas receitas que estava criando na lanchonete, agora que Norm e Maggie tinham lhe dado a tarefa de renovar partes do cardápio. Ela parecia muito orgulhosa e feliz quando ria e contava como até mesmo Norm tinha admitido, mesmo a contragosto, que as receitas de acompanhamentos de Bree eram melhores que as dele. Ela disse que tinha planos de passar para alguns dos pratos principais em seguida, e então piscou depois de dizer isso, fazendo meu peito apertar ao ver como ela era linda.

Às vezes eu sentia que a encarava demais e tentava desviar o olhar quando ela me pegava. Mas eu queria poder olhar para ela o dia todo, porque para mim ela era a mulher mais bonita do mundo.

Eu amava como seu cabelo castanho tinha finas mechas douradas sob o sol. Amava como seus olhos se inclinavam levemente para cima e como seus lábios eram cheios e rosados, como um botão de rosa. Amava beijá-los. Poderia beijá-los para sempre. Tinham gosto de pêssego.

Eu amava o formato do seu rosto, como um coração. E amava seu sorriso, a forma como todo o seu rosto se iluminava e sua felicidade irradiava diretamente pelos olhos. Era lindo e genuíno, e meu coração disparava toda vez que ela direcionava aquele sorriso para mim.

Eu amava seu corpo esguio e como sua pele era branca onde o maiô cobria. Me ajustei na calça e afastei o pensamento do corpo de Bree. Eu estava trabalhando e precisava me concentrar.

Passei um pouco mais de argamassa entre as pedras que estava posicionando nas laterais dos degraus de cimento. Eram apenas pedras que eu tinha juntado perto do lago, mas achei que combinavam melhor com o novo pátio de pedra.

Estava terminando quando ouvi meu portão abrir e fechar. Franzi a testa. Quem poderia ser? Bree ia trabalhar até as duas da tarde. Ainda era meio-dia.

Levantei e contornei minha casa para olhar a entrada e vi Travis, em seu uniforme, caminhando devagar, olhando ao redor como se nunca tivesse estado ali antes. Embora a última vez que ele tivesse visto a propriedade eu ainda fosse uma criança — era tudo muito diferente.

Travis me avistou e pareceu surpreso. Percorremos os poucos passos que nos separavam para nos encontrarmos em frente à casa.

— E aí, Archer.

Limpei as mãos na pano que segurava e o observei, esperando que ele me dissesse por que estava ali.

— O lugar está bonito.

Assenti, reconhecendo o elogio. Eu sabia que estava legal.

— Você tem trabalhado bastante.

Assenti novamente.

Ele suspirou.

— Escuta, cara, Bree me contou como vocês têm passado tempo juntos, e eu... — Ele passou a mão pelo cabelo, parecendo considerar. — Bem, acho que eu queria vir aqui e dizer oi. E que sinto muito por não ter vindo antes.

Continuei estudando-o. Eu nunca tinha achado fácil ler Travis. Já tinha caído em suas armadilhas antes, quando ele tentava fingir que era meu amigo e depois me apunhalava metaforicamente pelas costas. Mesmo quando éramos crianças, antes até do acidente. Não necessariamente confiava nele agora, mas supus que talvez as pessoas pudessem mudar — já fazia muito tempo. Eu ia dar uma chance. Por Bree. Apenas por Bree. Porque achava que isso a deixaria feliz. E eu faria qualquer coisa para fazer Bree feliz.

Concordei com a cabeça, oferecendo-lhe apenas um pequeno curvar de lábios, e fiz um gesto para a casa, perguntando se ele gostaria de entrar.

— Sim, sim, claro — ele aceitou.

Caminhamos até a porta da frente e eu o deixei entrar antes de mim, seguindo atrás e apontando para a cozinha. Fui direto para um armário, peguei um copo e o enchi com água da torneira, tomando um longo gole.

Quando terminei, apontei para o copo e para ele, erguendo as sobrancelhas.

— Não, obrigado — respondeu. — Estou no horário de almoço, então não posso ficar muito tempo. O que eu realmente queria saber é se você gostaria de sair comigo e alguns caras esta noite. Nada de mais, apenas uma noite entre amigos, algumas cervejas, algumas risadas.

Franzi a testa e o encarei. Apontei para a minha cicatriz e fiz uma mímica fingindo uma risada.

Travis soltou o ar.

— Você não consegue rir? — Ele realmente parecia envergonhado. Nunca tinha visto aquela expressão no rosto de Travis. Talvez ele tivesse mudado um pouco. — Espera... — Ele pareceu reconsiderar. — Você consegue rir. Uma risada silenciosa ainda é uma risada. Vamos lá, a questão é: você gostaria de se divertir um pouco? Sair dessa casinha por uma noite? Ser um cara normal?

Eu queria ser um cara normal. Ou, no mínimo, queria que Bree me visse como um homem que fosse pelo menos um pouco parecido com os outros. Nunca tinha desejado isso antes. Na verdade, eu queria o contrário — parecer o mais anormal possível para que ninguém olhasse para mim. Mas agora, agora havia a Bree. E eu ansiava por lhe dar o que ela merecia, não um eremita triste que nunca saía da propriedade. Tenho certeza de que ela já tinha ido a encontros antes de mim. Provavelmente a tinham levado a restaurantes e cafés. Eu não sabia como fazer nada disso. Precisava aprender.

Concordei com a cabeça e movi os lábios, dizendo: *Ok*.

Ele pareceu um pouco chocado, mas sorriu, exibindo seus grandes dentes brancos.

— Tudo bem, então! — ele disse. — Volto para te buscar mais tarde, à noite. Nove horas está bom para você?

Dei de ombros. Parecia meio tarde, mas o que eu sabia sobre a hora certa para começar um encontro entre amigos?

Travis estendeu a mão e eu avancei para apertá-la.

— Beleza, até lá. — Ele sorriu. — Não precisa me acompanhar até a porta. — E assim, ele saiu da minha cozinha e fechou a porta da frente atrás de si.

Me encostei no balcão e cruzei os braços sobre o peito, pensando. Por algum motivo, não estava com um bom pressentimento sobre isso, mas atribuí ao nervosismo e fui tomar um banho.

Dez minutos após as nove, Travis abriu meu portão, e eu me levantei da cadeira no alpendre onde estava esperando. Caminhei até a entrada e tranquei. Travis tinha uma caminhonete grande, prateada-escura, e ela estava ligada, parada na estrada. Respirei fundo. A última vez que eu tinha estado em um carro — pelo menos que me lembrava, eu não achava que a ambulância contava — foi no dia em que perdi a voz.

Cerrei os dentes e entrei, forçando os pensamentos daquele dia para fora da minha mente.

Travis acelerou o motor e começou a dirigir.

— Então, cara — ele começou, olhando para mim —, você se arruma muito bem. Pode até ser mais bonito do que eu. — Ele riu, mas o gesto não alcançou seus olhos.

Bree praticamente pulou de alegria quando eu disse que sairia com Travis e seus amigos, quem quer que eles fossem. Então ela me ajudou a escolher uma roupa decente, não que eu tivesse muita coisa para escolher.

— Archer — ela havia me perguntado, segurando uma camisa —, quando foi a última vez que você comprou roupas?

Dei de ombros. *Meu tio comprava. Ele comprou algumas coisas para mim quando eu tinha dezoito anos.*

Ela havia me observado em silêncio por um minuto e então dito:

— E me deixe adivinhar, você não estava exatamente... — Ela gesticulou na minha direção, indicando meus músculos, eu acho. — Desenvolvido.

Confirmei com a cabeça e dei de ombros.

Ela suspirou como se fosse um problema e começou a vasculhar minhas roupas velhas. Por fim, encontrou um jeans decente e disse que poderia passar por desgastado de propósito, e uma camisa de botão que eu tinha esquecido que era um pouco grande para mim quando meu tio a comprara.

Bree parecia satisfeita, e eu também estava. Talvez eu até fosse à cidade e comprasse algumas roupas novas, se eu me arrumar a deixasse mais feliz.

Travis ligou o rádio, e seguimos apenas ouvindo a música por um tempo. Quando percebi que estávamos saindo da cidade, toquei em Travis e apontei para a estrada, erguendo as sobrancelhas em sinal de questionamento.

— Vamos a uma boate do outro lado do lago. Chama-se Teasers. — Ele olhou para mim, erguendo as sobrancelhas, e depois voltou os olhos para a estrada.

Após um minuto, ele me olhou de novo.

— Podemos conversar? De homem para homem?

Ergui as sobrancelhas, sem saber exatamente para onde isso estava indo e me sentindo um pouco desconfortável.

— Você já teve intimidade física com a Bree?

Lancei um olhar rápido para Travis e voltei a olhar para a estrada. Não queria falar com ele sobre isso. Se bem que, se eu confiasse completamente nele, talvez quisesse lhe fazer uma pergunta ou duas. Porém, não confiava. Até que ele provasse o contrário, eu ia considerar que ele era *indigno* de confiança.

— Ok, entendi, você não quer falar nada sobre a Bree. — Ele ficou em silêncio por um minuto. — Pelo menos posso presumir que vocês não foram até o fim?

Dei de ombros e acenei com a cabeça. Acho que estava tudo bem contar a ele o que *não tínhamos feito*.

Ele sorriu, e na iluminação fraca da caminhonete, seus dentes brilharam e uma sombra percorreu seu rosto e, por um segundo, ele parecia um daqueles palhaços malignos que eu via nas lojas no Halloween. Pisquei e era apenas Travis de novo.

— Mas suponho que você quer, certo?

Olhei para ele e estreitei os olhos, mas assenti. Claro que eu queria. Quem não queria? Bree era doce e linda.

Ele sorriu novamente.

— Ok. Bem, vou te dizer como é, Archer, quando você está... saindo com uma garota tão bonita quanto a Bree. Ela deve ter alguma experiência, e vai querer que você saiba o que está fazendo quando der esse grande passo. É por isso que estou te levando para essa boate. Há mulheres que vão te deixar... praticar com elas. Entendeu?

Meu coração começou a bater rápido. *Na verdade, não*, eu queria dizer. Em vez disso, apenas fiquei olhando para ele, estreitando os olhos para mostrar que ele teria que explicar melhor. Até agora, eu não estava gostando. Nem um pouco. Mas, acima de tudo, não gostava de pensar na experiência que Bree poderia ter, nos homens com quem ela poderia ter estado no passado. Na verdade, isso deixava meu sangue gelado e me fazia sentir vontade de socar alguma coisa. Preferia nem pensar nisso.

Além do mais, Bree tinha me dito que não se importava que eu não tivesse nenhuma experiência nisso. Será que ela estava falando a verdade? Dúvidas começaram a se instalar no meu peito, e tive dificuldade de engolir em seco.

Travis parecia ler meus pensamentos.

— As mulheres vão dizer que não se importam se você é inexperiente, mas acredite em mim, ela vai apreciar que você saiba o que está fazendo na cama. Não quer ficar tropeçando como um idiota com ela, não é? Passar vergonha?

Olhei pela janela, desejando poder dizer a ele para dar meia-volta com o carro e me levar para casa. Isso não era minha visão do que seria esta noite.

— Ei, não fique tão irritado, cara. Todos os homens fazem isso, acredite em mim. Solteiros, casados... meu amigo Jason está casado há quase dez anos, e ele ainda aproveita as garotas nos quartos dos fundos. A esposa dele finge não ver porque também se beneficia disso. Entendeu?

Continuei olhando para fora da janela, pensando em Tio Nate e em como às vezes ele saía e voltava com cheiro de perfume feminino e batom por toda a gola da camisa. Ele não tinha namorada nem esposa, então devia estar encontrando mulheres como as que Travis disse que trabalhavam nessa boate para a qual estávamos indo. E Nate era um bom homem. Eu queria que ele ainda estivesse vivo para poder perguntar sobre isso.

Eu sabia que eu não era burro, mas também sabia que tinha muito a aprender. Lia constantemente aquele monte de livros, mas quando se tratava do mundo real, da forma como as pessoas se relacionavam, de como agiam e reagiam, eu sentia que estava sempre tentando acompanhar — não gostava da sensação.

Paramos a caminhonete em frente a um prédio com janelas escuras e um grande estacionamento. Havia uma enorme placa de neon rosa e preto que dizia Teasers, em letras piscantes.

Estacionamos em uma vaga e Travis se virou para mim.

— Olha, não se sinta obrigado a fazer nada com que não esteja confortável. Mas acredite em mim quando te digo que se vir alguém de quem goste, vá em frente. Bree vai apreciar. É o que os homens fazem, Archer.

Suspirei e abri a porta. Eu entraria com Travis. Se nada mais, Bree ficaria feliz por eu ter a noite de homem com a qual ela estava tão entusiasmada.

Caminhamos até a porta, e um cara grande, com a cabeça raspada e uma camiseta que dizia funcionário, pediu nossos documentos de identidade. Bem, aí estava. Eu não tinha um documento de identidade. Comecei a dar meia-volta, mas Travis agarrou meu braço, aproximou-se e mostrou seu distintivo de polícia e disse algo para o cara grandão. Este assentiu e fez um aceno para entrarmos.

Dentro da boate, a música estava bem alta — algo sobre sexo e doces — e eu semicerrei os olhos na iluminação fraca enquanto observava o ambiente. Havia pequenas mesas ao redor de uma grande passarela no centro, e meus olhos se arregalaram quando uma mulher seminua deslizou por um poste dourado. Por alguns segundos, simplesmente fiquei ali parado, olhando para ela, até que Travis agarrou meu braço de novo e me puxou em direção a uma mesa onde dois outros caras estavam sentados com copos meio vazios na frente deles.

— E aí, seus filhos da puta? — disse Travis, virando uma das cadeiras de costas para se sentar, olhando para mim e apontando para a cadeira ao lado dele. Eu me sentei.

— Jason, Brad, este é meu primo, Archer.

— E aí, cara — cumprimentou Jason, estendendo a mão. — Legal que você veio. — Apertei a mão dele e notei que Travis estava dizendo a verdade. Ele usava uma aliança de casamento.

— Prazer em te conhecer — respondeu Brad, e apertei a mão dele também.

Uma garçonete veio até nós usando o que parecia ser um maiô com uma saia curta e perguntou se gostaríamos de pedir bebidas.

Travis se inclinou para a garota, olhou para a plaquinha com o nome dela e falou, sorrindo:

— Oi, Brenda.

Ela deu risadinhas e olhou pela nossa mesa.

— Bem, vocês são um grupo de rapazes bonitos. — Ela sorriu para nós. Eu sorri educadamente quando nossos olhares se encontraram. — O que posso trazer para vocês?

Travis se inclinou para a frente.

— Uma rodada de tequila Cuervo Gold, e uma rodada de cerveja Yuengling.

A garçonete sorriu e foi buscar nossas bebidas. Travis conversava com Brad e Jason enquanto eu observava o show no palco. À medida que a garota abria as pernas e descia lentamente pelo poste, eu me senti um pouco excitado dentro da calça e me acomodei na mesa para que os outros caras não pudessem ver. Travis olhou para mim e sorriu como quem tinha entendido tudo.

A garçonete colocou nossas bebidas na mesa, e Travis lhe deu uma gorjeta. Ela se inclinou e enfiou o dinheiro entre os seios grandes. Engoli em seco. Eu não sabia o que pensar sobre tudo aquilo.

Travis se virou, ergueu o copo de tequila e disse:

— Ao Archer! E a uma noite inesquecível! — Os outros caras levantaram seus copos, rindo e gritando "Saúde!". Eu os observei enquanto eles viravam o líquido em um gole rápido e depois colocavam limão na boca. Fiz o mesmo, me forçando a não cuspir quando desceu queimando pela minha garganta. Meus olhos lacrimejaram, e enfiei o limão na boca e suguei o líquido azedo. Isso ajudou.

Travis me deu um tapa no ombro e falou:

— É isso aí! — E ergueu sua cerveja para mim. Eu peguei a minha e a ergui para ele, dando um gole e fazendo uma careta leve com o sabor também.

Tio Nate era um beberrão. Ele mantinha bebida em nossa casa, e eu experimentei uma vez quando tinha uns quinze anos. Parecia que ele adorava aquilo. Para mim, tinha gosto de álcool de limpeza e eu tinha cuspido o primeiro gole que dei. Por que ele gostava tanto, eu não tinha certeza.

Fiquei longe da bebida desde então. Além do mais, meu pai era um alcoólatra agressivo, e eu ainda me lembrava dele chegando em casa quase sem conseguir andar, mas ainda com força suficiente para bater na minha mãe.

Afastei esses pensamentos e olhei para o palco de novo. Havia uma nova garota lá agora — pequena, com cabelos castanho-claros longos. Ela me lembrava um pouco a Bree. Observei enquanto ela começava a girar ao som da música, deslizando para cima e para baixo no poste com uma perna envolta nele. Ela se inclinou para trás, seus cabelos caindo enquanto se curvava completamente. Levei a garrafa de cerveja aos lábios e dei um gole enorme.

Isso tudo era demais — a música alta pulsando pelos alto-falantes, todos os gritos, berros e conversas altas ao meu redor, as visões e os sons me dominando, e meu corpo respondendo a coisas que eu não tinha certeza se queria sentir. No entanto, a cerveja parecia estar ajudando, deixando as coisas embaçadas o suficiente para que todos esses estímulos fossem suportáveis, e parte da minha confusão parecia irrelevante.

Quando a dança da garota terminou, todos os caras diante do palco se inclinaram para a frente e começaram a colocar notas de dólar na calcinha dela. Um deles acenou com o que parecia ser uma nota de vinte e, quando ela engatinhou até lá, ele enfiou o dinheiro entre suas pernas e sob o tecido da calcinha. Desviei o olhar.

Eu já tinha visto o suficiente. Não tinha uma referência para tudo o que estava acontecendo, e aquilo me fazia sentir inferior, como se todos ali estivessem um passo à frente de mim. Eu não gostava dessa sensação. Era a razão pela qual ficava no meu próprio terreno e não tentava interagir com ninguém. A última coisa de que eu precisava era mais uma razão para me sentir como se todo mundo, exceto eu, soubesse o que estava acontecendo.

Me virei para Travis, começando a me levantar, apontando para a porta. Travis me empurrou forte no ombro, e me sentei de volta na cadeira com força, apertando os dentes.

Ele se inclinou na minha direção, franzindo os lábios e segurando meu ombro entre o polegar e os demais dedos, enquanto eu estreitava os olhos para ele. Se ele achava que ia me manter ali contra a minha vontade, estava enganado. Eu pegaria carona para casa, se fosse necessário.

— Olha, cara — ele disse, baixinho para que os outros caras não ouvissem, eu supus, embora estivessem ocupados gritando para a garota no palco. — Você acha que a Bree não gosta de uma pequena diversão às vezes? Na verdade, eu deveria saber. — Ele olhou para mim de um jeito sabichão e se inclinou para mais perto. — Eu adoro como os lábios dela têm gosto de pêssego.

Meus olhos se arregalaram e meu estômago se contraiu. Ele tinha beijado a Bree?

Travis suspirou.

— Só estou tentando te ajudar, Archer. Bree não acredita que você possa satisfazê-la, então ela vai onde sabe que vai conseguir o que precisa. — Ele ergueu as sobrancelhas, claramente se referindo a si mesmo. — E, da forma como as coisas estão, você não é capaz de proporcionar isso a ela. Foi por isso que eu te trouxe aqui, cara.

Me recostei na cadeira, franzindo a testa para o palco, onde uma morena estava inclinada sobre uma cadeira. Bree estava beijando outros homens? Bree estava beijando Travis? A raiva queimava nas minhas veias. Mas talvez eu não pudesse culpá-la. Talvez estivesse interpretando tudo errado — eu achava que ela gostava do que fazíamos juntos, mas como eu realmente poderia saber? Como poderia *não* estar parecendo completamente inexperiente? Ela devia estar *entediada*.

Mais uma rodada de cervejas chegou à nossa mesa, e tomei um grande gole da cerveja cheia na minha frente.

Eu estava infeliz e irritado com o pensamento de Bree com Travis, mas o álcool e as garotas no palco estavam fazendo o sangue fluir quente nas minhas veias — e eu estava excitado. Não queria mais nada além de voltar para casa e encontrar Bree. Eu queria beijá-la e prová-la em todos os lugares. Eu queria que ela me chupasse novamente... mas queria saber que estava fazendo certo. Não queria me sentir como o virgem que eu era.

A garota no palco passou as mãos nos seios e agarrou o poste, imitando o ato sexual nele. Eu estava completamente excitado debaixo da mesa. Levantar e sair não era uma opção naquele momento. Os outros caras ainda dividiam sua atenção entre o palco e eles mesmos, conversando e rindo alto. Eu não estava mais ouvindo-os. Continuei bebendo — o sabor estava me conquistando.

Uma loira que tinha estado no palco um pouco antes se aproximou da nossa mesa e se inclinou para sussurrar no ouvido de Jason. Ele riu e se levantou, seguindo-a através de uma porta ao lado do palco. Olhei para Travis, e ele ergueu as sobrancelhas para mim, dando um grande sorriso. Ele se inclinou na minha direção.

— Tenho uma surpresa — ele disse em voz alta, por causa da música. — Acho que você vai gostar.

Ele olhou para trás e sinalizou para alguém e, um minuto depois, uma garota se aproximou da nossa mesa. Ela sorriu para mim, e eu a encarei; ela parecia muito familiar.

Travis se inclinou para a frente.

— Archer, você se lembra da Amber Dalton? Ela trabalha aqui agora.

Amber Dalton: a garota por quem eu tinha uma queda aos quatorze anos. Aquela diante de quem Travis havia me humilhado. A bebida correndo pelas minhas veias devia ser o motivo de eu não sentir constrangimento na frente dela. Só continuei encarando-a, admirando seus cabelos pretos na altura dos ombros e aqueles mesmos olhos castanhos grandes que eu tinha amado tantos anos atrás. Ela ainda era tão bonita quanto eu me lembrava.

— Archer Hale? — sussurrou ela, arregalando os olhos. — Meu Deus, eu não fazia ideia. — Seu olhar percorreu meu corpo. — Bem, você cresceu muito bem, hein? — Ela sorriu, e não pude evitar o prazer que me percorreu. Parecia que o que acontecera tantos anos atrás havia sido compensado porque vi o apreço, pela minha aparência, brilhar em seus olhos.

— Amber — interrompeu Travis —, acho que Archer está pronto para aquele momentinho a sós que comentei com você. — Ele piscou para ela.

Minha mente pareceu clarear um pouco e balancei a cabeça em negação. Estendi a mão para apertar a dela — meu gesto de *prazer em revê-la*.

Em vez disso, ela ignorou minha mão estendida e se sentou no meu colo, o aroma avassalador de baunilha doce emanando dela. Fiquei meio rígido, sem saber o que fazer com as mãos além de mantê-las soltas ao lado do corpo.

— Parece ótimo! — ela cantarolou, aproximando-se e se movendo sobre minha ereção ainda parcialmente rígida. Inspirei bruscamente. A situação era meio estranha, mas boa. Eu não tinha certeza do que fazer.

Enquanto a música pulsava ao fundo, Amber se inclinou na minha direção e sussurrou no meu ouvido:

— Nossa, você é lindo, Archer. E o seu corpo... — Ela deslizou um dedo pelo meu peito. — Você sabe que eu gostava de você anos atrás, né? Vi como você me observava perto do lago. Eu queria que se aproximasse... mas você nunca veio...

Observei o dedo dela enquanto ele se movia pelo meu peito até parar no cós da minha calça, onde ela o mergulhou apenas um pouco e começou a subir de volta pelo meu peito. Agora eu estava completamente duro outra vez.

— Sigam em frente, vocês dois. — Travis riu. — Divirtam-se.

Amber pulou do meu colo, levantou-se e me puxou junto. Andei um pouco atrás dela para esconder minha condição, trançando levemente as pernas. Droga, eu estava mais bêbado do que pensava.

Amber me levou até a mesma porta pela qual Jason tinha desaparecido, por um corredor longo e escuro, e depois me puxou através de uma porta à esquerda, fechando-a atrás de si.

Havia uma cadeira no meio do cômodo, e ela me conduziu até lá e depois me empurrou gentilmente para me sentar.

Ela foi até uma mesa e mexeu em alguma coisa e, um minuto depois, a música começou a fluir pelos alto-falantes na parede. O som era agradável dessa vez, porém, não excessivamente alto e avassalador. Eu me sentia melhor ali.

Amber se aproximou, e forcei meus olhos a não fecharem. Parecia que o sangue nas minhas veias estava zumbindo, mas eu me sentia entorpecido ao mesmo tempo.

Ela se sentou no meu colo, e seu perfume me invadiu de novo, fazendo cócegas no meu nariz. Ela se balançou com a música por alguns minutos, fechando os olhos e inclinando-se para trás para que eu pudesse observá-la. Ela era bonita, mas não como a Bree. Agora que eu a estava olhando de perto sob luzes um pouco mais claras do que no palco, não gostava de toda a maquiagem que Amber usava, e achei que havia algo um pouco vulgar em sua aparência — algo diferente de quando ela era adolescente.

Ela foi balançando o corpo para cima até ficar completamente ereta e abaixou a frente da sua regata. Seus seios saltaram para fora, e ela mesma agarrou minhas mãos e as colocou neles. Meu pau latejava dentro da calça. Acariciei seus mamilos do jeito que Bree gostava, e Amber jogou a cabeça para trás, gemendo. Eu a apertei de leve. Seus seios eram maiores do que os de Bree, mas pareciam diferentes — não eram macios e sim quase excessivamente firmes, e a pele era repuxada e brilhante.

Amber abriu os olhos, ergueu a cabeça e me observou, mas baixou-os ao lamber os lábios.

— Sabe — disse ela, desabotoando os dois primeiros botões da minha camisa —, aqui a gente só deveria fazer uma *lap dance*, mas Travis me deu uma gorjeta extra para te dar o que você quiser.

Ela deslizou a mão para baixo e me acariciou por cima da calça jeans. Meus olhos se fecharam e eu ofeguei com intensidade.

— Nossa, você é grande, querido — ela sussurrou, agora correndo os lábios pela lateral do meu pescoço. Ela chupou a pele ali, me fazendo saltar um pouco quando senti seus dentes me morderem. — Humm — gemeu, esfregando-se contra mim. — Mal posso esperar para montar nesse pau grande e grosso, lindo. Você gosta rápido e selvagem ou devagar e fundo? Humm? — ela murmurou. — Vamos descobrir, não é, querido?

Meu corpo reagiu às palavras, mas, por dentro, algo parecia errado. Eu nem conhecia essa garota. Realmente deveria usá-la para sexo e depois voltar para casa e encontrar Bree, a garota de quem eu realmente gostava? Será que era isso mesmo que Jason fazia com a esposa? Eu queria que Bree me enxergasse como ela enxergava os outros homens. Não queria que ela quisesse beijar Travis, mas isso, isso parecia... Deus, eu não conseguia pensar com clareza com a bebida e com Amber me acariciando por cima da calça jeans. Todos os meus pensamentos estavam confusos, minhas emoções desordenadas. Eu precisava sair daquele quarto. Só terminaria com aquilo e voltaria para casa. E então, pela manhã, falaria com Bree.

Saí cambaleando do quarto dez minutos depois e fui procurar Travis. Ele ainda estava na mesa onde estávamos sentados, com uma ruiva no colo. Toquei no seu ombro. Ele olhou para trás, e um sorriso enorme apareceu no seu rosto. Ele afastou a ruiva e disse:

— Pronto para ir para casa, amigão?

Fiz que sim, franzindo a testa. Era tudo o que eu queria, apenas sair dali e procurar Bree. Eu queria abraçá-la. Uma depressão me invadiu quando pensei no que tinha feito com Amber. Tentei deixar isso de lado, embora não tivesse feito nada que os outros homens também não tivessem feito, ao que parecia. E eu tinha visto muitas alianças de casamento ali. Aparentemente, as esposas aceitavam esse tipo de coisa. Acho que eu era de fato um aberração, porque não faria aquilo de novo. Me sentia vazio, infeliz... e envergonhado.

Na caminhonete, cruzamos a ponte até Pelion. Travis ficou em silêncio durante toda a viagem, um pequeno sorriso curvando seus lábios. Eu não me importava com a razão de ele estar sorrindo, o álcool estava me deixando sonolento, e encostei a cabeça na janela e fechei os olhos, pensando em Bree.

Travis me sacudiu, parecendo ter se passado apenas alguns segundos, e abri os olhos sonolentos e saí do carro. Antes de fechar a porta, Travis piscou para mim e disse:

— Vamos fazer isso de novo, cara. — Não dei atenção a suas palavras e não respondi nada, apenas virei as costas para a caminhonete. Foi então que percebi que estávamos em frente à casa de Bree. Me virei para voltar para a caminhonete de Travis, mas ele acelerou, e tropecei para trás enquanto ele saía em velocidade, fazendo barulho.

CAPÍTULO VINTE

BREE

Virei de um lado para o outro na cama, sorrindo ao olhar pela janela, em direção ao lago escuro lá fora. Eu tinha ligado para Melanie e Liza quando descobri que Archer ia sair com Travis, e tivemos uma noite de garotas.

Tínhamos ido ao salão de sinuca, na cidade, bebemos algumas cervejas, rimos e conversamos, principalmente sobre fofocas da cidade pequena. Ao que parecia, havia uma garota na cidade que estava tendo casos com pelo menos três homens casados. As esposas de Pelion estavam em polvorosa. Claro, eu não achava que a garota fosse tão culpada quanto os homens que tinham feito os votos e os quebrado, mas supunha que era menos doloroso acreditar que os homens haviam sido seduzidos por algum tipo de sedutora mágica do que pensar que eles eram apenas mentirosos e traidores.

Também conversamos muito sobre Archer, e contei tudo sobre ele. Elas me ouviram com expressões chocadas, mas animadas.

— Meu Deus, a gente não tinha ideia, Bree — disse Melanie. Depois ela ficou pensativa por um minuto enquanto eu dava um gole na cerveja. — Mas sabe de uma coisa? — ela continuou. — Você é realmente a única que poderia ter descoberto isso. Você sabendo língua de sinais... e vindo parar aqui... e ele estando sozinho, sem ninguém com quem conversar... é como o tipo mais bonito de destino.

Abri um sorriso sonhador com isso, deixando suas palavras me envolverem. Era verdade. Era assim que parecia. *O tipo mais bonito de destino.*

Encerramos a noite cedo e chegamos em casa por volta das onze, já que eu tinha que trabalhar de manhã. Tomei um banho e li por um tempo. Desliguei a luz e fiquei pensando em Archer e imaginando como estava sendo a noite dele. Eu sentia muito orgulho dele por concordar em sair com Travis. Ele parecia muito desconfiado e inseguro, e eu sabia que a maior parte da razão pela qual ele tinha ido era o meu encorajamento. Mesmo assim, ainda era um passo bem grande. Ele mal tinha saído da sua propriedade, exceto por uma ocasional ida à cidade para comprar mantimentos ou suprimentos para seus projetos, desde os sete anos. Sair para um bar ou um restaurante era uma grande coisa. Eu esperava que ele tivesse se divertido pelo menos um pouquinho.

Virei de novo para o lado quando ouvi uma porta de carro se fechar com força e o que parecia ser uma caminhonete grande acelerando. *Mas o que foi isso?* Phoebe levantou a cabeça no final da minha cama e latiu baixinho.

Meu coração acelerou, e fui dominada pelo medo. No entanto, controlei a respiração — se fosse alguém com a intenção de me fazer mal, se fosse *ele*, definitivamente não se anunciaria com tanto barulho que poderia ser evitado.

— Pare de ser paranoica, Bree — murmurei. Mas mesmo assim, fui até a sala na ponta dos pés, com Phoebe atrás de mim.

Puxei a ponta da cortina e olhei pela janela. Vi uma figura grande se afastando sem muita firmeza. Era... Archer? Sim, sim, era ele.

Corri até a porta e a abri com tudo, chamando baixinho:

— Archer? — Ele se virou na estrada e apenas ficou parado ali.

Inclinei a cabeça para o lado, abrindo um sorriso pequeno e confuso.

— O que você está fazendo? — perguntei. — Venha aqui, estou de pijama.

Ele ficou parado por alguns instantes, oscilando ligeiramente, parecendo... apertei os olhos na penumbra... bêbado e chateado. Ai, droga, Travis o tinha *embebedado*? Ótimo.

De repente, ele começou a caminhar na minha direção, com a cabeça baixa. Ele subiu os degraus e veio direto até mim, me abraçando. Me segurou com força e enterrou o nariz no meu pescoço, inspirando profundamente.

Congelei em seu abraço. Ai, Deus, ele cheirava ao perfume de outra mulher — fedia, na verdade. Um perfume barato de baunilha. Meu coração parecia parar no peito e então voltar a bater de forma irregular. Que merda tinha acontecido durante a noite dos rapazes?

— Archer — repeti, afastando-o com delicadeza. Ele deu um passo para trás e fez um movimento que me fez pensar que estava tentando jogar o cabelo na frente do rosto. No entanto, ele não tinha mais cabelo comprido. Então passou a mão pelo novo corte curto e me olhou de um jeito de cortar o coração.

Ele levantou as mãos e fez sinais, meio desajeitados, *Não gostei da noite dos caras. Não curto clubes de strip.*

— Clube de strip? — sussurrei. E foi quando notei a enorme marca no seu pescoço e o batom rosa brilhante borrado em sua gola. Ai, Deus. Meu sangue gelou. — Você estava com outra mulher, Archer? — perguntei, meu coração afundando no peito. Minhas mãos pareciam incapazes de fazer qualquer coisa além de ficar ao lado do corpo.

Por vários segundos, ele apenas me encarou, seus olhos atormentados me dizendo tudo o que se passava em sua cabeça. Ele pensou em mentir por um segundo, eu *vi* isso relampejar naqueles expressivos olhos castanho-dourados, mas então uma expressão de derrota tomou conta do seu rosto e ele balançou a cabeça em afirmativa.

Fiquei apenas olhando para ele por uns trinta segundos antes de falar.

— Elas te colocaram no palco ou algo assim? — indaguei, esperando que tudo aquilo fosse apenas uma brincadeira sem graça ao estilo de despedida de solteiro.

Sua testa se franziu, mas então duas manchas vermelhas apareceram em suas maçãs do rosto, e ele levantou as mãos e fez sinais: *Não, em um dos quartos dos fundos.*

— Os quartos dos fundos? — sussurrei.

Archer assentiu e ficamos apenas nos encarando por alguns segundos.

— Então você *realmente* esteve com ela? — questionei. Eu sentia a cor sumir do meu rosto.

Tormento se estampou em suas feições enquanto ele assentia. Ele olhou para baixo, para os pés.

Fechei os olhos por alguns segundos, tentando digerir aquilo, e então os abri.

— Por quê? — perguntei, as lágrimas enchendo meus olhos.

Archer enfiou as mãos nos bolsos e apenas me olhou, uma tristeza devastadora estampada em seu rosto. Mas o que eu deveria fazer? Ele deveria saber que eu ficaria chateada pelo fato de ele ter ficado com outra mulher. Será que sabia tão pouco sobre o mundo? Sobre relacionamentos? Sobre amor? Não, eu não podia acreditar nisso.

Ele tirou as mãos dos bolsos e fez sinais: *Você beijou o Travis.* Sua mandíbula se contraiu.

Estaquei, franzindo a testa.

— Eu beijei o Travis *uma vez* quando você e eu éramos apenas amigos — rebati em voz baixa. — Mas quando nos tornamos mais do que isso, escolhi você, Archer... — Minhas palavras se dissiparam e então solucei: — Eu escolhi você. — Mágoa, raiva e desespero tomaram conta do meu corpo outra vez enquanto ele balançava de leve na minha frente, parecendo um cachorrinho que acabara de ser chutado. Mas não era eu quem acabara de ser chutada?

Pigarreei para não começar a chorar.

— Você está bêbado — falei. — Vou te levar para casa. Você precisa dormir e se recuperar. — Agora eu me sentia entorpecida.

Archer segurou meu braço, e eu baixei os olhos para os dedos dele na minha pele e depois para sua expressão derrotada. Ele me soltou e fez sinais: *Desculpe.*

Assenti uma vez, um movimento nervoso do queixo em direção ao peito, e depois peguei meu casaco leve no gancho ao lado da porta e saí. Ouvi Archer fechar a porta e seus passos me seguirem.

Entrei no meu carro, e ele entrou pelo lado do passageiro, fechando a porta suavemente.

Dirigimos em silêncio a curta distância até Briar Road, e quando parei em frente ao portão, ele se virou para mim no carro, com súplica no olhar.

— Apenas vá, Archer — eu disse. Eu precisava ir para casa e me encolher na minha cama. Não sabia como lidar com todos os meus sentimentos naquele momento.

Archer me encarou por alguns segundos, virou-se e saiu do meu carro, fechando a porta.

Dei a volta com o carro e comecei a voltar para casa. Quando olhei pelo retrovisor, Archer ainda estava parado no final da estrada, com as mãos nos bolsos, me observando ir embora.

Quando cheguei alguns minutos depois, tirei o casaco, entorpecida, e voltei para o quarto, me deitando novamente e puxando as cobertas sobre a cabeça. Foi só então que deixei as lágrimas caírem, a devastação apertando meu coração. Ele havia estado com outra mulher — o homem por quem eu estava me apaixonando escolhera ter sua primeira vez com uma stripper barata nos fundos de um clube. E eu sabia que tinha tido um papel nesse acontecimento.

Eu me arrastei para fora da cama na manhã seguinte, depois de apenas duas horas de sono. Me sentia pesada de tristeza enquanto seguia minha rotina matinal.

Assim que cheguei à lanchonete, mergulhei em todo tipo de trabalho possível, tentando em vão manter minha mente longe de Archer. Era uma causa sem esperança, porém, e enquanto reabastecia os recipientes de açúcar em cada mesa, pensei em como o havia pressionado para sair da sua zona de conforto e socializar um pouco. Eu queria rir com a ironia e depois queria cair no chão e chorar embaixo de uma das mesas. Em vez disso, respirei fundo e contei envelopinhos de adoçante.

Parte disso era culpa minha. Eu não deveria tê-lo persuadido a fazer algo para o qual não estava pronto. Só pensei que talvez ele nunca estivesse completamente pronto, e um empurrãozinho de alguém que se importava com ele seria algo bom. Ele não poderia viver em seu pedacinho de terra a vida toda, nunca se aventurando além dos supermercados e lojas de ferragens. Também não achava que ele quisesse viver assim. Mas talvez eu devesse ter sido a pessoa a ajudá-lo a se lançar no mundo, em vez de aceitar a oferta de Travis. *Travis*. Qual era o papel dele nessa história toda? Eu tinha a sensação de que não era nada inocente. Tinha uma vaga noção de que talvez eu tivesse abandonado Archer em vez de ajudá-lo a sair de seu casulo de segurança. No mínimo, Travis não impedira o que havia acontecido no clube. Archer era retraído e tímido demais para isso. Com certeza ele não teria procurado sexo com outra mulher por conta própria. Uma pontada de dor perfurou meu coração, e eu queria chorar de novo quando o imaginei se envolvendo com alguma mulher seminua. Fechei os olhos e afastei as lágrimas. Já tinha sido traída antes — eu superaria.

Mas... algo nessa história não fazia parecer exatamente que ele tivesse me traído. Parecia... algo mais. Fiz uma pausa nos meus pensamentos. Não, eu não lhe daria uma desculpa por uma escolha que tinha sido, em última instância, dele. Ai, Deus, eu estava muito confusa. E magoada.

Naquela tarde, depois de fazer algumas porções das minhas saladas, me despedi de Norm e Maggie e fui para casa.

Lembrei que precisava de algumas coisas no supermercado, então fiz uma rápida parada lá. Enquanto caminhava para o meu carro no estacionamento, minha mente ainda repassando a situação com Archer até que pensei que fosse enlouquecer, ouvi meu nome sendo chamado em voz baixa.

Virei, e uma mulher de cabelos curtos e óculos estava caminhando na minha direção, empurrando um carrinho.

Parei meu carrinho e me virei para ela, abrindo um pequeno sorriso.

— Oi — disse, inclinando a cabeça.

— Oi. — Ela sorriu calorosamente. — Eu sei que não me conhece. Meu nome é Amanda Wright. Não estranhe o fato de eu saber o seu nome. Faço parte de um grupo de carteado com Anne. — Ela sorriu mais uma vez e deu uma pequena risadinha.

— Ah, entendi. Eu moro bem ao lado da Anne.

Ela assentiu.

— Eu sei. Ela nos falou sobre você durante nosso jogo na semana passada. E quando te vi hoje, imaginei que você devia ser a Bree que a Anne havia descrito.

Balancei a cabeça em afirmativa.

— Bom, é ótimo conhecer uma das amigas da Anne. Ela tem sido muito legal comigo.

— Sim, ela é adorável. — Ela hesitou por um minuto. — Espero que não ache isso invasivo, mas... ela mencionou que você estava visitando Archer. — A mulher me olhou, curiosa.

As coisas tinham mudado um pouco desde a última vez que eu havia conversado com Anne, mas não havia como entrar nesse assunto, então apenas respondi:

— Sim.

Ela sorriu e soltou um suspiro.

— Eu era a melhor amiga da mãe dele, Alyssa — revelou ela.

Inspirei com surpresa.

— Você conhecia a mãe dele?

Ela fez que sim.

— Sim, e sempre me senti... tão mal por não ter feito mais pelo Archer quando Alyssa morreu. — Ela balançou a cabeça tristemente. — Tentei ir até lá algumas vezes, mas havia um monte de placas malucas na cerca, avisando sobre bombas e armadilhas, e... eu apenas... fiquei com medo, suponho. — Ela parecia pensativa. — Depois ouvi na cidade que Archer tinha sofrido alguns danos mentais naquele acidente, e pensei que talvez a família fosse mais capaz de cuidar dele e lidar com sua situação. — Ela franziu os lábios. — Falando assim em voz alta, percebo o quanto parece um argumento fraco.

— Sra. Wright... — comecei.

— Por favor, me chame de Amanda.

Assenti.

— Ok, Amanda, se não se importa com minha intromissão, você sabe o que causou o acidente naquele dia? Archer não fala sobre isso, e, bem... — Eu não tinha certeza de como terminar aquela frase, minhas palavras se dissipando no nada.

Amanda colocou a mão no meu braço.

— Você gosta dele — ela falou, sorrindo. Parecia que havia lágrimas em seus olhos.

Assenti novamente.

— Eu gosto. — E, naquele momento, percebi que, não importava o que acontecesse entre mim e Archer, eu me importava profundamente com ele, e ainda queria ajudá-lo a ter uma vida que incluísse mais do que apenas ele, alguns cachorros e uma série de projetos de bricolagem com pedra ano após ano.

Amanda olhou para além do meu ombro por alguns segundos, pensativa, e então disse:

— Tudo o que eu sei sobre o acidente são os poucos detalhes que saíram no jornal. É claro que esses vieram de um repórter de fora da cidade; não temos jornal aqui em Pelion. Além do mais, as pessoas simplesmente não falam sobre isso. Se me perguntar, é por causa da Victoria Hale; *todo* mundo tem medo dela. Ela tem o poder de eliminar empregos, fechar comércios, e já fez isso quando alguém se opôs a ela, então todos nós temos motivos para preocupação. E vou te dizer uma coisa: na minha opinião, o que quer que *tenha* acontecido no dia do acidente, começou com Victoria Hale. Ela nunca teve problemas em bagunçar a vida das pessoas para atingir seus objetivos.

Respirei fundo.

— Victoria Hale? — perguntei. — Ela veio à lanchonete onde trabalho na semana passada para me afastar dele.

Amanda assentiu, parecendo estar decidindo algo.

— Nunca falei sobre isso com ninguém, mas Tori Hale sempre foi consumida pela inveja que tinha de Alyssa. Sempre tentando manipular as pessoas para conseguir o que queria. E no caso de Alyssa, ela teve mais sucessos do que fracassos. — Amanda balançou a cabeça tristemente. — Alyssa sempre teve uma culpa enorme por algo... nunca se sentia digna de nada nem ninguém. Ela cresceu em um orfanato, não tinha ninguém no mundo até vir para Pelion... — Sua voz se dissipou enquanto ela recordava o passado. — A garota mais doce que você poderia conhecer, não tinha um grama de maldade, e aqueles garotos Hale se apaixonaram por ela. — Ela sorriu com tristeza.

— Anne me disse que ela escolheu Marcus Hale. — Eu sorri.

Mas Amanda franzia a testa e balançava a cabeça.

— Não, não escolheu: foi armado. Fomos a uma festa na noite em que Alyssa engravidou. Victoria estava lá; eu nunca poderia provar, mas sei que ela colocou algo na bebida de Alyssa, e Marcus se aproveitou dela. Foi a maneira dele de tomá-la para si e superar o irmão, Connor, que estava ficando óbvio que era o amor de Alyssa. Claro, Marcus não esperava que ela engravidasse, mas foi o que aconteceu. Eles se casaram três meses depois. Alyssa ficou arrasada e Connor também. E é óbvio, Alyssa se culpava e achava que seu castigo era ser casada com um homem que não amava. Ela tomou muitas decisões ruins, mas, em sua maior parte, porque tinha uma autoestima muito baixa.

Amanda pareceu pensativa de novo por um segundo.

— Eu sempre disse que o dom especial de Tori Hale é conseguir manipular os outros para fazer seu trabalho sujo. Suas mãos sempre estão limpas de alguma forma, mas ela é sempre a pessoa nos bastidores, por assim dizer.

Ela balançou a cabeça tristemente mais uma vez, quase parecendo que ia chorar, mas então pareceu voltar ao presente, colocando a mão no peito e rindo de leve.

— Ai, Deus, olhe só para mim, fofocando sobre o passado no estacionamento do supermercado enquanto suas coisas devem estar derretendo. Por favor, me perdoe. Só queria mesmo me apresentar e perguntar se talvez você poderia mandar lembrança ao Archer e dizer que a mãe dele foi muito especial para mim.

Confirmei balançando a cabeça para Amanda, sentindo-me envolta por uma tristeza causada pelas informações que ela me dera a respeito dos pais de Archer.

Ela continuou:

— Eu tenho uma boutique de roupas na cidade: a Mandy's. — Ela sorriu. — Nome criativo, né? Venha me visitar qualquer hora e te dou um desconto de amiga.

Sorri para ela.

— É muita gentileza a sua. Eu vou, sim.

— Ótimo. Foi um prazer te conhecer, Bree.

— Igualmente — eu disse enquanto ela se afastava.

Coloquei as sacolas de compras no carro e depois entrei, mas fiquei parada lá no estacionamento pensando em uma mocinha doce que havia chegado a uma nova cidade, e nos irmãos que a amavam — e como aquele que ela não amava a manipulou para escolhê-lo, e como tudo isso tinha acabado em tragédia. E pensei no garotinho que essa mocinha doce havia deixado para trás, e como meu coração doía pelo que talvez nunca teríamos novamente.

Passei os dias subsequentes trabalhando e depois enclausurada em casa, lendo na maior parte do tempo, tentando fazer o tempo passar mais rápido. Eu estava *sofrendo*. Sentia falta dele. E estranhamente, queria confortá-lo. Não sabia exatamente o que tinha acontecido naquele clube, além de que Archer tinha ido para algum canto com uma das strippers e transado com ela, algo que eu nem sabia que estava no cardápio de um clube de strip, mas o que eu sabia? O que *estava* claro era que Archer não tinha ficado feliz com aquilo. Então por que tinha feito? Tentei me colocar no seu lugar, tentei entender como deveria ter sido para ele estar em um clube de strip. Porém, pensar demais nisso só me fazia sofrer mais.

Na sexta-feira, quando saí do trabalho, vi Travis do outro lado da rua, vestido à paisana. Enquanto eu piscava os olhos sob o sol, observando-o conversar casualmente com um homem mais velho, a raiva me invadiu. Ele estava lá — ele tinha levado Archer para um clube de strip. Ele tinha *planejado* tudo.

Sem pensar, atravessei a rua furiosamente, ao som de uma buzina de carro soando alto. Travis olhou para mim e começou a sorrir, mas ao ver minha expressão, ficou sério, virou-se para o homem mais velho e disse algo antes de caminhar na minha direção enquanto eu me aproximava pela calçada.

Assim que o alcancei, dei um tapa forte no seu rosto, o som reverberando pelo ar ameno do outono. Ele fechou os olhos e levou a mão à bochecha, movendo a mandíbula lentamente.

— Que porra foi essa? — ele sibilou.

Cheguei bem perto dele.

— Você é um babaca egoísta e cruel, Travis Hale. Que merda você estava pensando quando decidiu levar Archer a um clube de strip? Pensei que poderia confiar em você para cuidar dele!

— Cuidar dele? — Travis perguntou, com uma risadinha. — Por acaso ele é uma criança, Bree?

— O quê? — esbravejei. — Claro que ele não é uma *criança*, mas você sabe que ele precisava que você cuidasse dele um pouco. Ele nunca saiu socialmente! Ele precisava que você...

— É isso que você quer? Alguém que *precise de cuidados* o tempo todo? É esse o tipo de homem que você quer?

Agora eu estava enxergando tudo vermelho, e minha mão coçava para lhe dar outro tapa no rosto.

— Você está distorcendo as coisas! Está fazendo parecer que ele é mentalmente incapaz de se adaptar a coisas que ele nunca fez. Ele só precisava que você...

— O quê? Segurasse a mão dele a noite toda para que ele não comesse outra mulher?

Minha boca se abriu, e eu o encarei.

Ele soltou o ar, passando a mão pelo cabelo.

— Jesus, Bree, eu não estava tentando criar uma situação que te fizesse sofrer. Eu só estava tentando mostrar ao cara um pouco de diversão, fazê-lo se sentir como um *homem*, dar um pouco de confiança para ele não sentir que estava muito abaixo do seu nível. Tudo bem, é óbvio não foi o melhor plano; percebi isso logo que ele foi para os fundos com uma garota por quem tinha uma queda quando a gente era adolescente e transou com ela, tudo bem?

— Meu Deus, pare de falar essas coisas! — exclamei, as lágrimas enchendo meus olhos. Limpei-as com raiva, irritada comigo mesma por chorar no meio da maldita rua, na frente de Travis Hale.

— Ele não é para você, Bree. Ele é... muito diferente... ficou muito tempo fora do mundo, é muito propenso a fazer escolhas que vão te machucar. Sinto muito que você tenha descoberto da maneira mais difícil.

Balancei a cabeça de um lado para o outro.

— Você está distorcendo as coisas — repeti.

— Não estou — ele disse gentilmente, me puxando para perto e envolvendo os braços ao meu redor. — Desculpa, Bree. Desculpa mesmo.

Me afastei dele e virei para voltar ao meu carro. Minha cabeça estava nadando de dor e raiva — por Travis, por Archer, por mim mesma. Eu só precisava chegar em casa.

— Bree — Travis chamou, e parei de andar, mas não me virei. — Estou aqui se precisar de mim.

Continuei caminhando, percebendo que as pessoas ao nosso redor haviam parado e estavam olhando. *Uau, quanta sutileza*. Se bem que tínhamos acabado de fazer um barraco, ou melhor, eu tinha.

Caminhei apressada até o meu carro, entrei e dirigi mecanicamente para casa. Ao chegar, me arrastei para dentro e desabei no sofá.

Phoebe veio correndo e alegremente pulou no meu colo, abanando o rabo e lambendo meu rosto. Eu ri, apesar do meu humor ruim, e a abracei.

— Oi, querida — falei com carinho.

Phoebe saltou do meu colo e correu até a porta, bufando suavemente para sair. Ela estava tão acostumada a pular na cestinha da bicicleta e ir até a casa de Archer todos os dias, que também devia estar sentindo falta dos seus amigos e daquela enorme propriedade onde ela corria livremente, explorando.

— Também sinto falta dele, garota — confessei, sem saber o que fazer com esse sentimento.

Depois de alguns minutos, fui tomar banho. Enquanto me despia no quarto, as primeiras gotas de chuva começaram a cair.

CAPÍTULO VINTE E UM

BREE

Por volta das oito da noite, a chuva caía intensamente, com trovejadas estrondosas e relâmpagos cortando o céu em ziguezague.

Eu estava encolhida no meu quarto, com Phoebe no colo. A sensação *daquela* noite voltou a me inundar enquanto eu estava ali. Agora lidava melhor com isso, mas sabia que o barulho ensurdecedor sempre me lembraria de como eu me sentia sozinha e impotente.

Eu tinha várias velas acesas no meu quarto, caso a energia falhasse. Normalmente, as velas criavam uma atmosfera calmante e romântica, mas esta noite as sombras projetadas nas paredes ao meu redor tornavam a tempestade ainda mais assustadora, mais perturbadora.

Ouvi uma batida suave à porta e me assustei. Phoebe levantou as orelhas e latiu baixinho. Quem seria?

Por causa da tempestade, *ele já estava na minha mente, então meu coração começou a acelerar enquanto eu me levantava devagar da cama e caminhava em silêncio pelo corredor, com Phoebe atrás de mim.*

Cheguei à janela da frente e, espiando pela cortina, mal pude enxergar minha varanda em frente à porta. Archer se inclinou para trás, olhando para mim enquanto eu o encarava. Meu coração começou a bater forte quando o vi encharcado: a calça, a camiseta branca e o moletom aberto grudados no seu corpo. *Meu Deus, ele deve ter caminhado até aqui nessa chuva torrencial.*

Hesitei por apenas um segundo antes de me apressar em direção à porta e abri-la ao som da chuva martelando o chão diante da varanda. Um trovão alto abalou a casa e dei um pequeno pulo, fazendo com que Archer desse um passo na minha direção.

O que você está fazendo aqui?, perguntei.

Você não gosta de tempestades, ele respondeu.

Inclinei a cabeça, confusa. *Você caminhou quase dois quilômetros na chuva porque eu não gosto de tempestades?*

Ele hesitou por um segundo, olhando para o lado, franzindo levemente a testa. Em seguida, olhou de volta para mim e disse sucintamente, *Sim*. Ele fez uma pausa, com uma expressão de dor. *Eu sei que devo ser a última pessoa que você quer ver agora, mas pensei que, se eu ficasse na sua varanda, você não teria medo. Você não ficaria sozinha.*

Meu Deus.

Não pude evitar; meu rosto se contorceu e eu comecei a chorar.

Archer deu um passo hesitante na minha direção e silenciosamente pediu permissão com o olhar ao me encarar. Assenti para ele, reconhecendo sua pergunta não verbalizada, e ele me abraçou e me apertou contra seu corpo.

Envolvi os braços ao redor dele e enterrei o rosto em seu pescoço, respirando seu cheiro limpo e de chuva. Chorei em silêncio nos seus braços por vários minutos enquanto ele me abraçava, fazendo círculos nas minhas costas, sua respiração quente no meu ouvido, suas roupas encharcadas me molhando também. Naqueles poucos minutos, eu estava alheia ao trovão e à chuva caindo estrondosa ao nosso redor — naqueles poucos minutos, éramos apenas ele e eu, e mais nada.

Não sabia ao certo o que pensar. Só sabia que aquilo parecia certo. Ele ainda era meu melhor amigo, meu homem doce e silencioso, e eu tinha sentido muito a sua falta. Ele havia me magoado e, ainda assim, eu me apegava a ele como se minha vida dependesse disso.

Depois de alguns minutos, recuei e olhei para o seu rosto. Ele olhou para mim com tanta doçura e ternura que meu coração apertou.

Você me magoou, eu disse, dando um passo para trás.

Tristeza encheu sua expressão e ele assentiu, reconhecendo que sabia disso.

Me deixe consertar, pediu, *por favor. Eu quero consertar. O que eu posso fazer?*

Expirei, deixando meus ombros caírem. *Você transou com outra mulher, Archer.*

Ele balançou a cabeça. *Não transei com ela; eu só... fiquei com ela.*

Franzi a testa e recuei a cabeça. *O quê? Eu pensei que você tinha... espera, o que significa "você só ficou com ela", exatamente?* Eu não sabia o que ele ia me dizer, mas um alívio me invadiu quando percebi que ele não tinha ido até o fim com a stripper.

Ele suspirou, passando a mão pelo cabelo molhado e depois abaixando-a ao lado do corpo. *Eu... isso...* Ele suspirou novamente. *Ela me levou para o quarto dos fundos, beijou meu pescoço e colocou minhas mãos em seus seios. Meu corpo... reagiu.* Ele fechou os olhos por alguns segundos e depois os abriu. *Ela me disse que Travis havia pagado para ela transar comigo, mas não me senti bem com aquilo, então eu saí. Foi isso o que aconteceu. Sinto muito. Eu sabia que não estava certo. Não queria aquilo. Quer dizer... eu... Meu Deus.* Vergonha preencheu seu rosto enquanto ele olhava para baixo novamente.

Soltei o fôlego que estava segurando e ri baixinho, balançando a cabeça. Archer segurou meu queixo com seus dedos frios, fazendo-me olhar para cima. Ele me olhou com olhos interrogativos.

Você ganhou uma lap dance, Archer, e as coisas foram longe demais. Mas você disse não para ela e saiu. Eu o estudei por um segundo. *Por que você disse não? Me conte.*

Ele não disse nada por alguns segundos e então: *Porque eu não quero ficar com mais ninguém além de você. Eu não a queria. Só quero você. Só quero você, Bree.*

Enquanto estávamos ali parados na minha porta, olhando nos olhos um do outro, notei que ele estava tremendo, e seus lábios estavam ficando azulados, uma poça de água se formando no meu alpendre seco embaixo dele.

Eu o puxei para dentro.

— Meu Deus, você está congelando — eu disse, puxando-o. — Precisamos te aquecer.

Conduzi Archer até meu banheiro e liguei o chuveiro; imediatamente o vapor quente se espalhou pelo pequeno ambiente. Comecei a tirar suas roupas, seu moletom e sua camiseta, e ele permitiu, seus olhos fixos no meu rosto, apenas ajudando onde eu precisava. Ele chutou os sapatos dos pés e eu me ajoelhei diante dele, tirando suas meias molhadas, e depois me levantei, meus olhos subindo por seu abdômen até o peito à medida que eu fiquei de pé devagar. De repente, o cômodo parecia ainda mais quente. Mordi o lábio e olhei para cima, para o seu lindo rosto.

Pode entrar no chuveiro, falei, quando ele estava apenas de jeans. *Também preciso trocar de roupa*, acrescentei, olhando para minha camisola molhada.

Ele assentiu, e eu me virei bruscamente e saí do banheiro. Fechei a porta e me encostei nela por um segundo, mordendo o lábio de novo. Suspirei baixinho.

— Só você, Bree — murmurei. — Só você se apaixonaria pelo mudo solitário da cidade. — Mas então sorri. Sim, o mudo solitário da cidade, mas o *meu* mudo solitário da cidade.

Troquei a roupa molhada por uma camisola seca — e mais bonita. Em seguida, fui para a cozinha e coloquei a chaleira no fogo. Fiquei ali olhando a chuva pela janela, esperando o apito.

Alguns momentos mais tarde, ouvi o chuveiro desligar. Um minuto depois, a porta se abriu, e eu anunciei em voz baixa:

— Na cozinha.

Archer entrou apenas com uma toalha enrolada nos quadris estreitos, passando a mão pelo cabelo e me olhando, um pouco envergonhado. Observei seu peito nu de dar água na boca e a maneira como a toalha deixava pouco para a imaginação em relação aos seus atributos, e engoli em seco.

— Estou terminando o chá — eu disse, abrindo saquinhos de chá. — Se quiser pegar suas roupas e colocá-las na secadora, fica no armário pequeno no corredor.

Ele assentiu e saiu da cozinha enquanto eu terminava, e então voltou quando eu estava levando o chá para a sala de estar. Ele pegou uma das xícaras e nos sentamos juntos no sofá, saboreando o chá quente em silêncio por vários minutos confortáveis.

Por fim, ele colocou a xícara na mesa ao lado do sofá e se virou para mim. *Posso dizer uma coisa?*

Olhei para ele, inclinei a cabeça e respondi:

— Claro. — E dei outro gole no meu chá.

Ele respirou fundo e pareceu estar organizando seus pensamentos. *Tenho pensado muito nos últimos dias e... Estava tentando ser o que você queria que eu fosse, mas... é muito para mim, Bree.* Ele balançou a cabeça levemente. *Eu odiei aquela noite — o barulho, todas as pessoas, o fato de eu não poder falar.* Ele parou por um instante antes de encontrar meus olhos. *Eu quero te fazer feliz, mais do que qualquer coisa, mas...* Ele passou a mão no topo da cabeça novamente.

Coloquei a xícara de chá na mesa de centro à nossa frente e me aproximei mais dele. *Archer, eu fiz você sentir como se fosse um experimento meu. Fiz você sentir como se... não fosse o suficiente.* Olhei para baixo e depois voltei a olhar em seus olhos. *Desculpa.*

Ele segurou minhas mãos, apertou-as e depois soltou. *Não, não é culpa sua. Eu sei que você estava tentando... expandir meu mundo. Só que preciso fazer isso quando estiver pronto, tudo bem? E não sei quando vou estar pronto. Pode levar muito tempo, Bree.*

Assenti, com lágrimas nos olhos. *Tudo bem.* Dei um risinho e subi no seu colo, sentando-me de frente para ele e me inclinando na direção do seu corpo para abraçá-lo com força.

— Só mais uma coisa — sussurrei no seu pescoço, sem vontade de soltá-lo.

Ele esperou. Eu recuei e disse:

— A única mulher que vai te dar uma *lap dance* sou eu.

Ele sorriu, seus olhos dançando. Senti como se aquele sorriso pudesse facilmente me fazer cair e morrer de insuficiência cardíaca causada por uma overdose da sua beleza. Sorri de volta e me inclinei para a frente, beijando-o profundamente.

O trovão ribombou, e um raio de relâmpago fez o cômodo pulsar com luz por vários segundos. Suspirei contente e deslizei a língua na boca quente de Archer. Ele tinha um gosto de canela misturado com mel, provenientes de sua pasta de dente e do chá. Sua língua encontrou a minha, deslizando-se deliciosamente, arrancando um gemido profundo do meu peito. Ele segurou meu rosto em suas mãos e inclinou a cabeça para poder ir mais fundo, tomando controle do beijo e explorando minha boca de forma lenta e minuciosa, até que eu estivesse ofegante e me esfregando em sua ereção dura e espessa.

Archer era tímido e inseguro na maior parte do tempo, mas quando se tratava de algo que ele havia dominado com o tempo, era constante e confiante. Eu me perguntava se ele percebia isso sobre si mesmo.

Interrompi o beijo, inspirando fundo e inclinando a cabeça para trás para dar a ele acesso ao meu pescoço. Ele o beijou e o mordiscou de leve enquanto eu passava os dedos por seus cabelos.

Suas mãos subiram até meus seios e ele acariciou meus mamilos preguiçosamente através do fino tecido de algodão da camisola. Suspirei de prazer, agarrando punhados do seu cabelo.

Senti sua ereção ficar ainda mais rígida debaixo de mim, com nada para nos separar, além do tecido molhado da minha calcinha e da toalha.

Desci a mão entre nós e rocei os dedos de leve no seu abdome definido. Ele inspirou fundo, seus músculos se contraindo ao meu toque. Desci mais a mão e o acariciei por cima da toalha enquanto ele me fitava com olhos pesados, os lábios entreabertos. Meu Deus, ele era deslumbrante. A umidade se acumulava entre as minhas coxas e um pulsar furioso de desejo se manifestou ali, querendo ser saciado.

— Archer... Eu quero você — sussurrei.

Sem hesitar nem por um segundo, ele me segurou nos braços e se levantou, dirigindo-se para o meu quarto. Passei os braços em volta do seu pescoço.

— Acho que isso é um sim — falei, rindo.

Ele sorriu para mim, parecendo um pouco tenso e um pouco nervoso.

Quando chegamos ao meu quarto, ele me deitou gentilmente na cama e ficou de pé, olhando para mim, gentileza e desejo se encontrando no seu rosto. Meu coração batia forte nos ouvidos.

Archer virou-se para a parede e apagou a luz. As velas ainda estavam acesas e lançavam um brilho onírico no quarto. *Como meia hora pode fazer tanta diferença*, pensei, lembrando que eu estava sentada naquele exato quarto há pouco tempo, me sentindo sozinha e assustada.

Archer virou-se e deixou a toalha cair da cintura, e eu tive uma breve visão completa do seu corpo nu antes que ele colocasse um joelho na cama e se abaixasse para mim. Meu Deus. Construir pátios de pedra, cortar lenha e andar por toda parte era um treino que ele precisava lançar no mercado. Imediatamente.

Ele aproximou a boca da minha de novo e me beijou profundamente por longos minutos, e então desceu para o meu pescoço depois que ambos interrompemos o beijo para respirar. Ele chupou minha pele suavemente, e inclinei ainda mais a cabeça para trás, dando-lhe mais acesso e pressionando meus quadris contra sua rigidez. Ele inspirou fundo e ergueu a cabeça, olhando nos meus olhos.

Ele apoiava-se nos antebraços, mantendo-se sobre mim, então não podia usar as mãos para falar, e escolhi não falar também. Sua expressão me dizia tudo que eu precisava saber. Não havia outro lugar na Terra onde ele preferisse estar a ali comigo, fazendo o que estávamos prestes a fazer. E enquanto eu o observava, com seus olhos escuros de luxúria e sua expressão carinhosa, eu sabia que não havia outro lugar nessa terra onde eu preferisse estar também.

Ergui os braços, indicando que ele deveria tirar minha camisola. Ele se inclinou e segurou a barra, levantando-a lentamente, deslizando-a pelos meus braços, sobre minha cabeça e jogando-a no chão ao lado da cama.

Em seguida, ele ficou de pé outra vez e observou meus olhos enquanto enganchava seus dedos indicadores em cada lado da minha calcinha e a puxava para baixo pelas minhas pernas. Olhei dos seus olhos para seu pau duro e pulsante, e a pulsação no meu núcleo aumentou.

Ele ficou parado me olhando, e comecei a me contorcer levemente enquanto seus olhos percorriam meu corpo. Eu nunca tinha ficado só parada enquanto alguém estudava minha nudez, mas quando ele encontrou meus olhos e disse: *Você é tão linda*, eu relaxei. Notei que suas mãos tremiam muito levemente.

— Você também — sussurrei quando ele voltou a se deitar sobre mim, os músculos dos seus antebraços flexionando de novo enquanto ele sustentava seu peso acima de mim e inclinava a cabeça para encontrar minha boca novamente.

Passei as mãos devagar pelas saliências duras dos seus braços e depois por seus ombros largos. Em seguida, percorri a pele macia das suas costas musculosas, terminando em sua bunda, onde acariciei com delicadeza e o puxei contra mim. Senti-o sorrir na minha boca.

Soltei-me dos seus lábios, sorrindo também, enquanto ele beijava meu pescoço de novo.

— Você gosta quando agarro sua bunda? — perguntei, sorrindo. Ele sorriu no meu pescoço.

Então coloquei as mãos de volta na sua bunda dura e a massageei suavemente, levantando meus quadris contra sua ereção, deitada e pesada na minha barriga, o calor dele queimando deliciosamente na minha pele e me fazendo tremer de desejo.

Ele moveu a cabeça em direção aos meus seios, tomou um mamilo na sua boca quente e circulou a língua sobre ele.

— Ah, Archer — arfei —, por favor, não pare.

Ele levantou a outra mão e brincou com um mamilo enquanto chupava e provocava o outro com a boca e a língua, e então trocou de lado.

Gemendo, ergui os quadris, buscando alívio da necessidade dolorosa entre as minhas pernas, meu clitóris tão inchado que eu provavelmente gozaria assim que ele o tocasse.

Archer desceu uma das mãos entre as minhas pernas e introduziu o dedo na minha umidade, trazendo um pouco dela e espalhando sobre meu pequeno feixe de nervos enquanto usava o dedo para fazer círculos lentos, exatamente como eu tinha mostrado a ele. Arfei e gemi, movendo os quadris para cima, pressionando contra sua mão, suplicando pela liberação que estava tão próxima; eu podia sentir o começo dela como pequenas faíscas de eletricidade estática.

— Ai, meu Deus. Ai, meu Deus. Ai, meu Deus — murmurei, movendo a cabeça para a frente e para trás. Senti o pau de Archer pular contra minha barriga, e isso foi o suficiente para me levar ao clímax, o orgasmo me atingindo forte e rápido, percorrendo meu corpo com deliciosa lentidão enquanto eu arfava e gemia através dele.

Quando abri os olhos, Archer estava me encarando, com aquela expressão de admiração e ternura que eu amava tanto que doía.

— O que eu mais quero é você dentro de mim — sussurrei.

Ele continuou olhando nos meus olhos enquanto movia os quadris entre as minhas pernas e segurava seu pau com a mão, guiando-o até minha entrada. Ele engoliu em seco enquanto eu levantava os joelhos e abria as pernas ainda mais para que ele tivesse um acesso mais fácil.

Nossos olhos se encontraram novamente e algo se passou entre a gente — aquele mesmo algo indescritível que eu havia percebido da primeira vez que nos vimos —, só que agora intensificado em dez vezes.

Eu me ergui sobre os cotovelos e ambos observamos enquanto ele me penetrava lentamente, empurrando para dentro de mim centímetro por centímetro, me esticando e me preenchendo. Quando pausou, olhei para cima, para o rosto dele, e a expressão de puro prazer ali era tão intensa e visceral que eu só consegui ficar encarando, fascinada. *Sou eu que estou causando essa expressão no rosto dele*. Ele latejava dentro de mim e então, com um único impulso, pressionou totalmente para o meu interior. Caí para trás, gemendo baixinho, e ele começou a se mover para dentro e para fora, devagar. Eu o encarava, hipnotizada por todas as emoções que atravessavam seu rosto conforme seus movimentos aumentavam em ritmo — admiração, desejo, uma tentativa de manter o controle e, finalmente, rendição ao prazer conforme seus olhos se fechavam e ele me penetrava com mais força e profundidade, sua respiração saindo em arquejos bruscos.

Inclinei os quadris para cima e enrolei as pernas ao redor das suas costas. Seus olhos se arregalaram por um breve segundo antes de ele enterrar o rosto no meu pescoço. Seus movimentos se tornaram desajeitados enquanto ele dava uma última estocada profunda e depois pressionava dentro de mim, movendo os quadris lentamente, prolongando seu prazer.

Ficamos juntos por longos minutos, Archer respirando com dificuldade ao lado do meu pescoço, eu sorrindo para o teto.

Finalmente, desci as duas mãos e arranhei suas nádegas com as unhas, depois apertei um pouquinho. Senti o sorriso contra a minha pele, mas ele não levantou a cabeça e não tentou se mover, seu corpo deitado metade sobre mim e metade na cama, para que eu não fosse esmagada.

— Ei — eu disse suavemente —, ainda está vivo aí?

Senti outro sorriso lento no meu pescoço e então ele balançou a cabeça em negativa.

Dei um risinho e ele levantou a cabeça, com um sorriso doce. Ele segurou meu rosto e beijou meus lábios suavemente por vários minutos antes de se sentar.

Eu também me sentei. Precisava ir me limpar.

Coloquei a mão em seu rosto, beijei-o de novo com delicadeza e depois me levantei para caminhar nua até o banheiro. Olhei para trás e Archer estava me observando, seus olhos percorrendo minha bunda nua. Corri para o banheiro, me limpei e depois voltei para o quarto, onde Archer ainda estava sentado na beira da minha cama, parecendo um pouco inseguro.

— Agora é a hora de você me abraçar e me fazer carinho — eu disse, sorrindo para ele. Ele sorriu, respirou fundo e afastou as cobertas. Nos deitamos na cama, e ele me puxou contra si enquanto eu cobria nós dois. Estávamos virados para a janela, e a chuva ainda caía, embora um pouco mais leve agora.

Eu tinha deixado as cortinas abertas — só havia o lago além; ninguém podia ver dentro da casa. O trovão ribombou ao longe, e um clarão iluminou o céu alguns segundos depois, mas a tempestade estava se afastando de nós. Suspirei satisfeita enquanto Archer me apertava ainda mais contra ele.

Ficamos assim por longos minutos até que finalmente me virei em sua direção e sussurrei:

— Senti tanto a sua falta nesses últimos dias.

Ele concordou com a cabeça e rolou de costas, fazendo um sinais com as mãos: *Eu também. Estava ficando louco.*

Inclinei-me e beijei seu peito, encostando a cabeça ali, ouvindo seus batimentos por alguns minutos enquanto ele brincava com meu cabelo.

Quer saber a primeira coisa que pensei sobre você quando nos conhecemos, além de como você era linda?

Observei suas mãos se moverem ao meu lado e então ergui a cabeça, fitando seu rosto com curiosidade. Ele baixou os olhos para mim, o cálido âmbar iluminado.

Você ficou constrangida na minha frente, envergonhada — até corada —, por causa de todas aquelas barras de chocolate. Ele sorriu e se inclinou para beijar minha testa. Meu coração acelerou.

Ele continuou. *Foi a primeira vez na minha vida que alguém se mostrou envergonhado na minha frente. As pessoas já ficaram constrangidas por mim, mas nunca por algo que tinham feito na minha frente. Isso me fez sentir como uma pessoa de verdade, Bree. Fez com que eu sentisse que algo em mim importava.*

Engoli em seco.

— Você é uma pessoa de verdade, Archer. É a melhor pessoa que conheço — sussurrei, apoiando a cabeça no seu peito.

Ele me abraçou mais uma vez, e ficamos assim por um tempo que parecia longo, apenas aproveitando o ato de nos abraçar, pele com pele, batimento cardíaco a batimento cardíaco.

Depois de um tempo, pressionei o nariz no seu peito e inspirei, absorvendo seu cheiro limpo e masculino. Sorri contra ele e beijei sua pele outra vez. Ele desceu a mão e apertou minha bunda, e eu me assustei e ri. Quando o olhei, ele estava sorrindo.

— Ei, isso é coisa sua. — Eu ri.

Qual é a sua?, ele perguntou com sinais, e então me virou e sorriu para mim de novo, se apoiando nos cotovelos de cada lado para poder usar as mãos para se comunicar. Minhas próprias mãos estavam presas, então respondi:

— Não tenho certeza ainda... mas aposto que você vai descobrir. — Sorri para ele, que ergueu uma sobrancelha, aceitando meu desafio, ao que parecia.

Coloquei a mão debaixo das cobertas e o acariciei com suavidade, sentindo-o endurecer sob meu toque.

— Então, foi tudo o que você esperava? — Sorri para ele.

Ele sorriu de volta e então inspirou fundo quando passei um dedo ao redor da cabeça do seu membro. Ele concordou vigorosamente e depois fez um sinal com as mãos: *Mais.*

Enquanto eu o observava, sua testa se franziu um pouco e, quando perguntei:

— O que foi?

Ele respondeu: *Acho que deveria ir à farmácia comprar preservativos.* Ele me olhou com certo nervosismo.

Olhei para cima, perguntando-me se seu tio tinha conversado com ele sobre contraceptivos — pensando que provavelmente era algo que eu deveria ter mencionado.

Eles têm noventa e oito por cento de eficácia na prevenção da gravidez, ele disse, ainda olhando nos meus olhos. *Está escrito na caixa, lá na farmácia.*

Não pude evitar e sorri para ele.

Ele ergueu uma sobrancelha e sorriu também. *Você está rindo de mim?*, ele indagou, mas não parecia chateado.

Coloquei a mão na sua bochecha, ficando séria.

— Não, nunca. — Balancei a cabeça. — Eu tomo pílula anticoncepcional.

Pílula?

Assenti.

— Ela me impede de engravidar.

Quando ele continuou me encarando, prossegui:

— Acabei de renovar a receita porque ela deixa minha menstruação mais leve e... então...

Ele assentiu e inclinou o rosto, roçando o nariz no meu, beijando minha boca, as pálpebras e a ponta do meu nariz. Ele sorriu para mim, e meu coração deu um salto no peito. Ele levantou as mãos e afastou algumas mechas do meu cabelo enquanto eu o observava. Estudou meu rosto por longos minutos como se estivesse memorizando tudo a meu respeito.

— Quais são seus sonhos, Archer? — sussurrei, querendo saber o que havia no seu coração.

Ele me olhou por mais alguns segundos e, em seguida, se ergueu e me puxou para cima, para que eu estivesse sentada no seu colo. Sorri para ele, envolvendo os braços em torno do seu pescoço, mas me afastando para deixá-lo falar.

Ele ergueu as mãos e disse:

Eu não sabia o suficiente para sonhar com você, Bree, mas de alguma forma você se tornou realidade mesmo assim. Como isso aconteceu? Ele esfregou o nariz no meu, pausando e depois recuando outra vez. *Quem leu minha mente e sabia exatamente o que eu queria, mesmo quando eu não sabia?*

Soltei o ar, sorrindo com o nó na garganta.

— Sinto o mesmo. Você é o meu sonho também, Archer. Do jeitinho que você é.

Ele olhou nos meus olhos novamente e então me puxou para si e me beijou fundo, sua língua girando dentro da minha boca, me provando em todos os lugares.

Senti-o inchar e endurecer embaixo de mim, e me ergui um pouco e o guiei até minha entrada e então me abaixei sobre ele até que estivesse completamente enterrado dentro de mim. Ele inspirou fundo e me segurou um pouco pela cintura enquanto eu começava a me movimentar devagar, subindo e descendo em seu membro duro.

A cada descida, meu clitóris encontrava sua virilha, enviando deliciosas faíscas de prazer pelo meu corpo. Comecei a ofegar, jogando a cabeça para trás e cavalgando nele com mais velocidade e força.

Archer se inclinou para a frente e sugou um dos meus mamilos para dentro da sua boca, agora na altura do seu rosto, e girou a língua ao redor, adicionando ao prazer que percorria meu corpo. Eu sentia um orgasmo ao alcance, e o persegui.

Sua respiração saía em arfadas rápidas contra o meu peito enquanto ele se movia entre meus seios, lambendo e sugando os mamilos rígidos, me deixando louca de desejo.

Meu corpo se contraiu e pulsou ao redor dele quando um orgasmo me percorreu, e eu gritei o nome de Archer, tremendo de êxtase.

Abri os olhos e olhei nos dele, semicerrados e escuros de desejo. Ele assumiu o controle e investiu em mim enquanto eu o segurava e gemia com as pequenas réplicas que ele provocava.

Após algumas investidas, senti-o inchar ainda mais dentro de mim, e seus lábios se separaram e seus olhos baixaram mais quando ele alcançou o clímax, seu peito subindo e descendo em respirações pesadas.

Ele era tão lindo. Senti algo apertar meu peito e soube que era apenas ele, tirando meu fôlego.

Eu o abracei e o puxei para mim, e fiquei sentada sobre ele por vários minutos enquanto nossa respiração desacelerava.

Então me levantei e me afastei dele, fazendo um pequeno som de perda que o fez sorrir para mim. Eu sorri também e caí de volta na cama, suspirando, contente.

Archer deitou-se ao meu lado e perguntou com sinais: *Existe alguma razão para deixarmos essa cama nos próximos... três meses ou algo assim?*

Eu ri, olhando para ele, e fiz sinais: *Não, na verdade, não. Quer dizer, além de que eu seria demitida do meu emprego e não poderia pagar meu aluguel, e todas as minhas coisas acabariam na rua em algum momento.*

Ele sorriu, seu peito subindo e descendo em um riso silencioso. Por um instante fugaz, desejei desesperadamente poder ouvir aquele riso. Apostaria que era profundo e rouco — um som lindo. Mas assim que o pensamento surgiu, o descartei. Eu o queria exatamente como ele era. Nunca ouviria seu riso, mas tudo bem. Eu tinha seu coração, seus pensamentos e ele. E isso era mais do que suficiente. Na verdade, era tudo.

Eu o abracei, apertei e depois me afastei e disse, *Venha tomar um banho comigo.*

Ele sorriu e me seguiu até o banheiro, onde prendi meu cabelo rapidamente e então liguei a água quente e entrei.

Archer veio logo atrás, e nos revezamos lavando o corpo um do outro. Ele me tocava com ternura, quase reverência, enquanto ensaboava minha pele. Me limpou por completo, até mesmo entre os dedos dos pés, enquanto eu ria e os puxava para longe, fazendo sinais, *Muitas cócegas!*

Ele sorriu e se levantou, me beijando com intensidade nos lábios, e eu peguei o sabonete e o lavei dos seus ombros aos pés também, dedicando um pouco mais de tempo à sua bunda musculosa — mas isso era puramente egoísta. Ele tinha uma bunda excepcional.

Quando a água começou a esfriar, nós nos enxaguamos pela última vez e saímos, secando um ao outro.

Apaguei as velas e então nós nos deitamos juntos, nus, debaixo das cobertas. Archer me puxou para si enquanto eu descansava a cabeça no seu peito, desenhando círculos preguiçosos na sua pele com o dedo indicador.

Lá fora, a chuva caía suavemente, e o luar brilhava sobre o lago, lançando luz suficiente para eu poder ver as mãos de Archer quando ele as levantava e dizia, *Você é tudo para mim, Bree.*

Eu me inclinei e olhei para seu rosto na semiescuridão. Como ele podia parecer feliz e triste ao mesmo tempo?

— Você também é o meu, Archer. Meu tudo. E agora — eu disse, sonhadora, quase adormecendo —, quando uma tempestade se aproximar, vou pensar em você e em mais nada além de você.

CAPÍTULO VINTE E DOIS

BREE

Durante a semana seguinte, caímos em uma rotina tranquila, tão envolvidos um com o outro que eu mal podia esperar para sair do trabalho, praticamente correr para casa para tomar banho e buscar Phoebe antes de ir direto para a casa de Archer. O sorriso com o qual ele me recebia todos os dias me fazia sentir valorizada enquanto corria para seus braços, sentindo na minha mente e no meu coração que finalmente estava em casa.

Não o lugar, mas os braços dele. Os braços de Archer eram meu lar — o único lugar onde eu queria estar, o lugar onde me sentia segura. O lugar onde me sentia amada.

Fazíamos amor em todos os lugares, passando noites inteiras explorando o corpo um do outro e aprendendo tudo sobre o que trazia prazer ao outro. E assim como Archer, ele se tornou um mestre na arte refinada do amor, me deixando languidamente embriagada de prazer ao final de cada interlúdio. Ele não apenas sabia como me enlouquecer de desejo com suas mãos, sua língua e suas partes masculinas impressionantes, mas também que, quando arranhava atrás dos meus joelhos com suas unas curtas, eu ronronaria como um gato, e que me relaxava completamente quando passava os dedos pelo meu cabelo. Era como se meu corpo fosse seu instrumento e ele tivesse aprendido a tocá-lo tão perfeitamente que a melodia vibrava na minha alma. Não apenas pelo prazer que ele trazia, mas porque se importava muito em conhecer cada pequena coisa sobre mim.

Um dia, ele colocou perto de mim uma tigela de batatas chips enquanto eu preparava o almoço, e ao beliscar, notei que todas estavam dobradas, como eu adorava, mas que geralmente tinha que caçar.

Olhei para as batatas e depois para Archer, confusa.

— Essas batatas... estão todas dobradas — falei, achando que soava maluca.

Não são essas que você gosta?

Assenti devagar, percebendo que ele tinha aberto várias embalagens de batatas para pegar as que eu mais gostava. E percebendo que ele havia notado esse pequeno detalhe sobre mim, eu não sabia se ria ou chorava. Mas era apenas Archer. Ele queria me agradar, e faria qualquer coisa para atingir esse objetivo.

Às vezes, estávamos fazendo algo em sua propriedade quando eu olhava para o lado e o via me encarando com aquela expressão preguiçosa que significava que ele estava pensando no que queria fazer comigo, e eu ficava instantaneamente molhada e necessitada, meus mamilos se arrepiando sob seu olhar silencioso.

E então ele me pegava no colo e me levava para sua cama, ou se estivéssemos tão dominados pelo desejo, ele me possuía ali mesmo — em um cobertor na grama, com o sol brilhando acima de nós, na rede para duas pessoas ou na praia arenosa do lago.

Após uma dessas sessões, enquanto meu corpo ainda estava tremendo com o orgasmo que ele me proporcionara, sussurrei, ofegante:

— Eu sonhei com isso, Archer. Sonhei com você e eu, exatamente assim.

Seus olhos queimaram nos meus, e ele se inclinou para cima e me estudou por longos minutos antes de me beijar com tanta ternura que pensei que meu coração se partiria.

Rolei sobre ele na areia molhada, sorrindo contra sua boca enquanto ele também sorria. E então paramos de rir quando apoiei a cabeça no seu peito e vivi exatamente naquele momento, agradecida pelo ar nos meus pulmões, pelo sol nas minhas costas e pelo lindo homem nos meus braços.

E suas mãos faziam letras na minha pele, e depois de alguns minutos, percebi que ele estava escrevendo: *Minha Bree... Minha Bree...* de novo e de novo.

O clima estava fresco agora, e depois de um tempo, corremos para dentro, rindo e tremendo, e entramos no chuveiro para tirar toda a areia do nosso corpo.

Nos aconchegamos no sofá, ele acendeu a lareira e ficamos abraçados por um tempo antes de eu me inclinar para trás e olhar para ele.

Archer tinha uma maneira de fazer as coisas que era tão sexy e supremamente masculina, que meu coração disparava ao ver como ele as fazia naturalmente e sem nem perceber. Apoiava o quadril de um jeito específico na bancada ou ficava na porta segurando o batente acima dele enquanto me observava — coisas que ele nem imaginava que me afetavam da maneira como afetavam. Era apenas ele sendo *ele mesmo* e, de alguma forma isso tornava ainda mais atraente. Não havia como eu lhe contar. Eu adorava ter esse segredo — adorava que essas coisas fossem todas minhas, e não queria afetar suas ações fazendo-o se dar conta delas. Quanto a mim, bem, eu era uma causa perdida quando se tratava de Archer Hale.

Isso me fazia pensar no homem que ele teria sido se não tivesse sofrido aquele terrível acidente, se não tivesse perdido a voz... ele teria sido o *quarterback* do time de futebol americano? Teria ido para a faculdade? Administraria o próprio negócio? Eu já o havia provocado uma vez sobre ser bom em tudo o que fazia... e verdadeiramente, ele era. Ele só não enxergava isso. Não acreditava que tinha muito a oferecer.

Ainda não tinha se aberto comigo sobre o dia em que perdera os pais, e eu não havia perguntado mais. Eu queria desesperadamente saber o que havia acontecido, mas queria esperar até que ele se sentisse seguro o bastante para me contar.

No que você está pensando?, ele perguntou, erguendo uma sobrancelha.

Sorri. *Em você*, eu disse. *Estava pensando em como agradeço todos os dias por ter acabado aqui... bem aqui, com você.*

Ele abriu aquele sorriso doce que fez meu estômago tremer e falou: *Eu também.* Então franziu a testa e desviou o olhar.

O que foi?, questionei, segurando seu queixo e virando seu rosto de volta para mim.

Você vai ficar, Bree?, ele indagou. *Vai ficar aqui comigo?* Ele parecia um garotinho naquele momento, e percebi o quanto ele precisava que eu dissesse que não iria embora como todos os outros em sua vida haviam feito.

Assenti. *Sim*, eu disse. *Sim.* Eu falava com todo o meu coração. Minha vida estava ali agora — minha vida era aquele homem. Não importava o que isso significasse, eu não iria a lugar nenhum.

Ele olhou nos meus olhos como se estivesse tentando decidir se eu estava sendo completamente sincera, e pareceu satisfeito com o que viu. Ele assentiu e me puxou para si, me abraçando forte.

Archer não tinha me dito que me amava, e eu também não tinha dito isso a ele. Mas, naquele momento, percebi que estava apaixonada por ele. Tão profundamente apaixonada que quase transbordava nos meus lábios, e tive que me segurar para não gritar. No entanto, de alguma forma, achei que precisava esperar que ele dissesse. Se ele também estivesse se apaixonando por mim, eu queria que chegasse a essa conclusão por conta própria. Archer tinha vivido uma vida tão carente de bondade humana, de toque e atenção. Devia ter sido avassalador para ele. Não tínhamos discutido isso, mas eu tinha observado seus olhos enquanto fazíamos coisas simples durante a última semana, como deitar no sofá e ler, comer uma refeição juntos ou caminhar à beira do lago, e parecia que ele estava tentando organizar todos os pensamentos e sentimentos em sua cabeça — jogando com dezesseis anos de emoções atrasadas. Talvez devesse ter conversado sobre isso, talvez o ajudasse, mas, por algum motivo, nunca tínhamos falado. Internamente, minha maior esperança era que meu amor fosse suficiente para curar seu coração ferido.

Depois de um minuto, ele me soltou e eu me sentei e olhei para ele.

Ele tinha um pequeno sorriso no rosto. *Tenho um favor para te pedir*, disse ele.

Franzi a testa. *Ok*, respondi, lançando-lhe um olhar desconfiado.

Você me ensina a dirigir?

Como... sim! Claro! Você quer dirigir?

Ele assentiu. *Meu tio tinha uma caminhonete. Eu a guardo em uma garagem na cidade. Eles a ligam de vez em quando e a dirigem por aí. Eu sempre quis vendê-la, mas nunca cheguei a fazer isso, nunca soube exatamente como faria. Mas agora talvez seja algo bom.*

Fiquei animada e praticamente pulei no sofá. Essa era a primeira vez que Archer indicava por conta própria que queria fazer algo que o afastasse da sua propriedade, além de fazer compras no supermercado.

Ok! Quando?, perguntei. *Não preciso trabalhar amanhã.*

Ok, então, amanhã, ele disse, sorrindo e me abraçando.

E foi assim que Archer estava atrás do volante de uma grande caminhonete velha, enquanto eu estava no banco do passageiro, tentando ensiná-lo as regras de trânsito e como operar um câmbio manual. Escolhemos um espaço amplo a alguns quilômetros da rodovia, perto do lago.

— Sente esse cheiro? — perguntei. — É o cheiro da embreagem queimando. Vai com caaaaaalma.

Depois de cerca de uma hora de prática, Archer já estava dominando, com exceção de algumas arrancadas, que me fizeram pisar no freio imaginário e rir alto.

Ele sorriu para mim, seus olhos percorrendo minhas pernas nuas. Segui seu olhar e cruzei as pernas, levantando um pouco minha saia e depois olhando de volta para ele. Seus olhos já estavam dilatados, escurecendo e abaixando-se ligeiramente. Ai, Deus, eu amava aquele olhar. Aquele olhar significava coisas muito, muito boas para mim.

— Dirigir é algo sério, Archer — falei, provocadora. — Desviar sua atenção da tarefa pode ser perigoso para todos os envolvidos. — Sorri delicadamente, colocando o cabelo atrás da orelha.

Ele ergueu as sobrancelhas, com uma expressão divertida, e voltou a olhar para o para-brisa. A caminhonete avançou, Archer acelerando e trocando para a segunda marcha com facilidade. A área de terra em que estávamos não era grande o suficiente para que Archer pudesse praticar a quarta marcha ainda, mas ele passou para a terceira e nos conduziu em círculos amplos.

Cruzei as pernas na outra direção e passei um dedo pela coxa, parando apenas na barra da saia. Olhei para Archer e ele encarava fixamente o meu dedo. Ele olhou rapidamente para frente e continuou dirigindo em círculos amplos.

Eu o estava distraindo, mas não havia perigo ali.

Deixei meu dedo continuar a subir pela coxa, levantando a saia para que a calcinha de bolinhas cor-de-rosa ficasse à mostra.

Lancei um olhar para Archer. Seus lábios estavam entreabertos e seus olhos, famintos, enquanto observavam para ver o que eu faria em seguida. A verdade é que eu nunca tinha feito algo assim antes. Mas Archer despertava em mim coisas que ninguém nunca tinha despertado, ele me fazia sentir sexy, aventureira e *segura*. Ele me fazia sentir mais viva do que nunca em toda a minha vida.

Enquanto eu o observava, ele engoliu em seco e olhou rápido para o para-brisa antes de me olhar novamente.

Deslizei os dedos pela parte da frente da minha calcinha e inclinei a cabeça para trás no assento, fechando os olhos e gemendo de leve. Ouvi a respiração de Archer prender na garganta.

Arqueei os quadris conforme meus dedos deslizavam mais fundo, finalmente alcançando a umidade escorregadia entre minhas coxas. Levei um pouco dela até o meu pequeno ponto de prazer, e ondas de êxtase irradiaram a partir do meu próprio toque. Gemi novamente, e a caminhonete deu um solavanco.

Usei meu dedo para me acariciar, explosões de prazer puro me fazendo ofegar e pressionar para cima contra a minha mão.

De repente, fui jogada para a frente quando a caminhonete parou de repente, Archer nem mesmo reduzindo a marcha, apenas tirando o pé do acelerador para que o veículo desse um solavanco e morresse. Meus olhos se abriram a tempo de vê-lo puxar o freio de mão e me empurrar gentilmente para trás no assento enquanto ele se arrastava sobre mim.

Ergui os olhos para ele enquanto me movia para que minha cabeça ficasse na porta do lado do passageiro e ele se ajeitasse. Sua expressão era tensa e primitiva, e isso aqueceu meu interior. Ele se inclinou e beijou minha barriga enquanto eu enroscava os dedos no seu cabelo macio e gemia.

Ele se levantou por um breve instante para baixar minha calcinha, e eu arqueei os quadris para que ela deslizasse pela minha bunda e pernas. Meu corpo inteiro vibrava de desejo, uma pulsação intensa no meu sexo.

Archer se afastou para trás, abriu minhas coxas e olhou para mim por vários segundos antes de se inclinar sobre o meu sexo e apenas respirar. Gemi ao sentir o atrito do seu nariz no meu clitóris e sua respiração quente banhando minhas partes mais sensíveis.

— Por favor — gemi, enroscando os dedos no seu cabelo novamente.

Durante a semana anterior, Archer havia me dado prazer de muitas maneiras, mas isso era algo que ele ainda não tinha feito. Esperei, prendendo a respiração, e quando o primeiro roçar da sua língua encontrou minhas dobras, pressionei para cima, gemendo baixo outra vez. A pulsação no meu clitóris se intensificou, minha excitação aumentando à medida que ele começava a circular o pequeno ponto com a língua como eu o ensinara a fazer com os dedos. Ele movia mais e mais rápido, a umidade quente e escorregadia da sua língua deslizando sobre mim, e sua respiração quente saindo em arfadas contra minhas dobras enquanto suas mãos agarravam minhas coxas, mantendo-me aberta para ele. Nossa, era delicioso. O início de um orgasmo reluzia ao meu redor em belos pulsos de luz antes de eu me desfazer completamente, arqueando os quadris para cima na boca de

Archer e gritando o nome dele.

— Archer, Archer, nossa, assim.

Voltei a mim quando senti sua respiração quente na minha barriga e senti que ele sorria contra a minha pele.

Sorri também, acariciando seu cabelo, ainda incapaz de articular palavras.

De repente, uma batida alta soou na janela, e Archer e eu nos assustamos, o pânico me despertando com uma enxurrada. Mas o quê? Baixei as pernas enquanto Archer se sentava, limpando a boca com a camiseta, e eu subia a calcinha nas pernas e alisava minha saia.

Os vidros estavam embaçados — graças a Deus. Ou talvez não. Ai, não. O constrangimento me invadiu quando olhei para Archer, e ele acenou com a cabeça e apontou para a manivela da janela. Eu a abaixei, e Travis estava parado ali fora em seu uniforme, uma expressão séria, inclinando-se até a janela aberta e olhando para dentro do carro.

O cheiro de sexo pairava pesado no ar da pequena cabine. Fechei os olhos por um instante, sentindo o rosto corar.

— Oi, Travis — cumprimentei, tentando sorrir, mas fazendo uma careta.

Travis olhou para Archer e para mim antes dos seus olhos pousarem em mim, descerem para o meu colo e voltarem para os meus olhos.

— Bree — ele respondeu.

Nenhum de nós falou por um segundo enquanto sua expressão se tornava mais tensa. Olhei para a frente, sentindo-me como uma menininha prestes a ser expulsa pelo diretor.

— Recebi um chamado sobre uma caminhonete parada aqui — ele disse. — Eu estava bem perto, vim ver se podia ajudar.

Pigarreei.

— Ah, ãh, bem... — Olhei para Archer e fiquei em silêncio por um segundo enquanto o observava. Ele estava sentado de uma maneira relaxada, uma das mãos apoiadas no volante à sua frente, parecendo o gato que comeu o canário. E, neste caso, eu definitivamente era o canário.

Um pequeno riso histérico subiu pela minha garganta, mas me controlei e, em vez disso, estreitei os olhos para ele. Seu olhar presunçoso apenas piorou.

— Eu estava dando uma aula de direção para o Archer — expliquei, virando-me para Travis.

Ele ficou em silêncio por um segundo.

— Hum, entendi. Ele tem uma licença de aprendizagem? — perguntou, levantando as sobrancelhas, sabendo muito bem que ele não tinha.

Soltei o ar.

— Travis, estamos aqui em um espaço aberto, de terra. Não estou levando-o para a estrada nem nada do tipo.

— Não importa. Ainda assim, ele precisa de uma licença de aprendizagem.

— Vamos lá, Travis — pedi suavemente —, ele só quer aprender a dirigir.

Os olhos de Travis se estreitaram, e ele falou devagar.

— Ele pode fazer isso, mas precisa seguir as regras da sociedade. — E olhou para Archer. — Acha que consegue fazer isso, cara? — Ergueu uma sobrancelha.

Olhei para Archer, e a expressão presunçosa havia sido substituída por uma de raiva, sua mandíbula cerrada. Ele levantou as mãos e fez sinais: *Você é um idiota, Travis.*

Ri de nervoso e olhei para Travis.

— Ele disse, claro, sem problemas — traduzi.

Ouvi Archer se mexendo no assento.

— De qualquer forma — continuei, elevando a voz —, vamos seguir nosso caminho agora. Obrigada por entender, Travis. Vamos ver o que podemos fazer sobre essa licença de aprendizagem antes das próximas aulas. Eu vou dirigir para casa, ok? — Sorri, esperando que fosse um sorriso doce. Essa era uma situação totalmente embaraçosa, apesar de eu ainda estar um pouco chateada com Travis pelo que ele tinha feito com Archer naquele episódio do clube de strip.

Travis afastou-se da caminhonete enquanto eu me arrastava para o lado e passava por cima do corpo grande de Archer. Senti a mão dele na parte de trás da minha coxa nua enquanto se movia sob mim e, quando o olhei, vi que ele estava olhando na direção de Travis. Soltei um suspiro e me sentei no banco, girando a chave na ignição.

Olhei pela janela para Travis enquanto engatava a marcha, e ele tinha a mesma expressão tensa, levemente irritada. Archer ainda estava com a cabeça virada, olhando para ele também. Abri um sorriso tenso e parti.

Quando pegamos a estrada, olhei para Archer. Ele olhou para mim e desviamos o olhar novamente. Depois de um segundo, olhei de novo para ele, e seu corpo tremia de tanto rir em silêncio. Ele sorriu para mim e disse: *Eu gosto de dirigir.*

Ri e balancei a cabeça.

— Sim, aposto que gosta. — Em seguida, dei um soquinho leve no seu braço. — Gosto quando você dirige. Mas talvez devêssemos dirigir em um local mais privado da próxima vez. — Ergui as sobrancelhas.

Ele riu em silêncio, seus dentes brilhando e aquelas quase covinhas sensuais se formando em suas bochechas.

Observei o belo perfil de Archer enquanto ele olhava feliz para a frente. Ele estava contente com o que havia acontecido entre nós, mas também satisfeito por Travis ter nos pegado em flagrante. Mordi o lábio, pensando nesses dois e em como Archer provavelmente não havia tido muitas oportunidades de se vangloriar de algo na sua vida. Depois de um minuto, eu disse:

— Archer, espero que você saiba que não precisa competir com o Travis. Espero ter deixado claro que escolhi você. *Apenas* você.

Ele olhou para mim, seu rosto ficando sério. Ele estendeu a mão e segurou a minha, voltando a olhar para fora da janela.

Apertei sua mão de volta e a segurei, dirigindo com uma só mão durante todo o caminho até a casa dele.

O dia seguinte, no trabalho, foi um dos mais movimentados de que eu me lembrava em algum tempo. Por volta de uma e meia, quando finalmente estava ficando mais calmo, Melanie e Liza entraram, sentando-se ao balcão, onde eu as havia conhecido. Sorri quando as vi.

— Oi, gente!

Elas me cumprimentaram de volta, com largos sorrisos.

— E aí, amiga? — perguntou Melanie.

Me apoiei no balcão.

— Aff. Que dia... — baixei a voz — infernal. Fiquei para lá e para cá como uma doida.

— Sim, fica mais movimentado nesta época do ano porque todas as pessoas que trabalharam do outro lado do lago durante todo o verão agora passam mais tempo aqui. Norm falou em contratar alguém para trabalhar no turno do jantar e manter a lanchonete aberta depois das três, mas acho que decidiram não fazer isso. É claro que, com todos os planos de expansão, ninguém sabe o que vem por aí, então quem pode culpá-los? — Ela deu de ombros.

— Hummm, eu não sabia disso. — Franzi o cenho.

Liza assentiu e isso me trouxe de volta à realidade.

— Então, o que vão querer, garotas?

As duas pediram hambúrgueres e chá gelado, e fui para a máquina de chá e comecei a preparar suas bebidas. Alguns segundos mais tarde, ouvi o sino da porta e, logo depois, Melanie exclamou:

— Caramba!

E a voz de Liza atrás de mim sussurrou:

— Uau.

Coloquei uma rodela de limão em cada copo. Um silêncio parecia ter caído sobre o lugar. *O que estava acontecendo?*

Franzi a testa e me virei com um pequeno sorriso confuso, me perguntando o que havia acontecido. E foi quando o vi — *Archer*. Inspirei fundo, um sorriso imediatamente se espalhando pelo meu rosto. Seus olhos focavam-se apenas em mim enquanto ele estava parado na entrada, parecendo... ai, Deus, ele parecia lindo. Obviamente, ele tinha comprado roupas novas: jeans com um caimento perfeito, destacando suas longas pernas musculosas, e uma simples camisa de mangas compridas preta com uma camiseta cinza aparecendo levemente sob a gola.

Ele estava recém-barbeado e seu cabelo estava perfeito, mesmo que tivesse recebido um corte improvisado de uma garota tão excitada que mal conseguia enxergar direito. Sorri ainda mais. Ele estava ali.

— Quem é *esse*? — Ouvi a sra. Kenfield indagar em voz alta de uma mesa perto da porta. Ela devia ter uns mil anos, mas enfim. Que grosseria. Sua neta adulta, Chrissy, a fez se calar e sussurrou alto pela lateral da boca:

— É Archer Hale, vovó. — E então mais baixo: — Pelo amor de Deus.

— O garoto mudo? — ela perguntou, e Chrissy gemeu e lançou a Archer um olhar de desculpas antes de se virar para a avó. Mas Archer não estava olhando para ela, de qualquer forma.

Coloquei os chás gelados que estava segurando no balcão, sem nunca afastar os olhos de Archer, e limpei as mãos nos quadris, meu sorriso ficando ainda maior.

Contornei o balcão e, quando cheguei ao lado dele, aumentei a velocidade, andando rapidamente o resto do caminho até ele e rindo alto antes de pular em seus braços. Ele me pegou no colo, um sorriso de alívio se espalhando pelo seu rosto bonito antes de colocar o nariz na curva do meu pescoço e me apertar com força.

Se havia um momento para fazer alguém saber que era desejado, era esse.

Enquanto eu estava ali abraçando-o, percebi que nem todos os grandes atos de coragem eram óbvios para aqueles que observavam de fora, mas eu via esse momento pelo que era — um garoto que nunca tinha se sentido desejado em nenhum lugar, estava aparecendo e pedindo aos outros que o aceitassem. Meu coração se encheu de orgulho por esse belo ato de coragem que era Archer Hale entrar nessa lanchonete de cidade pequena.

O silêncio tomou conta do ambiente ao nosso redor. Eu não me importava. Ri novamente e afastei a cabeça, olhando para o rosto dele.

— Você está aqui — sussurrei.

Ele assentiu, seus olhos percorrendo meu rosto, um sorriso gentil nos lábios. Ele me colocou no chão e afirmou: *Estou aqui por você.*

Sorri. Eram as mesmas palavras que ele havia me dito no dia em que nos encontramos do lado de fora da lanchonete, várias semanas antes.

— Estou aqui por você também — sussurrei, sorrindo de novo. Eu queria dizer isso de tantas maneiras, que nem mesmo conseguia listar todas elas.

Ficamos olhando nos olhos um do outro por vários segundos, e então percebi que a lanchonete ainda estava em silêncio. Pigarreei e olhei ao redor. As pessoas que nos encaravam, algumas com pequenos sorrisos, outras com expressões perplexas, voltaram a fazer o que estavam fazendo. O burburinho na lanchonete começou a ser retomado devagar, e eu sabia exatamente sobre o que estavam falando.

Segurei a mão de Archer, conduzi-o até o balcão e voltei para o outro lado. Melanie e Liza olharam para ele, substituindo suas expressões ainda um pouco chocadas por sorrisos amplos.

Melanie estendeu a mão para ele.

— Eu sou Melanie. Nunca fomos adequadamente apresentados.

Ele apertou a mão dela e sorriu um pouco tímido.

— Archer — eu disse —, essa é a Liza, irmã da Melanie. — Liza se inclinou para a frente e estendeu a mão à frente de Melanie para cumprimentar Archer também.

Ele fez um aceno com a cabeça e então olhou de volta para mim.

— Você pode me dar só um minuto? Preciso atender alguns clientes e já volto.

Entreguei-lhe um cardápio, e ele assentiu enquanto eu ia servir a comida que havia acabado de ficar pronta na janela e o refil em alguns copos. Quando voltei, a comida de Liza e Melanie estava pronta, então peguei da janela e coloquei seus hambúrgueres na frente delas, e depois me virei para Archer. *Com fome?*, perguntei com sinais.

Não. Estou guardando meu apetite para o jantar com uma garota especial. Ele sorriu. *Só...* Ele olhou atrás de mim para as máquinas de refrigerante.

Leite com chocolate e um canudinho engraçado?, indaguei, erguendo uma sobrancelha.

Ele riu silenciosamente. *Café*, ele disse, piscando para mim.

— Meu Deus, isso é sexy — falou Melanie. — É como se vocês dois estivessem falando coisas safadas bem na frente de todo mundo.

Archer sorriu para ela, e eu ri. Balancei a cabeça.

— Talvez vocês duas devessem aprender a língua de sinais para se juntarem a nós. — Sorri.

Liza e Melanie riram. Me virei e peguei a cafeteira, servindo uma xícara de café para Archer, e então observei enquanto ele adicionava creme.

Maggie se aproximou ao meu lado e estendeu a mão para Archer.

— Oi, querido. — Ela sorriu, olhando rapidamente para mim. — Eu sou Maggie. Obrigada por vir.

Archer sorriu timidamente para ela e apertou sua mão, sinalizando para mim: *Por favor, diga a ela que é um prazer conhecê-la.*

Eu fiz isso e ela sorriu.

— Te conheci há muitos anos, querido. Sua mãe costumava trazer você aqui quando era pequenininho. — Ela olhou para longe, como se estivesse se lembrando. — Aquela sua mãe era a coisinha mais doce e bonita. E, ah, como ela te amava. — Ela suspirou, voltando ao presente e sorrindo. — Bem, de qualquer forma, estou muito feliz que você esteja aqui.

Archer ouviu-a, com um pequeno sorriso no rosto, parecendo absorver cada palavra. Ele assentiu e Maggie continuou, olhando para mim.

— Então, Archer, essa garota aqui tem trabalhado muito além do expediente recentemente. Acho que ela merece sair um dia mais cedo. Você consegue pensar em algo para fazer com ela?

— Meu Deus, Maggie, isso soa obsceno — murmurou Liza.

Archer tentou não sorrir e desviou o olhar, pegando sua xícara de café. Maggie colocou as mãos nos quadris e encarou Liza enquanto nós ríamos.

— É a sua mente suja que faz parecer obsceno — disse ela, mas havia um brilho travesso nos seus olhos.

Archer olhou para mim.

Acha que podemos pensar em algo indecente para fazer esta tarde?, ele perguntou, sorrindo para mim. Eu ri e então mordi o lábio para me conter.

— Viu só! — exclamou Melanie. — Eu sabia que vocês dois estavam falando safadezas. Eu vou aprender língua de sinais.

Sorri.

— Ele acabou de me perguntar se eu gostaria de fazer um piquenique agradável — falei, com uma expressão séria.

— Claro! — brincou Liza, rindo. — Um piquenique sem roupa!

Eu ri e Maggie deu uma risadinha, fazendo Archer sorrir ainda mais.

— Vocês são um bando de malucas. Agora sumam daqui — disse Maggie, me cutucando.

— Ok, ok, mas e o meu trabalho extra e as saladas...?

— Eu cuido disso — respondeu ela. — Você pode fazer as saladas no seu próximo turno.

Olhei para Archer.

— Bom, então tá. Vamos!

Ele começou a pegar dinheiro no bolso para pagar o café, mas Maggie o impediu colocando a mão em seu braço.

— É por minha conta.

Archer hesitou, olhando para mim, e então assentiu.

— Ok. — Ela sorriu.

Dei a volta no balcão e nós nos despedimos de Melanie, Liza e Maggie, e então saímos juntos.

Quando chegamos lá fora, olhei para o outro lado da rua e vi uma figura familiar. Victoria Hale estava saindo de uma loja com uma mulher mais velha de cabelos escuros. Eu soube no momento em que ela nos viu — a temperatura da rua pareceu cair uns cinquenta graus, e um arrepio percorreu meu corpo. Passei os braços ao redor da cintura de Archer e ele sorriu para mim, me puxou para perto, beijou o lado da minha cabeça, e tão rápido quanto isso, Victoria Hale deixou de existir.

Mais tarde, Archer fez uma fogueira na margem do lago, e ficamos sentados nas antigas cadeiras Adirondack que ele me contou que seu tio havia construído anos antes. Levamos uma garrafa de vinho tinto e cobertores, já que o clima estava ficando mais frio, especialmente à noite.

Archer tinha uma pequena taça de vinho, enquanto eu tinha uma maior; ele bebia a sua como se fosse uma bebida forte. Tantas coisas que eu dava por garantido ainda eram muito novas para ele.

Sentamos em silêncio por um tempo, saboreando o vinho e apenas observando o fogo crepitar e dançar. Eu me sentia feliz e satisfeita, o vinho aquecendo meu corpo. Apoiei a cabeça no encosto da cadeira de madeira e olhei para o perfil bonito dele, todo iluminado pelo brilho do fogo. Por um segundo, ele parecia um deus, talvez do sol, todo dourado e belo, sua própria grandeza superando a das chamas dançantes. Ri de leve para mim mesma, me sentindo embriagada com meia taça de Merlot. Embriagada por ele, por esta noite, pelo destino, pela coragem, pela vida. Me levantei, o cobertor no meu colo caindo para a cadeira, e coloquei meu vinho na areia. Caminhei até ele e sentei no seu colo e, quando ele sorriu, segurei seu rosto entre minhas mãos e simplesmente o observei por um segundo antes de levar meus lábios aos dele, provando o vinho tinto e Archer, um delicioso néctar que me fez gemer e inclinar a cabeça para que ele tomasse o controle do beijo e me desse mais de si mesmo. Ele o fez, se inclinando para mim e provocando minha língua com a sua enquanto eu me acomodava no seu colo e suspirava na sua boca. Ele respondeu ao meu suspiro, sua língua mergulhando lentamente na minha boca, imitando o ato sexual e fazendo meu centro de prazer ganhar vida, quase instantaneamente molhado e pronto para que ele me preenchesse e saciasse a profunda necessidade que me fazia ansiar e me contorcer no seu colo.

Ele sorriu na minha boca; sabia exatamente o que fazia comigo, e gostava disso. Era muito fácil me perder nele agora, na forma como ele prestava atenção, na maneira como me olhava como se me adorasse, na maneira como sua intensa sensualidade era totalmente natural e desinibida — mal sabia que existia. Mas ele estava aprendendo e, de certa forma, eu sentia a perda do homem inseguro que olhava para mim para lhe mostrar como lhe dar prazer, para dizer que o queria, de alguma forma. Mas outra parte de mim se regozijava com sua nova confiança, com a maneira como ele tomava conta do meu corpo e me deixava fraca de desejo.

Depois de alguns minutos, me inclinei para trás, nós dois respirando com dificuldade, recuperando o fôlego. Beijei-o de leve mais uma vez nos lábios.

— Você me deixa excitada rápido demais — eu disse.

Suas mãos subiram. *Isso é ruim?*, ele perguntou. Ele me olhou — foi uma pergunta real, não retórica.

Passei o polegar no seu lábio inferior.

— Não — sussurrei, balançando a cabeça.

Avistei sua cicatriz nas chamas dançantes, a pele elevada e vermelha à luz do fogo, a pele brilhante e dourada, esticada. Me inclinei e a beijei, e ele estremeceu ligeiramente, ficando imóvel. Passei a língua por ela, sentindo seu corpo ficar ainda mais tenso.

Sussurrei contra sua garganta:

— Você é lindo em todos os lugares, Archer.

Ele soltou um suspiro e inclinou levemente a cabeça para trás, me dando mais acesso, revelando sua cicatriz para mim, em um belo ato de confiança.

— Me conte o que aconteceu — falei de forma sussurrada, esfregando os lábios sobre a pele enrugada, absorvendo seu cheiro. — Me conte tudo. Eu quero te conhecer — pedi, recuando e erguendo os olhos para ele.

Sua expressão era uma mistura de tensão e pensamento enquanto ele olhava para o meu rosto. Soltou um suspiro e levantou as mãos. *Eu me senti... quase normal hoje. Na lanchonete.* Ele parou. *Esta noite não quero me lembrar de como sou defeituoso, Bree. Por favor. Eu só quero te abraçar aqui fora, e então quero te levar para dentro e fazer amor com você. Eu sei que é difícil entender, mas, por favor. Me deixe só curtir você por enquanto.*

Eu o observei atentamente. Eu entendia. Já tinha me sentido na mesma posição. Tinha tentado tanto voltar a um lugar de normalidade depois que meu pai havia morrido. Tinha tentado muito parar de esquecer as saídas na estrada que eu percorrera mil vezes; tentara muito deixar de me desligar no supermercado, parada em frente às laranjas, apenas olhando para o vazio; tentara sentir alguma coisa — qualquer coisa que não fosse pura dor. E não importava quem me perguntasse, não importava o quanto me amassem, eu não poderia ter falado sobre isso até estar cem por cento pronta. Archer tinha vivido com sua própria dor por muito, muito tempo, e pedir a ele para revisitá-la de acordo com a minha vontade nunca seria justo. Eu esperaria. Esperaria o tempo que precisasse.

Sorri para ele, afastei seu cabelo da testa e o beijei suavemente de novo. Quando me afastei, eu disse:

— Lembra quando você me disse que lutei na noite em que meu pai foi morto e eu fui atacada?

Ele assentiu, seus olhos como orbes escuros na penumbra além do alcance da luz do fogo.

— Bem, você também lutou — falei, baixinho. — Eu não sei o que aconteceu, Archer, e espero que um dia você me conte, mas o que sei é que essa cicatriz me diz que você também lutou para viver. — Passei a ponta do dedo levemente sobre a pele marcada do seu pescoço e senti-o engolir em seco. — Meu curador ferido, meu lindo Archer.

Seus olhos brilharam para mim e, depois de alguns momentos silenciosos, ele me levantou e me colocou no chão por alguns segundos enquanto jogava um pouco de areia no fogo. Então ele me pegou de novo enquanto eu ria e me agarrava a ele, e me carregou colina acima até sua casa e sua cama.

CAPÍTULO VINTE E TRÊS

BREE

No dia seguinte, deixei Archer enrolado nos lençóis da sua cama. Uma manta cobria apenas suas nádegas musculosas, e seus braços estavam envoltos no travesseiro sob sua cabeça, revelando totalmente as costas lindas, cheias do relevo firme dos seus músculos. Por um momento, considerei acordá-lo para poder apreciar todos aqueles planos e vales outra vez, mas sabia que Phoebe devia estar precisando fazer suas necessidades, e eu havia negligenciado tristemente minha casa e minha vida — estava uma bagunça e eu não tinha mais nenhuma calcinha limpa. Então me afastei para fazer algumas tarefas necessárias, dando um pequeno beijo leve no ombro de Archer. Ele estava cansado — tinha gastado muita energia na noite anterior. Apertei as coxas ao me lembrar disso e forcei meus pés a me levarem para fora do pequeno quarto.

Quando cheguei em casa, soltei Phoebe rapidamente e tomei um longo e quente banho.

Depois de me vestir, liguei o celular e vi que tinha algumas mensagens — ambas de Natalie, ambas dizendo que o detetive que havia trabalhado na investigação do assassinato do meu pai tinha ligado para ela algumas vezes, procurando por mim, e que eu deveria ligar para ele. Respirei fundo e sentei. Eu tinha ligado para o detetive várias vezes nos meses seguintes ao assassinato, e nunca havia surgido uma única pista. Depois de ter vindo para o Maine, eu não tinha mais falado com ele. Não achei necessário. Mas agora de repente havia algo novo? Por quê?

Liguei para o número que ainda sabia de cor, e quando o detetive

McIntyre atendeu e eu disse quem estava falando, ele me cumprimentou calorosamente.

— Bree, como você está?

— Estou bem, na verdade, detetive. Eu sei que não entrei em contato por um tempo, e meu número de telefone mudou...

— Sem problema. Ainda bem que você me deu o número da sua amiga, onde estava morando após o crime. — Notei que ele não disse *assassinato*.

— Então, tem alguma novidade? — perguntei, indo direto ao ponto.

— Na verdade, sim. Temos um suspeito. Queremos que você venha para uma identificação por fotos — ele disse, a voz suave.

Meu coração começou a bater mais rápido, e respirei fundo.

— Ah... — E então fiquei em silêncio.

O detetive pigarreou.

— Eu sei, é surpreendente depois de tantos meses terem passado, mas, na verdade, recebemos essa informação de um traficante de drogas peixe pequeno que está tentando diminuir sua pena.

— Ok — concordei. — Quando preciso voltar?

— O mais rápido possível. Quando você pode vir?

Mordi o lábio.

— Ãh... — Considerei por um minuto. — Três dias?

— Se essa for a maneira mais rápida de você chegar aqui, então terá que servir.

Me senti um pouco entorpecida.

— Ok, detetive, eu ligo assim que chegar à cidade.

Nos despedimos e desligamos, e fiquei sentada na cama por um bom tempo, apenas olhando pela janela, sentindo como se, de alguma forma, uma bolha tivesse acabado de estourar. Não tinha certeza de como classificar exatamente, porque sabia que estava feliz com a possibilidade de haver um avanço no caso do meu pai. Se houvesse uma prisão... eu não precisaria mais me perguntar... finalmente poderia me sentir cem por cento segura. E meu pai receberia a justiça que merecia.

Peguei meu telefone e liguei para Natalie para dar a notícia. Quando terminei, ela soltou um suspiro e falou:

— Meu Deus, Bree, estou com medo de ter esperanças demais, mas... estou com muita esperança — concluiu em voz baixa.

— Eu sei — respondi. — Eu sei. Eu também.

Ela ficou quieta por um segundo antes de dizer:

— Escuta, tenho uma ideia. E se eu pegar um avião para ir até aí e voltar de carro com você para fazer companhia?

Soltei um suspiro.

— Você faria isso?

— Sim, claro que faria. Além do mais, você sabe que minha mãe tem um monte de milhas acumuladas de todas as viagens que ela faz. Não vai me custar nada.

Sorri.

— Isso... eu adoraria. Teremos uma boa viagem de carro para colocar o papo em dia.

Ouvi o sorriso na sua voz quando ela disse:

— Ótimo. Vou organizar as coisas. Você consegue tirar folga do trabalho?

— Sim, tenho certeza de que vai ficar tudo bem. As pessoas com quem trabalho são ótimas, e quando eu contar a elas o motivo...

— Bree, elas sabem que você está aí apenas por um tempo, certo?

Fiz uma pausa e me deitei na cama.

— Eu não falei isso para elas, não. — Coloquei a mão na testa. — E o fato é que não é temporário, Nat. Eu meio que... decidi ficar. — Fechei os olhos, esperando por sua reação.

— O quê? Ficar? Está falando sério? É por causa daquele cara que você mencionou? — Ela parecia surpresa e confusa.

— Grande parte, sim. Eu só... é meio complicado. Vou contar tudo durante a viagem, ok? Pode ser?

— Ok... ok, sim. Mal posso esperar para te ver, amiga. Vou mandar uma mensagem com os detalhes do meu voo.

— Ok. Muito obrigada. Eu te amo.

— Amo você também, amiga. A gente se fala.

Desligamos e fiquei ali por alguns minutos, agradecida por minha melhor amiga vir para fazer a viagem de volta comigo. Isso tornaria tudo mais fácil. E então eu voltaria. Tinha dito a Natalie que ia ficar em caráter permanente. E ao dizer isso em voz alta para alguém além de Archer, percebi o quanto parecia certo. Não havia como eu voltar para Ohio. Minha vida estava aqui agora. Minha vida estava com Archer — o que quer que isso significasse, eu sabia que era verdade.

Na manhã seguinte, no trabalho, contei com hesitação a Maggie sobre a situação em Ohio e como precisavam de mim lá. Não havia compartilhado os detalhes da morte do meu pai com ela, mas ela foi tão compreensiva e empática quanto eu sabia que seria. Seu abraço caloroso e palavras reconfortantes me acalmaram — fazia muito tempo desde que alguém era maternal comigo.

Embora eu estivesse grata por haver um avanço no caso, sabia que era uma ocorrência rara depois de passado um certo tempo, e eu temia que estar de volta em Ohio fosse trazer à tona meus sentimentos de desespero e tristeza. Me sentia segura em Pelion — me sentia segura com Archer. Ainda precisava contar a ele sobre esse desdobramento. No dia anterior, eu havia feito algumas tarefas em casa e depois estava tão cansada que adormeci por volta das sete da noite. Odiava não ter como me comunicar com ele quando não estávamos juntos. Mas sabia que era bom para nós passarmos um dia separados aqui e ali. Tínhamos estado praticamente inseparáveis ultimamente, e um pouco de distância era saudável.

Conforme o fim do meu expediente se aproximava, o sininho tilintou. Ergui os olhos e vi Travis entrando, de uniforme e óculos de aviador. Quase revirei os olhos pelo fato de ele ser tão absurdamente bonito, não porque isso em si fosse constrangedor, mas porque era tão óbvio que ele sabia desse fato.

— Travis — eu disse, continuando a limpar os cardápios na minha frente.

— Oi, Bree — respondeu ele, os lábios se curvando em um sorriso que parecia sincero.

— O que posso te servir? — perguntei.

— Café.

Acenei com a cabeça para ele e me virei para pegar uma xícara. Servi o café e coloquei na frente dele, depois me afastei.

— Ainda brava comigo? — ele indagou.

— Não estou brava, Travis. Apenas não gosto da forma como você trata seu primo.

Ele franziu os lábios.

— Olha, Bree, ele é minha família, e nós não nos comunicamos por muitos anos... posso ver que isso foi principalmente culpa minha, mas eu e Archer sempre fomos... competitivos quando éramos crianças. Talvez isso tenha continuado mais do que eu deveria ter deixado quando o assunto era você, tenho que confessar. Mas ele está no jogo também, confie em mim quando te digo isso.

— Competitivos? — debochei. — Jesus, Travis. — Elevei um pouco a voz, e algumas pessoas olharam e depois desviaram o olhar quando lhes dei um sorriso forçado antes de me voltar de novo para Travis. — Você não acha que ele merece que alguém esteja ao lado dele pela primeira vez na vida? Você não acha que ele merece que alguém torça *por* ele, em vez de competir *contra* ele? Você não poderia ter tentado ser essa pessoa?

— Então é isso para você? Uma questão de pena?

Fechei os olhos e respirei fundo para não jogar uma xícara de café quente no seu rosto.

— Não, ele não precisa da pena de ninguém. Ele é... ele é incrível, Travis. — Eu o conjurei na minha mente, seus olhos gentis e o jeito como seu sorriso iluminava seu rosto quando ele estava realmente feliz. — Ele é incrível. — Olhei para baixo, me sentindo um pouco envergonhada de repente.

Travis ficou em silêncio por um segundo. Ele abriu a boca para dizer algo, mas o sino tilintou novamente e eu olhei para cima. Meus olhos se arregalaram.

Natalie estava parada ali, com nosso amigo Jordan um pouco atrás dela, as mãos nos bolsos, parecendo envergonhado. Deixei o cardápio cair e corri para dar a volta no balcão.

— Meu Deus! O que vocês estão fazendo aqui? — gritei. Eu ainda estava esperando uma mensagem informando quando seu voo chegaria. Natalie caminhou rapidamente para me encontrar e nos abraçamos, rindo.

— Surpresa! — ela exclamou, me abraçando mais uma vez com força. — Senti sua falta.

— Também senti sua falta — eu disse, meu sorriso desaparecendo quando olhei para Jordan, que ainda não tinha se afastado da porta.

Natalie olhou para ele e depois voltou a me olhar.

— Ele basicamente implorou para eu trazê-lo junto para que pudesse se desculpar pessoalmente com você.

Soltei um suspiro e fiz um gesto para Jordan se aproximar de nós. Alívio encheu sua expressão e ele caminhou até mim, me abraçando.

— Desculpa, Bree — ele pediu, com a voz rouca. Eu o abracei de volta. Também senti falta dele. Jordan era um dos meus melhores amigos. Jordan, Natalie, nosso amigo Avery e eu éramos inseparáveis desde que estávamos no ensino fundamental. Tínhamos crescido juntos. Mas Jordan também foi a gota d'água que me fez jogar minhas coisas em uma mochila e sair da cidade.

No auge do meu luto e turbulência emocional, eu tinha ido até ele como amiga e ele havia me encurralado e me beijado, persistindo mesmo quando resisti, dizendo que estava apaixonado por mim, implorando para cuidar de mim. Foi demais e a última coisa de que eu precisava naquele momento.

Natalie colocou os braços ao nosso redor e todos rimos baixinho, finalmente nos separando. Olhei o ambiente — havia apenas algumas pessoas na lanchonete, e Maggie estava nos fundos com Norm, fechando a cozinha.

— Venham sentar ao balcão enquanto eu termino aqui — falei, sorrindo.

Natalie sentou ao lado de Travis, que olhou para ela, dando um gole no café.

— Bom, oi — Natalie cumprimentou, balançando os longos cabelos loiros e cruzando as pernas enquanto girava o banquinho para que ficasse meio virada para ele. Ela abriu seu melhor sorriso sedutor. Eu ri. Ela me ignorou, assim como Travis.

— Travis Hale — ele se apresentou, sorrindo de volta e estendendo a mão para ela.

Balancei a cabeça ligeiramente e apresentei Travis a Jordan.

Todos disseram "oi" e então Travis se levantou, colocando uma nota de cinco no balcão.

— Bree — despediu-se ele, olhando para mim. — Natalie, Jordan, aproveitem sua estadia em Pelion. Foi um prazer conhecê-los. Bree, diga a Maggie que mandei "oi". — Então ele se virou e saiu da lanchonete.

Virei para Natalie, que ainda estava olhando para a bunda dele enquanto ele saía em direção à sua viatura policial. Ela se voltou para mim.

— Bem, não é de se admirar que você queira ficar aqui.

Eu ri.

— Ele não é o motivo pelo qual quero ficar.

Natalie olhou para Jordan, que estava olhando o cardápio. Fiquei séria e mudei de assunto. Eu havia achado por anos que Jordan tinha um *crush* por mim, mas não sabia que ele achava que estava apaixonado. Eu também o amava, mas não desse jeito, e sabia que nunca amaria. Só esperava que pudéssemos voltar de alguma forma à amizade que tínhamos antes. Eu realmente sentia falta dele.

— Vocês comeram? — perguntei. A cozinha estava fechando, mas eu poderia fazer um sanduíche ou algo assim para eles.

— Sim, comemos fast-food cerca de uma hora atrás. — Natalie olhou para Jordan, que examinava o cardápio. — Você já está com fome de novo?

Ele olhou para cima.

— Que nada, só estou olhando. — Ele o pousou de volta, claramente ainda um pouco desconfortável.

Pigarreei.

— Ok, deixa só eu ir contar para a Maggie que estou saindo, e vou pegar minhas coisas.

Quinze minutos depois, estávamos no meu carrinho a caminho da minha casa.

Acomodei Jordan na sala, e Natalie levou suas coisas para o meu quarto. Todos nós tomamos banho em sequência e depois nos sentamos na sala, conversando e rindo das histórias de namoro de Natalie com seu novo chefe. Jordan já parecia mais à vontade, e eu estava muito feliz em tê-los ali.

— Vocês querem jantar na cidade? — ofereci. — Vou passar na casa do Archer e perguntar se ele gostaria de ir com a gente enquanto vocês se arrumam.

— Por que não liga para ele? — Natalie indagou.

— Bem, ele não fala exatamente — eu disse baixinho.

— Oi? — ela e Jordan indagaram ao mesmo tempo.

Contei sobre Archer e como ele foi criado, um pouco sobre seu tio e o que eu sabia sobre o acidente, embora ele mesmo não tenha me contado nada sobre isso.

Ambos me encararam com os olhos arregalados.

— Caramba, querida — Natalie disse.

— Eu sei, gente. É uma história louca... e eu nem sei tudo ainda. Mas esperem até conhecê-lo. Ele é tão doce e simplesmente... incrível. Vou ter que interpretar para vocês, mas ele fala a língua de sinais fluentemente.

— Uau — reagiu Jordan. — Então, se ele nunca saiu realmente da propriedade todos esses anos e não fala, o que exatamente ele planeja fazer da vida dele?

Olhei para baixo.

— Ele ainda está descobrindo como vai ser — respondi, sentindo de repente uma necessidade de defendê-lo. — Mas ele vai descobrir. Ainda está trabalhando em algumas coisas básicas.

Eles me olharam, e me senti de repente envergonhada por algum motivo.

— Enfim — continuei —, vou contar nossos planos e espero que ele concorde em ir com a gente. — Levantei e fui calçar os sapatos e pegar meu casaco.

— Ok — concordou Natalie. — Então, é um lugar para ir de jeans e camiseta, ou devo me vestir melhor?

Eu ri.

— Definitivamente jeans e camiseta.

— Acha que Travis vai estar lá? — ela me perguntou.

Gemi.

— Ai, gente, tenho muita coisa para atualizar vocês. Isso pode levar um tempo. Volto em alguns minutos, tá?

— Tá bom — Natalie cantarolou, levantando-se.

Jordan estava revirando sua pequena mala em busca de algo.

— Tá bom — ele falou também, olhando para trás.

Saí de casa, entrei no carro e segui em direção à casa de Archer.

CAPÍTULO VINTE E QUATRO

ARCHER

Eu estava em pé em frente à pia da cozinha, bebendo um copo d'água em grandes goles. Tinha acabado de voltar de uma corrida na praia com os cachorros.

Logo não seria mais possível fazer isso, quando o clima mudasse.

Fiquei ali pensando no que faria no dia, sentindo um peso no estômago com o qual não sabia como lidar. Já havia sentido a mesma sensação antes da corrida e pensei que o exercício ajudaria a clarear minha mente. Não ajudou.

Eu estava inquieto, simplesmente. E não era uma inquietação física, pelo visto. Era mental. Tinha acordado meio sonolento naquela manhã, com o cheiro de Bree ainda impregnado nos lençóis e, por um momento, me senti feliz e satisfeito. Mas percebi que ela não estava lá, então me levantei e tentei descobrir o que fazer com as horas que se estendiam diante de mim. Uma repetição do dia anterior. Havia vários projetos em que eu poderia trabalhar, mas nenhum deles me interessava. Tinha uma vaga sensação de que era um assunto que eu precisava considerar seriamente. *O que você vai fazer da sua vida, Archer?* Bree havia mexido com as coisas para mim — e, no momento, eu só conseguia sentir inquietação. Nunca esperei que alguém entrasse e abrisse o mundo para mim, mas foi o que ela havia feito. E agora eu tinha possibilidades que não achava que teria antes. Mas todas giravam em torno dela. E isso me assustava. Isso me assustava profundamente.

Ouvi uma batida no meu portão e coloquei o copo de lado. Será que Bree tinha saído mais cedo?

Fui até o portão e avistei Travis vindo pela calçada de entrada, na minha direção.

Fiquei esperando ele se aproximar, imaginando que merda ele queria.

Ele levantou as mãos em um gesto falso de "não atire em mim" e eu inclinei a cabeça para o lado, esperando.

Travis tirou um papel dobrado do bolso de trás e, quando chegou perto de mim, entregou-o. Peguei, mas não o abri.

— Formulário para uma licença de aprendizagem — ele disse. — Você só precisa levar a certidão de nascimento e um comprovante de endereço. Uma conta de água ou algo assim.

Ergui as sobrancelhas, olhando para o papel. O que ele estava aprontando dessa vez?

— Eu te devo um pedido de desculpas pelo que fiz com o episódio do clube de strip-tease. Foi... imaturo e sem graça. E estou realmente feliz em ver que você e Bree se acertaram. Acho que ela gosta mesmo de você, cara.

Eu queria perguntar como ele sabia disso — eu sabia que ela gostava de mim, talvez até mais, mas ansiava por ouvir o que Bree tinha dito a Travis sobre mim, se é que tinha dito alguma coisa. Claro, mesmo se eu pudesse, não seria uma boa ideia perguntar — ele só iria me provocar, provavelmente. Mas eu não sabia como falar sobre todos os meus sentimentos com Bree. Eu sabia que sexo não era amor, então como eu saberia se ela me amava se ela não me dissesse? E se não estava me dizendo, isso significava que ela não me amava? Eu estava todo confuso e não tinha ninguém com quem conversar.

E o inferno disso era que eu sabia que a amava — intensamente e com cada parte do meu coração, até mesmo as partes danificadas, até mesmo as partes que pareciam indignas e sem valor. E talvez essas partes mais do que todas as outras.

— Então — Travis continuou, —, podemos fazer as pazes? Tudo é justo no amor e na guerra, certo? Você ganhou; você conquistou a garota. Não pode culpar um cara por tentar, não é mesmo? Sem ressentimentos? — Ele estendeu a mão para mim.

Olhei para ele. Eu realmente não confiava em Travis, mas qual era o sentido de transformar isso em uma guerra contínua entre nós? Ele estava certo — eu havia vencido. Bree era minha. Com o simples pensamento, uma possessividade feroz percorreu meu ser. Estendi a mão e apertei a dele, ainda o observando, desconfiado.

Travis descansou os polegares no coldre da sua arma.

— Então, acho que você já sabe que os amigos da Bree estão na cidade... os amigos da cidade natal dela.

Franzi a testa e recuei ligeiramente, expondo minha reação no rosto. Travis fez uma expressão de "putz, cara".

— Cacete, ela não te contou? — perguntou. Ele desviou o olhar e depois voltou para mim. — Bom, com certeza deve ser difícil para ela; quer dizer, aqui está ela, gosta de você e, em algum momento, terá que voltar para casa, para sua vida real. É uma situação difícil.

Casa? Sua *vida real*? De que porra ele estava falando?

Travis me estudou e suspirou, passando a mão pelo cabelo.

— Cacete, cara, você não está achando que ela vai ficar aqui e trabalhar em uma lanchonete de cidade pequena pelo resto da vida, né? Ou vir morar nesse barraco de madeira que você chama de casa e ter muitos filhos que você não terá como sustentar? — Ele riu, mas quando não ri, seu sorriso desapareceu e foi substituído por um olhar de pena. — Ai, caralho, é exatamente isso que você espera, não é?

O sangue rugia nos meus ouvidos. Eu não havia exatamente imaginado nada disso, mas a ideia de ela ir embora de qualquer maneira fazia um frio gelado correr nas minhas veias.

— Porra. Olha, Archer, quando eu disse que você a conquistou, quis dizer por enquanto, por algumas noites quentes, algumas aventuras na sua caminhonete. Quero dizer, bom para você; você merece isso, cara. Mas, cacete, não comece a fantasiar com mais do que isso. Ela pode te dizer que vai ficar... provavelmente até vai ser algo sincero por um tempo. Mas uma garota como a Bree, que foi para a faculdade, vai chegar um momento em que vai querer ter uma *vida*. Ela está aqui temporariamente, para se curar de uma ferida... e então ela vai embora. E por que não faria isso? Bree é linda; sempre vai haver um cara que a queira e possa dar mais a ela. — Ele balançou a cabeça. — O que você pode oferecer a ela, Archer? De verdade?

Eu estava parado diante daquele idiota, paralisado. Não era tão burro a ponto de não ver o que ele estava fazendo. Ele estava dando uma cartada. Mas, infelizmente para mim, a carta que ele estava jogando era baseada na verdade. Ele tinha uma mão vencedora e sabia disso. Era isso que ele tinha vindo fazer — me destruir com a verdade. Me lembrar de que eu não era nada. E talvez fosse um bom lembrete.

Eu nem sabia se ele a queria mais. Talvez não quisesse. Mas o lance agora era eu também ficar sem ela. Ele ia vencer, de um jeito ou de outro. Eu vi; eu sabia. Já tinha visto esse mesmo olhar nele uma vez. Me lembrei do que aquilo significava.

Ele deu mais uma respiração profunda, parecendo um pouco envergonhado, ou talvez fingindo estar. Por fim, pigarreou.

— De qualquer forma... — ele apontou para o pedaço de papel na minha mão — boa sorte com a habilitação. Você não deveria ter que andar a pé para todos os lugares. — Ele acenou para mim. — Se cuide, Archer.

Então ele se virou, voltou pelo mesmo caminho que tinha vindo e saiu pelo portão. Fiquei ali por um longo tempo, me sentindo pequeno, imaginando-a indo embora e tentando lembrar como continuar respirando.

CAPÍTULO VINTE E CINCO

BREE

Dirigi até a casa de Archer e o chamei enquanto seguia até o portão. Nenhuma resposta, então fui até a porta e bati, chamando seu nome de novo. Nenhuma resposta ainda. A porta estava destrancada, e eu entrei e olhei ao redor. Como sempre, tudo limpo e arrumado, mas não havia sinal dele. Ele devia estar em algum lugar do terreno, longe demais para me ouvir chamar, ou será que tinha ido a pé até a cidade?

Peguei uma folha e uma caneta e deixei um bilhete curto dizendo que meus amigos estavam na cidade e que explicaria quando o visse. Contei que estávamos indo jantar e o convidei para ir com a gente. Torci para que ele fosse. Para que sair para jantar o deixasse confortável o suficiente para que ele voltasse a sair. Eu queria apresentá-lo aos meus amigos. Queria que ele fizesse parte de cada área da minha vida.

Voltei para casa e terminei de me arrumar, então Natalie, Jordan e eu fomos até o bar de sinuca/pizzaria da cidade para um jantar bastante descontraído.

Pedimos uma pizza grande, levamos até a mesa perto de um alvo de dardos e começamos a jogar.

Tínhamos tomado metade da jarra de cerveja quando olhei para cima e Archer estava à porta. O sorriso que se espalhou pelo meu rosto foi instantâneo, e larguei o dardo e corri para ele, passando os braços ao redor do seu pescoço e o beijando na boca. Ele soltou um suspiro que parecia ter passado o dia segurando. Me inclinei para trás, olhei seu rosto e vi ali uma tensão com a qual eu não estava acostumada.

— Você está bem?

Ele assentiu, com o rosto relaxado. Eu me afastei para que ele pudesse falar. *Você não me contou que seus amigos viriam.*

Só soube ontem, depois que saí da sua casa. E aí eles pegaram um voo bem cedinho. Archer, encontraram um suspeito para o caso do meu pai. Falei com o detetive responsável ontem, e ele quer que eu vá lá dar uma olhada em umas fotos. Talvez alguém seja preso, concluí, olhando dentro dos seus olhos, a emoção de repente me invadindo quando falei da possibilidade em "voz alta".

Bree, que notícia boa, disse ele. *Boa de verdade.*

Assenti. *Vou precisar ir até a minha cidade e ficar uns dias lá. Natalie e Jordan vão de carro comigo, e logo vou estar de volta.* Franzi a testa de novo, pensando em como seria estar de novo em Ohio. Olhei para cima, para Archer, que me observava com atenção, com aquela expressão tensa novamente.

Você poderia ir com a gente. Sorri para ele.

Seus olhos suavizaram por um minuto, mas em seguida ele soltou um suspiro. *Melhor não, Bree. Você... põe a conversa em dia com os seus amigos.*

— Ei, Bree, pare de fazer a gente esperar! É a sua vez — gritou Natalie.

Puxei a mão de Archer.

— Venha conhecer os meus amigos — falei, e acrescentei, mais baixo: — Eles vão amar você.

Archer pareceu um pouco inseguro, mas me deixou levá-lo até a mesa onde estava a pizza.

Eu o apresentei a Natalie e Jordan, e os caras trocaram um aperto de mão enquanto Natalie inclinava a cabeça e dizia:

— Que *merda* tem na água daqui? Algum mineral que cria caras absurdamente gostosos? Vou me mudar para cá.

Eu ri e me recostei no meu cara gostoso, sentindo o cheiro dele e sorrindo no seu pescoço. Os olhos de Jordan dispararam para o outro lado e o rosto dele ficou pálido. Deus, eu odiava que ele ficasse desconfortável por me ver com um cara. Talvez devêssemos conversar mais um pouco. Olhei para Archer, que estava com os olhos estreitados fixos em Jordan; ele também não tinha deixado a reação passar. Claro que não, Archer Hale nunca deixava nada passar. Desde que o tinha conhecido, me ocorreu que devia ser incrível tudo o que a gente poderia ver e ouvir se ao menos calasse a boca um pouquinho e parasse de tentar ouvir o som da própria voz o tempo todo.

Jogamos dardos, conversamos e comemos pizza por um tempinho. Archer sorriu nos momentos certos com as histórias infinitas de Natalie, mas seu silêncio estava mais pronunciado que o normal. Tentei entrosá-lo, mas algo parecia se passar dentro dele, algo que ele não estava dividindo comigo.

Natalie fez perguntas a ele, e eu fui a intérprete. Ele foi um fofo e respondeu tudo o que ela perguntou, mas ainda parecia um pouquinho desligado, e eu não sabia a razão. Teria que perguntar a ele mais tarde. No bar, na frente dos meus amigos, não era o lugar nem a hora certa.

Pedimos outra jarra de cerveja, e Archer tomou um copo e depois pediu licença para ir ao banheiro. Assim que ele saiu, Jordan se aproximou de mim.

— Posso falar com você rapidinho? — perguntou ele.

Assenti, pensando que talvez precisássemos disso. Ele havia passado a noite toda lançando olhares para Archer, e eu estava de saco cheio disso.

Ele me puxou para o lado, para longe dos ouvidos de Natalie, e respirou fundo.

— Olha, Bree, desculpe pelo que fiz em Ohio. Foi babaquice. Eu sabia que você estava... fragilizada e lidando com uma porrada de coisa, e tirei vantagem disso. Não vou nem mentir e dizer que não foi o caso. Você saberia mesmo. — Ele passou a mão pelo cabelo loiro-escuro, deixando-o todo em pé, mas de um jeito bonito. — Sei que você não me vê como nada além de um amigo, e isso basta para mim. De verdade. Foi isso que vim aqui fazer você entender, e acabei agindo feito um babaca de novo. Não é fácil te ver com outro cara... nunca foi. Mas vou dar um jeito nisso. Sua amizade significa mais para mim do que qualquer coisa, assim como a sua felicidade. Era tudo o que eu queria te dizer. Quero que você seja feliz, e tudo o que estiver ao meu alcance, como amigo, é o que quero fazer. Você vai me perdoar? Vai ser dama de honra no meu casamento quando eu finalmente achar alguém melhor que você?

Eu ri baixinho, foi quase um lamento, e assenti.

— Claro, Jordan. Eu te perdoo. E você vai achar alguém melhor que eu. Eu... meio que dou muito trabalho, e fico mal-humorada quando não consigo o que quero.

Ele sorriu.

— Você está mentindo. Mas obrigado. Amigos? — Ele estendeu a mão.

Fiz que sim, peguei sua mão e o puxei para um abraço.

— Amigos — sussurrei no seu ouvido —, e pare de lançar olhares malignos para o meu namorado. Se você estivesse prestando mais atenção em alguma outra coisa, veria a loura gostosa, na mesa ao lado, que está te comendo com os olhos. — Eu me afastei e dei uma piscadinha.

Jordan riu e olhou para a mesa onde a menina estava sentada e depois de volta para mim. Ele pigarreou e ficou sério.

— O quê? Não achou a garota gostosa? — perguntei, tendo o cuidado de não olhar para lá para que ela não soubesse que eu estava falando dela.

— Ah, ela é — disse ele —, e o namorado dela está irritado pra caramba. No momento, ele está me olhando como se quisesse me matar.

Olhei para a nossa mesa, para onde Archer tinha voltado, e o vi virar outro copo de cerveja.

— Vou lá falar com ele. Obrigada, Jor. — Sorri e comecei a ir em direção à nossa mesa.

Quando cheguei lá, sorri para Archer e me inclinei para ele, dizendo:

— Oi — e beijei a lateral do seu pescoço. Coloquei as mãos na sua cintura e apertei. Não havia nada sobrando ali, só músculos fortes e pele rija. Senti o seu aroma, Deus, o cheiro dele era tão bom: sabonete e homem bonito. *Meu* homem. Ele abriu aquele sorriso torto e inseguro, seus olhos dispararam para os meus e então se desviaram.

— Ei — sussurrei. — Eu te falei que estou feliz por você ter vindo? — Sorri para ele, tentando melhorar o seu humor. Imaginei que ele estivesse um pouco tenso por causa do desconforto óbvio de Jordan com a sua presença, mas não era bem a hora certa para eu explicar toda a situação. Eu tentaria tranquilizar Archer com a minha atenção. Ele não tinha com o que se preocupar; Jordan não era uma ameaça para ele.

De repente, Archer se levantou, me pegou pela mão e me puxou na direção dos banheiros dos fundos. Fui com ele, suas pernas longas me fazendo apertar o passo para acompanhá-lo.

Viramos no corredor onde os banheiros ficavam e ele olhou ao redor, procurando eu não sabia o quê.

— Para onde você está me levando, Archer? — perguntei, rindo baixinho. Ao que parecia, ele estava determinado.

Ele não me respondeu, só me levou até a ponta do corredor escuro onde havia uma porta ligeiramente afastada da parede. Ele me pressionou naquele espaço e se inclinou para mim, tomou a minha boca em um beijo que se aprofundou e se tornou possessivo no mesmo instante. Gemi, me pressionando no seu corpo forte. Esse era um lado novo de Archer, e eu não sabia bem o que estava acontecendo. A intensidade dele estava me confundindo. Mas fiquei excitada mesmo assim. Talvez porque eu ficava excitada com qualquer coisa que esse homem fazia.

Ele abaixou a mão, segurou um seio e roçou o mamilo através do tecido fino da minha blusa. Arquejei e levei as mãos ao seu cabelo, puxando de leve. Ele afastou a boca da minha e simplesmente respirou na minha boca por um segundo antes de eu inclinar a cabeça para trás, encostando-a na porta às minhas costas. Ele inclinou a cabeça para o meu pescoço e beijou e lambeu com carinho.

— Archer, Archer — gemi.

De repente, tive um sobressalto quando ele sugou a pele do meu pescoço, roçando os dentes na área agora sensível. Puxei a cabeça para a frente, a névoa da luxúria se dissipando conforme eu reparava na sua expressão desafiadora.

Levei a mão ao pescoço.

— Você acabou de... me *marcar* de propósito?

Ele olhou para o meu pescoço, em seguida para o meu rosto, seus olhos brilhando. Ele deu um passo para trás e disse, *Quantos homens que você conhece querem ficar com você? Estou supondo que eu, Travis e esse Jordan não somos os únicos, certo? Quantos mais?* Ele tensionou o maxilar.

Eu o encarei por um segundo, sem saber o que dizer.

— Eu não... você está de brincadeira? — perguntei. — Nenhum. Mas... por que importa quantos homens querem ficar comigo? Já deixei bem claro que escolhi você. Por que isso importa? — concluí, com a mágoa evidente na voz.

A confusão patinou por suas feições antes de ele me olhar sério de novo e dizer: *Porque importa. Importa pra caralho.* Ele cerrou os dentes de novo. Meus olhos se arregalaram. Ele nunca tinha xingado antes, e isso me assustou. Archer respirou fundo, com os olhos cheios de vulnerabilidade, proposital ou não. *Eu nem sequer posso dizer a eles para ficar longe de você, Bree. Tenho que me sentar e observar, e não posso fazer droga nenhuma.* Ele se virou para longe de mim, e apesar de ele estar bravo e eu não gostar disso, senti a perda do seu calor como se alguém tivesse jogado um balde de água fria em mim. Ele passou a mão pelo cabelo e me olhou, tudo o que ele sentia estava estampado no seu rosto. *Eu nem mesmo sou um homem. Não posso lutar por você.*

— Pare! — eu disse em voz alta. — Você não precisa lutar por mim.

Não há nada pelo que lutar. Eu sou sua. Eu já sou sua. — Caminhei os poucos passos até ele e envolvi os braços na sua cintura. Ele não resistiu a mim, mas não me abraçou também. Depois de um minuto, dei um passo para trás.

Sempre vai ter um cara, disse ele.

Olhei para ele e dei um passo para trás, respirando bem fundo. Bem naquele momento, Jordan apareceu no corredor, parou e estreitou os olhos para a escuridão e chamou:

— Tudo bem, Bree?

Vi o corpo de Archer ficar tenso, e fechei os olhos por um instante quando ele se virou e se afastou de mim, saindo pelo corredor, passando por Jordan.

— Archer! — gritei, mas ele não se virou. — Deus! — resmunguei, levei a mão à testa e fui até Jordan.

— Desculpa, Bree, eu não sabia que estava interrompendo. Só vim usar o banheiro e vi vocês dois parecendo estar em um impasse.

Balancei a cabeça.

— Não era um impasse. Archer só estava sendo... eu não sei. Mas preciso ir atrás dele. Vocês já estão prontos para ir?

— Natalie, sim. Acho que vou arranjar minha própria carona. — Ele abriu um sorriso envergonhado.

Apesar de eu estar chateada por causa de Archer, sorri para Jordan e dei um soquinho no braço dele.

— Esse é o Jordan que conheço e amo — falei. — Você vai estar em segurança?

Ele riu.

— É, eu acho que consigo enfrentá-la se ela tentar me atacar.

Eu ri e balancei a cabeça.

— Tudo bem. — E o abracei.

— Desculpa de novo. Belo chupão, a propósito. Não te vejo com um desses desde que tínhamos quinze anos.

Bufei.

— É o jeito de um certo cara dizer a você e a cada cara aqui que sou comprometida. — Suspirei.

Jordan sorriu.

— Bem, vá tranquilizá-lo e dizer que não é necessário. Nós, homens, podemos agir como verdadeiros babacas quando estamos inseguros e carentes.

Ergui uma sobrancelha.

— Não me diga.

Ele riu baixinho e apertou o meu braço.

— Você vai dar um jeito. Vou estar em casa de manhã.

Assenti e dei um apertão no braço dele, em seguida fui para o bar, onde Natalie já esperava por mim.

— Ei — disse ela —, seu brinquedinho acabou de sair direto pela porta.

Soltei um suspiro profundo.

— Ele não é um brinquedinho, Nat. Não sei o que está se passando com ele.

Ela ergueu as sobrancelhas.

— Bem, se quiser minha opinião de especialista, diria que ele está apaixonado, e não sabe o que fazer.

— É mesmo? — perguntei baixinho.

Ela assentiu.

— É. Todos os sinais estão presentes: o maxilar cerrado, o olhar feio para outros homens que se aproximam de você, o amuo, comportamentos imprevisíveis, o desejo de deixar marcas... — Ela apontou para o chupão. — Você vai fazer o cara parar de sofrer?

Comecei a rir baixinho, mas acabou em um gemido. Fiquei parada lá por alguns segundos, considerando a situação, e depois disse:

— Espero que sim. Pronta?

Fomos até o meu carro, e eu entreguei as chaves para Natalie, já que ela tinha concordado em ser a motorista da rodada. Quando ela ligou o carro, esclareceu:

— A propósito, sei que ele não é um brinquedinho para você. Vi o jeito como olha para ele também. E posso ver por que você gosta dele... e aquela cicatriz — ela gemeu a última palavra — me faz querer embalá-lo nos braços e lambê-lo.

Eu ri.

— Opa! Pode parar ou meu maxilar vai começar a cerrar e eu vou ficar emburrada até chegarmos em casa.

Ela riu, mas um segundo depois, olhei para ela e a vi pensativa.

— Só estou aqui pensando... você vê um futuro com ele? Assim, como vai ser a dinâmica? — Seu tom de voz era gentil.

Soltei um longo suspiro.

— Não sei. É tudo novo. E, sim, a situação dele é bem diferente. Existem desafios. Mas quero tentar. Sei disso. Seja como for... É, tipo, no segundo em que o vi, minha vida começou. No segundo em que comecei a amá-lo, tudo se encaixou. Por mais confusa que nossa situação seja, lá no fundo, parece que tudo faz o mais perfeito sentido.

Natalie ficou em silêncio por um segundo.

— Bem, que poético, amiga, e acredito em cada palavra que você disse, mas a vida nem sempre é poética. E eu sei que você sabe disso melhor do que ninguém. Só estou te encorajando a ser realista quanto a essa situação também, ok? — Ela olhou para mim e prosseguiu: — Ele está danificado, meu bem, e não me refiro só às suas cordas vocais. Jesus, pelo que você me contou, ele foi criado em um lar abusivo, o tio *atirou* nele, os pais morreram *bem diante dele*, e aí, até os dezenove anos, ele foi mantido sozinho e isolado por um tio louco, para não mencionar o fato que ele tem uma ferida que o mantém preso na própria mente, para todos os efeitos, e isso deixa uma marca, amiga. É de se *admirar* ele estar danificado?

Soltei um longo suspiro e deixei a cabeça atingir o encosto do banco.

— Eu sei — sussurrei. — E ouvindo você falar, parece loucura sequer acreditar na possibilidade de que podemos fazer dar certo, que ele daria certo com *qualquer uma*, mas por algum motivo... eu acredito. Não sei nem como explicar de outra forma do que dizendo que apesar de tudo o que você mencionou, ele ainda é bom e gentil, corajoso e inteligente, e até mesmo engraçado às vezes. — Eu sorri. — Acho que é preciso ter muita força para passar por tudo pelo que ele passou e não ficar meio maluco, e ainda ter bondade no coração.

— Verdade — concordou ela. — Ainda assim, pessoas danificadas fazem certas coisas porque não confiam nem acreditam em nada bom. Ele nunca teve nada bom. Fico preocupada que quanto mais as coisas ficarem sérias entre vocês dois, mais pirado ele vai ficar. Onde ele vai trabalhar? O que vai fazer com a própria vida? Essas são coisas fáceis se comparadas com toda a bagagem emocional.

Olhei para ela e mordi o lábio.

— Mas eu tenho bagagem, Nat. Estou danificada também. E não estamos todos?

— Não a esse ponto, meu bem. Não a esse ponto.

Assenti e voltei a recostar a cabeça no assento.

— E quando você começou a conhecer tanto a alma humana? — perguntei, sorrindo para ela.

— Eu sou uma alma antiga, amiga... você já sabia disso. — Ela deu uma piscadinha para mim e sorriu.

Encostamos na frente da minha casa, dei um abraço de boa-noite em Natalie antes que ela saísse com a minha chave, e ela acenou por cima do ombro. Dei a volta no carro e me acomodei no banco do motorista. Não teria problema dirigir os quase dois quilômetros até a casa de Archer. Eu já me sentia completamente sóbria.

Quando cheguei lá, abri eu mesma o portão e fui até a casa dele. Bati de leve e, segundos depois, ele atendeu usando um jeans e secando o cabelo com uma toalha.

Desfrutei da vista enquanto ele estava parado lá, tão lindo e tão inseguro.

Ri baixinho.

— Oi. — Suspirei e entrei na casa, então me virei para olhá-lo quando ouvi a porta se fechar.

Por que você está rindo?, perguntou ele.

Balancei a cabeça e ergui as mãos. *Porque eu queria que você pudesse se ver através dos meus olhos. Queria que pudesse ler a minha mente, assim saberia o quanto eu desejo você e mais ninguém. No momento, poderia haver trezentos homens atrás de mim, e seria o mesmo que nada. Porque nenhum deles é você, Archer Hale.* Abaixei as mãos por um segundo e as ergui de novo. *Nenhum deles é o homem que eu amo.* Balancei a cabeça de leve e continuei: *E eu ia tentar esperar até talvez você estar pronto para dizer isso também, mas... não consigo. Porque o sentimento quer explodir de dentro de mim o tempo todo. Então está tudo bem se você não me amar, ou se não tiver certeza que ama. Mas eu tenho. E não posso permitir que nem mais um minuto se passe sem que eu te diga que amo você, porque eu amo. Eu. Amo. Você. Eu te amo tanto.*

Ele ficou imóvel enquanto eu tagarelava, mas, motivado pelas minhas últimas quatro palavras, ele cruzou tão rápido o espaço que nos separava que meu fôlego ficou preso na garganta e as minhas mãos se abaixaram. Ele me pegou e me puxou para o seu corpo com tanta força que soltei um chiado, um som estridente que ficava entre uma risada e um soluço.

Ele me pegou no colo e enterrou o rosto no meu pescoço. Envolvi os braços ao redor dele, e ele me puxou com ainda mais força. Apoiei a cabeça no seu ombro e inspirei seu aroma único. Ficamos assim por vários minutos.

Por fim, me afastei e o peguei pela mão enquanto o conduzia até o sofá, onde nos sentamos.

Sinto muito pelo que aconteceu no bar. Posso explicar? Ele assentiu, franzindo os lábios de leve, e eu continuei: *Jordan é só um amigo, sempre foi isso e nada mais. A gente cresceu junto, eu o conheci quando tínhamos doze anos. Já faz um tempo que eu sei que ele tinha uma quedinha por mim, mas deixei claro que só o via como amigo.* Fiz uma pausa antes de continuar. *Ele abordou o assunto depois que o meu pai morreu, o que foi a última gota para me fazer ir embora.* Abri um sorrisinho. *Então, acho que se poderia dizer que, na verdade, você deveria agradecer a Jordan por me enviar na sua direção.*

Archer sorriu também, e olhou para baixo, para as suas mãos sobre o colo. Quando voltei a falar, ele olhou de novo para as minhas. *Enfim, foi isto que você viu hoje: ele tentando se conformar com o fato de que nunca seremos nada mais que amigos, e a gente chegando em um acordo quanto a isso. Nada mais.*

Archer assentiu, passou as mãos pelo cabelo e disse: *Desculpa. Às vezes eu sinto que está tudo pairando sobre a minha cabeça. Fico me sentindo... fraco, me deixa com raiva, como se eu não fosse digno de você. Como se eu não fosse digno de nada.*

Peguei suas mãos brevemente e logo as soltei. *Não. Não se sinta assim, por favor, não. Deus, se dê um desconto. Olha só tudo o que você já conquistou. Olha para quem você é apesar de todos os obstáculos que te impuseram.*

Levei a mão à sua bochecha, e ele fechou os olhos e se virou para ela.

— E já mencionei que te amo? — sussurrei. — E que não saio por aí amando quem não merece? — Dei um sorrisinho para ele.

Seus olhos se abriram e esquadrinharam o meu rosto por vários segundos, e sua expressão era quase reverente antes de ele dizer: *Estou apaixonado por você também.* Ele soltou um suspiro. *Perdidamente apaixonado.* Seus olhos se arregalaram como se as palavras que ele tinha acabado de "falar" fossem uma surpresa. Seus lábios se abriram, e suas mãos me perguntaram: *Isso basta, Bree?*

Soltei um suspiro e sorri, me permitindo separar um minuto para me regozijar por saber que aquele homem lindo, sensível e corajoso diante de mim me amava. Depois de um segundo, eu disse: *É um começo muito bom. A gente dá um jeito no resto, ok?* Peguei suas mãos.

Vulnerabilidade inundou sua expressão quando ele assentiu para mim, seu rosto um amontoado de dúvidas. Meu coração se apertou. *O que há de errado, Archer?*

Depois de alguns segundos, ele se inclinou para a frente, pegou meu rosto e me beijou com ternura na boca, seus lábios se demorando enquanto ele encostava a testa na minha e fechava os olhos. Ele se afastou e disse: *Eu te amo tanto que dói.* E, verdade seja dita, ele parecia estar com dor.

Levei uma mão à sua bochecha, e ele fechou os olhos por um segundo antes de eu afastá-la. *Não precisa doer.*

Ele soltou um suspiro. *Dói porque eu tenho medo de amar você. Tenho medo de que você vá embora e eu volte a ficar sozinho. Só que vai ser cem vezes pior porque vou saber o que estou perdendo, e eu não posso...* Ele inspirou fundo, trêmulo. *Quero que meu amor por você seja maior que o meu medo de te perder, e eu não sei como fazer. Me ensina, Bree. Por favor, me ensina. Não me deixe destruir tudo.* Ele me lançou um olhar suplicante, dor gravada em cada traço do seu rosto.

Ai, Deus, Archer, pensei, meu coração se contorcendo dolorosamente no peito. Como se ensinava a um homem que tinha perdido tudo a não temer que acontecesse de novo? Como se ensinava alguém a confiar em algo que nenhum de nós podia garantir? Esse homem lindo que eu amava parecia tão danificado sentado ali confessando seu amor por mim. Confessando a sua devoção. Eu desejava de todo o coração que fosse algo feliz para ele, mas entendia a razão de doer.

Amar alguém sempre significa se abrir para a dor. Eu também não quero perder mais do que já perdi, mas isso não vale a pena? Vale a pena dar uma chance?, perguntei.

Ele esquadrinhou os meus olhos e assentiu, mas seus próprios olhos me diziam que ele não estava muito convencido. Respirei fundo. Eu tomaria para mim a responsabilidade de fazê-lo acreditar. *Eu* acreditaria com intensidade suficiente por *nós dois* se fosse necessário. Eu o puxei para os meus braços, então me arrastei para mais perto para poder montar no seu colo e aconchegá-lo mais ainda.

— Eu amo você, eu amo você, eu amo você — sussurrei, sorrindo, tentando fazer daquele um momento feliz.

Ele sorriu, apoiou os lábios nos meus e articulou *eu te amo também*, como se estivesse soprando amor no meu corpo.

Continuei respirando nele e, depois de um tempo, ele começou a se mexer, me ajustando no seu colo. Meu coração acelerou quando meu corpo reagiu à proximidade, ao cheiro dele, à sensação do seu corpo grande e forte bem ali contra o meu, e algo especificamente duro e quente pressionando no meu quadril.

Estendi a mão, afaguei o volume na frente do seu jeans e sorri em seu pescoço.

— Você está sempre com uma ereção? — perguntei, com os lábios na sua pele.

Eu o senti rir baixinho contra o meu peito e sorri com o fato de que a tensão e a tristeza de minutos antes pareciam ter se dissipado enquanto nossos corpos se aqueciam. Eu me afastei e olhei para ele; carinho e desejo brilhavam em seus olhos. Ele ergueu as mãos. *Sim, quando você está por perto, é por isso que estou sempre fazendo careta.* Ele fez uma careta fingida de dor.

Inclinei a cabeça.

— Achei que fosse só da sua personalidade.

Isso também.

Eu ri, e quando apliquei mais pressão na causa da careta em questão, ele fechou os olhos e entreabriu os lábios.

Quando abriu os olhos, perguntou, *Você sente falta de sentir sons que eu deveria fazer durante o sexo se tivesse uma voz?* Ele observou meu rosto enquanto eu pensava.

Afastei uma mecha de cabelo da sua testa e balancei a cabeça, devagar. *Não, não penso nisso. Não conto com os sons que você deveria fazer para conseguir saber o que você está sentindo. Eu observo seus olhos e sua expressão.* Me inclinei para frente, rocei os lábios em sua boca e então me afastei. *Eu ouço a sua respiração e a forma como você crava os dedos nos meus quadris logo antes de gozar. Há tantas formas de saber o que você está sentindo, Archer Hale. E eu amo cada uma delas.*

Seus olhos cintilaram para mim antes de ele avançar de repente, segurar meu rosto, me deitar no sofá e me cobrir com o seu corpo. Eu tive a sensação de que a hora da conversa tinha acabado. O calor floresceu na minha pele, e meu ventre se contraiu. Gemi, um som profundo e ofegante que emergiu da minha garganta, e o deixei assumir, arqueando-me para ele, com o meu sexo latejando insistentemente. Como era possível esse homem que tinha acabado de começar a fazer sexo, e só comigo, havia poucas semanas, e eu já confiava meu corpo a ele mais do que já tinha confiado a alguém com mais experiência? Archer sempre superava as expectativas, sem dúvida nenhuma. Sorri na sua boca e ele sorriu de volta na minha, embora não tivesse se afastado para perguntar por que eu estava sorrindo. Passei a língua por dentro da sua boca, o sabor dele me fazendo me sentir como se eu fosse entrar em combustão. Como era possível o interior da boca de alguém ter um sabor tão delicioso a ponto de instantaneamente deixar a gente tonta de desejo? Fazia horas desde que eu tinha tomado um gole de cerveja, mas me sentia embriagada por ele: embriagada de amor, de desejo, de algo indescritível que eu não conseguia nem nomear, e, ainda assim, ele me possuía, de corpo e alma, uma conexão primitiva que deveria estar lá antes mesmo de eu existir, antes de ele existir, antes de ele ou eu sequer respirarmos o mesmo ar, algo escrito nas estrelas.

Ele roçou a ereção no meu sexo, me fazendo arquejar e arrancar a boca da dele, e eu gemi quando joguei a cabeça para trás, prazer intenso vibrando nas minhas veias.

— Archer, Archer — suspirei —, nunca vai haver ninguém mais para mim. — Minhas palavras pareciam fazê-lo incendiar, sua respiração saindo em arfadas sôfregas conforme ele levantava minha camiseta e abria meu sutiã de uma só vez, libertando meus seios para o ar fresco.

Ele sugou um mamilo com sua boca quente enquanto eu gemia e entrelaçava os dedos no seu cabelo, fagulhas de eletricidade disparando do meu mamilo até o meu clitóris inchado. Meus quadris dispararam para cima, se impulsionando na rigidez dele, e Archer sibilou um suspiro e se afastou, olhando para mim com os olhos semicerrados. Mais umidade escorreu do meu sexo só com aquele olhar, e minha boca se abriu. Intensidade e desejo gritavam em sua expressão, mas seu amor por mim também gritava. Eu nunca tinha visto nada assim. O poder naquela expressão era de fazer cair o queixo. Por vários segundos, só consegui encarar enquanto o sangue continuava a correr para baixo, me deixando desesperada de tesão. Eu sentia como se todo o meu corpo fosse um fio desencapado, assim como o meu coração. Era quase demais para suportar.

De repente, Archer se levantou e fez sinal para eu erguer os braços acima da cabeça. Obedeci, e ele terminou de tirar minha camiseta e depois foi para o jeans, que desabotoou e puxou pelas minhas pernas. Ele tirou meus sapatos, o jeans e a calcinha, jogando tudo no chão. Então pairou acima de mim por alguns segundos, ofegante, sua calça era uma tenda, seu peito lindo em exibição, e os olhos vagando pelo meu corpo. Meus olhos se arregalaram e o sangue pulsou para o meu clitóris só de vê-lo. Eu não consegui evitar; levei minha mão entre as pernas e afundei um dedo na minha abertura úmida e necessitada. Gemi com a sensação, os olhos de Archer se incendiaram conforme ele observava minha mão, e então ele estava se abaixando na minha direção, e me virando para que minha barriga ficasse sobre o sofá. A surpresa me fez respirar fundo. Olhei para trás enquanto ele tirava a calça e voltava para cima de mim, simplesmente suspendendo o corpo sobre o meu para que eu pudesse sentir seu calor, mas não sua pele.

Voltei a olhar para trás, e aquele olhar intenso ainda estava lá. Meu cérebro ficou nublado pela luxúria, mas reconheci que embora eu amasse o Archer meigo e gentil, também amava o Archer que assumia o controle. Aceitei de braços abertos o que quer que tivesse trazido à vida esse lado dele, e quis mais.

— Por favor — falei com um fôlego sussurrado, e seus olhos dispararam para os meus, levemente mais claros, como se ele estivesse saindo de um transe.

Ele segurou a ereção e a esfregou entre minhas nádegas, para cima, para baixo, para cima, para baixo, até eu estar arquejando e me pressionando nas almofadas do sofá.

Ele se conduziu até minha entrada e empurrou com cuidado, devagar, centímetro a centímetro, e eu gemi de alívio. Eu não conseguia abrir as pernas por causa da forma como ele se pressionava em mim; a sensação dele entrando no meu corpo foi quase demais, apertado demais, e seu tamanho grande demais para que eu o acomodasse nesse ângulo. Mas ele parou por um instante, permitindo que meu corpo se ajustasse, e quando expirei, ele começou a entrar e sair devagar, com estocadas lentas.

Enfiei os braços por baixo da almofada em que minha cabeça descansava e virei o rosto para o lado. Ele se inclinou mais ainda e tomou os meus lábios em um beijo abrasador, lambendo e sugando minha língua no ritmo que entrava e saía da minha umidade. Quando ele pôs fim ao beijo e voltou a se erguer, vi nosso reflexo na janela grande diante do sofá. Qualquer um poderia ter visto, mas, é claro, não seria possível naquela propriedade remota e cercada, então não me preocupei com isso. Só observei nosso reflexo, hipnotizada pela visão e pelos sentimentos.

Um dos joelhos de Archer estava apoiado no sofá do outro lado das minhas pernas, um pé estava no chão, com o joelho dobrado enquanto ele entrava em mim por trás. A imagem era primitiva, e a sensação, deliciosa enquanto seu pau grande e duro entrava em mim, e meu clitóris roçava o sofá a cada movimento. Era como se ele quisesse ser meu dono, me possuir, fundir meu corpo ao dele em um único ser. Eu não conseguia me mover, só aceitar o que ele estava me dando, confiar a ele meu corpo e coração. E foi o que fiz. Confiei a ele tudo o que havia em mim.

Virei o rosto para a almofada e a mordi, não queria gozar ainda, queria que isso continuasse, continuasse e continuasse. *Ele me ama*, cantarolava meu coração. *E eu o amo, e ele me possui, corpo e alma. Não me importo com nada mais. Tudo vai se resolver.* E, naquele momento, acreditei nisso com cada fibra do meu ser.

Archer começou a ir mais rápido, estocando com mais força, quase uma punição, e eu amei, amei tanto que não consegui segurar o orgasmo que surgiu de repente, movendo-se entre meus músculos internos com uma doçura angustiantemente lenta, espalhando-se pelo meu sexo, subindo pelo meu ventre e descendo até chegar aos meus pés. Gritei na almofada, enterrei o rosto ali enquanto meu corpo se contraía e convulsionava em êxtase.

As estocadas de Archer aceleraram e ficaram mais agitadas; o fôlego, mais barulhento; e eu senti um tremorzinho no meu sexo ao reconhecer que ele estava prestes a gozar.

Ele deu três estocadas longas, exalando alto a cada uma enquanto se pressionava em mim, suas mãos descendo para o sofá enquanto ele apoiava o peso. Eu o senti ficar ainda maior dentro de mim, me esticando, logo antes de eu sentir o calor do seu gozo e ele desabar sobre o meu corpo, meio em cima, meio de lado, para que a maior parte do seu peso estivesse na beirada do sofá.

Só respiramos por longos minutos, fazendo nossos corações voltarem ao ritmo normal. Archer aninhou o rosto na minha nuca, descendo beijos pela minha coluna até onde sua boca conseguia viajar pelo meu corpo sem que ele movesse o seu. Eu me acalmei sob a sensação da sua boca quente, fechei os olhos e suspirei satisfeita. Ele passou o nariz pela minha pele, e então senti seus lábios de novo enquanto sua boca articulava as palavras: *amo você, amo você, amo você.*

Um tempo depois, após termos ido para a cama, acordei sozinha. Me sentei meio sonolenta e olhei ao redor, mas Archer não estava em lugar nenhum. Me levantei, envolvi um lençol ao redor do meu corpo nu e saí em busca dele. Eu o encontrei sentado em uma poltrona na sala da frente, só de jeans, com a pele dourada brilhando à luz da lua que se infiltrava pela janela, parecendo lindo e quebrado, os cotovelos apoiados nos joelhos, e uma mão massageando a nuca conforme ele olhava para baixo.

Fui até lá e me ajoelhei diante dele.

— O que foi? — perguntei.

Ele me olhou e abriu um sorriso meigo, um que me lembrava do homem que tinha aparecido com o rosto recém-barbeado, me olhando com tanta insegurança. Ele afastou uma mecha de cabelo do meu rosto e então disse, *Você quer ter filhos, Bree?*

Franzi a testa, e minha cabeça recuou ligeiramente quando deixei escapar uma risadinha.

— Em algum momento, sim. Por quê?

Só estava me perguntando. Imaginei que você fosse querer.

Fiquei confusa.

— Você não quer ter filhos, Archer? Eu não...

Ele balançou a cabeça.

Não é isso. É só que... como eu sustentaria uma família? Eu não poderia. Mal consigo me sustentar aqui. Tenho um pouco de dinheiro que sobrou do seguro de vida dos meus pais, mas a maioria foi gasta nas minhas despesas médicas. Meu tio nos sustentava com o dinheiro da aposentadoria por invalidez que recebia do exército e, agora, só tenho o pouco que restou do seguro... vai durar por um tempo, contanto que eu não viva até os cento e dez anos... mas é isso. Seus olhos se afastaram de mim e se desviaram para a janela.

Suspirei, e meus ombros desabaram.

— Archer, você poderia arranjar um emprego, fazer algo de que goste. Você acha que as pessoas com deficiência, seja ela qual for, não têm carreiras? Elas têm...

Quer ouvir a história do que aconteceu quando saí sozinho dessa propriedade pela primeira vez?, indagou, me cortando.

Observei o seu rosto e fiz que sim, a tristeza de repente me agarrando, e eu nem sabia bem a razão.

Meu tio morreu há quatro anos. Ele cuidou de tudo e foi cremado. A equipe do legista veio pegar o corpo dele e trouxeram as cinzas uma semana depois. Passei seis meses sem ver uma única pessoa.

Ele mantinha comida estocada no porão, parte da paranoia dele, e ela me manteve vivo esse tempo. Comecei a deixar meu cabelo crescer, a barba... na época, não entendi bem o motivo, mas agora acho que foi outra forma de me esconder das pessoas que eu sabia que teria que encarar em algum momento. Loucura, não é? Seus olhos encontraram os meus de novo.

Balancei vigorosamente a cabeça.

— Não, não é loucura — falei baixinho. Ele fez uma pausa, olhando para mim, e então prosseguiu. Prendi o fôlego. Essa era a primeira vez que ele se abria para mim por iniciativa própria, sem que eu o encorajasse.

Na primeira vez que saí para ir ao mercado, levei duas horas para passar pela entrada da casa, Bree, disse ele, arrasado. *Duas horas.*

— Ah, Archer — suspirei. Lágrimas se formaram nos meus olhos e minhas mãos agarraram suas coxas, ancorando-me a ele. — Mas você conseguiu. Foi difícil, mas você conseguiu.

Ele assentiu.

É, consegui. As pessoas olhavam para mim, cochichavam. Comprei pão e manteiga de amendoim e vivi disso por uma semana até reunir coragem de voltar lá. Ele soltou um suspiro curto, seu rosto cheio de dor. *Eu não saía dessa propriedade desde os sete anos, Bree.* Ele olhou além de mim por um minuto, obviamente recordando. *Depois de um tempo, ficou mais fácil. Eu ignorava as pessoas e elas me ignoravam, só comecei a me misturar, eu acho. Se alguém falava comigo, eu virava a cara. Ficou tudo bem depois disso. Eu começava um projeto ou outro aqui na propriedade e me mantinha ocupado. Era solitário, tão, tão solitário.* Ele passou uma mão pelo cabelo, sua expressão torturada. *Mas, na maioria dos dias, eu trabalhava até cansar...*

Senti as lágrimas enchendo meus olhos, compreendendo mais ainda a coragem que tinha sido necessária para Archer sequer dar um passo para longe da propriedade.

— E então você saiu com o Travis... e foi me ver na lanchonete — falei. — Você conseguiu, Archer. E foi incrivelmente corajoso.

Ele suspirou.

É, eu consegui. Mas já tinham se passado quatro anos. Levei quatro anos para dar outro passo, e eu nem sequer gostei.

— Você não gostou de sair com o Travis porque ele era a pessoa errada, não era digno de confiança, mas gostou de sair comigo, certo? Foi tudo bem?

Ele me olhou lá de cima, com os olhos cheios de ternura quando levou a mão à minha bochecha por um segundo. *Sim, sempre é bom quando estou com você.*

Me inclinei nele.

— Não vou te deixar, Archer — sussurrei, piscando para afastar as lágrimas.

Sua expressão ficou ainda mais afável conforme ele me olhava. *É um fardo imenso para alguém, Bree. Sentir que se você deixar a pessoa, toda a vida dela vai virar poeira. Era sobre isso que eu estava aqui pensando. O fardo que eu acabaria me tornando para você, a pressão que você ia sentir só por me amar.*

Balancei a cabeça.

— Não — falei, mas meu coração martelava sombriamente porque eu entendia o que ele estava dizendo. Não concordava, e no que me dizia respeito naquele momento, não haveria razão nesse mundo para que eu o deixasse, mas a insegurança dele me atingiu em cheio, porque fazia sentido.

Archer estendeu a mão e inclinou minha cabeça de leve, seus olhos indo para a lateral do meu pescoço, onde o chupão que ele tinha me dado estava evidente, ainda vermelho-escuro e chamando bastante atenção, eu tinha certeza. Ele se encolheu, me soltou e voltou a erguer as mãos. *Eu não sei como fazer nada disso. Você merece mais do que o nada que tenho a te oferecer. Mas dói ainda mais pensar em abrir mão de você.* Ele suspirou, seus olhos se movendo pelo meu rosto. *Ainda há tantas coisas que sinto que preciso descobrir e tantas mais indo contra a gente.* Ele ergueu uma mão e a passou pelo cabelo, sua expressão sofrida. *Minha cabeça dói quando penso em tudo isso.*

— Então não vamos pensar nisso agora — respondi, baixinho. — Vamos viver um dia por vez e resolver as coisas conforme acontecerem, ok? Parece tudo demais agora, porque você está pensando sobre tudo de uma só vez. Vamos apenas levar devagar.

Ele me olhou por vários segundos, então assentiu. Eu me levantei e me sentei no seu colo, abraçando-o com força, e enterrei a cabeça no seu pescoço. Ficamos assim por vários minutos, e então ele me pegou e me levou para a cama. Enquanto eu adormecia nos seus braços, me ocorreu que eu tinha pensado que dizer que nos amávamos nos deixaria mais fortes, mas, em vez disso, para Archer, só aumentou ainda mais as apostas.

CAPÍTULO VINTE E SEIS

BREE

Na manhã seguinte, acordei cedo para ir trabalhar, e Archer se levantou comigo e me beijou à porta. Ele estava sonolento e sexy, e levei mais alguns minutos do que deveria me demorando em seus lábios, só roçando os meus nos dele. Eu ainda precisava ir para casa, tomar banho e pegar o uniforme. Tinha esperança de que Natalie tivesse levado Phoebe para passear e dado comida para ela. Quando me afastei de Archer, falei: *Natalie e Jordan vão me pegar logo depois do trabalho, então te vejo logo que eu voltar, ok?*

Ele assentiu, e ficou sério.

Ei, brinquei, *aproveite esse tempo para dormir. Pense nisso como férias de uma semana de ter que satisfazer constantemente minhas necessidades sexuais insaciáveis.*

Ele abriu um sorriso sonolento e respondeu: *Eu amo suas necessidades sexuais insaciáveis. Volte logo para mim.*

Eu ri.

Eu vou voltar, sim. Amo você, Archer.

Amo você, Bree. Ele abriu um sorriso doce, e eu me demorei, não querendo me despedir. Por fim, ele me deu um tapinha brincalhão na bunda e disse: *Vá.* Eu ri baixinho e acenei enquanto atravessava o quintal, soprando beijos antes de fechar o portão. Ele ficou lá só de jeans, sem camisa, com as mãos enfiadas nos bolsos e um sorrisinho no rosto. Deus, eu ia sentir saudade dele.

O dia foi movimentado na lanchonete, o que foi bom, pois passou rápido, e não tive muito tempo para me concentrar nos meus pensamentos sobre o tanto que eu ia sentir saudade de Archer — caramba, do tanto que eu ia sentir saudade de toda a cidade. Fazia muito pouco tempo, na verdade, mas já sentia como se Pelion fosse o meu lar. Sentia saudade dos meus amigos de Ohio, mas sabia que minha vida era aqui agora.

Natalie e Jordan me pegaram às três da tarde. Me troquei no banheiro, vestindo calça jeans e camiseta, e me despedi de Maggie e Norm. Entramos no meu carro, com Jordan dirigindo e Phoebe bufando baixinho para mim em sua caixa de transporte, e pegamos a estrada.

— O que vocês fizeram hoje? — perguntei, tentando me distrair do nó de emoção que já se movia pela minha garganta quando pegamos a rodovia e nos afastamos mais ainda de Pelion.

— Caminhamos um pouco pelo lago — contou Natalie. — Mas estava tão frio que não ficamos muito tempo. Depois fomos para o outro lado do lago e fomos até a cidade para almoçar e ver umas vitrines. É bem legal, Bree. Consigo entender por que você gosta daqui.

Assenti.

— O verão foi lindo, mas o outono... — Meu celular apitou, me interrompendo. Franzi a testa. Quem seria? Avery, talvez? As únicas outras pessoas que me mandavam mensagem estavam ali no carro.

Peguei o aparelho e olhei para a mensagem vinda de um número desconhecido. Franzi a testa, cliquei nela e li:

É muito cedo para começar a sentir saudade? Archer

Meus olhos se arregalaram e afastei o telefone, a surpresa tomando conta de mim. Respirei fundo. *Archer? Como assim?*

Olhei para o banco da frente, onde Natalie estava sentada.

— Archer está me mandando mensagem! — falei. — Como assim Archer está me mandando mensagem?

Natalie simplesmente abriu um sorriso convencido. Meu queixo caiu.

— Ai, meu Deus! Você arranjou um celular para ele?

Natalie balançou a cabeça, sorriu e apontou para Jordan ao seu lado no banco do motorista. Ele me lançou um olhar envergonhado pelo retrovisor.

— Você arranjou um celular para o Archer? — sussurrei, e meus olhos marejaram.

— Opa, calma lá. Não fique toda emotiva. É só um celular. De que outra forma se falariam enquanto você está fora? Estou surpreso por você não ter pensado nisso.

Lágrimas deslizaram pelas minhas bochechas, e me engasguei com uma risada, balançando a cabeça.

— Você é... Eu não posso nem... — gaguejei, e olhei de novo para Natalie, que agora estava chorando e rindo também, enxugando as lágrimas das bochechas.

— Ele é, não é? — perguntou ela.

Assenti, e mais uma enchente de lágrimas escorreu pelos meus olhos enquanto eu ria e as enxugava. A gente estava um horror, as duas rindo e chorando.

Olhei para Jordan pelo espelho retrovisor, e ele esfregou o punho em um olho, estremeceu de leve e falou:

— Caiu um cisco no meu olho. Tudo bem, parem com esse chororô. Vocês duas são uma vergonha. E responda a mensagem logo. Ele está esperando, tenho certeza.

— O que ele disse quando você entregou o telefone? — indaguei, com os olhos arregalados.

Jordan deu de ombros e olhou para mim pelo retrovisor.

— Ele me olhou como se imaginasse quais eram as minhas segundas intenções. Mas só ensinei o cara a usar o aparelho e fui embora. — Ele deu de ombros de novo, como se não fosse nada de mais.

— Eu amo você, Jordan Scott — falei, me inclinando para a frente e dando um beijinho na bochecha dele.

— Eu sei — respondeu ele, sorrindo para mim através do retrovisor. — E transar com uma loira gostosa me deixa de muito bom humor, então aí está.

Ri, funguei e levantei meu celular de novo.

Eu: Espero que não, porque comecei a sentir saudade de você antes mesmo de sair. Estamos a cerca de vinte minutos da cidade. O que você está fazendo?

Mais ou menos um minuto depois, a resposta dele chegou.

Archer: Lendo. Começou a chover há pouco. Tomara que vocês escapem da chuva.

Eu: Acho que escapamos. O céu está lindo mais para a frente. Eu queria estar aconchegada em você. O que está lendo?

Archer: Eu também queria que você estivesse aqui. Mas o que você está fazendo é mais importante. Estou lendo Ethan Frome, da Edith Wharton. Já leu?

Eu: Não. É bom?

Archer: É. Bem, não. É bem escrito, mas deve ser um dos livros mais deprimentes do mundo.

Eu: Rs. Então você já o leu? Por que repetir a dose se é deprimente? Do que se trata?

Archer: O que é rs?

Fiz uma pausa e sorri quando percebi que essa era a primeiríssima vez de Archer mandando mensagem. Claro que ele não saberia o que *rs* significava.

Eu: É risos. Linguagem de mensagem.

Archer: Ah, ok. Não sei bem por que escolhi este livro hoje. Meu tio parecia gostar dele. Fala de um homem infeliz em um casamento sem amor que se apaixona pela prima da esposa e eles tentam cometer suicídio juntos, mas só terminam feridos e com sequelas, e ainda infelizes.

Eu: Meu Deus! Isso é... é horrível! Largue esse livro deprimente, Archer Hale!

Archer: Rs.

Eu ri alto quando vi a resposta.

— Se controle aí atrás — resmungou Natalie, mantendo os olhos fechados, mas sorrindo de leve ao virar a cabeça no banco da frente. Meu celular apitou de novo, indicando outra mensagem de Archer.

Archer: Não, sério, ele fala de isolamento e uma garota que representa a felicidade para um homem que nunca teve nenhuma. Me identifico com parte da temática.

Engoli em seco, meu peito apertado pelo homem que eu amava.

Eu: Amo você, Archer.

Archer: Amo você também, Bree.

Eu: Estamos parando no posto de gasolina. Já, já te mando mensagem.

Archer: Ok.

Eu: O que está na sua lista do contente?

Archer: O que é uma lista do contente?

Eu: É uma lista com coisas simples que te fazem feliz.

Meu telefone permaneceu quieto por alguns minutos antes de finalmente apitar.

Archer: O cheiro de terra depois que chove, a sensação de cair no sono, a pintinha na parte interna da sua coxa direita. O que está na sua?

Sorri e apoiei a cabeça no assento.

Eu: Tardes de verão, quando as nuvens se abrem e um raio dourado de sol de repente as atravessa, saber que você é meu.

Archer: Sempre.

Me recostei no assento de novo, com um sorrisinho sonhador. Depois de um ou dois minutos, meu telefone apitou de novo.

Archer: Quando você acha que vai chegar a Ohio?

Eu: Lá pelas oito da manhã. Eu sou a próxima ao volante, então é melhor eu tentar descansar um pouco. Vou te mandar mensagem com frequência para te deixar por dentro das coisas, ok?

Archer: Ok. Diga ao Jordan que estou agradecendo por ter me dado o celular. Eu gostaria de pagar o aparelho. Nem pensei em oferecer quando ele veio aqui.

Eu: Duvido muito que ele fosse aceitar. Mas eu digo. Amo você.

Archer: Amo você também.

Eu: Dormi algumas horas. Sonhei com você. Estamos parando para jantar e aí vou dirigir pelas próximas cinco horas mais ou menos.

Archer: Sonhou? O quê?

Eu ri.

Eu: Um sonho muito, muito bom ;) Lembra aquela vez na beira do lago?

Archer: Jamais vou esquecer. Passei uma semana tirando areia de lugares em que ela jamais deveria entrar.

Eu: Rs. Mas valeu a pena, né? Estou com saudade.

Archer: Valeu muito a pena. Estou com saudade também. Adivinha? Vim à cidade comprar umas coisas e agora estou andando pela rua te mandando mensagem. Acho que a sra. Grady quase teve um troço. Eu a ouvi se referir a mim como Unabomber Jr. uma vez quando passou por mim no mercado. Precisei pesquisar na biblioteca para saber quem ele era. Percebi que não foi um elogio.

Gemi, sem saber se ria ou chorava. Algumas pessoas podiam ser bem ignorantes. Tipo essa mulher usando o apelido de um ermitão terrorista que escrevia um manifesto antitecnológico que acabou levando à sua prisão por enviar cartas-bombas. Imaginei aquele adolescente isolado lutando com toda a coragem para ir até o portão por onde poderia acessar o mundo pela primeira vez desde que era uma criancinha, e aí ter uma recepção dessas. Me encolhi por dentro. Cada célula do meu corpo gritava para que eu o protegesse, mas eu não podia. Já tinha acontecido. Eu nem o conhecia na época, mas o fato de não ter estado lá disparou pelo meu corpo em forma de culpa e pesar mesmo assim. Não era racional. Era amor.

Eu: Eu leria o seu manifesto, Archer Hale. Cada palavra. E aposto que seria lindo.

Archer: Rs. O que, diga-se de passagem, no meu caso deveria ser rss (risos silenciosos).

Eu: :D Você está sendo engraçadinho? :D

Archer: Sim. O que está na sua lista de coisas engraçadas?

Sorri e parei para pensar por um segundo antes de digitar.

Eu: Assistir a filhotinhos gingando porque a barriguinha deles é gordinha, ouvir gente rindo (é contagiante) e momentos embaraçosos engraçados. O que está na sua?

Archer: O sr. Bivens e sua peruca torta, a cara de um cachorro quando ele anda de carro com a cabeça para fora da janela e pessoas que soltam ronquinhos quando riem.

Eu: Rindo agora (talvez soltando ronquinhos) enquanto entro no restaurante. :D Te mando mensagem de manhã. Te <3.

Archer: Ok. Boa noite, te <3 tb.

— Meu Deus, Bree, não é para escrever um livro via mensagem. Os seus dedos vão ficar cansados demais para qualquer coisa boa quando você voltar — brincou Natalie.

Eu ri e suspirei, e talvez tivesse saído um pouco sonhador. Natalie revirou os olhos.

— Estou amando. Parece que estou conhecendo Archer ainda melhor desse jeito.

Natalie passou um braço pelos meus ombros e me puxou para si, e nós entramos sorrindo no restaurante.

Eu: Bom dia. Acordado? Só temos mais uma hora na estrada. Nat está dirigindo agora.

Archer: Sim, estou acordado. Caminhando com os cães. Hawk acabou de comer um peixe morto. Ele não vai entrar em casa hoje.

Sorri, ainda sonolenta. Me sentei direito e movi o pescoço de um lado a outro. Dormir no banco da frente de um carro não era confortável. Natalie estava ao volante, bebericando um café do McDonald's, e Jordan roncava no banco de trás.

Eu: Ecaaa! O que está na sua lista do nojo?

Archer: Unhas muito longas e curvadas, cracas e cogumelos. O que está na sua listo do nojo?

Eu: Espera... você não gosta de cogumelo? Quando eu voltar, vou preparar algo que vai te fazer mudar de ideia.

Archer: Não, obrigado.

Eu ri.

Eu: Bafo de cigarro, larvas e banheiro de posto de gasolina.

Archer: Já volto. Preciso tomar um banho.

Eu: Rs.

Então parei antes de digitar.

Eu: Obrigada, eu precisava disso. Estou um pouco nervosa por causa de hoje.

Archer: Você vai ficar bem. Prometo, vai ficar tudo bem. Você consegue.

Sorri.

Eu: Acha que poderia me fazer um favor? Se eu te ligar antes de entrar na delegacia e colocar o telefone no bolso, você só... ficaria comigo?

Archer: Sim, sim. Claro que sim. E prometo não dizer nada.

Eu ri.

Eu: Engraçadinho. Te <3, Archer.

Archer: Te <3, Bree.

Me sentei na delegacia e olhei as fotos diante de mim enquanto o detetive estava do outro lado da mesa, com as mãos cruzadas, me observando com atenção.

Meus olhos se fixaram no rosto que eu jamais esqueceria. *Deite-se*, ouvi seu comando na minha cabeça. Fechei os olhos e respirei bem fundo, sentindo Archer na linha, no celular encostado no meu corpo, sentindo-o como se ele estivesse bem ali, me abraçando, sussurrando no meu ouvido: *Você consegue, você é corajosa, você consegue*. Enquanto fiquei ali, a voz de Archer se tornou mais forte e mais alta. A voz dele era tudo o que eu ouvia.

— Esse aqui — falei, apontando para o homem na folha diante de mim. Eu nem sequer tremi.

— Tem certeza? — perguntou o detetive.

— Cento e dez por cento de certeza — respondi, com a voz firme. — Esse é o homem que matou o meu pai.

O detetive assentiu e pegou as fotos.

— Obrigado, srta. Prescott.

— Você vai trazê-lo agora?

— Sim. Nós a notificaremos assim que isso acontecer.

Assenti.

— Muito obrigada, detetive. Obrigada mesmo.

Vinte minutos depois, após terminar de preencher a documentação, eu estava descendo os degraus da delegacia. Tirei o celular do bolso e disse para a linha ainda ligada:

— Você ouviu tudo? Eu o reconheci, Archer! Eu nem sequer hesitei. Ai, meu Deus, estou tremendo feito vara verde agora. — Ri baixinho. — Obrigada por estar aí. Você fez toda a diferença. Vou desligar agora para você poder me mandar mensagem. Eu te amo. Obrigada.

Um segundo depois, meu telefone apitou.

Archer: Você foi muito bem, Bree. Muito, muito bem. Isso é difícil de verdade. Eu quero te abraçar agora.

Eu: Eu sei, eu sei, Archer. Eu também quero. Respirei fundo. Ai, Deus, agora são as lágrimas. Mas estou feliz. Não consigo acreditar. A justiça será feita pelo meu pai.

Archer: Estou muito feliz por isso.

Eu: Ai, Deus, eu também. O que você está fazendo agora? Preciso falar de outra coisa enquanto me acalmo.

Archer: Acabei de começar a correr.

Eu ri e funguei.

Eu: Você está correndo e mandando mensagem ao mesmo tempo?

Archer: Fiquei bom em mandar mensagem.

Eu: Não brinca, seu superdotado. Por que não estou surpresa?

Archer: Não deveria ficar. A tecnologia me ama.

Eu ri, depois chorei mais um pouquinho; a emoção estava arrasando comigo.

Eu: Obrigada por ficar comigo. Fez toda a diferença. Você me deu coragem.

Archer: Não, você já era corajosa muito antes de me conhecer. O que está na sua lista da calma?

Respirei fundo, pensando nas coisas que me acalmavam, que me tranquilizavam, que reconfortavam o meu coração.

Eu: O som do lago batendo na margem, uma xícara de chá quente e você. O que está na sua lista da calma?

Archer: Blusas de flanela, olhar para as estrelas e você.

Eu: Ei, Natalie está chegando. A gente vai até a casa do meu pai embalar mais algumas coisas. Te mando mensagem mais tarde. Obrigada, obrigada. Te <3.

Archer: Te <3 tb.

Eu: Advinha? Já estou na estrada.

Archer: O quê? Como?

Eu: Estou com saudade. Preciso ir para casa.

Archer: Esta é a sua casa, Bree?

Eu: Sim, Archer, minha casa é onde você está.

Archer: Você dormiu hoje de manhã? Não deveria dirigir quando está cansada.

Eu: Vou ficar bem. Farei um monte de paradas para tomar café.

Archer: Dirija com cuidado. Dirija com atenção. Volte para mim, Bree. Estou com tanta saudade que é como se uma parte minha estivesse faltando.

Eu: Eu também, Archer. Meu Archer. Estou voltando para você. Chegarei em breve. Te amo.

Archer: Te amo também. Para sempre.

Archer: Não me mande mensagem enquanto dirige, mas, na próxima parada, me fale onde está.

Archer: Bree? Já faz algumas horas que não tenho notícias suas...

Archer: Bree? Estou ficando assustado. Por favor, esteja bem.

Archer: Bree... por favor... estou enlouquecendo. Por favor, me mande mensagem. Por favor, esteja bem. Por favor, esteja bem.

CAPÍTULO VINTE E SETE

ARCHER — SETE ANOS, MAIO

— Archer! — chamou minha mãe, sua voz só um pouquinho assustada. — Meu amor, cadê você?

Eu estava sentado debaixo da mesa de jantar, a toalha pesada me escondendo enquanto eu estava ajoelhado no chão com os meus hominhos.

Hesitei, mas quando minha mãe me chamou de novo, parecendo mais preocupada dessa vez, eu me arrastei de debaixo da mesa e fui até ela. Não gostava de ouvir minha mãe com medo, mas sabia que algo estava se passando, e fiquei com medo também.

Minha mãe tinha passado a manhã sussurrando no telefone, e estava lá em cima há meia hora enfiando roupas e outras coisas nas malas.

Foi quando me escondi debaixo da mesa e esperei para ver o que aconteceria.

Eu sabia que o que estava acontecendo tinha a ver com o meu pai ter chegado em casa ontem à noite mais uma vez cheirando ao perfume de outra mulher, e tinha dado um tapa na cara da minha mãe quando ela disse que a comida dele já estava fria.

Tive a sensação de que minha mãe já não aguentava mais. E se eu tivesse que adivinhar com quem ela estava ao telefone, diria que era com o tio Connor.

Minha mãe se virou no corredor e chegou à sala de jantar bem quando eu estava saindo de debaixo da mesa e soltou um suspiro alto.

— Archer, amor — falou ela, colocando as mãos nas minhas

bochechas e se curvando para que seus olhos estivessem bem diante dos meus. — Você me deixou preocupada.

— Desculpa, mamãe.

Seu rosto se acalmou, e ela sorriu para mim e afastou meu cabelo da testa.

— Está tudo bem, mas preciso que faça algo por mim, e é muito importante. Acha que pode ouvir e fazer o que eu disser sem fazer perguntas?

Fiz que sim.

— Tudo bem, que bom. — Ela sorriu, mas o sorriso logo desapareceu e a preocupação voltou para o seu olhar. — A gente vai embora, Archer... eu, você e o seu... tio Connor. Sei que deve ser confuso para você agora, e tenho certeza de que quer perguntar sobre o seu papai, mas...

— Eu quero ir — interrompi, me aprumando. — Não quero mais morar com ele.

Minha mãe simplesmente olhou para o meu rosto por mais alguns segundos, com os lábios cerrados. Ela soltou um suspiro e passou a mão pelo meu cabelo de novo. Seus olhos marejaram.

— Não tenho sido uma boa mãe — afirmou ela, e balançou a cabeça de um lado para o outro.

— Você é uma boa mãe! É a melhor mãe do mundo. Mas quero morar com o tio Connor. Não quero mais que o meu pai bata em você e que te faça chorar.

Ela fungou e enxugou uma lágrima da bochecha, então assentiu para mim.

— A gente vai ser feliz, Archer, está me ouvindo? Você e eu seremos felizes.

— Tá bom — respondi, mantendo meu olhar no seu rosto bonito.

— Tá bom — disse ela, por fim sorrindo.

Foi quando a porta se abriu e tio Connor entrou às pressas. Sua expressão estava bem séria.

— Pronta? — perguntou, olhando para a minha mãe.

Ela fez que sim.

— As malas estão bem ali. — Ela inclinou a cabeça em direção às quatro malas aos pés das escadas.

— Você está bem? — questionou tio Connor, e seus olhos se moveram pela minha mãe como se para se certificar de que ela estivesse inteira.

— Vou ficar. Leve a gente para longe daqui — sussurrou ela.

Por alguns segundos, a careta de tio Connor fez parecer como se alguém o estivesse machucando, mas então ele sorriu e olhou para mim.

— Pronto, garotão?

Assenti e os segui até a porta. Ambos olharam ao redor enquanto tio Connor guardava a bagagem no porta-malas. Mas não havia ninguém lá fora, e quando entraram no carro, pareceram aliviados.

Conforme nos afastávamos, nos dirigindo à saída de Pelion, observei enquanto tio Connor pegava a mão da minha mãe no assento da frente e ela se virava para ele, soltava um suspiro e abria um sorriso tímido.

— Eu, você e o nosso garoto — disse tio Connor, baixinho. — Só nós.

— Só nós — sussurrou minha mãe, com aquela mesma expressão tranquila se espalhando pelo seu rosto.

Minha mãe olhou para mim, e pausou por um segundo antes de falar:

— Eu trouxe os seus Legos e alguns dos seus livros, meu amor. — Ela sorriu e encostou a cabeça no apoio, ainda olhando para mim. O aumento da distância parecia ir relaxando os seus ombros. E simplesmente assenti. Não perguntei aonde íamos. Eu não ligava. Desde que fosse para longe dali, tudo ficaria bem.

Tio Connor olhou para a minha mãe.

— Ponha o cinto, Lys.

Minha mãe sorriu.

— Essa é a primeira vez em anos que não me sinto como se estivesse atada contra a minha vontade — confessou ela, e riu baixinho. — Mas, tudo bem, segurança em primeiro lugar. — Ela inclinou a cabeça e deu uma piscadinha para ele, e eu sorri.

Essa era a mamãe que eu amava ver: quando os olhos dela brilhavam e a voz ficava com aquele tom meigo e brincalhão, e ela dizia alguma coisa que a fazia rir de si mesma, mas de um jeito bom, de um jeito acolhedor e agradável.

Minha mãe levou a mão ao cinto e, de repente, nós sentimos um tranco e o carro ziguezagueou loucamente. Minha mãe gritou e tio Connor berrou um "Merda!", enquanto tentava nos manter na estrada. Nosso carro girou, e então tudo o que ouvi foi o guinchado de metal sobre metal, vidro quebrando e meus próprios gritos quando nosso carro capotou pelo que pareceram horas, e enfim parou com um rangido alto.

O terror me atingiu com força, e foi quando comecei a chorar, gritando:

— Socorro! Socorro!

Ouvi um gemido baixo vindo lá da frente, e então tio Connor estava dizendo o meu nome, me garantindo que ficaria tudo bem, conforme eu o ouvia tirar o próprio cinto e em seguida abrir a porta com um chute. Eu não conseguia abrir os olhos. Eles pareciam colados.

Ouvi a porta de trás sendo aberta, e então a mão quente de tio Connor no meu braço.

— Vai ficar tudo bem, Archer. Eu abri o seu cinto. Arraste-se até mim. Você consegue.

Finalmente me obriguei a abrir os olhos e olhei para o rosto do meu tio, sua mão estava estendida para mim. Agarrei seu braço e ele me puxou para o sol quente de primavera.

Meu tio Connor voltou a falar, e sua voz estava engraçada.

— Archer, preciso que venha comigo, mas preciso que se vire de costas quando eu disser, tudo bem?

— Tudo bem. — Terror e confusão me fizeram chorar mais ainda.

Tio Connor pegou minha mão e caminhou pela estrada deserta comigo um pouco mais atrás dele. Ele continuava olhando na direção do carro com o qual tínhamos nos acidentado, mas quando olhei para trás bem rapidinho, não parecia que alguém estava saindo de lá. Estavam mortos? O que tinha acontecido?

— Vire-se de costas, Archer, e fique aqui, filho — disse tio Connor, e sua voz pareceu embargada.

Fiz o que ele mandou, e deixei minha cabeça cair para trás para que eu pudesse olhar o céu límpido e azul. Como era possível coisas ruins acontecerem sob um céu tão claro, azul e sem nenhuma nuvem?

Ouvi um estranho grito de lamento às minhas costas, e me virei, mesmo sabendo que eu não estava cumprindo as ordens. Não consegui evitar.

Meu tio Connor estava ajoelhado na lateral da estrada, com a cabeça jogada para trás, soluçando em direção ao céu. O corpo mole da minha mãe estava em seus braços.

Me curvei e vomitei na grama. Fiquei lá por mais alguns minutos, respirando bem fundo e tropecei para trás nos meus próprios pés.

Foi quando *o* vi, vindo na nossa direção. Meu pai. Com uma arma na mão. E um olhar de puro ódio, trocando os pés. Ele estava bêbado. Tentei sentir medo, mas eu não via mais o que ele podia fazer agora. Me sentia entorpecido enquanto ia na direção do tio Connor.

Com muito cuidado, tio Connor deitou o corpo da minha mãe no acostamento e se ergueu, agora olhando para o meu pai também. Tio Connor avançou na minha direção e me empurrou para trás de suas costas.

— Fique longe, Marcus! — gritou ele.

Meu pai parou a poucos passos de nós e nos olhou com ódio, cambaleando, com os olhos injetados. Ele parecia um monstro. Ele *era* um monstro. Ele balançava a arma para todos os lados, e tio Connor me segurou com força, certificando-se de que eu estivesse logo atrás dele.

— Abaixa essa porra dessa arma, Marcus — ordenou o tio Connor. — Já não fez o bastante por hoje? Alyssa... — Ele soltou um som que parecia o de um animal ferido, e senti seus joelhos fraquejarem só um pouco antes de ele voltar a se firmar.

— Você achou que simplesmente sairia da cidade com a minha família? — gritou o monstro.

— Eles nunca foram a sua família, seu filho da puta doente. Alyssa... — Ele fez aquele som embargado de novo, e não terminou de falar. — E o Archer é *meu* filho. Ele é o *meu* garoto. Você sabe disso tão bem quanto eu.

Senti como se alguém tivesse me dado um soco no estômago, e soltei um som baixinho quando as mãos de Connor me seguraram firme de novo. Eu era filho dele? Eu tentava entender, tentava fazer aquilo ter sentido. Eu não tinha relação com o monstro? Eu não era parte dele? Eu era filho de Connor. Connor era o meu papai. E o meu papai era um cara bom.

Espiei o monstro quando ele olhou para nós.

— Alyssa sempre foi uma puta. Não duvido. E o garoto é igualzinho a você, não há como negar. — Todas as palavras saíam juntas, como sempre acontecia quando ele bebia.

Os punhos de Connor se cerraram na lateral do corpo, e quando olhei para ele, notei que seu maxilar não se movia enquanto ele falava.

— Se a nossa mãe pudesse te ver agora, choraria até cansar por ver o merda que você se tornou.

— Vai se foder — rebateu o monstro, mais raiva preenchendo o seu olhar, trocando mais os pés. — Sabe quem me contou que você estava tentando sair da cidade com a *minha esposa*? A *sua* esposa. É, ela foi me procurar e contou que você estava indo embora e que era melhor eu ir pegar o que é meu. Então, aqui estou eu, pegando o que me pertence. Embora eu veja que estou um pouco atrasado para isso. — Ele apontou para a minha mãe, deitada no acostamento.

Pura raiva preencheu minha cabeça. Connor era meu pai. Ele estava levando a mim e a minha mãe para longe do monstro, e o monstro havia estragado tudo. Como ele sempre fazia. Disparei de detrás das pernas de Connor e corri para o monstro o mais rápido que consegui. Um rugido alto escapou de Connor, e eu o ouvi gritar "Archer!", como se sua vida dependesse disso. Ouvi seus passos correndo atrás de mim quando o monstro ergueu a arma para atirar, e eu gritei. No entanto, meu grito virou um gorgolejo quando algo afiado e quente deslizou pela lateral do meu pescoço como se fosse uma faca, e eu tombei no asfalto duro. Levei as mãos à garganta, e quando as abaixei, estavam cheias de sangue.

Ouvi outro rugido profundo e apaguei, sentindo-me cair, mas quando dei por mim, tio Connor, *não, espera,* pensei, sonhador, meu pai, *meu verdadeiro pai*, me embalava em seus braços, com lágrimas escorrendo por suas bochechas.

Meus olhos encontraram o monstro, ajoelhado no lugar em que estivera de pé poucos minutos antes. Ou seriam horas? Tudo parecia nebuloso, lento.

— Meu menino, meu menino, meu doce menino — Connor dizia sem parar. Ele falava de mim. *Eu era o menino dele*. Felicidade tomou o meu peito. Eu tinha um papai que era feliz por eu ser dele.

— Isso é tudo culpa *dele* — gritou o monstro. — Se não fosse por ele, Alyssa não estaria se agarrando a você. Se não fosse por *ele*, Alyssa não estaria caída na beira da estrada com o pescoço quebrado! — Ele agia como um louco, mas a tristeza me preencheu, e eu queria que alguém me dissesse que não era verdade. *Foi tudo culpa minha?* Connor, o *meu papai*, precisei lembrar a mim mesmo, não estava dizendo a ele que não era, ele simplesmente pressionava algo no meu pescoço, com fúria no olhar.

Continuei olhando sonhador para o meu verdadeiro pai, e de repente vi o rosto dele ficar inexpressivo e o senti estender a mão para pegar algo ao seu lado. Não era lá que ele mantinha sua arma? Pensei que talvez fosse. Ele geralmente a mantinha ali, mesmo quando não estava em serviço. Eu tinha pedido a ele algumas vezes para dar uma olhada nela, mas ele me dizia não, dizia que me levaria para atirar quando eu fosse mais velho e que me ensinaria a usar uma arma com segurança.

Ele tirou a mão de debaixo de mim e apontou a arma para o monstro. Meus olhos se moveram para ele em câmera lenta e percebi, naquele momento, o que o meu verdadeiro papai estava prestes a fazer. O monstro ergueu a arma também.

As duas dispararam, e senti meu verdadeiro papai se sacudir debaixo de mim. Tentei gritar, mas estava tão cansado, tão frio, tão entorpecido. Meus olhos voltaram para o monstro, e ele estava caído no chão com uma poça de sangue se espalhando ao seu redor.

Meus olhos queriam se fechar, e o corpo do meu verdadeiro papai parecia tão pesado sobre o meu. Mas como seria possível se ele estava de pé na minha frente com a minha mãe bem ao seu lado? Eles pareciam em paz. *Me levem com vocês!*, gritei na minha cabeça. Mas eles simplesmente se olharam e minha mãe abriu um sorriso carinhoso, mas triste, e disse: *Ainda não. Ainda não, meu doce menino.*

E eles se foram.

Em algum lugar longe dali, ouvi outro carro parar cantando pneus e depois passos correndo na minha direção. Em dez minutos, minha vida como a conhecia terminou, e nenhum outro carro tinha passado.

Um grito alto preencheu o ar e eu senti meu corpo sacudir.

— Você! — gritou a voz de uma mulher. Era a tia Tori. Reconheci a voz dela. — Ai, Deus! Ai, Deus! Isso é tudo culpa *sua*! — Abri os olhos. Ela apontava o dedo diretamente para mim, e seus olhos estavam cheios de ódio. — *Culpa sua!* — E então ela repetiu, repetiu, repetiu e repetiu isso aos gritos enquanto o mundo se esvanecia ao meu redor, e o céu azul acima de mim ficou preto.

CAPÍTULO VINTE E OITO

BREE

Era de manhã bem cedinho, e o sol ainda não havia nascido quando abri o portão de Archer sem fazer barulho, deixei Phoebe sair da caixa de transporte e percorri o quintal até a casa dele.

Tentei a porta, e estava aberta, então entrei na ponta dos pés, não querendo acordá-lo. Respirei fundo e congelei. A sala estava destruída, todos os livros, no chão, mobília e abajures tombados, porta-retratos quebrados no chão. Gelo correu pelas minhas veias. *Ai, Deus, ai, Deus, ai, Deus. O que aconteceu?*

A luz do banheiro estava acesa e a porta, entreaberta, iluminando o suficiente do corredor curto para eu ir em direção ao quarto de Archer com as pernas bambas e o vômito preso na garganta.

Me virei para o quarto dele e no mesmo instante vi seu corpo amontoado na cama, completamente vestido. Seus olhos estavam abertos, encarando a parede.

Corri até ele. Sua pele estava grudenta, e ele tremia ligeiramente.

— Archer? Archer? Amor, o que houve?

Seus olhos se moveram para mim, sem ver, olhando através de mim. Comecei a chorar.

— Archer, você está me assustando. O que houve? Ai, Deus, você precisa de um médico? O que aconteceu aqui? Fale comigo.

Os olhos dele pareceram desanuviar um pouco e percorreram o meu rosto. Em um único movimento súbito, ele se sentou e me agarrou, suas mãos se movendo pelo meu rosto, meu cabelo, meus ombros. Sua expressão clareou completamente por um instante antes de o tormento tomá-la e ele me puxar com força para si, me fazendo soltar um gritinho. Ele segurou meu corpo com uma força implacável; o seu tremia tanto que quase parecia estar convulsionando nos meus braços.

Ai, Deus, ele pensou que algo tinha acontecido comigo.

— Ah, Archer, sinto muito, muito mesmo. Meu celular estragou. Sinto muito. Eu o deixei cair em uma poça na frente do McDonald's. Peguei o meu velho quando estava em Ohio, mas não tinha o carregador. Desculpa. — Chorei no seu peito, agarrando sua blusa. — Sinto muito, Archer, meu amor. E eu também não tinha o seu número... tão idiota. Eu deveria ter anotado. Desculpa. Archer, estou bem. Eu estou bem. Eu estou bem.

A gente se abraçou pelo que pareceram horas, à medida que seu fôlego ia voltando ao normal. Seu corpo ficou tenso e seu aperto em mim foi afrouxando até ele enfim se sentar e me olhar nos olhos, os seus cheios de tormento, com algo que parecia muito com luto.

— Estou aqui — sussurrei, afastando seu cabelo da testa. — Estou aqui, Archer.

Ele ergueu as mãos.

Eu quase tinha me esquecido de como era, disse ele, de repente parecendo perdido, igual a um menininho. Meu coração bateu vazio no peito, partindo-se pelo homem que eu amava, tão petrificado de luto que a mente havia apagado para que ele pudesse lidar com o medo agonizante. Ah, Archer. Prendi um soluço. A última coisa de que ele precisava no momento era que eu perdesse o controle.

— Como era *o quê*? — sussurrei.

Estar completamente sozinho.

— Você não está, amor. Eu estou aqui. Não vou a lugar nenhum. Estou aqui.

Ele me olhou e, por fim, abriu um sorriso triste.

Foi a esse fardo que me referi, Bree. É assim que é o fardo de me amar.

— Amar você não é um fardo. Amar você é uma honra e uma alegria, Archer. — Usei a voz para falar com ele, assim poderia agarrar suas coxas com as mãos. O contato parecia importante, não só para ele, mas para mim. — Você não vai conseguir me convencer a não te amar mesmo se tentar. Não é uma escolha para mim. É apenas a verdade.

Ele balançou a cabeça, parecendo perdido.

Se você não tivesse voltado, eu teria ficado deitado aqui até morrer. Eu simplesmente me obrigaria a morrer.

Balancei a cabeça.

— Não, você não teria feito isso. Parece assim, mas não seria o caso. De alguma forma, você teria a força para continuar. Acredito que você faria isso, mas não vai precisar, porque estou aqui.

Não. Eu teria virado poeira, bem aqui. Isso faz você achar o quê de mim? Pareço forte para você? Sou o tipo de homem que você quer? Ele me olhou nos olhos, implorando para que eu dissesse o que ele queria ouvir, mas eu não sabia o que era. Ele queria que eu dissesse que era impossível amá-lo? Ele queria que eu dissesse que eu não era forte o suficiente para amá-lo? O conforto que ele precisava de mim era demais para suportar?

Ele me puxou para si, e depois de alguns minutos, nós nos movemos para deitarmos na cama. Chutei os sapatos para longe e puxei a colcha sobre nós. Ouvi Archer respirar baixinho na minha orelha e, depois de alguns minutos, fechei os olhos também. Adormecemos de frente um para o outro, braços e pernas entrelaçados, e o coração batendo em um ritmo calmo e firme.

Mais tarde, quando o sol do meio-dia iluminava as bordas das cortinas, acordei enquanto ele puxava o jeans pelas minhas pernas e tirava minha camiseta. Ele moveu as mãos pela minha pele ao fechar os olhos e me beijar, quase como se precisasse do contato constante para se convencer de que eu estava mesmo ali. Quando envolvi as pernas em torno dos seus quadris e o apertei com força, o alívio que atravessou suas feições foi de partir o coração. Ele se moveu dentro de mim com estocadas poderosas e profundas, e eu larguei a cabeça no travesseiro, suspirando de prazer.

O prazer subiu e subiu até eu saltar do despenhadeiro, suspirando o seu nome enquanto o meu corpo estremecia. Segundos depois, foi a vez dele com mais duas estocadas bruscas e então se pressionou dentro de mim ao enfiar o rosto no meu pescoço e só respirar ali por vários minutos.

Passei as mãos para cima e para baixo nas suas costas, sussurrando de novo, de novo e de novo palavras de amor no seu ouvido.

Depois de alguns minutos, ele rolou para o lado e me puxou para seus braços, e adormeceu quase instantaneamente.

Fiquei deitada ali na luz difusa do seu quarto, ouvindo-o respirar. Eu precisava fazer xixi e minhas coxas estavam grudentas por causa do orgasmo dele, mas me recusei a me mover. Eu sabia, por instinto, que ele precisava de mim bem ali. Depois de um tempo, voltei a dormir também, com o rosto perto do seu peito macio, minha respiração em sua pele, minhas pernas entrelaçadas com as dele.

Acordei mais tarde, sozinha na cama, e o sol havia se movido no céu. A luz ao redor da cortina agora era de um dourado opaco. Tínhamos dormido o dia todo?

Me sentei e me espreguicei, meus músculos cansados protestando com o movimento. Acho que não tinha chegado a me mover no abraço apertado de Archer.

Olhei para cima quando ele entrou no quarto com uma toalha ao redor da cintura e esfregando outra no cabelo, que já tinha crescido um pouco mais, começando a se curvar na parte de trás e na testa. Eu gostei.

— Oi — falei com a voz rouca, sorrindo e cobrindo os seios com o lençol. Ele sorriu também, tímido, e se sentou na lateral da cama. Distraído, ele continuou secando o cabelo por mais um minuto enquanto olhava para baixo, então colocou a toalha ao seu lado na cama e olhou para mim.

Sinto muito por ontem à noite. Perdi a cabeça, Bree, fiquei assustado e não sabia o que fazer. Me senti sozinho e indefeso de novo. Ele pausou e franziu os lábios, obviamente reunindo os pensamentos. *Eu... pirei, eu acho. Nem sequer me lembro de ter feito aquilo na sala.*

Peguei sua mão e balancei a cabeça.

Archer, você se lembra de como reagi quando fiquei presa naquela rede com você lá fora? Apontei para a janela com a cabeça. *Eu entendo. Às vezes o medo nos vence. Eu entendo. Sou a última pessoa com quem você precisa se desculpar por causa disso. Você me deu força daquela vez, e agora é a minha vez de fazer isso por você. É assim que funciona, ok?*

Ele assentiu, olhando para mim muito solenemente.

O problema, Bree, é que parece que está melhorando para você e piorando para mim.

Estou à altura do desafio, falei, erguendo as sobrancelhas e sorrindo, tentando arrancar um sorriso dele também.

Deu certo, e ele soltou um suspiro e assentiu.

Com fome?

Faminta.

Ele sorriu, mas ainda parecia um pouco triste. Olhei para ele por um minuto, e então me inclinei para a frente e joguei os braços ao seu redor.

— Eu amo você — sussurrei no seu ouvido. Seu corpo ficou um pouquinho tenso, mas ele envolveu os braços ao meu redor e me apertou, com força.

Ficamos assim por alguns minutos, e então eu disse junto ao seu pescoço:

— Preciso de um banho... muito. Tipo, muito mesmo.

Ele finalmente riu um pouquinho quando me pegou no colo, me colocou no chão e se ergueu, ajeitando a toalha.

Gosto de você suja quando me espalho todo pelo seu corpo, disse ele.

Ah, eu sei. Dei uma piscadinha, tentando conseguir outro sorriso dele quando fui em direção à porta, usando a voz quando me virei para ele.

— Você pode me sujar de novo depois. No momento, estou indo ficar limpa, e você vai me alimentar.

Sim, senhora, respondeu ele, me abrindo outro sorrisinho.

Eu retribuí e então me virei para sair do quarto e percorrer o corredor em direção ao chuveiro. Fechei a porta do banheiro e fiquei parada lá do outro lado por um minuto, tentando entender por que eu ainda estava tão preocupada.

CAPÍTULO VINTE E NOVE

BREE

No dia seguinte, fui trabalhar e Maggie me deu um abraço apertado, me puxando para o seu peito amplo enquanto eu ria e lutava para respirar, e Norm, que simplesmente disse "Bree", mas me abriu um raro sorriso seu e me deu um aceno de cabeça antes de voltar o foco para a chapa em que virava as panquecas. Por alguma razão, o abraço apertado e o aceno de cabeça me preencheram com quantidades iguais de calidez. Eu estava em casa.

Enquanto trabalhava, conversei com os moradores que passei a conhecer, circulei com facilidade pelo salão, servi a comida e vi como os clientes estavam.

Pensei em Archer enquanto trabalhava, considerando o quanto era difícil para ele se apegar a outra pessoa. Eu tinha tido uma ideia antes de sair de Ohio, mas não havia chegado a abarcar todo o conceito, como agora. Eu o amava, faria o que fosse necessário para reassegurá-lo de que eu não iria a lugar nenhum. Mas também entendia suas dificuldades. Eu via que ele se sentia fraco por eu saber o quanto ele era dependente de mim.

Ele tinha agido quase que com timidez comigo no dia anterior, seus olhos se desviando dos meus quando me pegava o observando durante a limpeza da sala. Eu havia pegado *Ethan Frome* no chão quando reconheci o título, e o aberto para ler uma passagem. Levei a mão dramaticamente ao peito e fingi soltar um suspiro ofegante e dolorido.

— "Quero estender a mão e tocar você. Quero fazer tudo por você e cuidar de você. Quero estar lá quando você ficar doente e nas horas solitárias." — Eu tinha pausado e tirado a mão do peito. Havia largado o livro e erguido as mãos. *Isso foi bem bonito, na verdade,* falei.

Ele abrira um sorriso para mim e simplesmente dissera:

Acho que se não fosse bonita, a tragédia, no fim das contas, não seria tão triste.

E aí voltou a ficar ainda mais calado, parecendo quase envergonhado perto de mim. Tentei animá-lo ao fazer piadas e agir normal, mas ele ainda estava um pouquinho retraído mesmo quando lhe dei um beijo de boa-noite, peguei Phoebe e fui para casa desfazer as malas e aprontar tudo para o dia seguinte. Levaria um ou dois dias para ele se sentir melhor, supus.

Ao longo dos dias seguintes, ele foi voltando ao normal; a única diferença ainda visível era a profunda intensidade com que ele fazia amor, algo que não estivera ali antes. Era quase como se estivesse tentando nos fundir em uma única pessoa quando nos conectávamos. Ele era quase bruto em sua paixão. Não me importava; na verdade, descobri que todos os lados da personalidade de Archer no quarto me agradavam muito, mas eu não conseguia explicar bem a mudança, e ansiava que ele se abrisse comigo e me dissesse o que estava sentindo. Mas quando perguntei, ele simplesmente deu de ombros, sorriu e me disse que tinha sentido saudade enquanto eu estava fora e que estava tentando recuperar o tempo perdido. Não engoli a desculpa, mas, como sempre, Archer Hale falaria quando estivesse bem e pronto, nem um segundo antes. Eu tinha aprendido rápido: insistir não levaria a lugar nenhum, eu teria que esperar até ele confiar o suficiente em mim para se abrir o quanto antes, do seu jeitinho silencioso. Pensei que tivesse algo a ver com o fato de que ele gostava de entender as próprias emoções antes de dividi-las comigo, e ele não sabia bem onde estava no momento.

Quatro dias depois de eu voltar de Ohio, bati à porta de Anne e ela atendeu, ainda de roupão.

— Ah, Bree, meu bem! — exclamou, segurando a porta aberta. — Você vai ter que me desculpar, mas estou descansando... estive tão cansada essa última semana. — Ela balançou a cabeça. — Envelhecer é um horror, vou te dizer.

Sorri e entrei na sua casa quente e aconchegante. Como sempre, o aroma reconfortante do eucalipto perfumava o ar.

— Você? Velha? — Balancei a cabeça. — Dificilmente.

Ela sorriu e deu uma piscadinha para mim.

— Você é uma fofa, mas, no dia de hoje, me sinto mais velha que a serra. Talvez esteja ficando doente. — Ela balançou a cabeça e apontou para o sofá, para que eu me sentasse. Eu lhe entreguei a torta que havia trazido.

— Preparei uma torta de maçã para você — anunciei. — Tenho feito umas coisas de forno e estou gostando bastante.

— Ah! Que amor. E voltou com os doces. Que maravilhoso! — Ela pegou a torta, sorrindo. — Vou comer com um chá, mais tarde. Falando nisso, aceita um?

Balancei a cabeça, me aproximei do sofá e me sentei.

— Não. Só posso mesmo ficar por um minuto. Vou me encontrar com o Archer e visitaremos algumas das cavernas de que ele me falou.

Anne assentiu, colocou a torta sobre a mesinha de centro e se sentou no sofá menor à esquerda do que eu estava.

— As cavernas de Pelion. Você vai gostar. Tem cachoeiras... belíssimas. Fui lá algumas vezes com o meu Bill.

— Parecem lindas.

— E são, e o percurso será lindo também agora que a cor das folhas está mudando.

Sorri.

— Vai ser um dia agradável. Precisamos de um — falei, e soltei um suspiro.

Anne ficou quieta por um instante.

— Archer mencionou que eu o visitei enquanto você estava em Ohio?

— Não — respondi, surpresa. — Você foi lá?

Ela assentiu.

— Aquele menino está na minha cabeça desde que você perguntou sobre o pai e os tios dele. Eu deveria ter feito essa visita há anos. — Ela suspirou e balançou a cabeça. — Levei alguns muffins para ele, usei os mirtilos que eu ainda tinha congelados. — Ela acenou, dispensando o próprio comentário. — Enfim, ele pareceu... desconfiado de início, e não posso dizer que o culpo, mas conversamos um pouco e ele foi se soltando. Até me convidou a entrar. Eu não fazia ideia de que o lugar era tão bonito. Eu disse isso, e ele pareceu se encher de orgulho.

Assenti, querendo chorar por alguma razão.

— Ele é muito esforçado.

— É verdade. — Ela me avaliou por um minuto. — Contei algumas coisas de que me lembrava sobre Alyssa, a mãe dele, e ele também gostou disso. — Inclinei a cabeça, querendo que ela continuasse. — Falei de você e foi do que ele mais gostou, dava para ver na expressão dele. — Anne abriu um sorriso bondoso. — A forma como Archer ficou quando mencionei o seu nome, ah, Bree, meu bem... nunca vi alguém deixar transparecer tanto as emoções. — Os olhos dela ficaram cálidos. — Me lembrou da forma como o meu Bill me olhava às vezes. — Ela sorriu de novo e eu também o fiz, meu coração acelerando. — Ele ama você, meu bem.

Assenti, encarando minhas mãos.

— Sim, e eu também o amo. — Mordi o lábio. — Infelizmente para o Archer, acho que o amor é muito complicado.

Ela abriu um sorriso triste.

— Imagino, agora que sei o que sei da vida que ele levou, dar a você o amor que ele sente parece arriscado.

Concordei com a cabeça, meus olhos marejando. Contei a ela o que tinha acontecido quando voltei de Ohio, e seu coração se partiu enquanto ela ouvia.

— O que devo fazer, Anne? — perguntei ao acabar o relato.

— Acho que a melhor coisa que você pode fazer por Archer... — Ela parou no meio da frase, seus olhos ficaram assustados e ela levou a mão ao peito.

— Anne! — exclamei. Fiquei de pé em um salto e fui até ela. Ela arquejava e havia caído para o sofá. — Ai, meu Deus! Anne! — Tirei o celular do bolso do moletom e liguei para a emergência, minhas mãos tremendo.

Passei o endereço para a atendente e disse que achava que minha vizinha estava infartando. A moça me assegurou de que a ambulância estava a caminho.

Voltei para o lado de Anne, garantindo a ela sem parar que o socorro estava a caminho. Ela continuou apertando o peito, mas seus olhos estavam fixos em mim, e concluí que ela estava entendendo o que eu dizia.

Ai, Deus!, pensei. *E se eu não estivesse aqui?*

Dez minutos depois, a ambulância entrou berrando na nossa rua, e lágrimas escorriam pelo meu rosto conforme eu os observava socorrendo Anne deitada no sofá. Inspirei profunda e tremulamente, tentando fazer meu coração se acalmar.

— Ela vai ficar bem? — perguntei a um socorrista enquanto eles traziam a maca para transportá-la. Ela estava usando uma máscara de oxigênio e já parecia ligeiramente melhor; um pouco de cor tinha voltado às suas bochechas.

— Parece estar tudo bem — disse ele. — Ela está consciente, e chegamos a tempo.

— Certo. — Assenti, envolvendo os braços ao redor do corpo. — Ela não tem família. Devo me encontrar com ela no hospital?

— Se quiser, pode ir na ambulância.

— Oh! Ok. Sim, por favor, se estiver tudo bem — falei, seguindo-os até lá fora e fechando a porta da casa de Anne.

Conforme eu ia em direção à ambulância, olhei para a direita e vi Archer correndo na minha direção, com uma expressão que eu só poderia descrever como descontrolada. Meu coração foi parar nos pés. Ai, Deus, ele tinha corrido até aqui... ele devia ter ouvido as sirenes lá da casa dele. Caminhei rápido em sua direção. Ele parou logo que me viu, não chegou mais perto, seu olhar fixo e arregalado, os punhos cerrados. Corri os últimos metros até ele e falei:

— Archer! Anne sofreu um infarto. Ela está bem, eu acho, mas vou até o hospital com ela. Está tudo bem. Está tudo bem. Eu estou bem.

Ele levou as mãos ao alto da cabeça e cerrou os dentes, parecendo lutar com afinco para controlar alguma coisa. Andou em círculo bem devagar, então se virou para mim, assentiu uma vez, aquele olhar descontrolado ainda lá, mas não tomava todo o rosto. De repente, ele ficou estranhamente inexpressivo.

— Vou direto te ver assim que eu souber se ela vai ficar bem — prometi. Olhei para trás, e as rodas traseiras da maca estavam sendo recolhidas para dentro da ambulância. Caminhei de costas. — Vou pegar um táxi direto para a sua casa.

Archer assentiu, ainda inexpressivo, e então se virou sem dizer uma palavra e se afastou de mim.

Hesitei só por um segundo antes de correr até a ambulância e entrar pouco antes de eles baterem as portas.

Permaneci no hospital até ter certeza de que Anne ficaria bem.

Quando o médico enfim saiu para dizer que ela estava estável, ele falou que ela tinha dormido, mas que diria que eu estivera lá. Ele também ligou para uma irmã que Anne deu como contato assim que deu entrada no hospital, e a mulher chegaria em Pelion pela manhã. Aquilo me fez me sentir muito melhor, e quando enfim chamei um táxi, senti que um peso havia sido tirado dos meus ombros.

Mas eu estava preocupada com Archer. Mandei mensagem para ele assim que cheguei ao hospital, e de novo quando o médico saiu para falar comigo, mas ele não respondeu. Eu estava aflita para chegar a ele.

Mordi o lábio durante o trajeto de meia hora até a minha casa. Eu tinha dito a Archer que iria direto para lá, mas queria pegar Phoebe antes de ir para a casa dele. Ele já teria se acalmado a essa altura. Ele sabia que eu estava bem, mesmo o susto o tendo atingido com força. Eu não sabia por que ele não estava atendendo o celular, e aquilo assentou pesado no meu peito.

Paguei o taxista e desembarquei, corri até em casa e chamei Phoebe, que veio batendo as patinhas, fazendo barulhinhos no chão de madeira.

Estacionei no portão de Archer minutos depois, e o abri para que Phoebe e eu entrássemos. Fomos até a porta de Archer, e eu bati de leve antes de abrir e colocar Phoebe no chão. Tinha começado a chuviscar, e nuvens cinzentas escureciam o céu.

A casa estava escura, exceto pelo abajur que ficava no canto da sala. Archer estava sentado em uma poltrona no lado oposto. De início, eu não o vi, e quando o notei lá, tomei um susto e levei a mão ao peito, respirando fundo. Sua expressão estava fechada, resguardada. Fui até ele, me ajoelhei a seus pés, apoiei a cabeça no seu colo e suspirei.

Depois de alguns segundos, quando percebi que ele continuaria imóvel, lancei-lhe um olhar questionador.

Como está a Anne?, perguntou ele.

Ergui as mãos. *Ela vai ficar bem. A irmã virá de manhã.* Suspirei. *Sinto muito pelo susto que você tomou com tudo isso. Eu não queria te deixar aqui, mas também não queria deixar a Anne sozinha.*

Archer ergueu as mãos. *Eu entendo*, disse ele, com o olhar ainda resguardado.

Assenti, mordendo o lábio.

Você está bem? No que está pensando sentado aqui?

Ele ficou quieto por tanto tempo que pensei que não responderia, quando por fim ergueu as mãos e sinalizou, *Naquele dia*.

Inclinei a cabeça. *Naquele dia?*, indaguei, confusa.

No dia que levei um tiro, meu tio tinha ido para tirar minha mãe e eu do meu pai.

Meus olhos se arregalaram, mas não falei nada, só o observei e esperei que ele continuasse.

Meu pai estava em um bar... ao que tudo indicava, já fazia um tempo. Ele fez uma pausa e olhou para além de mim por um segundo antes dos seus olhos encontrarem os meus. *Ele nem sempre foi como era quando tudo acabou. Ele tinha sido divertido, todo encantador quando queria. Mas aí começou a beber, e as coisas foram ladeira abaixo. Ele batia na minha mãe e a acusava de coisas que era ele que fazia. De qualquer forma, minha mãe só amava um homem, e esse homem era o meu tio Connor. Eu sabia, meu pai sabia, a cidade toda sabia. E a verdade era que eu o amava mais também.*

Ele voltou a ficar em silêncio por um minuto, olhando para o nada. Por fim, continuou:

E então, quando ele veio nos buscar naquele dia e eu fiquei sabendo que era filho dele, não de Marcus Hale, eu fiquei feliz. Extasiado.

Ele olhou para mim, me avaliando sem muita emoção, como se estivesse afundado dentro de si, escondido.

Meu tio atirou em mim, Bree. Marcus Hale atirou em mim. Não sei se foi de propósito ou se a arma simplesmente disparou quando corri para ele cheio de raiva. Mas, de qualquer forma, ele atirou em mim e esse foi o resultado. Ele levou a mão ao pescoço e a passou sobre a cicatriz. Em seguida, apontou para si, abrangendo-se por inteiro. *Esse foi o resultado.*

— Ah, Archer. — Suspirei. Ele continuou olhando para mim, parecendo entorpecido.

— O que aconteceu com eles? Com a sua mãe? — perguntei, piscando para ele e engolindo o nó na minha garganta que ameaçava me sufocar.

Ele pausou apenas por um segundo.

Marcus tinha batido na traseira do carro em que estávamos, tentando nos tirar da estrada. O carro capotou. Minha mãe morreu no acidente. Ele fechou os olhos por um minuto, tomando um tempo antes de continuar. *Depois que Marcus atirou em mim, houve um impasse entre ele e Connor lá na estrada.* Ele se calou por mais um minuto, seus olhos parecendo profundas piscinas âmbar de pesar. *Eles atiraram um no outro, Bree. Bem lá na estrada, sob um céu azul de primavera, eles atiraram um no outro.*

Me senti fraca de pavor.

Archer continuou. *Tori apareceu e eu me lembro vagamente de outro carro aparecer um minuto depois. E depois disso, só me recordo de ter acordado no hospital.*

Um soluço se moveu pela minha garganta, mas o engoli.

Todos esses anos, balancei a cabeça, incapaz de compreender o tormento que ele devia ter experimentado, *você conviveu com isso todos esses anos, e sozinho. Oh, Archer.* Respirei bem fundo, tentando controlar minhas emoções.

Ele me olhou, e a emoção enfim surgiu em seus olhos antes de se afastar de novo.

Me aproximei mais dele e agarrei sua camisa enquanto deitava a cabeça em sua barriga e as lágrimas escorriam silenciosas pelo meu rosto no que eu sussurrava sem parar:

— Sinto muito. — Eu não sabia mais o que dizer em resposta ao peso do horror que aquele garotinho havia suportado.

Mas enfim compreendi a profundidade da sua dor, do trauma, do fardo que ele carregava. E entendi por que Victoria Hale o odiava. Ela não só havia tentado tirar sua voz, ela tinha tentado tirar sua confiança, seu amor-próprio, sua identidade. Porque Archer era a representação física de que o seu marido amava outra mulher. Um amor mais profundo do que o que ele sentia por ela, e ele dera àquela mulher não apenas o seu coração, mas seu primogênito. E esse primogênito poderia tirar tudo dela.

Continuei abraçando Archer.

Depois do que pareceu muito tempo, eu me inclinei para trás. *Você é o dono das terras em que a cidade foi fundada. Você é o filho mais velho do Connor.*

Ele assentiu, sem olhar para mim, não esboçando o mínimo interesse.

Você não as quer, Archer?, perguntei, secando as lágrimas das minhas bochechas úmidas.

Ele olhou para mim. *O que eu faria com essas terras? Não consigo nem me comunicar com ninguém, a não ser com você. Imagina comandar a droga da cidade toda. As pessoas olhariam para mim como se eu fosse a piada mais engraçada que elas já tinham ouvido.*

Balancei a cabeça. *Não é verdade. Você é bom em tudo o que faz. Vai ser excelente nisso, na verdade.*

Eu não quero, disse ele, com a angústia estampada no rosto. *Que o Travis fique com ela. Eu não quero ter nada a ver com isso. Não só eu sou incapaz, mas também não mereço. Foi culpa minha. Foi por causa de mim que eles morreram naquele dia.*

Recuei e respirei fundo. *Culpa sua? Você era só um garotinho. Como poderia ter sido culpa sua?*

Archer me observou, uma expressão ilegível em seu rosto.

Minha existência foi a causa da morte deles.

As escolhas deles causaram a morte deles. Não um garotinho de sete anos. Sinto muito, mas você jamais vai me convencer que tem a mínima responsabilidade pelo que aconteceu entre quatro adultos naquele dia.

Balancei a cabeça com veemência, tentando enfatizar fisicamente o que acabara de "dizer".

Ele olhou por cima do meu ombro, encarando, por vários minutos, algo que só ele podia ver. Eu esperei.

Eu costumava pensar que fui amaldiçoado, disse ele, com um sorrisinho sem humor repuxando a lateral da boca antes de se transformar em uma careta. Ele passou a mão pela lateral do rosto de novo antes de erguer as duas. *Não parecia possível que alguém tivesse que lidar com tanta merda em apenas uma vida. Mas então percebi que não era que eu estivesse amaldiçoado, estava mais para estar sendo punido.*

Balancei a cabeça de novo. *Não é assim que funciona.*

Seus olhos encontram os meus, e soltei um suspiro. *Também pensei assim uma vez, Archer. Mas... percebi que se eu acreditasse nisso de verdade, teria que acreditar que meu pai tinha merecido levar um tiro na sua própria delicatéssen, e sei que isso não é verdade.* Fiz uma pausa, tentando me lembrar de como era pensar que eu tinha sido amaldiçoada. *Coisas ruins não acontecem com as pessoas porque elas merecem. Não é assim que funciona. É só... a vida. E não importa quem somos, precisamos aceitar as cartas que nos foram dadas, por mais que sejam uma merda, e dar nosso melhor para seguir adiante apesar de tudo, para amar apesar de tudo, para ter esperança apesar de tudo... para ter fé de que há um propósito na jornada em que estamos.* Peguei sua mão por um segundo, então a soltei para continuar: *E tentar acreditar que talvez mais luz brilhe para aqueles que têm mais rachaduras.*

Archer continuou me observando por vários segundos antes de erguer as mãos e dizer: *Não sei se consigo. Estou tentando com tudo de mim, mas não sei se consigo.*

Você consegue, afirmei, gesticulando para dar ênfase. *Você consegue.*

Ele pausou por um minuto antes de responder: *Tudo parece muito bagunçado.* Ele passou a mão pelo cabelo curto. *Não consigo entender nada disto: meu passado, minha vida, meu amor por você.*

Eu o encarei por um minuto, observando as emoções atravessarem o seu rosto. Depois de um segundo, ergui as mãos.

Não tenho muitas recordações da minha mãe. Balancei ligeiramente a cabeça. *Ela morreu de câncer quando eu era bem novinha.* Lambi os lábios, pausando. *Mas me lembro dela fazendo ponto-cruz, eram pequenas imagens bordadas.* Archer observa minhas mãos, olhando o meu rosto entre as palavras. *Enfim, certa vez, peguei um dos bordados e ele era muito feio, todo bagunçado, cheio de nós e fios de todos os tamanhos pendurados por toda a parte. Eu mal conseguia ver o que aquilo deveria ser.*

Mantive os olhos fixos nele e apertei sua mão rapidamente antes de levantar as minhas.

Mas aí, minha mãe apareceu e pegou o tecido das minhas mãos e o virou, e lá estava uma obra-prima. Soltei um suspiro e sorri. *Ela gostava de pássaros. Eu me lembro da imagem: um ninho cheio de filhotinhos e a mamãe-pássaro voltando.* Pausei, pensando. *Às vezes eu penso naqueles pedacinhos de tecido quando a vida parece bagunçada demais e difícil de entender. Tento fechar os olhos e acreditar que, embora eu não consiga ver o outro lado ainda, que o lado que estou olhando é feio e confuso, há uma obra-prima que está sendo tecida, cheia de nós e fios soltos. Tento acreditar que algo lindo pode resultar de algo feio, e que vai chegar o tempo em que vou conseguir ver o que é. Você me ajudou a ver a minha própria imagem, Archer. Me deixe te ajudar a ver a sua.*

Archer me olhou, mas não disse nada. Simplesmente segurou meus braços com cuidado e me puxou para o seu colo, junto ao seu corpo, me abraçando com força, com seu fôlego quente na curva do meu pescoço.

Ficamos assim por vários minutos antes de eu sussurrar no seu ouvido:

— Estou exausta. Sei que é cedo, mas me leve para a cama, Archer. Me abrace, e me deixe abraçar você.

Nós nos levantamos e caminhamos até o quarto dele, onde nos despimos devagar e nos deitamos sob os lençóis. Ele me puxou para perto e me abraçou com força, mas não tentou fazer amor comigo. Ele parecia melhor, mas ainda distante, como se estivesse perdido em algum lugar dentro de si mesmo.

— Obrigada por me contar a sua história — sussurrei no escuro.

Archer simplesmente assentiu e me puxou para mais perto ainda.

MIA SHERIDAN

CAPÍTULO TRINTA

BREE

No dia seguinte seria a Parada Memorial da Polícia de Pelion. Fiquei parada à janela da lanchonete, olhando, mas sem ver de verdade, os carros e caminhões passando, as pessoas alinhadas na calçada, agitando bandeirolas. Me sentia entorpecida, triste, doída.

Não tinha dormido muito bem. Senti Archer virar e revirar a noite quase toda. Quando perguntei de manhã se ele não havia conseguido dormir, ele simplesmente assentiu e não deu nenhuma explicação.

Ele também não tinha falado muito durante o café da manhã, e eu me arrumei para ir para casa pegar o uniforme para trabalhar e deixar Phoebe. Ele parecia imerso em pensamentos, ainda perdido na própria cabeça, e quando me levantei para sair, ele me puxou para um abraço apertado.

— Archer, amor, fale comigo — eu tinha pedido, sem me importar se isso me atrasaria para o trabalho.

Ele havia simplesmente balançado a cabeça, abrindo um sorriso que não alcançou os olhos, e me disse que me veria depois do trabalho e que a gente conversaria mais.

E agora eu estava parada ali na janela, preocupada. A lanchonete estava praticamente vazia, já que a cidade toda parecia estar na parada, então pude me perder nos pensamentos por alguns minutos sem ser interrompida.

Assisti às viaturas antigas passando, a multidão aplaudindo ainda mais alto quando as viram, e a amargura me invadiu. Archer deveria estar aqui. Archer deveria estar no jantar em homenagem ao pai dele. E ele nem sequer tinha sido convidado. O que havia de errado com essa cidade? Victoria Hale, aquela grandessíssima cretina maligna, era isso que havia de errado com essa cidade. Como alguém como ela vivia consigo mesma? Ela havia arruinado tantas vidas... a troco de quê? Dinheiro? Prestígio? Poder? Orgulho? Só para ganhar?

E agora toda a cidade baixava a cabeça para ela por temer as repercussões.

Enquanto eu estava parada ali, pensando em tudo o que Archer havia me contado na noite anterior, meu estômago revirou, e senti que ia vomitar. A realidade do que devia ter sido para um garotinho de sete anos estar lá naquele dia era revoltante, um verdadeiro horror. Eu queria voltar no tempo e abraçá-lo com força, reconfortá-lo, fazer tudo isso sumir. Mas eu não podia, e isso machucava.

Fui arrancada dos pensamentos pelo meu celular vibrando no bolso do uniforme. Eu o tirei rapidamente e vi que era uma ligação de Ohio. Voltei para o balcão, onde um casal estava sentado, e fiquei mais para o lado, perto da portinhola enquanto eu atendia.

— Alô — falei baixinho.

— Bree, oi, é o detetive McIntyre. Estou ligando porque tenho novidades.

Olhei para o balcão, notando que todo mundo parecia ter sido servido, e fiquei de costas.

De longe, ouvi o sino sobre a porta tocar, mas não me virei.

Maggie poderia cuidar dos novos clientes até eu acabar.

— Você tem novidades, detetive?

— Sim. Nós prendemos um suspeito.

Respirei fundo.

— Vocês prenderam um suspeito? — sussurrei.

— Sim. O nome dele é Jeffrey Perkins. Ele é o homem que você identificou. Foi trazido para interrogatório e as digitais dele estavam na cena do crime. Ele pediu um advogado, então não está falando. O pai dele é dono de uma grande empresa aqui da cidade que está na lista da *Fortune 500*.

Pausei e mordi o lábio.

— Jeffrey Perkins? — perguntei. — O pai dele é Louis Perkins, não é? — acrescentei, fechando os olhos, e reconheci o sobrenome do homem que era dono de uma das maiores empresas de seguro de Cincinnati.

O detetive parou de falar.

— Sim.

— Por que alguém como Jeffrey Perkins assaltaria uma pequena delicatéssen? — indaguei, me sentindo entorpecida.

— Queria eu poder responder essa pergunta. Meu melhor palpite é que tem droga no meio.

— Hum — falei, lembrando-me da agitação e das pupilas dilatadas de Jeffrey. Ele só podia ter estado sob efeito de alguma coisa. Riquinho viciado em drogas? Estremeci e balancei a cabeça em uma tentativa de me trazer de volta ao presente.

— O que acontece agora, detetive?

— Bem, ele saiu sob fiança. A audiência judicial será daqui a alguns meses, então agora só podemos esperar.

Fiz uma pausa e repeti:

— Saiu sob fiança. Então mais espera. — Suspirei.

— Eu sei. É difícil. Mas, Bree, temos evidências muito boas contra ele. E com a sua identificação, estamos esperançosos.

Respirei fundo.

— Muito obrigada, detetive. Por favor, me mantenha atualizada sobre tudo o que puder, sim?

— É claro, pode deixar. Tenha um bom dia.

— O senhor também, detetive. Tchau.

Desliguei e fiquei de costas para o salão por mais um minuto. Eram boas notícias, mas por que eu não conseguia sentir a felicidade e o alívio que eu deveria sentir? Fiquei lá mordendo o polegar, tentando entender. Por fim, respirei bem fundo e me virei. Victoria e Travis Hale estavam sentados na outra ponta do balcão, logo à direita de onde eu estava.

Meus olhos se arregalaram, e reparei no olhar glacial da mulher e na testa franzida do seu filho.

Me virei e gritei:

— Maggie! Vou tirar um breve intervalo. Não estou me sentindo bem.

Maggie se virou para mim com preocupação no olhar.

— Ok, meu bem — ela falou enquanto eu corria para os fundos e lá fiquei até Travis e Tori saírem.

A dupla ficou por mais ou menos dez minutos, provavelmente para beber algo quente, e foram embora logo depois. Eu estava limpando uma mesa perto da janela quando vi Archer do outro lado da rua. Meu coração acelerou.

— Maggie! — gritei. — Já volto!

— Ah, tudo bem. — Ouvi Maggie dizer, confusa, lá do balcão onde estava sentada lendo uma revista. Ela devia estar se perguntando o que estava se passando comigo hoje.

Saí e chamei Archer. Ele estava parado na calçada, assistindo às viaturas passarem, com uma expressão constrita. Será que estava pensando no mesmo que eu? Quando eu estava prestes a atravessar, uma mão me segurou pelo braço. Parei, me virei ligeiramente e vi Travis. Olhei para a sua esquerda, e Victoria Hale estava parada lá, tentando fingir que eu não existia, com os olhos fixos no desfile à sua frente, com um sorriso falso nos lábios e o nariz em pé.

Olhei para trás, para Archer, que agora começava a atravessar a rua.

— Eu tenho que ir, Travis — falei, tentando me desvencilhar.

— Opa, espere — disse ele, sem me soltar. — Eu ouvi a sua ligação. Estava preocupado. Só queria...

— Travis, me solte — insisti, meu coração batendo mais rápido. Essa era a última coisa de que Archer precisava no momento.

— Bree, eu sei que você não é muito minha fã, mas se tiver algo que eu possa fazer para ajudar...

— Me solta, Travis! — gritei, puxando meu braço. A multidão ao nosso redor de repente pareceu se aquietar, olhos se afastaram do desfile, desviando-se devagar pela rua diante deles, e na nossa direção.

Antes que eu pudesse me virar, um punho voou para a cara de Travis e ele tombou com força, um jato de sangue parecendo se mover em câmera lenta pelo ar bem diante de mim. Arquejei de susto, assim como Tori Hale e várias pessoas ali perto.

Olhei para trás, e Archer estava parado lá, ofegando, com os olhos arregalados, abrindo e fechando os punhos nas laterais do corpo.

Olhei para ele, boquiaberta, depois para Travis, que estava se levantando, com os olhos cheios de raiva enquanto encarava Archer.

— Seu filho da puta — disse Travis, entre os dentes.

— Travis! — exclamou Tori Hale, com a expressão constrita o suficiente para disfarçar a apreensão.

Ergui os braços entre eles, mas já era tarde demais. Travis deu uma guinada ao meu redor e atacou Archer, e os dois caíram no chão enquanto as pessoas arquejavam e tropeçavam para trás, algumas se desequilibrando no meio-fio enquanto outras as estabilizavam.

Archer deu mais um soco antes de Travis o atingir com força. As costas de Archer atingiram a calçada com um baque alto. Eu observei enquanto o ar saía dele e ele rilhava os dentes. Travis lhe deu um soco na mandíbula.

Solucei, e o medo varreu o meu corpo como se fosse um incêndio florestal se espalhando a toda velocidade.

— Parem! — gritei. — Parem! — Travis ergueu a mão e estava prestes a desferir outro golpe no rosto de Archer. Ai, Deus, ele arrasaria com ele ali no chão, bem diante de todo mundo, diante de mim. Todo o meu corpo pareceu acelerar, meu coração batendo alto nos meus ouvidos e minha pulsação chegando à estratosfera. — Parem! — gritei, contendo um soluço. — Vocês são *irmãos*! Parem com isso!

O tempo pareceu congelar quando o punho de Travis parou no meio do caminho e os olhos de Archer se desviaram para mim. Ouvi Tori inspirar com força.

— Vocês são irmãos — repeti. Lágrimas escorriam pelo meu rosto agora. — Por favor, não façam isso. O dia de hoje é para homenagear o pai de vocês. Ele não ia querer isso. Por favor, parem.

Travis empurrou Archer pelo peito, mas saiu de cima dele e se levantou. Archer ficou de pé na mesma hora, esfregando o maxilar e olhando ao redor para as pessoas boquiabertas. Sua expressão era uma mistura de confusão, fúria e medo, todos os três se revezando em seus olhos castanho-dourados.

Outro par de olhos castanho-dourados encontrou os meus quando Travis empurrou Archer para longe, mas não com muita força.

— Não somos irmãos. Somos primos — rebateu, me olhando como se eu estivesse louca.

Balancei a cabeça, com o olhar fixo em Archer, que não olhava para mim.

— Sinto muito, Archer — falei. — Não foi minha intenção contar tudo. Sinto muito — sussurrei. — Queria poder voltar no tempo e não dizer nada.

— Que porra é essa? — perguntou Travis.

— Vamos! — Tori Hale gritou para o filho. — Ele é um animal — vociferou a mulher, apontando para Archer. — São loucos, os dois. Não vou ficar ouvindo essa bobagem nem mais um segundo. — Ela tentou puxar o braço de Travis, mas ele se desvencilhou.

Ele a olhou com atenção, algo se registrando no seu olhar. Ele devia ter compreendido alguma coisa.

— Bem, esse tipo de coisa é facilmente comprovado com um simples exame de sangue — disse Travis, sem erguer a voz, com os olhos fixos nos da mãe. Tori ficou pálida e virou a cabeça. Travis a observou.

— Ai, Deus — acusou ele. — É verdade. Você sabia.

— Não sei do que está falando — respondeu ela, mas com a voz um pouco histérica.

— Foi o que pensei. — Outra voz veio da multidão, e virei a cabeça para ver Mandy Wright vindo na nossa direção. — No minuto que o vi nos braços da mãe, eu desconfiei. Esses são os olhos de Connor Hale, os olhos do seu pai — sussurrou Mandy, encarando Archer.

Fechei os olhos, e mais lágrimas escorreram por minhas bochechas.

Ai, Deus.

— Chega! — gritou Tori. — Se você não vem, vou eu. É do meu marido que você está falando! E de todos os dias possíveis para macular a memória dele... vocês deveriam se envergonhar. — Ela apontou para cada um de nós um dedo ossudo com a unha pintada de vermelho, aquele mesmo olhar glacial. E, assim, ela deu meia-volta e abriu caminho em meio à multidão.

Lancei um olhar de relance para Travis brevemente, mas em seguida fitei Archer. Ele olhou para mim de uma vez, depois para Travis e Mandy e, por fim, para a multidão, todos os olhares fixos em nós. O pânico invadiu sua expressão, e percebi que as pessoas o encaravam boquiabertas, cochichando. Senti uma pontada no peito e dei um passo na direção dele, mas ele deu um passo para trás, com os olhos varrendo a multidão de novo.

— Archer — chamei, estendendo a mão. Ele se virou e começou a abrir caminho entre o mar de pessoas. Eu parei, abaixei a mão ao lado do corpo e olhei para baixo.

— Bree? — perguntou Travis, e eu o fuzilei com o olhar.

— Não — respondi entre os dentes. Então me afastei dele e voltei correndo para a lanchonete. Maggie estava de pé à porta.

— Vá atrás dele, meu bem — disse ela, com gentileza, ao pôr a mão no meu ombro. Estava óbvio que ela tinha visto tudo. A cidade inteira tinha visto.

Balancei a cabeça.

— Ele precisa de tempo — falei. Eu não tinha certeza de como sabia disso, mas simplesmente sabia.

— Tudo bem, então vá para casa pelo menos. Está sem movimento, não tem problema.

Assenti.

— Obrigada, Maggie.

— Imagina, meu bem.

— Vou sair pelos fundos. Meu carro está no beco, então consigo sair mesmo com os desvios.

Maggie assentiu, compreensão brilhando em seus olhos bondosos.

— Se precisar de qualquer coisa, me ligue — ofereceu.

Forcei um sorriso amarelo.

— Pode deixar.

Dirigi para casa no piloto automático; nem mesmo me lembrava do trajeto. Me arrastei para dentro e desabei no sofá, e quando Phoebe pulou no meu colo e começou a lamber meu rosto, as lágrimas começaram a cair. Como era possível tudo ter dado tão errado em tão poucos dias?

Eu sentia que Archer estava como uma bomba-relógio, prestes a estourar a qualquer minuto. Eu queria ajudá-lo a passar por isso, mas não sabia como. Me sentia impotente, despreparada. Sequei as lágrimas e me sentei ali por um tempo, tentando pensar em uma solução.

Talvez a gente precisasse se afastar dessa cidade, simplesmente jogar tudo no meu carro e ir para um lugar novo. Deus, isso parecia familiar. Não tinha sido essa mesma ideia que Connor Hale tivera? E olha só como tudo tinha terminado. Nada bem.

E, de qualquer forma, como isso faria Archer se sentir? Ele ainda lutava com o fato de que não se sentia um homem de verdade. Como se sentiria quando eu arranjasse emprego em outro lugar e ele passasse o dia em um apartamento? Pelo menos aqui ele tinha as terras dele, os projetos, a casa, seu lago...

Embora fosse provável que eu tivesse arruinado tudo para ele agora. Fiz careta quando a culpa me invadiu. Tinha levado tanto tempo para ele se sentir à vontade para sair de casa, e agora ia sentir que precisava se esconder de novo lá, com medo de que as pessoas fossem cochichar e o encarar, julgando sua deficiência, fazendo-o se sentir mais inferior ainda.

Depois de alguns minutos, me levantei cansada e levei Phoebe para fora, então voltei para dentro e tomei um banho. Minha mente ainda repassava o que havia acontecido no desfile. Eu precisaria ir até ele para me desculpar. Eu não tinha intenção de revelar o segredo que ele não queria que se espalhasse, mas havia feito isso. E agora era ele que teria que conviver com as consequências, se houvesse alguma.

Vesti roupas quentes, incapaz de afastar o frio que parecia se afundar até os meus ossos, e sequei meu cabelo devagar.

Me deitei na cama e deixei a tristeza me invadir de novo. Eu estava cansada e não conseguia ver nada de bom na situação, nada além do fato de que eu amava Archer desesperadamente. Pensei que talvez fosse porque eu estivesse exausta demais. Talvez eu só precisasse descansar por alguns minutos...

Abri os olhos depois do que pensei terem sido poucos minutos e olhei para o relógio. Ai, Deus, eu tinha dormido por duas horas. Me levantei como um raio e passei a mão no cabelo.

Precisava ir atrás de Archer. Ele devia estar se perguntando por que eu não tinha ido procurá-lo. Ele tinha se afastado de mim... mas eu tinha lhe dado algumas horas. Torcia para que ele estivesse mais calmo agora. *Deus, por favor, que ele não esteja com raiva de mim*, pensei enquanto entrava no carro e dava partida.

Minutos depois, eu estava atravessando o portão dele e indo em direção à casa. Bati à porta e virei a maçaneta, mas fui recebida por silêncio total. O sol se pondo lá fora lançava uma luz fraca na sala diante de mim.

— Archer? — gritei, uma sensação horrorosa percorrendo o meu corpo. Eu a espantei e gritei de novo: — Archer? — Nada.

Foi quando vi a carta com o meu nome escrito e que tinha sido deixada na mesa que ficava atrás do sofá.

Com mãos trêmulas, eu a peguei e desdobrei, o medo envolvendo o meu corpo.

Bree,

Não se culpe, o que aconteceu no desfile não foi culpa sua. Foi minha, só minha.

Estou indo embora, Bree. Vou pegar a caminhonete do meu tio. Não sei ainda para onde vou, mas preciso ir para algum lugar. Preciso compreender algumas coisas, e talvez até mesmo aprender um pouco mais sobre quem posso ser nesse mundo, se eu puder chegar a ser alguém. Só de pensar nisso já fico morrendo de medo, mas ficar aqui, sentindo as coisas que estou sentindo, parece ser mais aterrorizante ainda. Sei que é difícil de entender. Nem eu entendi tudo ainda.

Duas vezes, pensei que eu tinha te perdido, e a simples possibilidade me destruiu. Sabe o que fiz quando você estava só alguns minutos atrasada e ouvi as ambulâncias indo na direção da sua casa? Eu vomitei no gramado e saí correndo até você. Aquilo me assustou até a alma. E acontece que sempre vai ter alguma coisa, não só a ambulância, mas no dia que você chegar tarde do trabalho, que um cara der em cima de você ou... um milhão de coisas diferentes que não consigo nem mesmo imaginar no momento.

Sempre vai ter alguma coisa ameaçando tirar você de mim, mesmo que seja boba e que só esteja na minha cabeça. E, em algum momento, vai ser isso que nos destruirá. Eu vou começar a te magoar porque você não vai ser capaz de me consertar, você nunca vai ser capaz de me tranquilizar quanto a isso. E vai acabar se ressentindo de mim porque precisa ficar o tempo todo carregando o fardo por nós dois. Não posso deixar isso acontecer. Eu te pedi para não me deixar destruir o que temos, mas acho que não sou capaz de fazer qualquer outra coisa.

Ontem à noite, depois que você dormiu, não consegui deixar de pensar na história que me contou sobre os bordados que a sua mãe fazia. E até mesmo pensei nisso hoje, e quero tanto acreditar que o que você disse é verdade, que algo lindo pode sair de toda essa feiura, de toda a dor, de todas as coisas que fazem de mim quem eu sou. Quero ver o que há do outro lado. Mas acho que para isso terei que ser eu mesmo a virar o bordado. Esses passos precisam ser dados por mim. Sou eu quem precisa entender como a imagem é formada, como o todo faz sentido... como é o meu próprio bordado.

Não estou pedindo que espere por mim, jamais seria egoísta a esse ponto. Mas, por favor, não me odeie. Eu nunca, jamais, quis magoar você, mas eu não te faço bem. Não faço bem para ninguém no momento, e preciso descobrir se talvez um dia eu vou conseguir.

Por favor, entenda. Por favor, saiba que eu te amo.

Por favor, me perdoe.

Archer

Minhas mãos tremiam como vara verde, e lágrimas escorriam pelas minhas bochechas. Soltei um soluço, deixei a carta cair e cobri a boca com a mão.

Debaixo da carta havia um molho de chaves, o telefone dele e um recibo para hospedagem canina por tempo indeterminado. Soltei outro soluço e caí no sofá, o mesmo sofá em que Archer havia me embalado em seu colo depois de me salvar da armadilha do seu tio, o mesmo sofá em que ele me beijou pela primeira vez. Solucei na almofada, querendo-o de volta, desejando com tanto desespero ouvir seus passos atravessando a porta às minhas costas, que senti o anseio em cada célula do meu corpo. Mas o silêncio imperou ao meu redor, interrompido apenas pelo som do meu choro.

CAPÍTULO TRINTA E UM

BREE

Os dias se arrastaram. Meu coração parecia ter sido partido e agora jazia pesado no meu peito, e as lágrimas eram uma ameaça constante. Eu sentia tanta saudade dele que, na maioria dos dias, a sensação era a de que eu estava debaixo d'água, olhando para o mundo ao redor e me perguntando por que eu não conseguia me conectar, por que tudo e todos estavam nebulosos e distantes, inacessíveis.

Eu me preocupava também... o que ele estava fazendo? Onde estava dormindo? Como se comunicava quando precisava? Ele estava com medo? Tentei esquecer essas coisas, pois tinham sido uma das razões para ele ir embora. Ele se sentia menos homem por depender tanto de mim para circular no mundo lá fora. Não tinha dito exatamente isso, mas eu sabia que era a verdade. Ele não queria sentir como se eu fosse a mãe dele, mas como se fosse meu igual, meu protetor, a pessoa de quem *eu* podia depender às vezes.

Eu entendia. E ainda assim me partia o coração que me deixar tinha sido a sua solução para o problema. Ele voltaria? *Quando*? E quando voltasse, ainda me amaria?

Eu não sabia. Mas esperaria. Eu esperaria para sempre se fosse necessário. Eu tinha dito a ele que nunca o deixaria, e não faria isso. Eu estaria aqui quando ele voltasse.

Eu trabalhava, visitava Anne, que estava se recuperando rapidamente, caminhava pelo lago, mantinha a casa de Archer limpa e sentia saudade dele. Meus dias passavam devagar, um após o outro.

A cidade havia fofocado com fervor por um tempo, e pelo que eu captara no ar, assim que foi revelado, ninguém ficou surpreso demais por Archer também ser filho de Connor. As pessoas especulavam quando ele voltaria e exigiria o que lhe era de direito, ou se sequer voltaria. Mas não me importava com nada disso. Eu só queria Archer.

Por incrível que pareça, depois do dia do desfile, só houve silêncio da parte de Victoria Hale. Passou pela minha cabeça que talvez fosse uma atitude preocupante. Ela não parecia do tipo que ficava quieta e aceitava a derrota, mas eu estava magoada demais para tomar qualquer atitude quanto a isso. Talvez ela simplesmente acreditasse que Archer não era uma ameaça. E talvez ele não fosse. Meu coração ficou apertado.

Travis tentou falar comigo várias vezes depois daquele dia, mas fui seca, e, felizmente, ele não insistiu. Eu não o odiava, mas ele havia perdido muitas oportunidades de ser uma pessoa melhor quando se tratava de Archer. Em vez disso, tinha escolhido fazer pouco de alguém que já estava tendo tantas dificuldades. Por isso, eu nunca teria respeito por ele. Era irmão de Archer só no nome.

O outono se tornou inverno. As folhas de cor vibrante murcharam e caíram das árvores, a temperatura despencou e o lago congelou.

Certo dia, no fim de novembro, várias semanas depois de Archer partir, Maggie veio me procurar enquanto eu estocava as mercadorias novas atrás do balcão e colocou a mão no meu ombro.

— Pretende ir para a sua cidade no Dia de Ação de Graças, Bree, querida?

Eu me levantei a balancei a cabeça.

— Não. Vou ficar aqui.

Maggie me olhou com tristeza.

— Meu bem, se ele voltar enquanto você estiver fora, eu te ligo.

Balancei a cabeça com veemência.

— Não, eu tenho que estar aqui quando ele voltar.

— Ok, meu bem, ok. Enfim, então você vai passar o feriado com a gente. Nossa filha e a família dela virão. E Anne e a irmã foram convidadas também. Vai ser muito divertido.

Sorri para Maggie.

— Tudo bem, Maggie. Obrigada.

— Que bom. — Ela sorriu, mas, de alguma forma, ainda parecia triste.

Mais tarde naquele dia, Norm se sentou comigo à mesa de descanso quando estávamos fechando depois de todos os clientes terem ido embora, com um pedaço de torta de abóbora diante de si, e deu uma boa garfada.

— Você faz a melhor torta de abóbora que já comi — disse ele, e eu comecei a chorar bem ali porque sabia que era o jeito de Norm de dizer que me amava.

— Eu amo você também! — solucei.

Norm se levantou, fazendo careta.

— Ai, nossa. Maggie! — gritou ele. — Bree precisa de você.

Talvez eu estivesse um pouquinho emotiva demais.

Novembro deu lugar a dezembro, e nevou suavemente em Pelion. O branco cobriu tudo, lançando uma sensação mágica pela cidade, fazendo-a parecer ainda mais retrô, igual a uma das pinturas de Thomas Kinkade.

Dois de dezembro era o aniversário de Archer. Tirei o dia de folga e o passei diante da lareira na casa dele, lendo *Ethan Frome*. Não era a melhor das escolhas, ele tinha razão, aquele era o livro mais depressivo que já tinha sido escrito. Mas era o seu dia, e queria me sentir próxima dele.

— Feliz aniversário, Archer — sussurrei para a noite, fazendo meu próprio desejo. *Volte para mim.*

Em um sábado frio, mais ou menos uma semana depois, eu estava aconchegada no sofá com Phoebe, um cobertor e um livro, quando ouvi uma batida suave à minha porta. Meu coração saltou no peito, e me levantei correndo para espiar a janela, um lampejo de um homem parado lá encharcado pela chuva passando pela minha cabeça.

Melanie estava de pé na minha varanda usando uma jaqueta puffer, um cachecol rosa-choque e touca. Meu coração doeu. Eu amava a Melanie, mas, por um breve segundo, tinha me permitido ter a esperança de que era Archer voltando para mim. Fui abrir a porta para ela.

— Oi. — Melanie sorriu.

— Entre — falei, estremecendo por causa da rajada gelada que passou pela porta.

Melanie entrou e fechou a porta.

— Estou aqui para te pegar para ver a árvore de Natal de Pelion ser acesa. Anda. Vá se vestir — ela mandou.

Soltei um suspiro.

— Melanie...

Ela balançou a cabeça.

— Nem vem. Não vou aceitar não como resposta. Eu me recuso a te deixar se tornar a louca dos gatos de Pelion.

Eu ri, apesar de tudo.

— A louca dos gatos de Pelion?

— Hum-hum. — A tristeza tomou seu rosto bonito. — Já faz mais de dois meses que ele se foi, Bree. E sei que você está com saudade, eu também estou. Mas não vou deixar você ficar sentada em casa se lamentando por ele o tempo todo. Não é saudável. — Sua voz ficou ainda mais gentil. — Ele escolheu ir embora, querida. E eu sei que ele teve suas razões. Mas você ainda tem uma vida. Ainda tem amigos. Pode ficar com saudade dele, mas, por favor, não deixe de viver.

Uma lágrima escorreu pela minha bochecha, e eu a sequei e funguei.

Assenti quando outra escorreu pela outra bochecha. Melanie me puxou e me abraçou. Depois de um minuto, me afastei.

— Está frio. Você vai ter que se agasalhar bem. Vista algo que não tenha pelo de gato.

Soltei uma risadinha e sequei a última lágrima da minha bochecha.

— Tudo bem — sussurrei, e fui me vestir.

Enquanto dirigíamos até a cidade, luzes de Natal piscavam por toda parte. Pela primeira vez desde que ele tinha ido embora, senti algo perto de serenidade quando olhei ao redor daquela cidadezinha que eu tinha vindo a amar tanto, cheia de tantas pessoas que agora eram parte do meu coração.

Nós encontramos Liza em meio à multidão no centro da cidade, e eu sorri mais do que tinha feito nesses dois meses. Ambas me contaram histórias dos seus encontros mais recentes e entrelaçaram os braços com os meus enquanto a árvore se acendia ao som de vivas e assovios.

Inspirei o ar frio de dezembro e olhei para o céu, cheio de estrelas, e sussurrei na minha mente: *Volte para mim*. Uma sensação de paz me inundou, e eu olhei ao redor, abraçando minhas amigas com mais força e sorrindo para nada em particular.

O Natal chegou e foi embora. Apesar do fato de Natalie ter me implorado para ir para casa e passar com ela, eu disse não e, em vez disso, passei outro feriado com Maggie e Norm. Eu estava melhor, tentando viver a minha vida, mas precisava ficar em Pelion. Precisava estar aqui onde Archer sabia onde me encontrar.

Ele estava bem? Parei na minha janela, olhando para o lago congelado, a neve caindo suavemente, e me perguntava se ele estava aquecido, se tinha dinheiro suficiente. Aquela caminhonete velha ainda estava funcionando? Ele sentia tanta saudade de mim quanto eu dele?

— Volte para mim — sussurrei pela milésima vez desde que ele tinha ido embora.

Na véspera de Ano-Novo, a lanchonete só ficaria aberta até o meio-dia.

Melanie e Liza tinham me chamado para ir com elas a uma festa de arromba do outro lado do lago, na casa de algum cara que elas conheciam. Eu tinha aceitado, mas, agora, enquanto colocava o vestidinho preto que tinha comprado na loja da Mandy para esta noite, considerei ligar e cancelar. Eu não estava no humor para festa. Mas sabia que elas me arrastariam para lá e não aceitariam o não, então suspirei e continuei fazendo cabelo e maquiagem.

Demorou para eu prender o cabelo de um jeito que achava que estava legal, e passei a maquiagem com cuidado. Me senti bonita pela primeira vez desde que Archer tinha ido embora e levado consigo o olhar de desejo e adoração, aquele que me fazia me sentir a mulher mais desejável do mundo. Fechei os olhos e respirei bem fundo, engolindo o nó na minha garganta.

Liza e Melanie me pegaram às oito em ponto e chegamos à festa meia hora depois, em uma mansão imensa nos arredores da cidade. Fiquei boquiaberta enquanto percorríamos a longa entrada de carros.

— Vocês não me disseram que estávamos indo para a casa de uma estrela de cinema.

— Bacana, não é? Gage Buchanan. O pai dele é dono do resort da cidade. Ele é meio idiota quando quer, mas dá festas épicas, e a gente costuma ser convidada porque é amiga da irmã dele, a Lexi.

Assenti, reparando na beleza da casa iluminada e em todos os carros parados em frente. Um manobrista de paletó vermelho abriu nossas portas quando paramos, e Melanie lhe entregou as chaves.

Passamos pela magnífica fonte na frente e seguimos para a porta, onde fomos recebidas por um mordomo, que não sorriu, mas fez sinal para entrarmos. Liza deu uma risadinha enquanto íamos guardar os casacos.

Lá dentro era ainda mais impressionante. Uma escadaria ampla saía do foyer, muito mármore e candelabros acesos por toda parte, a mobília clássica parecia cara e era grande o suficiente para encher os cômodos imensos. Tudo era grandioso e enorme. Me fazia me sentir como Alice no País das Maravilhas enquanto eu caminhava pelo corredor amplo que tinha quadros muito grandes e janelas do chão ao teto, cada uma levando para uma sacada.

Vagamos pela casa, e reparei em tudo enquanto meio que ouvia Liza e Melanie conversarem.

A decoração da casa estava linda com bandeirolas pretas e douradas, balões espalhados por toda parte e mesas cheias de cornetas e confetes para jogarmos à meia-noite. As pessoas riam e conversavam, mas eu não conseguia entrar no clima. Me sentia ansiosa, acalorada, como se houvesse algum lugar em que eu precisava estar naquele exato segundo, mas não sabia onde nem por quê. Me virei em um círculo lento, olhando para as pessoas ao meu redor, procurando algo... mas não sabia o quê.

Quando entramos no salão, uma mulher carregando uma bandeja nos ofereceu champanhe. Cada uma de nós pegou uma taça e, distraída, olhei ao redor.

— Bree? Terra para Bree. — Liza riu. — Onde você estava?

Sorri para ela, voltando ao aqui e agora.

— Desculpe, esse lugar é meio que demais.

— Bem, beba! Precisamos dançar um pouco!

— Tudo bem. — Eu ri, tentando espantar aquela sensação esquisita.

Terminamos o champanhe e fui para a pista de dança, e enquanto dançávamos e riamos, a bebida fez efeito, e consegui voltar para o presente.

Começamos a sair da pista quando a música agitada que dançávamos terminou e uma lenta começou.

— Ah, olha, lá estão Stephen e Chris — disse Melanie, olhando na direção de dois caras que estavam conversando perto da pista de dança. Eles viram Liza e Melanie e fizeram sinal para elas irem até lá.

Coloquei a mão no braço de Melanie.

— Vão vocês falar com eles, eu preciso de ar fresco.

Melanie franziu a testa.

— Tem certeza? A gente pode ir com você.

Balancei a cabeça.

— Não, não, sério, estou bem. Prometo.

Elas hesitaram, mas então Melanie falou:

— Tudo bem, mas a gente vai te procurar se você demorar demais. — Ela sorriu e deu uma piscadinha. — E se a gente fizer isso e te encontrar em um cômodo vazio da casa fazendo carinho em um gato, você *vai* ouvir.

Eu ri.

— Prometo que não vou demorar.

Saí do salão de baile e fui em direção a uma varanda grande que vi quando chegamos, e lá fora, respirei bem fundo. Estava frio, mas não gelado, e depois de tanto dançar, foi gostoso sentir o ar fresco na minha pele.

Caminhei ao longo da varanda, passando a mão pelo parapeito. Era mágico ali fora: árvores grandes em vasos enfeitadas com pisca-piscas tinham sido dispostas do lado de fora da casa, e entre elas, havia banquinhos reservados em que só cabiam duas pessoas. Me inclinei para o lado, olhando para os convidados rindo e conversando na sacada de baixo e então me endireitei e fiquei lá por mais alguns minutos, respirando fundo e olhando para as estrelas.

Eu tinha a estranha sensação de que alguém me observava. Me virei em um círculo lento, e aquela mesma sensação que tinha sentido dentro da casa voltou. Balancei a cabeça de leve e me trouxe de volta para o presente.

Um casal entrou de repente na varanda, rindo enquanto o homem apalpava a mulher e ela o empurrava de brincadeira antes de ele puxá-la para um beijo.

Desviei o olhar, pois meu peito se apertou ao ver a intimidade entre os dois. *Por favor, volte para mim*, repeti na minha mente.

Fui na direção da porta, me desviando do casal. Dei privacidade a eles e entrei na casa de novo. Parei assim que cheguei ao corredor e respirei bem fundo antes de ir na direção do salão. Me assustei ao sentir uma mão no meu braço. Meu fôlego ficou preso, e me virei devagar. Havia um homem alto e bonito, com cabelo preto e olhos azuis e profundos, de pé logo atrás de mim. Seu olhar estava fixo em mim.

— Quer dançar? — perguntou, sem fazer rodeios, e estendeu a mão como se o meu sim fosse inevitável.

— Hum, tudo bem — falei, baixinho, e soltei o fôlego ao pegar a mão dele.

O homem me conduziu até a pista de dança e parou bem no meio, me puxando para si.

— Qual é o seu nome? — sussurrou no meu ouvido, com a voz profunda e sedosa.

Inclinei a cabeça para trás e olhei dentro dos seus olhos azuis.

— Bree Prescott.

— É um prazer te conhecer, Bree Prescott. Eu sou Gage Buchanan.

— Ah, o dono da casa. Obrigada por me receber. Sou amiga de Lisa e Melanie Scholl. Sua casa é muito linda.

Gage sorriu e então me virou sem fazer esforço, movendo-se com fluidez junto com a música. Era fácil de acompanhá-lo, embora eu devesse admitir que não era boa dançarina.

— E por que não te conheci antes de hoje? Acho difícil acreditar que uma garota tão bonita quanto você não teria se tornado o assunto da cidade. Eu teria feito questão disso.

Eu ri e me inclinei ligeiramente para trás.

— Eu moro em Pelion. Talvez... — Parei de falar abruptamente quando a conversa alta ao nosso redor pareceu cessar, se transformando em um murmúrio percorrendo a multidão. *In My Veins* pareceu ficar mais alta quando as vozes foram se calando. Gage parou de se mover, assim como eu, e olhamos ao redor, confusos.

E foi quando o vi. Parado na beirada da pista de dança, com aqueles belos olhos cor de uísque fixos em mim, sua expressão ilegível.

Meu coração voou para a garganta, e soltei um arquejo alto e levei as mãos à boca, com pura felicidade preenchendo cada célula do meu corpo. Ele parecia um deus de pé ali, de certa forma mais alto, mais forte, parecendo ter uma autoridade que não possuía antes, mas aquela bela gentileza se mantinha em seus olhos. Pisquei, hipnotizada. Seu cabelo escuro estava mais longo, curvando-se no colarinho da camisa, e ele usava um terno preto, gravata e camisa social clara. Os ombros pareciam ainda mais largos; o porte, maior; a beleza, mais intensa. Eu o absorvi, e meu coração bateu três vezes mais rápido.

Notei por alto que as pessoas nos observavam conforme eu dava um passo na sua direção, e ele, na minha, como ímãs sendo atraídos um para o outro pela força de algo que nenhum de nós conseguia controlar. Ouvi uma mulher mais velha na multidão murmurar:

— Ele é a cara do Connor Hale, não é? — A voz dela era suave, sonhadora.

As pessoas na pista de dança se afastaram para abrir espaço para ele, e eu fiquei à espera. As luzes piscavam ao meu redor, e a música aumentou conforme Archer se aproximava de mim e olhava para algum lugar à minha direita.

Senti uma mão no meu braço, e quando meus olhos se arrancaram de Archer e olhei para cima, Gage, que eu tinha esquecido que estava ali, sorriu, se inclinou para mim e sussurrou:

— De repente ficou óbvio para mim que você já foi conquistada. Foi um prazer te conhecer, Bree Prescott.

Soltei o fôlego e sorri para ele.

— Foi um prazer te conhecer também, Gage.

Parecia que Gage Buchanan era um cara mais legal do que Liza e Melanie tinham lhe dado crédito. Ele deu um aceno de cabeça para Archer e saiu, sumindo em meio à multidão.

Olhei de volta para Archer e, por vários momentos, não fizemos nada senão nos encarar antes de eu erguer as mãos e sinalizar, *Você está aqui*. Lágrimas invadiram meus olhos, e a alegria me envolveu.

Ele soltou um suspiro, sua expressão ficando cálida enquanto erguia as mãos. *Estou aqui por você*, disse ele. E foi quando o sorriso mais lindo que eu já vi na vida se abriu no seu rosto, e eu me lancei em seus braços, chorando e soluçando no seu pescoço, segurando firme, segurando com toda a força que eu tinha o homem que eu amava.

CAPÍTULO TRINTA E DOIS

ARCHER

Eu a abracei forte, aspirando seu aroma delicioso e relaxante, meu coração em êxtase por causa do doce alívio do seu peso nos meus braços. Minha Bree. Eu tinha sentido tanta saudade dela; pensei que fosse morrer nas primeiras semanas. Mas não morri. Eu tinha tanto a dizer a ela, tanto para compartilhar.

Me inclinei para trás, olhando dentro dos seus olhos esmeralda, as pintinhas douradas que eu tanto amava muito mais brilhantes por causa das lágrimas. Ela era deslumbrante. E eu rogava a Deus que ainda fosse minha.

Eu não sei dançar direito, falei, incapaz de desviar o olhar dela.

Bree abriu um sorrisinho. *Eu também não.*

Eu a peguei em meus braços mesmo assim e a segurei junto ao corpo quando começamos a nos balançar com a música. A gente daria um jeito.

Passei a mão pela pele nua das suas costas, e ela estremeceu nos meus braços. Nós dois observamos a forma como eu usava a outra mão para entrelaçar os dedos com os dela, meus olhos se movendo rapidamente para o seu rosto. Ela engoliu em seco e seus lábios se entreabriram para encontrar o meu olhar.

Eu a puxei para mais perto e pressionei seu corpo no meu, sentindo a serenidade me inundar.

Quando a música acabou, Bree perguntou: *Isso está acontecendo mesmo?*

Sorri para ela. *Não sei. Acho que sim. Mas parece um sonho.*

Ela deu uma risadinha. *Como você sabia que eu estava aqui?*

Fui até a sua casa, suspirei. *Anne me viu e me disse que você estava aqui.*

Ela estendeu a mão e a colocou na minha bochecha, como se verificando para ter certeza de que eu estava mesmo ali, e eu fechei os olhos e me inclinei no seu toque. Um segundo depois, ela abaixou a mão e sinalizou: *Onde você esteve, Archer? O que andou...?*

Coloquei as mãos ao redor das dela, detendo suas palavras, e ela piscou para mim, surpresa. Eu a soltei e ergui as mãos. *Tenho tanto a te dizer, temos tanto a conversar.*

Você ainda me ama?, perguntou ela, e seus olhos vulneráveis piscaram de novo, sendo preenchidos por lágrimas novas. Todo o seu coração estava naquela expressão, e eu a amei com tanta intensidade que senti nos meus ossos.

Nunca vou deixar de te amar, Bree, falei, esperando que ela pudesse ver nos meus olhos que eu tinha posto minha própria alma nessa declaração, no cerne de quem eu era.

Ela observou o meu rosto por alguns segundos, e então se concentrou no meu peito ao dizer: *Você me deixou.*

Eu precisei, respondi.

Seus olhos percorreram o meu rosto, me observando com mais atenção. *Me leve para casa, Archer*, ela pediu, e eu não precisava que ela dissesse duas vezes. Peguei sua mão e começamos a nos mover pela multidão que eu tinha esquecido que estava ali.

Quando chegamos ao ar frio da noite, Bree disse:

— Espere, Melanie e Liza...

Elas me viram, suspirei. *Vão saber que você foi embora comigo.*

Ela assentiu.

O manobrista trouxe a minha caminhonete, parecendo

completamente deslocada entre Audis e BMWs. Mas tudo bem. Eu tinha Bree Prescott nos braços, e pretendia mantê-la lá.

Sorri para ela quando dei a partida. Assim que arranquei, o escapamento soltou um barulho alto como um tiro, o que fez as pessoas ali perto se sobressaltarem e gritarem, e uma mulher usando uma estola de pele de vison se jogou no chão. Deviam ter pensado que era um tiroteio. Fiz careta e acenei para me desculpar.

Conforme nos afastávamos, olhei para Bree, que mordia o lábio e obviamente tentava prender o riso. Ela olhou para mim, eu olhei para ela, e nós dois olhamos para frente. Depois de alguns segundos, ela olhou para mim de novo, jogou a cabeça para trás e soltou uma gargalhada estrondosa. Meus olhos se arregalaram e não consegui me segurar, comecei a rir também, sorrindo e gargalhando com ela, ao passo que tentava manter a atenção na estrada. Ela riu de chorar, e eu segurava o peito, tentando controlar as risadas que nos tomaram.

Depois de vários segundos, olhei adiante e seu rosto de repente foi da graça às lágrimas. Minha risada morreu e eu a encarei, nervoso, me perguntando o que tinha acabado de acontecer.

Coloquei a mão na perna dela, e ela a empurrou para longe, chorando mais ainda, parecendo estar com dificuldade de recuperar o fôlego. O pânico me atravessou. O que estava acontecendo? Eu não sabia o que fazer.

— Você sumiu por três meses, Archer. Três meses! — ela pôs para fora, a voz diminuindo na última palavra. — Você não escreveu. Nem levou seu celular. Eu não sabia nem se você estava vivo. Eu não sabia se você estava sentindo frio. Não sabia como estava se comunicando com as pessoas. — Ela soltou outro soluço.

Encostei o carro em um trecho de estrada de chão perto da margem do rio. Me virei para Bree assim que ela abriu a porta da caminhonete e saltou para fora, caminhando rápido pelo acostamento em seu vestidinho preto. O que ela estava fazendo? Saí também, e corri para alcançá-la. O cascalho foi triturado sob os meus pés enquanto Bree cambaleava à minha frente com seus saltos altos.

A lua, grande e cheia sobre nós, iluminava a noite, e eu podia ver Bree claramente diante de mim.

Quando enfim cheguei a ela, segurei seu braço e ela parou e se virou, lágrimas ainda escorrendo por suas bochechas. *Não fuja de mim*, falei. *Não posso te chamar. Por favor, não fuja de mim.*

— Você fugiu de *mim*! — acusou. — Você fugiu de mim, e morri um pouquinho a cada dia! Você nem me deixou saber se estava em segurança! Por quê?

A voz dela embargou na última palavra, e senti meu coração se contorcer no peito. *Eu não podia, Bree. Se eu te escrevesse ou te contatasse, não teria sido capaz de ficar longe. E eu tinha que ficar, Bree. Você é a minha segurança, e eu precisava fazer isso sem me sentir seguro. Eu precisava.*

Ela ficou em silêncio por vários minutos, com o olhar ainda nas minhas mãos, sem desviá-lo para o meu rosto. Ambos tremíamos, e nosso fôlego saía em baforadas brancas.

De repente, entendi. Bree tinha contido as emoções pela minha ausência durante três longos meses, e meu retorno havia aberto as comportas. Eu sabia como era quando a emoção, borbulhando para a superfície, fazia a gente se sentir enjoado, descontrolado; eu sabia disso melhor do que ninguém. Era por isso que eu tinha ido embora. Mas, agora, estava de volta. E era a minha vez de ser forte pela Bree. Agora eu finalmente era capaz.

Volte para a caminhonete. Por favor. Me deixe te aquecer a aí a gente conversa.

— Houve outras mulheres?

Me inclinei e falei com as mãos bem perto do seu corpo, olhando-a nos olhos enquanto ela se dividia entre o meu rosto e as minhas mãos. *Sempre foi só você. Sempre. Será. Só. Você.*

Ela fechou os olhos, e mais lágrimas escorreram por suas bochechas. Ela os abriu e nós dois ficamos parados lá, em silêncio, com nossa respiração se dispersando ao se elevar para o céu.

— Eu pensei — ela balançou a cabeça devagar —, eu pensei que talvez você tivesse concluído que era um solitário. — Ela soltou o fôlego. — E que se apaixonaria por qualquer garota que aparecesse na frente da sua casa naquele dia, que talvez você precisasse tirar a prova. — Ela olhou para baixo.

Ergui seu queixo com os dedos e inclinei sua cabeça de volta para mim. Assim que ela estava me olhando nos olhos, abaixei a mão e disse: *Não há nada a descobrir. O que sei é que você entrou pelo meu portão naquele dia, e entreguei o meu coração. Mas não porque teria acontecido a mesma coisa com qualquer garota... mas porque era você. Entreguei o meu coração para você. E, Bree, no caso de estar se perguntando, eu não o quero de volta nunca mais.*

Ela fechou os olhos de novo por um momento, e vi seu corpo relaxar.

— O que estamos fazendo? — perguntou ela por fim, com a voz baixa, abraçando-se com os braços nus.

Por favor, me deixe te aquecer, repeti, estendendo a mão para ela.

Ela não disse nada, mas pegou minha mão e nós voltamos para a caminhonete. Quando chegamos lá, eu a ajudei a subir e então dei a volta até o meu lado e entrei também, e logo me virei para ela.

Olhei pela janela às suas costas por um segundo, pensando em todas as coisas que tinha feito nos últimos três meses, e respondi à pergunta que ela tinha me feito lá fora.

Fui a restaurantes, cafeterias... até ao cinema uma vez. Eu sorri, e os olhos dela dispararam para o meu rosto.

Ela piscou para mim, suas lágrimas já secas.

— Foi mesmo? — sussurrou ela. Eu assenti. Seus olhos esquadrinharam meu rosto por vários segundos antes de ela perguntar: — O que você viu?

Thor, soletrei.

Ela riu baixinho, e o som foi música para os meus ouvidos.

— Gostou?

Amei. Eu vi duas vezes. Até mesmo pedi pipoca e uma bebida, mesmo havendo uma fila de pessoas atrás de mim.

— Como você fez isso? — Ela olhou para mim com os olhos arregalados.

Tive que apontar e gesticular um pouquinho, mas o garoto entendeu. Ele era legal. Pausei por um minuto. *Tive essa epifania cerca de um mês depois que fui embora. Sempre que eu ia para algum lugar e tinha que me comunicar com alguém, e eles viam minha cicatriz e entendiam a razão para eu estar gesticulando, cada um tinha uma reação diferente. Algumas pessoas ficavam estranhas, desconfortáveis; outras eram gentis, solícitas, e havia até aquelas que eram impacientes e ficavam incomodadas.*

Os olhos de Bree suavizaram enquanto ela me ouvia, extasiada.

Percebi que a reação das pessoas tinha mais a ver com elas, mais a ver com quem eram, do que comigo. Foi como ser atingido por um raio, Bree.

Seus olhos marejaram de novo, e ela estendeu a mão para tocar minha perna, apenas para estar em contato comigo.

Ela balançou a cabeça em afirmativa.

— Era assim com o meu pai também. O que mais? — perguntou ela.

Arranjei um emprego. Sorri e a surpresa transpareceu em seu rosto. Assenti. *É, eu parei em uma cidadezinha no estado de Nova York e vi um anúncio que dizia precisar de caras para descarregar os caminhões de bagagem no aeroporto. Escrevi uma carta explicando minha situação, dizendo que eu conseguia ouvir e entender comandos e que eu era esforçado, mas que não podia falar. Entreguei pessoalmente para o cara, e ele a leu e me contratou de imediato.* Sorri ao me lembrar do tanto de orgulho que senti naquele momento.

Era um trabalho chato, mas conheci outro cara lá, Luis, e ele falava sem parar, me contava histórias da sua vida enquanto trabalhávamos. Que tinha saído do México sem saber nada da nossa língua, de como ainda luta para sustentar a família, mas que eram felizes, tinham uns aos outros. Ele falava muito. Tive a impressão de que ninguém nunca o ouvia. Sorri com a lembrança do meu primeiro amigo de verdade além da Bree.

Ele me convidou para ir cear na casa dele no Natal, e a filhinha dele aprendeu alguns sinais antes de eu chegar lá, e ensinei mais alguns a ela. Sorri ao pensar na pequena Claudia. *Ela me perguntou qual era o sinal do amor, e eu soletrei o seu nome.*

Bree soltou um som baixinho, algo entre uma risada e um soluço.

— Então agora ela vai sair por aí dizendo "Eu Bree você"? — perguntou, sorrindo, com um olhar brando.

Confirmei balançando a cabeça. *Sim.* E me virei mais na direção dela, me concentrando no seu rosto. *Para mim, faz muito sentido. O amor é um conceito, e cada pessoa tem a sua própria palavra que o representa para ela. Minha palavra para amor é "Bree".*

Nos encaramos por vários e lentos segundos, enquanto eu absorvia a beleza dela, sua compaixão. Eu já sabia disso sobre ela, mas não até o ponto que sabia agora.

Por fim, ela me questionou:

— O que te fez decidir que era hora de voltar para casa?

Refleti. *Eu estava sentado em uma pequena cafeteria alguns dias atrás, e vi um idoso na mesa na frente da minha. Ele pareceu tão solitário, tão triste. Eu estava também, mas de repente me ocorreu que algumas pessoas passam a vida toda sem nunca ter sido amadas nem ter amado alguém tanto quanto amo você. Sempre haverá a chance de que eu te perca nesta vida. Não há nada que nenhum de nós possa fazer quanto à possibilidade da perda. Mas, naquele momento, decidi que estava mais interessado em me concentrar no imenso privilégio que me foi dado de ter você.*

Seus olhos marejaram de novo quando ela sussurrou:

— E se eu não estivesse aqui quando você voltasse?

Então eu teria ido atrás de você. E teria lutado por você, mas não percebe que eu tinha que lutar por mim primeiro? Eu precisava sentir que era digno de você.

Ela me encarou por um segundo, e mais lágrimas surgiram em seus olhos.

— Como você ficou tão inteligente assim? — indagou ela, soltando uma risadinha ofegante e uma fungadinha.

Eu já era inteligente. Só precisava de mais experiência de mundo. Eu precisava do Thor.

Ela soltou outra risada e depois sorriu para mim. *Você está sendo engraçadinho?*

Sorri, notando que ela enfim estava usando as mãos para falar. *Não, nunca faço piadas com o Thor.*

Ela riu e depois voltou a olhar para mim, em silêncio, seu rosto sério. O meu também, e perguntei: *Por que você ficou, Bree? Me diga.*

Ela soltou um suspiro e olhou para as mãos em seu colo. Por fim, ergueu-as e disse: *Porque eu te amo. Porque eu te esperaria para sempre.* Ela olhou dentro dos meus olhos, e sua beleza roubou o meu fôlego. *Me leve para casa, Archer*, pediu.

Meu coração foi às alturas quando dei a partida na caminhonete e voltei para a estrada. O resto do percurso foi feito em silêncio. Quando estávamos quase chegando, Bree estendeu a mão para mim e seguimos de mãos dadas o restante do caminho.

Parei na frente da minha casa, passamos pelo portão e fomos até a porta, sem dizer uma única palavra.

Quando entramos e ela se virou para mim, falei: *Você manteve a casa limpa.*

Ela olhou ao redor, como se estivesse se recordando, e então assentiu.

Por quê?, perguntei.

Ela pareceu pensar no assunto. *Porque isso me fazia sentir que você ia voltar, como se você fosse estar em casa em breve.*

Meu coração se apertou. *Sinto muito, Bree.*

Ela balançou a cabeça e olhou para mim com olhos arregalados e vulneráveis. *Não me abandone de novo, por favor.*

Balancei a cabeça e me aproximei dela.

Nunca mais, prometi, e a puxei para os meus braços. Ela levou a boca à minha e pressionei os lábios nos seus, gemendo em silêncio com o seu sabor conforme deslizei a língua em sua boca. Não consegui conter o arrepio que percorreu o meu corpo quando o sabor de pêssego e Bree explodiu na minha língua. Meu pau ficou duro na mesma hora, e me pressionei nela. Ela suspirou na minha boca e, como se fosse possível, fiquei mais duro ainda. Parecia fazer uma vida desde que eu tinha estado dentro dela.

Bree afastou a boca da minha e falou:

— Eu senti muita saudade, Archer. Muita mesmo.

Eu a soltei só por um segundo e sinalizei: *Senti saudade também, Bree. Muita mesmo.*

Comecei a baixar a boca até a dela de novo, quando ela levou a mão ao meu cabelo e disse:

— Está mais longo. Vou ter que cortar de novo. — Ela sorriu. — Talvez você não me expulse da sua casa quando eu tentar passar a mão em você dessa vez.

Eu ri em silêncio e então sorri quando ergui as mãos. *As chances de que eu não faça isso são bem boas. E, Bree, vou parar de falar agora e usar minhas mãos para outras coisas, ok?*

Os olhos dela se arregalaram, e os lábios se abriram ligeiramente quando ela sussurrou:

— Ok.

Eu a peguei no colo, carreguei-a pelo corredor curto até o meu quarto e a coloquei ao lado da minha cama.

Chutei os sapatos para longe, desatei a gravata e comecei a desabotoar a camisa enquanto ela chutava os próprios sapatos e se virava para eu abrir seu vestido.

Desci o zíper bem devagar, expondo mais e mais pele. As marcas de biquíni haviam sumido, e a pele estava macia e mais clara do que da última vez que a tinha visto por inteiro. Ela era tão linda. E toda, toda minha. Satisfação profunda me preencheu, e o desespero que senti para entrar nela alcançou níveis alarmantes.

Ela se virou para mim e deixou o vestidinho preto cair aos seus pés. Meu pau latejou quando ela me olhou em meio aos cílios e com os lábios rosados entreabertos.

Me curvei e tirei as meias, então me ergui e abri o cinto e a calça, deixando-os cair no chão, de onde os chutei. Bree lambeu os lábios e olhou para baixo, para minha ereção contida, e depois para o meu rosto. Seus olhos estavam brilhantes e arregalados.

Estendi a mão para ela e abri seu sutiã sem alças e o deixei cair no chão. Senti uma gota de pré-gozo na ponta do meu pau quando observei seus seios perfeitos, os mamilos rosados já endurecidos e implorando pela minha boca.

Olhei para trás dela e fiz sinal para a cama. Bree se sentou e se deitou quando a cobri, pele com pele. Seu coração me afagou, enviando raios de puro prazer pelo meu corpo, seus olhos me dizendo que eu era amado. Eu era amado pela bela mulher deitada embaixo de mim, pronta para me convidar a entrar em seu corpo.

Em todas as vezes em que tinha feito amor com ela antes, minha cabeça sempre gritava "Minha!" com desespero, mas agora parecia um reconhecimento gentil, uma verdade reconfortante. Minha, minha, sempre minha.

Baixei a cabeça e capturei um mamilo com a boca, banhando-o com a língua enquanto Bree gemia e pressionava os quadris na minha ereção. Nossa, que delícia. O sabor dela, a sensação da sua pele quente e sedosa debaixo da minha, o conhecimento de que eu me afundaria nela em breve... mas não breve o bastante. Eu queria que durasse.

Chupei e lambi seus mamilos por vários minutos enquanto ela passava os dedos pelo meu cabelo, puxando de leve. Meu corpo se pressionou na sua barriga por vontade própria, tentando aliviar o pulsar intenso no meu pau.

Bree arqueou as costas e soltou um gemido profundo.

— Archer, ai, nossa, por favor. — Ela suspirou.

Levei as mãos entre as suas pernas e senti o fluido escorregadio que dizia que ela estava pronta para mim, mais do que pronta para mim. Puxei um pouco para o seu clitóris e o massageei com círculos lentos enquanto Bree ofegava.

— Ai, Archer, por favor, não quero gozar ainda. Quero gozar com você dentro de mim. Por favor.

Me inclinei e tomei sua boca de novo, sua língua dançando com a minha, macia, úmida e incrivelmente deliciosa. Eu jamais me fartaria da sua boca, e dela.

Eu me segurei em uma mão, alinhei a cabeça do meu pau na sua entrada e a penetrei, me afundando com uma única estocada profunda. Fechei os olhos para a sensação primorosa dela me rodeando com tanta força que fiquei parado por vários instantes.

Bree se pressionou em mim, rogando em silêncio para que eu me movesse, então obedeci, sua umidade extrema facilitando que eu entrasse e saísse. A fricção confinada era uma alegria que ia além das palavras.

De início, fui devagar, o alívio de estar dentro dela tão intenso que eu não queria que o momento acabasse nunca mais. Mas, depois de um minuto, meu corpo exigiu que eu me movesse, então minhas estocadas ficaram mais rápidas.

Bree gemeu e falou, ofegante:

— Isso — e fechou os olhos, pressionando a cabeça no travesseiro.

Minha, minha, para sempre minha, minha cabeça entoava conforme eu arremetia e observava seu rosto lindo e tomado pelo prazer, seu cabelo espalhado na fronha branca, como uma deusa, um anjo, os seios pequenos e brancos quicando com o meu movimento.

Bombeei dentro dela, me segurando com os braços enquanto ela ofegava e choramingava de prazer. Levei um braço para debaixo do seu joelho direito e ergui sua perna para que eu pudesse ir mais fundo, e ela gemeu de novo, abrindo os olhos e cravando as unhas na minha bunda. Nossa, eu gostava disso.

Depois de alguns minutos, as bochechas de Bree coraram, sinal do seu orgasmo iminente, como eu sabia por experiência própria.

Suas mãos se moveram para os meus bíceps, e ela as passou para cima e para baixo neles conforme seus olhos turvavam e seus lábios formavam um "O" silencioso, logo antes de eu sentir seus músculos se apertarem ainda mais ao meu redor e começarem a convulsionar. Ela ofegou e arqueou as costas quando uma bela expressão satisfeita invadiu o seu rosto, e ela gemeu baixinho conforme o corpo relaxava.

Ela me olhou, sonhadora, conforme eu continuava estocando dentro dela, e disse baixinho:

— Eu amo você.

Eu amo você, articulei com os lábios, e então fechei os olhos quando senti os primeiros tremores subindo pelo meu corpo. Fiquei de joelhos, estendi a mão por debaixo de Bree, agarrei sua bunda e inclinei seus quadris para cima para que eu pudesse ir ainda mais fundo. Eu estocava forte e rápido agora, o prazer que espiralava por mim se assomando mais e mais alto.

— Ai, Deus! — Bree ofegou, pressionando-se em mim enquanto eu observava outro orgasmo atravessá-la. Suas pálpebras se abriram, e ela me fitou com olhos arregalados. Eu teria rido da cara de choque que ela fez, mas o prazer dava voltas pelo meu abdômen, apertando minhas bolas e fazendo meu pau se retesar e engrossar com o meu orgasmo iminente. Foi algo tão intenso que quase perdi o controle. Estoquei uma, duas vezes, e então meu mundo explodiu em um milhão de pontos de luz, e o ar pareceu brilhar ao meu redor enquanto o êxtase profundo e intenso percorria meu corpo, meu pau dando um solavanco dentro dela quando cheguei ao clímax.

Quando voltei a mim, Bree ainda me olhava com cara de assombro. Eu só podia imaginar que eu também estava com aquela mesmíssima expressão. Saí dela, peguei meu pau meio duro na mão e o usei para esfregar o meu gozo, que agora escorria dela, para cima e para baixo sobre seu clitóris e suas dobras.

Não sabia bem por que tinha feito isso; foi quase um instinto, nada em que eu havia chegado a pensar. Mas fiquei hipnotizado pelo que tínhamos acabado de experimentar, e a imagem de nós dois juntos e a prova do meu prazer sobre ela me excitavam, me faziam sentir uma possessividade passiva que eu amava.

Olhei para Bree, seu rosto suave, e ela pareceu contente e sonolenta, com os olhos pesados e a expressão ainda cheia de amor.

Tirei a mão do meu pau e sinalizei: *Eu amo você.*

Ela sorriu para mim ao erguer os braços e me puxar, afagando minhas costas com os dedos até eu sentir que corria perigo de dormir em cima dela. Dei um beijo rápido em seus lábios e então me levantei e a levei para o banheiro, onde tomamos banho e lavamos um ao outro, mas nada sexual dessa vez, só amor e carinho.

Quando acabamos, nós nos secamos e voltamos para a minha cama e nos deitamos debaixo dos lençóis, nus. Eu a puxei para mim e a segurei lá, me sentindo mais feliz e realizado do que já tinha me sentido na vida.

Eu a virei para mim e ergui as mãos. *Algum dia*, falei, *quando estivermos bem velhinhos, vou ver você deitada na cama ao meu lado, desse jeito aqui, e vou olhar dentro dos seus olhos e saber que sempre foi você. E essa será a maior alegria da minha vida, Bree Prescott.*

Ela sorriu quando seus olhos se inundaram com o que eu sabia que eram lágrimas de felicidade, e a puxei para o meu peito, abracei-a forte e senti seu aroma.

Um pouquinho depois, acordei por um breve segundo quando ouvi fogos de artifício ao longe. Sonolento, percebi que já era meia-noite, um ano novinho, um começo novinho. Puxei minha garota para mais perto enquanto ela suspirava em seu sono, e fechei os olhos. Eu estava em casa.

CAPÍTULO TRINTA E TRÊS

BREE

Só saímos da casa de Archer duas vezes nos dois dias subsequentes — para nossa sorte, os dois dias de folga que eu tinha seguidos naquela semana. Fomos ao mercado na manhã seguinte à sua chegada, e pegamos Phoebe no caminho de volta. Jantamos do outro lado do lago naquela noite. O orgulho nos olhos de Archer ao pedir uma taça de vinho para mim e uma Coca para si me fez sorrir e dar uma piscadinha para ele. Observá-lo assumir a própria pele foi lindo, e parecia um privilégio de testemunhar. Eu queria suspirar e ficar caidinha com seu charme natural e seu sorriso lindo, e notei que a garçonete que nos serviu sentia o mesmo, dada a forma como olhou para a cicatriz dele e o bajulou a noite toda. Mas eu não ligava; na verdade, eu gostava. Eu amava. Como poderia culpá-la? Como Natalie tinha dito, ele fazia as mulheres quererem abraçá-lo e lambê-lo. Mas ele era meu. Eu era a mulher mais feliz do mundo.

Conversamos muito sobre o que ele tinha feito nos três meses em que ficara fora, as pessoas que tinha visto, os quartos que havia alugado, como a solidão que sentia não era menor que antes, mas que havia sido diferente dessa vez. A diferença, concluiu ele, era que ele enfim estava em posse de *si mesmo*, e era mais capaz do que sabia ou do que acreditava.

Preciso tirar carteira de motorista, ele disse durante o jantar.

Assenti.

— É, eu sei, motorista infrator — falei, ao erguer uma sobrancelha.

Ele sorriu enquanto comia. *Se Travis me pegar, vai me prender e jogar a chave fora.* Ele ergueu as sobrancelhas. *Por falar em Travis, você o viu? Ele tentou falar com você?* Ele congelou ao esperar pela minha resposta.

Balancei a cabeça.

— Algumas vezes, mas o evitei. Fui curta e grossa, e ele não insistiu. E da parte de Victoria Hale, é só silêncio.

Ele me observou por um segundo e balançou a cabeça em um sinal afirmativo.

Eu te deixei para lidar com toda essa confusão, e sinto muito por isso. Mas é a mim que Tori odeia, não a você. Acho que pensei que talvez fosse mais fácil para você sob esse aspecto se eu fosse embora. Ele afastou o olhar por um segundo e então o direcionou para mim novamente. *Vou conversar com Travis e Tori. Você poderia ir para servir de intérprete para mim?*

Pisquei para ele.

— Claro que vou, Archer, mas o que você vai dizer a eles?

Estou pensando em falar sobre a posse da terra, Bree... da cidade. Seu olhar sustentou o meu enquanto ele me esperava reagir.

Eu o encarei boquiaberta por vários segundos, então fechei a boca.

— Está pronto para isso? — sussurrei.

Não sei, respondeu ele, parecendo pensativo de novo. *Talvez não... mas sinto como se estivesse. Sinto como se talvez houvesse pessoas nessa cidade que ajudariam a tornar tudo um pouco mais fácil... Maggie, Norm, Anne, Mandy... e alguns outros. E é isso que vai fazer a diferença. É o que me faz pensar que eu deveria pelo menos tentar.*

Ele comeu mais um pouco e continuou: *Meus pais cometeram muitos erros até o fim da vida. Mas eram boa gente. Eram amáveis. Meu tio Marcus não era uma boa pessoa, e Travis também é bastante questionável. Victoria é a pior de todos. Eles não merecem ganhar. E talvez eu também não mereça, mas talvez, sim. E só essa possibilidade me faz querer tentar.*

Estendi a mão e peguei a dele, sentindo o orgulho correr pelo meu sangue.

— Estarei ao seu lado para o que você precisar. Seja o que for.

Ele sorriu para mim e então comemos em silêncio por um tempo, antes de eu me lembrar da ligação que havia recebido do detetive no dia do desfile, e contei a Archer. Ele pareceu preocupado.

Saiu sob fiança? Você pode estar correndo perigo?

Balancei a cabeça.

— Não, não, eu acho que não. Ele não tem ideia de onde estou, e está rodeado por advogados. A polícia sabe quem ele é. É só... decepcionante que todo o processo leve tanto tempo. Só quero que acabe logo, e agora provavelmente haverá um grande julgamento... e eu vou ter que viajar de novo para Ohio. — Balancei a cabeça mais uma vez.

Archer estendeu a mão e pegou a minha. Ele a apertou e então recuou e sinalizou: *Eu vou com você. E eles o condenarão. Tudo vai acabar. E, nesse meio-tempo, você está a salvo comigo, bem ao meu lado.*

Sorri, preenchida pela calidez.

— Não há outro lugar em que eu prefira estar — sussurrei.

Nem eu.

Terminamos de jantar e voltamos para a casa de Archer, onde passamos o resto da noite e a maior parte do dia seguinte na cama, redescobrindo o corpo um do outro e absorvendo a presença um do outro. A felicidade nos rodeava. O futuro parecia promissor e cheio de esperança e, naquele instante, o mundo era perfeito.

Na manhã seguinte, levantei cedo, me desgrudei de Archer e lhe dei um beijo de despedida enquanto ele dormia. Ele esticou o braço e me puxou de volta para si quando ri alto, e abriu aquele sorriso torto e sonolento. Meu coração disparou com a beleza absurda daquele sorriso de manhã cedinho, e me inclinei para trás e disse:

— Fique bem aí, desse jeito. Eu volto o mais rápido possível. — Ele riu, abriu um olho para mim e fez que sim. Eu ri de novo, me levantei e saí antes que decidisse nem aparecer no trabalho.

Assim que saí do quarto, me virei mais uma vez para olhá-lo. Ele sorriu para mim de novo, ergueu as mãos e sinalizou: *Você me faz tão feliz, Bree Prescott.*

Parei à porta, inclinei a cabeça e sorri para ele. Algo naquele momento pareceu muito, muito importante. Algo me dizia para ficar bem ali e desfrutar daquilo, que o guardasse com carinho. Eu não sabia por que a sensação me invadiu, mas apoiei a cabeça no batente da porta e o absorvi por um minuto.

— Vou continuar te fazendo feliz, Archer Hale. — Então sorri e saí andando.

Tínhamos planos de Archer me encontrar na lanchonete para almoçar antes do horário de maior movimento, então eu sabia que o veria em breve. Não precisava sentir tanta saudade.

A lanchonete estava supermovimentada naquela manhã, e as horas passaram voando. Às 10h45, servi o último especial de café da manhã e comecei a limpar para o almoço.

— Ei, Norm — chamei. — Os cupcakes de red velvet deram certo nesses dias que passei fora? — Eu havia feito uma fornada na véspera do Ano-Novo, antes de sair da lanchonete. Deus, parecia ter sido há um milhão de anos. Eu havia saído dali ansiando por Archer do fundo da minha alma, e havia retornado depois de ter saído da cama dele. Meu homem forte, bonito e silencioso. Eu estava tão, tão, tão orgulhosa dele.

— As pessoas pareceram gostar — disse Norm. — Talvez você deva fazer outra fornada.

Sorri. Isso significava que eles fizeram sucesso e que ele agradeceria se eu preparasse mais. Recentemente, eu havia entendido que o amor envolvia aprender a linguagem do outro.

— Você vai me acompanhar para uma xícara de café? — Maggie perguntou enquanto em abastecia os frascos de ketchup. — Acho que você me deve umas três horas de atualização. Mas vou aceitar a versão de quinze minutos. — Ela riu.

Sorri.

— Na verdade, Maggie, o Archer vai chegar em cerca de quinze minutos. Que tal a versão de trinta minutos depois do almoço?

Ela bufou.

— Tudo bem. Acho que vou aceitar a contraoferta. — Ela fingiu aborrecimento, mas eu ri porque o olhar dela mais cedo naquela manhã e as lágrimas que haviam rolado pelas suas bochechas me disseram tudo o que eu precisava saber. Ela estava morrendo de felicidade por mim, e aliviada por Archer ter voltado são e salvo.

O sininho em cima da porta soou minutos depois, e o homem em pessoa estava parado lá, sorrindo para mim. Lembrei de meses atrás, quando ele tinha reunido coragem pela primeira vez para entrar na lanchonete, e reparei nele agora. A mesma expressão meiga e gentil quando ele capturou o meu olhar e sorriu, mas agora ele se portava de um jeito que me dizia que tinha certeza de que era bem-vindo ali.

Me permiti absorvê-lo por mais alguns instantes antes de sair correndo de detrás do balcão e pular em seus braços. Ele me girou e eu ri, então me colocou no chão e lançou um olhar tímido para Maggie, que acenou.

— Não parem por minha causa. Nada me deixa mais feliz do que ver vocês dois juntos. Bem-vindo de volta, Archer.

Ele inclinou a cabeça e sorriu e então olhou para cima quando Norm veio de lá dos fundos.

— Por que vocês não param de chamar atenção e vão sentar a uma mesa lá nos fundos? Há bastante privacidade. — Ele olhou para Archer, e seu rosto suavizou um pouquinho. — Archer — disse ele —, você parece bem.

Archer sorriu e estendeu a mão para apertar a de Norm, então sorriu para mim e retribuí o gesto. Meu coração estava em êxtase.

— Vamos? — perguntei.

Nós nos sentamos à mesa nos fundos da lanchonete, e Maggie gritou:

— O que posso pegar para vocês?

— Está tudo bem, Maggie — falei. — Vou fazer o pedido em um minuto.

— Ok — ela respondeu, voltando a se sentar à mesa de descanso.

Estendi a mão e peguei a de Archer bem quanto o sino acima da porta tocou de novo. Olhei para cima. Meu sangue gelou, minha pele formigou e um som estrangulado saiu de mim. Era *ele*.

Não. Ai, Deus. Não, não, não. Sirenes pareciam soar alto nos meus ouvidos, e fiquei paralisada.

Seus olhos descontrolados encontraram os meus na mesma hora, e uma expressão de ódio puro tomou o seu rosto.

Isso não está acontecendo. Isso não está acontecendo, entoei na minha cabeça quando senti o vômito subir pela minha garganta. Eu o engoli e soltei outro guinchado.

A cabeça de Archer se virou na direção onde eu havia fixado o olhar, e ele se levantou na mesma hora em que viu o homem parado atrás dele. Também fiquei de pé, e minhas pernas tremiam tanto que eu não sabia se conseguiria me sustentar, sendo invadida por uma onda de adrenalina percorrendo o meu corpo.

O homem parecia não ver Archer parado bem na minha frente, um pouco à direita, já que seus olhos estavam fixos somente em mim.

— Você arruinou a porra da minha vida, sua filha da puta — falou ele, entre os dentes. — Você sabe quem eu sou? Meu pai ia *me* entregar a direção da empresa antes de você me identificar. Acha que vou te deixar se safar enquanto perco tudo?

Minha mente gritava, e o som alto do sangue correndo nos meus ouvidos não permitia que eu entendesse suas palavras.

Seus olhos estavam injetados e brilhantes demais, como da última vez. O cara estava sob efeito de alguma droga. Ou isso, ou tinha enlouquecido de vez.

Por favor, por favor, ligue para polícia, Maggie. Ai, Deus, ai, Deus, como isso é possível?

E então tudo aconteceu em um instante. Algo reluziu na mão do homem, e a lanchonete pareceu se inclinar quando vi que era uma arma. Ele a ergueu e a mirou direto em mim. Vislumbrei um breve clarão quando Archer se jogou na minha frente, me derrubando, e caí no chão logo atrás dele.

E então ouvi outro disparo e a voz de Travis gritando por cima do chiado do rádio:

— Preciso de cobertura!

Me arrastei para trás, notando na mesma hora que o homem que tinha atirado em mim estava deitado no chão, com o sangue se empoçando ao redor da sua cabeça, e que Archer também não estava se mexendo. Soltei um soluço estrangulado e me apressei, estendendo a mão para ele.

Archer estava deitado de lado, com o rosto virado para o chão. Eu o puxei para mim, então ele de barriga para cima, e soltei um grito de angústia quando vi que a frente da sua camisa estava encharcada de sangue.

Ai, não, ai, Deus, não, não, não. Por favor, não. Por favor, não.

Meus soluços se misturaram com os barulhos que começaram a soar ao meu redor: passos, o que pensei ser o pranto baixinho de Maggie, a voz profunda de Norm e cadeiras sendo arrastadas pelo chão. Mas meus olhos não se desviaram de Archer.

Eu o puxei para mim, embalando-o, passando a mão pelo seu rosto enquanto sussurrava sem parar:

— Aguente firme, meu amor, aguente firme. Eu amo você, Archer, eu amo você, não se atreva a me abandonar agora.

— Bree. — Ouvi Travis falar baixinho quando a sirene da ambulância ficou mais alta lá fora. — Bree, me deixe te ajudar a se levantar.

— Não! — gritei, puxando Archer para mais perto de mim. — Não! Não! — Eu o embalei um pouco mais, colocando meu rosto bem perto do dele, sentindo sua bochecha áspera contra a minha, e sussurrei para ele de novo: — Não me deixe, eu preciso de você, não me deixe.

Mas Archer não me ouviu; ele já não estava mais ali.

CAPÍTULO TRINTA E QUATRO

Você trouxe o silêncio,

O som mais belo que já ouvi,

Porque é onde você habita.

E agora você o levou embora.

E todos os barulhos, todos os sons do mundo,

Não são altos o bastante para penetrar meu coração partido.

Eu olho para as estrelas, infinitas e eternas, e sussurro,

Volte para mim,

Volte para mim.

Volte para mim.

CAPÍTULO TRINTA E CINCO

BREE

A cidade inteira se reuniu em honra a Archer Hale.

Os habitantes de Pelion, jovens e velhos, se uniram para demonstrar apoio pelo homem que tinha sido uma silenciosa parte da comunidade desde o dia em que nasceu. O ferimento que o levara ao silêncio e o isolamento que havia passado despercebido agora eram compreendidos por todos e, enfim, seu coração bondoso e seu ato de coragem inspiraram lojas a fecharem e aqueles que raramente saíam de casa foram se juntar aos outros na maior demonstração de apoio que a cidade já tinha visto. Uma estrela pequena e silenciosa, sempre à distância, quase nunca notada, havia brilhado com tanto esplendor que toda a cidade parou para vê-la reluzir, para enfim abrir os olhos o bastante para recebê-lo como parte da sua pequena constelação.

Ouvi repetidas vezes que a minha história e a de Archer tinha feito as pessoas quererem ser melhores, entrar em contato com aqueles que ninguém via, ser amigáveis com aqueles que não tinham nenhum amigo, prestar atenção aos outros, reconhecer a dor quando se deparasse com ela, e então fazer algo caso fossem capazes.

Caminhei naquele dia frio de fevereiro, com Maggie de um lado e Norm do outro, e nos sentamos enquanto as pessoas sorriam para mim com gentileza e me cumprimentavam com movimentos de cabeça. Sorri e retribuí o gesto. Agora, essa também era a minha gente. Eu também era parte da constelação.

Lá fora, a chuva tinha começado a cair, e ouvi um rimbombar de um trovão ao longe, mas não senti medo. *Quando um trovão soar*, eu tinha dito a ele, *vou pensar em você, em nada além de você*. E sempre fiz isso. Sempre.

Archer havia partido uma vez, três longos meses em que não houvera um dia em que eu não ficasse louca de saudade. Dessa vez, ele ficou longe de mim por três semanas inteiras antes de voltar. Ele estava em coma profundo, e os médicos não sabiam dar uma previsão de quando ele acordaria, ou *se* acordaria. Mas eu esperei. Eu sempre esperaria. E roguei e sussurrei para os céus todas as noites: *Volte para mim, volte para mim, volte para mim.*

Em outro dia chuvoso no fim de janeiro, bem quando um trovão ribombou e a luz piscou no seu quarto do hospital, ele abriu os olhos, e olhou para mim. Meu coração trovejou nos meus ouvidos, mais alto do que o que soou lá fora, e saltei da cadeira em que estive sentada e corri até ele, engasgada.

— Você voltou. — Peguei suas mãos e as levei aos lábios, beijando-as sem parar, lágrimas caindo em seus dedos, em suas juntas, naquelas mãos lindas que continham toda uma língua, que permitiam que eu soubesse o que se passava em sua mente e em seu coração. Eu amava aquelas mãos. Eu o amava. Minhas lágrimas continuaram a cair.

Archer me olhou por vários minutos antes de afastar as mãos das minhas e sinalizar devagar, com os dedos rígidos. *Voltei para você.*

Soltei um riso em meio a um choro estrangulado, deitei a cabeça no seu peito e o abracei com força quando as enfermeiras entraram correndo no quarto.

E, agora, toda a cidade esperava Archer subir no palco, ainda rígido por causa das ataduras em torno do tronco e das cirurgias pelas quais tinha precisado passar para reparar o dano nos órgãos internos.

Olhei ao redor uma vez mais. Travis estava nos fundos da sala, ainda de uniforme. Nosso olhar se cruzou, e assenti para ele, que retribuiu o gesto e abriu um leve sorriso. Eu ainda não sabia bem o que sentir, mas ele merecia o meu respeito por seu heroísmo naquele dia pavoroso.

Recentemente, tinha vindo a público que o homem que me encontrara naquele dia, Jeffrey Perkins, era viciado em heroína e a família cortara laços com ele. Tinha aparecido na delicatéssen da nossa família naquela noite porque precisava de dinheiro e de mais uma dose.

O traficante que fornecia para ele o delatara como parte de um acordo para salvar a própria pele. Ao que tudo indicava, Jeffrey havia aparecido naquela noite cheio de salpicos de sangue e balbuciando sobre ter atirado em um cara numa delicatéssen.

Ele tinha começado a voltar aos trilhos, e o pai estava aceitando-o de volta ao seio familiar, quando o identifiquei por foto na delegacia.

Depois de ele ser preso, o pai o deserdara de novo, e Jeffrey tinha voltado para as drogas.

Travis havia confrontado a mãe. Ele era um bom policial, com instintos aguçados, e reconhecera a mãe pelo que era: uma mulher vingativa tão cheia de ódio e amargura que faria tudo o que estivesse ao seu alcance para manter o que achava ser seu por direito — a cidade, o dinheiro, o respeito e o status.

Ele estava presente quando Victoria Hale me ouvira falar da prisão de Jeffrey Perkins. Ele tinha juntado dois e dois.

De que outra forma um viciado em heroína me encontraria na lanchonete naquele dia fatídico? Tínhamos subestimado o ódio que ela sentia por mim, a pessoa que, essencialmente, havia desfeito toda a manipulação que ela tecera ao longo dos anos.

Quando Travis veio me procurar e me contou que tinha ido tirar satisfações e que ela negara, algo em que ele não havia acreditado, ele disse que a tinha mandado se mudar para longe; do contrário, abriria uma investigação contra ela. Agora que Jeffrey estava morto, ele sabia que não tinha evidências suficientes para cumprir a ameaça, mas não havia mais nada para ela em Pelion, exceto a vergonha.

E, com a partida de Victoria e a ausência de um executor testamentário, Archer herdou os bens e as terras da família Hale um ano antes de completar vinte e cinco anos.

Travis parecia abatido, com a barba por fazer, quase entorpecido, como se não estivesse conseguindo dormir. Ele também tinha um histórico de tentar manipular as pessoas. Mas, bem, havia aprendido com a melhor. Lá no fundo, porém, eu não achava que Travis quisesse que alguém acabasse se machucando de verdade. Já a mãe dele era outra história. Tive a impressão de que ver quem ela realmente era e o que era capaz de fazer o mudara de modo dramático. Havia uma tristeza profunda em seus olhos, e ele me repassara a informação sem qualquer inflexão na voz e, em seguida, me deixara com o meu pesar mais uma vez enquanto eu esperava no hospital que Archer voltasse para mim.

O silêncio tomou o auditório quando Archer foi em direção ao curto lance de escadas.

Norm, de pé um pouco mais para o lado, fez o sinal: *Arrase lá em cima*, e, sério, ergueu o queixo para Archer. A surpresa inundou o olhar de Archer, e então ele assentiu para Norm. Eu mordi o lábio, prendendo um soluço.

A sra. Aherne, a bibliotecária da cidade, que havia registrado o empréstimo de centenas de livros para Archer ao longo dos últimos quatro anos, que abordavam assuntos desde construção até língua de sinais, mas que nunca tinha feito uma única pergunta nem havia tentado se comunicar com ele de nenhum jeito, sinalizou: *Estamos com você, Archer*. Lágrimas brilhavam em seus olhos, e seu olhar me dizia que ela desejava ter agido melhor. Archer sorriu para ela e assentiu, então respondeu: *Obrigado*.

Enquanto ele subia no palco e se acomodava atrás da tribuna, assentiu para o intérprete, parado à sua direita, o homem que ele havia contratado para ajudá-lo quando precisasse se dirigir à cidade, em ocasiões como aquela.

Archer moveu as mãos, e o intérprete começou a falar. Meus olhos, no entanto, estavam fixos em Archer, observando suas mãos se movimentarem tão graciosas e seguras de seus movimentos. Meu coração se encheu de orgulho.

Obrigado por virem, disse ele, pausando e olhando ao redor. *A terra* em que esta cidade foi erguida está na minha família há muito, muito tempo, e pretendo administrá-la como cada Hale antes de mim: com a noção e a crença de que cada pessoa que vive aqui importa, que cada um de vocês tem um voto quanto ao que acontece e deixa de acontecer em Pelion. Ele olhou ao redor, para o rosto de cada um antes de continuar: Afinal, Pelion não é a terra sobre a qual foi construída, mas as pessoas que caminham pelas ruas, cuidam das lojas e vivem e amam em seus lares. Ele fez mais uma pausa. Creio que vocês vão gostar de mim como administrador, e me disseram que sou um bom ouvinte. A multidão riu baixinho, e Archer pareceu envergonhado por um segundo, então olhou para baixo antes de continuar: Haverá uma votação esta noite para tratar de projetos de desenvolvimento para a cidade, e sei que alguns de vocês têm opiniões bastante ferrenhas sobre o tema. Mas eu gostaria que todos soubessem que se, no futuro, algum de vocês tiver preocupações ou sugestões, minha porta estará sempre aberta.

Os presentes continuaram olhando para ele, sorrindo e assentindo em aprovação, encontrando outros olhares e assentindo para eles também.

Por fim, Archer olhou para todos e os murmúrios suaves cessaram por completo quando seus olhos encontraram os meus. Sorri, encorajando-o, mas ele simplesmente continuou me olhando por alguns segundos antes de voltar a erguer as mãos.

Estou aqui por você. Estou aqui por causa de você. Estou aqui porque você me viu, não só com seus olhos, mas com seu coração. Estou aqui porque você quis saber o que eu tinha a dizer e porque estava certa... todo mundo precisa de amigos.

Eu ri baixinho, secando uma lágrima na minha bochecha. Archer continuou me fitando, com o olhar cheio de amor.

Estou aqui por causa de você, disse ele, e sempre estarei aqui por causa de você.

Soltei um longo suspiro, lágrimas escorrendo livres pelas minhas bochechas. Archer sorriu com bondade para mim e então voltou a olhar para a plateia.

Mais uma vez, obrigado por virem, obrigado pelo apoio. Estou ansioso para conhecê-los melhor, ele concluiu.

Um único aplauso começou nos fundos do salão, e então vários outros se juntaram a esse até todo o lugar estar aplaudindo e assoviando. Archer sorriu e olhou para baixo, mais uma vez envergonhado, e eu derrubei mais algumas lágrimas, mas agora com riso. Algumas pessoas se levantaram, e outras mais as seguiram até todo mundo estar de pé e aplaudindo vigorosamente.

E enquanto ele sorria para a multidão, seus olhos se fixaram em mim de novo, e ele ergueu as mãos e sinalizou: *Eu Bree você*.

Eu ri e sinalizei: *Eu Archer você. Deus, eu te Archer tanto.*

Então ele trocou um aperto de mãos com o intérprete e desceu da tribuna. Me levantei, e Maggie apertou minha mão quando passei por ela. Fui até ele, determinada, e quando alcançamos um ao outro, apesar das ataduras sob sua camisa, ele me puxou para os seus braços e me girou enquanto ria em silêncio contra os meus lábios, com aqueles olhos castanho-dourados cheios de calidez, cheios de amor.

E pensei comigo mesma: a voz de Archer Hale era uma das coisas mais lindas de todo o mundo.

EPÍLOGO

CINCO ANOS DEPOIS

Observei minha esposa balançando de leve na rede, com um pé roçando na grama conforme ela se movia para lá e para cá sob o sol do verão. Ela girava uma mecha do cabelo castanho-dourado em torno de um dedo delicado; a outra mão virava as páginas de um livro que estava apoiado em seu barrigão.

Um orgulho masculino feroz me preencheu quando olhei para a minha Bree, a mulher que amava a mim, e aos nossos filhos, com todo o coração.

Nossos gêmeos de três anos, Connor e Charlie, brincavam ali perto na grama, girando até ficarem tontos, sua risada cheia de alegria quando caíam em um acesso de gargalhadas. Meninos.

Demos o nome dos nossos pais para eles, os homens que haviam nos amado tanto que, quando confrontados com o risco de vida, o único pensamento que tiveram foi o de nos salvar. Eu entendia aquilo. Afinal de contas, agora eu era pai também.

Fui a passos lentos até Bree e, quando me viu, ela apoiou o livro sobre a barriga, deitou a cabeça e sorriu para mim, sonhadora. *Você chegou.*

Me agachei ao seu lado na rede e suspirei: *A reunião não demorou.*

Eu estivera no banco negociando a compra do terreno que, no momento, ficava fora dos limites da cidade. Tudo tinha corrido bem. Há cinco anos, quando eu havia assumido, a cidade havia votado contra os planos de expansão de Victoria Hale. Mas acabou que os residentes não eram contra a expansão nem a atrair mais um pouco de negócios, só eram contrários ao que Tori Hale tinha em mente. Então, quando propus a abertura de várias pousadinhas, todas com aquela atmosfera bucólica e histórica que a cidade sempre amou, os moradores votaram "sim" em peso.

A de número quatro seria construída na terra que eu havia comprado naquela manhã.

A cidade estava prosperando; os negócios, florescendo, e, no fim das contas, eu era um empresário muito bom. *Quem diria?*, eu tinha perguntado a Bree uma noite dessas, sorrindo quando chegou o primeiro voto apoiando os meus planos.

— Eu diria — respondeu ela, baixinho. — Eu diria. — E ela disse. Ela disse que a minha voz importava, e seu amor me fez acreditar que talvez fosse verdade. E, às vezes, só isso já bastava, alguém que estivesse disposto a ouvir o seu coração, o som que ninguém mais tentara ouvir.

Arranquei da grama ao meu lado um dente-de-leão todo redondinho e sorri quando o entreguei a Bree. Ela inclinou a cabeça, e seu olhar ficou cálido quando o pegou e sussurrou:

— Todos os meus desejos já se realizaram. — Ela olhou para os nossos meninos e falou: — Esse aqui é para eles. — Ela soprou de leve, e os pelinhos dançaram no ar e foram carregados para o céu de verão.

Meu olhar encontrou o dela de novo, e coloquei a mão na sua barriga, sentindo nosso bebê se mover.

É um menino, sabe, disse ela, sorrindo.

Provavelmente. Sorri. *Acho que é só o que nós, homens Hale, fazemos. Tudo bem para você?*

Ela abriu um sorriso suave.

Sim, perfeitamente bem, respondeu, e em seguida adicionou: *Desde que haja só um aqui dentro, pode ser até um bode.* Ela riu, olhando para a nossa pequena dupla girando na grama, e que não tinham parado de se mexer desde o dia que vieram ao mundo. Esses pequenos espoletas.

Ri em silêncio e bati palma três vezes, chamando a atenção deles. As cabecinhas se ergueram e eles começaram a gritar:

— Papai, papai! — ao mesmo tempo em que faziam o sinal da palavra. Eles correram para mim, e eu os deixei acreditar que tinham me derrubado, caindo de costas na grama como se eles tivessem me atingido com força, rindo de novo, a beleza do som se espalhando por toda a propriedade.

Eu me sentei, levando os meninos comigo.

Qual de vocês, homens, vai me ajudar com a obra hoje?

Eu! Eu!, eles sinalizaram juntos.

Certo, tudo bem. Temos muito a fazer se quisermos terminar antes de o irmãozinho ou irmãzinha de vocês nascer. Estendi a mão para eles, que colocaram as mãozinhas gordinhas sobre a minha, olhando com seriedade para os meus olhos.

Tirei a mão e sinalizei: *Irmãos até o fim*, e eles sinalizaram depois de mim, parecendo sérios e solenes.

Isso mesmo, falei. *O pacto mais importante que existe.*

Talvez um dia eu tivesse um relacionamento melhor com o meu próprio irmão. Havia melhorado muito desde que eu assumira a cidade e ele havia se tornado chefe de polícia, e mesmo que eu soubesse que Travis amava os sobrinhos, ainda tínhamos um longo caminho pela frente.

Meus meninos assentiram, os olhos castanho-dourados grandes — dois rostos idênticos que eram iguaizinhos ao meu. Nem mesmo eu poderia negar.

Sorri quando nos levantamos, e então assoviei para os cães, que deviam estar brincando e correndo pelo terreno.

Bree olhou na direção de onde vinham os latidos distantes e sorriu.

— Certo, Connor e Charlie, entrem logo. Já estou indo preparar o almoço de vocês enquanto o seu pai dá comida para os cachorros e vai pegar as ferramentas — disse Bree, ao se sentar na rede, rindo consigo mesma quando pendeu para trás, incapaz de sustentar o peso do corpo. Eu a peguei pela mão e a puxei para os meus braços, beijei seus lábios e me apaixonei por ela, assim como ainda acontecia umas mil vezes por dia.

Naquela noite, quatro anos atrás, na igreja de Pelion, quando Bree percorreu o corredor iluminado por velas, indo na minha direção sendo conduzida por Norm, roubando o meu fôlego, eu havia jurado que a amaria para sempre, somente a ela, e prometi isso com todo o meu ser.

E mesmo agora, mesmo com toda a loucura e o barulho da vida, mesmo com o meu próprio trabalho e o bufê de sucesso de Bree, cada noite antes de adormecermos, eu me certificava de me virar para minha esposa e dizer em silêncio: *Só você, sempre foi só você.* E seu amor se infiltra quieto ao meu redor, me segurando, me ancorando, me lembrando de que as palavras mais altas são as que vivemos.

VIRE A PÁGINA PARA LER UM EPÍLOGO ESTENDIDO NOVINHO EM FOLHA!

Ouvi o esmagar suave e abafado da neve e sorri ao secar as mãos e pendurar o pano de prato no puxador do forno.

Corri até a porta dos fundos, o mais rápido que uma mulher grávida de nove meses conseguia, olhei através do vidro e vi meu marido chegar, com cristais de neve brilhando em seu cabelo escuro. Uma rajada de vento frio me fez estremecer quando ele entrou, cheirando a neve fresca e Archer, o aroma único do homem que eu amava.

— Oi — cumprimentei, feliz por ele não ter demorado. — Foi rápido.

Norm foi até a caminhonete para pegar os meninos e os cachorros, de modo que eu não precisasse levar mais neve para dentro da casa deles, ele suspirou antes de passar a mão pelo cabelo, tirando os flocos de lá.

Tem certeza de que eles não se importaram de ficar com os cães também?

Archer deu de ombros. *Eles insistiram que tivéssemos uma noite de completa paz. A casa deles é grande. Acho que, em segredo, eles gostam de enchê-la com barulho e caos de vez em quando.* Ele sorriu com afeto.

Sorri também, a gratidão tomando meu coração quando pensei em todo o amor e apoio que nos rodeavam ali em Pelion. A família que tínhamos criado.

Archer pendurou o casaco em um dos ganchos que ele havia instalado no novo vestíbulo que ele construiu como parte das adições que havia concluído no mês passado. As adições não só incluíam o vestíbulo/lavandaria, mas também um outro quarto que agora era dos meninos e outro banheiro. Eu sempre havia amado essa casa aconchegante, onde me apaixonara por Archer, e fiquei muito feliz por termos pensado em uma forma de acomodar nossa família que não parava de crescer.

Ele tirou as botas sujas de neve, levou a mão à minha barriga e se inclinou para me beijar. *Como ele está?*, perguntou quando fomos para a sala onde eu havia acendido a lareira, aquecendo e provendo um pouco de luz ao cômodo escuro.

Sorri. *Pare de chamá-lo de ele.* Era a nossa piada interna, embora ambos acreditássemos que ia ser menino, não só porque eu tinha a sensação, mas porque há quatro gerações não nascia uma menina na família de Archer. A última tinha sido sua tia-avó, nascida em 1912. Não achava que esse bebê fosse quebrar a tradição, mas ficaria igualmente feliz com uma casa cheia de meninos barulhentos.

Nós nos acomodamos no sofá, e eu me aconcheguei em Archer quando ele passou o braço ao meu redor, me puxando para perto. Lá fora, a neve caía em um ritmo um pouco mais constante, flocos gordos e macios flutuando no céu.

— Humm — murmurei. — O silêncio é... estranho. — Eu ri baixinho e inclinei a cabeça para olhar para ele, que sorriu.

E bom, adicionou ele.

— Sim, e bom — concordei. Era aniversário de Archer, e Norm e Maggie tinham ficado com os meninos e os cães para que pudéssemos ficar a sós, e porque a colina atrás da casa deles era perfeita para descer de trenó e para os cães brincarem, e era esperado que fosse nevar a noite toda. Geralmente, os meninos amavam passar a noite na casa deles, mas com a promessa de descer de trenó, eles quase não se aguentaram para ir para lá. Sorri ao pensar nos meus bebês gêmeos, meus meninos meigos e barulhentos.

— Feliz aniversário — sussurrei, ao passar a mão pelo peito de Archer e deslizá-la por debaixo da bainha da sua camisa até chegar à pele quente do seu abdômen. Devagar, tracei cada músculo com o indicador e os senti se retesarem quando ele inspirou lentamente, soltando de forma ruidosa. Meu sangue aqueceu com a reação familiar à sua proximidade, ao seu cheiro, à sensação do seu corpo forte sob minha mão e a como ele reagia ao meu toque. Ainda, depois de tanto tempo.

Ele virou o corpo e segurou meu rosto, levando os lábios aos meus e articulando: *Obrigado*, na minha boca. Archer me puxou de pé, e nós nos despimos devagar diante do fogo. E embora eu risse de constrangimento por causa da minha barriga imensa, o orgulho brilhando em seus olhos me fez me sentir linda e desejada, apesar da gravidez avançada.

— Você sabe o que dizem sobre induzir o parto, né?

Ele balançou a cabeça, erguendo uma sobrancelha conforme meu sutiã deslizava pelos meus braços e caía no chão. Seus olhos queimaram com a visão dos meus seios nus, maiores do que geralmente eram, com os mamilos escuros e franzidos.

— Que a mesma coisa que pôs o bebê dentro da barriga o ajuda a sair — murmurei, provocadora.

Seus olhos encontraram os meus, e ele riu. *Contanto que eu ainda tenha uma noite a sós com você.*

Sorri, me lembrando dos três dias de trabalho de parto quando tive os meninos, como foi chegando devagar e quanto tempo havia levado.

Acho que está tudo bem. Ainda assim, eu não me importaria se as coisas pelo menos começassem. A data estava prevista para dali a três dias, e eu já estava pronta para *não* estar mais grávida. Mais do que pronta.

Archer me beijou de novo, e de repente as luzes piscaram. Nós dois congelamos quando ele sorriu na minha boca, olhando para trás, para a neve que ainda caía em um ritmo constante.

Que bom que temos a lareira para nos aquecer, disse ele ao pegar um cobertor macio na poltrona reclinável e o abrir no chão. Eu o observei por um instante enquanto ele pegava algumas almofadas no sofá para nos deixar mais confortáveis, admirando os músculos se esticando sob sua pele e a graça com que ele se movia. Deus, eu gostava de tudo nele, sua sensualidade descomplicada, o coração gigante, a coragem e a inteligência que sempre via brilhar por trás daquele olhar atento. Eu o amava tanto que chegava a doer.

Me ajoelhei sobre o cobertor e me recostei com uma deselegância que me fez rir comigo mesma. O calor do fogo aqueceu a minha pele, e me senti lânguida e feliz.

— Venha cá — murmurei, estendendo os braços para Archer acomodar seu corpo nu junto ao meu. — Eu amo você — falei, baixinho, quando ele me aconchegou, estendendo a mão ao redor do meu corpo e fazendo coisas que me fizeram gemer.

Eu amo você também, ele escreveu na pele das minhas costas, me fazendo estremecer.

O fogo crepitava e esquentava. O vento apertou lá fora, a neve girava diante da janela e meus arquejos e gemidos de prazer preenchiam a sala, enquanto o fôlego do meu marido saía em arfadas contra o meu pescoço. Por um tempo, ficamos perdidos um no outro, na sensação da pele quente e nua, dos beijos de arrepiar e nos membros emaranhados. Na alegria de ter essa noite nevada e silenciosa, a última que teríamos só para nós por um tempo. E a felicidade de saber que estávamos ansiosos pelo caos feliz que se seguiria.

Por muito tempo, houve só a gente, e o mundo se derreteu devagar como picolés sob um sol quente de inverno.

Quando os últimos vestígios do dia desapareceram e a escuridão e o fogo dançaram e brilharam nas paredes, nosso fôlego se acalmou, e Archer nos cobriu e eu me aconcheguei no seu peito.

Deve ter sido assim há milhares de anos quando os homens das cavernas abraçavam sua mulher em uma caverna escura e iluminada pelo fogo, disse ele.

Eu ri baixinho e beijei seu peito nu.

— Humm — murmurei, minhas mãos presas em seu corpo, então usei a voz para falar. — Mas se fosse o caso, você mesmo faria o parto dessa criança quando chegasse a hora.

Eu sou um homem das cavernas. Caço animais e os mato com minhas próprias mãos. Não tenho medo de nada.

Ri de novo.

— Ah, olha a rapidez com que você se esqueceu do quanto uma mulher fica assustadora quando dá à luz. Mais assustadora que qualquer... — Minhas palavras foram interrompidas quando minha barriga se contraiu dolorosamente. — Ai.

Archer ergueu a cabeça, com a expressão preocupada. *Tudo bem?*

A dor diminuiu e soltei um suspiro lento.

— Sim, estou bem. Só um alarme falso. Ou talvez você tenha mesmo apressado as coisas.

Ele ficou ainda mais preocupado quando olhou para a janela.

— Archer — estendi uma mão e a passei pelo seu cabelo grosso e sedoso —, está tudo bem. Levou dias da última vez. Mesmo se as coisas estiverem... — Soltei um gemido baixo e repentino quando minha barriga se contraiu de novo, dessa vez ainda mais dolorosamente. Meu Deus. Eu não me lembrava de ter sentido dores tão fortes até estar com uma dilatação de cinco ou seis centímetros.

Archer se sentou e me puxou para si assim que parei de fazer careta. O fogo iluminava o corredor escuro, e ele me levou até o quarto. A luz do fogo mal chegava lá dentro, mas eu conseguia ver a mobília, e me sentei atrapalhada na cama.

Uma luz surgiu às minhas costas, e eu olhei para trás e vi que Archer havia encontrado uma lanterna na sua mesinha de cabeceira. Ele a entregou para mim.

Vou pegar a outra na cozinha. Acho que precisamos começar a marcar as contrações. Essas duas tiveram menos de cinco minutos entre uma e outra.

Abri a boca para concordar, bem quando outra chegou, e me amparei com a mão atrás de mim sobre a cama quando a dor irradiou pela minha barriga. Gemi de dor. Quando abri os olhos, Archer estava agachado na minha frente, me olhando cheio de medo.

Certo. É isso. Três seguidas, todas com menos de cinco minutos de intervalo. Precisamos mandar mensagem para o médico.

Assenti, concordando. Eu só tinha tido três contrações, mas já estivera em trabalho de parto antes, então as reconheci. E não eram nada falsas.

Quando Archer foi pegar o celular, fiquei de pé e fui até o banheiro. Precisei me apoiar na pia e respirar quando senti uma dor lancinante. Minha testa começou a suar, e minhas pernas fraquejaram. Me arrastei de volta para o quarto e estava colocando uma blusa quando Archer entrou, ligeiramente pálido, com uma lanterna debaixo do braço para que pudesse usar as mãos. Ele tinha vestido o jeans, mas ainda estava sem camisa.

Não tem sinal.

O quê? Por causa da neve?

Não é só a neve. Está caindo uma tempestade brutal. A previsão do tempo deve ter deixado passar a severidade com que ela cairia.

Caminhei os poucos passos até a janela do quarto e puxei a cortina, estreitando os olhos para o redemoinho branco, então fiquei boquiaberta quando notei a profundidade da neve sob o luar. Ela havia se acumulado desde que tínhamos nos retirado para a nossa caverna particular diante do fogo. Me virei para Archer. *A caminhonete consegue passar por isso?*

Ele soltou um suspiro carregado e passou a mão pelo cabelo.

Se eu colocar as correntes, acho que sim. Mas duvido que os limpa-neve estejam circulando, ainda mais porque foi tudo inesperado.

Assenti, me sentindo uma pilha de nervos. Eu também duvidava de que os limpa-neve tivessem saído, mas, de toda forma, eles só passavam pelas ruas principais. Nós morávamos em uma estrada de chão perto do lago, sem vizinhos próximos. *Quanto tempo para colocar as correntes?*

Quinze minutos.

Quando me virei para a janela, senti outra contração, e agarrei a parede para me manter firme, gemendo alto quando a agonia me atravessou, a pressão aumentando tanto que meus joelhos tremeram. Ai, Deus, a situação era séria. Senti as mãos de Archer em mim e me recostei nele quando um jorro de água escorreu pelas minhas pernas e atingiu o chão. Arquejei.

— Ai, Senhor, a bolsa rompeu.

Senti todo o corpo de Archer estremecer, e então ele me pegou no colo, deu a volta na cama e me colocou de pé para puxar o edredom, e então me deitou sobre os lençóis, com minhas costas descansando nos travesseiros, me deixando ligeiramente sentada. Eu estava descoberta, mas a casa era pequena o bastante para o calor do fogo alcançar nosso quarto, deixando tudo confortável, apesar da tempestade lá fora.

Com a lanterna debaixo do braço, Archer correu até o banheiro e voltou segundos depois com várias toalhas, que colocou debaixo de mim enquanto eu me movia na cama de lá para cá para ajudá-lo. Gritei quando tive outra contração, e mais água caiu nas toalhas. Quando passou, relaxei flácida nos travesseiros e olhei para Archer. Os olhos dele se arregalaram de medo. *Vou ter que te deixar aqui e ir procurar ajuda. Você não está em condições de sair.*

Estendi a mão para ele.

— Não! Não me deixe aqui. O bebê está chegando. Não consigo fazer isso sozinha. Mesmo depois que você puser as correntes, são quinze minutos até chegar à delegacia em um clima *bom*. Você pode ficar preso ou... ahhhh — gritei quando senti outra contração, e meu braço caiu de volta na cama.

Senti o calor de Archer quando ele se sentou ao meu lado, apoiando a bochecha na minha enquanto eu respirava em meio à dor. Quando meus músculos relaxaram, desabei nos travesseiros, abrindo meus olhos turvos. Ele estava vindo. Rápido. Eu disse isso a Archer em uma única respiração curta.

Não posso fazer o parto de um bebê, Bree. Só vi filhotinhos de cachorro nascendo. E se algo der errado? Não posso perder você.

Descontrolado, ele olhou em torno do quarto, piscando como se fosse haver uma resposta melhor em um dos cantos ou logo além da janela. Peguei a sua mão.

— Você viu os nossos filhos nascendo. Você consegue, homem das cavernas. Você não tem medo de nada. — Eu mesma estava morta de medo, mas sabia que não tínhamos escolha. Tínhamos que passar por isso.

Assim como tínhamos feito com outras coisas inesperadas e assustadoras, então conseguiríamos dessa vez... juntos.

Ele soltou uma respiração profunda enquanto sorria e me encarava, seus olhos cheios de um amor tão resoluto, como se ele estivesse tendo pensamentos similares. Eu o vi se recompor bem diante de mim e senti meu peito se expandir de amor e orgulho pelas várias formas como ele demonstrara coragem desde que eu o conhecera. Eu confiava nele. De corpo e alma.

Por fim, ele assentiu, apertou minha mão e me soltou, assentindo de novo.

Bree, escute, sei que você deu à luz a dois bebês da última vez, mas se agora for remotamente parecido com aquela vez, você não vai conseguir se concentrar nas minhas mãos. Não vou ser capaz de falar com você. Eu vou escrever as palavras na sua pele, e você precisa tentar ouvir, ok? Será a única forma com que poderemos nos comunicar enquanto você traz esse bebê ao mundo.

Consegui erguer ligeiramente os lábios. Eu estava entrando no meu próprio mundinho, era necessário, mas eu entendia o que Archer queria dizer. Ele não seria capaz de me tirar desse mundinho sem gritar instruções ou palavras de encorajamento. Eu teria que tentar ouvi-lo da mesma forma como ele falava comigo nos momentos íntimos. Deus, tomara que eu conseguisse.

Vou pegar algumas coisas. Você vai ficar bem por um minuto?

Assenti quando outra contração me atravessou. Archer ficou até passar, e então seu calor me deixou e ele foi pegar o que precisava.

Fechei os olhos e vaguei naquele universo estranho entre o mundo externo e o interno que todas as mulheres em trabalho de parto conheciam bem. Era como flutuar em um mar plácido com ondas suaves, e de repente uma onda gigante aparecia e te derrubava, fazendo você girar pelo chão duro do oceano, debatendo-se, mas sempre indo à tona mais uma vez. Eu vagava... vagava... As ondas vinham mais e mais rápido, e os golpes eram cada vez mais demorados.

Abri os olhos depois de sobreviver a uma onda imensa e vi que velas tinham sido acesas no quarto, provendo mais luz. Meus olhos se moveram devagar para Archer, e embora ele parecesse um pouco em pânico, sorriu para mim, de forma tão suave, tão doce, que meu coração se encheu de amor. Eu sentia como se estivesse caminhando em meio a uma bruma, como se galopasse para uma batalha: metade sonâmbula, metade guerreira. O amor que me tomou parecia dolorosamente gentil e poderosamente feroz. Archer era tão lindo à luz de velas, um deus oscilante.

— Lembra-se da primeira vez que fizemos amor? — sussurrei. — Havia velas acesas. Eu te amava tanto. Eu não sabia que era possível, mas agora te amo ainda mais.

Ele soltou o fôlego, e articulou com os lábios: *Eu amo você também*, bem quando outra onda me atingiu e voltei para dentro de mim em resposta ao ataque. Senti seu dedo na minha coxa, e me concentrei nas palavras que ele escrevia na minha pele: *Estou tão orgulhoso de você. Ele está chegando. Ele está quase aqui. Você consegue.*

As ondas vieram com tudo, as velas bruxulearam e meu marido me encorajou com palavras de amor que pareciam ser riscadas não só no meu corpo, mas no meu coração. Essas palavras seriam minhas por toda a eternidade.

Meu corpo soube quando era hora de fazer força, e eu gritei quando senti o bebê coroar, aquela queimação de que eu me lembrava. *Devagar, devagar*, Archer escreveu. Prestei atenção, suor escorrendo pelo meu rosto, cada músculo do meu corpo ficando retesado até outra contração chegar e eu me curvar em mim mesma, me preparando para fazer força pela última vez.

Caí para trás, e o alívio me fez chorar quando abri os olhos e vi Archer segurando nosso bebê, lágrimas escorrendo pelo seu rosto quando o berro lindo do nosso recém-nascido preencheu o quarto. Ele engoliu em seco, encarando o bebê com um olhar alarmado, e me ergui rapidamente, assustada.

— O que foi?

Ele balançou a cabeça, e seu rosto se abriu em um sorriso lindo enquanto ele ria em silêncio. Archer balançou a cabeça de novo ao segurar o bebê junto a si e escrever na minha perna: *menina, menina.*

Eu ri, sem acreditar.

— Menina? É menina?

Despertei do choque de ter uma filha, Archer a entregou para mim, e eu a deitei no meu peito e a envolvi em um cobertor. Olhei para o relógio, 23h53, de dois de dezembro. Ela havia nascido no dia do aniversário do pai.

Archer havia aberto um plástico entre as minhas pernas, que ele tinha pegado da cama de um dos meninos, e tinha posto várias toalhas ali e também um kit de primeiros-socorros. Aconcheguei minha filha enquanto ele cortava o cordão umbilical e cuidava dos resultados do parto.

Ser homem das cavernas não é para os de coração fraco, ele falou ao me cobrir e então usou um pano úmido e morno para limpar a bebê.

Eu ri baixinho.

— Obrigada — sussurrei quando ele me ajudou a vesti-la em algo mais quente e a colocar um gorrinho minúsculo em sua cabeça. Ela já estava dormindo. Lágrimas escorreram quando segurei a bochecha dele. — Você se saiu tão bem. É o meu herói.

Você fez todo o trabalho. Você foi incrível. Ele se inclinou e me beijou de leve, um mundo de amor em seu olhar. Ele deu uma olhada na bebê, encarando os traços minúsculos por vários momentos antes de dizer: *Ela se parece com a minha mãe.*

Assenti.

— Eu sei. Vai ser uma beldade assim como ela era.

Ele sorriu de novo, com o coração brilhando nos olhos. Um coração cheio de amor, coragem e tanta bondade que resplandecia como um farol.

Qual vai ser o nome dela?, perguntou ele, antes de mover um dedo de leve pela bochecha aveludada. Ela foi na direção do dedo dele em seu sono, mas parou de novo. Sorri para o rostinho perfeito.

Ela sentiria fome logo, mas fiquei feliz pelo breve descanso.

— Não sei — sussurrei. Não tínhamos falado de nomes de menina, tão certos de que teríamos outro menino.

Com aquelas palavras, o telefone de Archer, que estava na cômoda, apitou com a chegada de várias mensagens — o serviço havia voltado. Eu ri.

— Na hora certa.

Archer sorriu e me beijou uma vez mais, pegou o telefone e começou a digitar. Uma notificação chegou na mesma hora, e ele devolveu o telefone ao lugar em que estava. *Travis está chamando uma ambulância.*

Assenti. *Travis.* Interessante que a primeira pessoa que Archer havia contatado tinha sido o irmão. Ficou óbvio que estava aprendendo a ter mais fé nele se confiara em Travis com essa responsabilidade. Com a gente. Beijei minha filha na cabeça e a segurei junto a mim, sentindo-me apaixonada e cheia de uma alegria sem fim.

No dia seguinte, enquanto eu embalava a bebê na cadeira de balanço da sala, nós duas já examinadas e em perfeita saúde, Charlie e Connor a olhavam com interesse e um pouco de suspeita.

— A gente tem uma irmã — Charlie sussurrou para Connor, aproximando a cabeça da do irmão. Pressionei os lábios, reprimindo um sorriso.

Connor assentiu, os olhos cor de âmbar sérios enquanto ele olhava o irmão.

— A gente vai ter que ensinar as coisas a ela.

Não consegui prender a risada, embora tivesse contido o gemido que queria se seguir a isso. Eu só podia imaginar o que esses dois julgariam ser lições de vida importantes assim que ela estivesse grande o bastante para seguir instruções.

— Talvez ela vá ensinar algumas coisas para vocês — falei, sorrindo. — Agora, seus pequenos "a gente", vão para o quarto abrir aqueles Legos que o papai comprou.

Os dois sorriram, e foram saltitando para o quarto ver o brinquedo novo. Suspirei contente quando olhei pela janela, para a paisagem branca de inverno, ouvindo os gêmeos conversarem animados enquanto brincavam. Eu conseguia ouvir Archer se mover pela cozinha enquanto esquentava o jantar, um dos assados que Norm e Maggie haviam trazido mais cedo.

A bebê resmungou baixinho nos meus braços, soltando sons de neném enquanto sonhava.

A neve brilhava e resplandecia lá fora, a paisagem estava quieta e serena, e dentro da nossa casinha no lago, o momento parecia preenchido por sons de amor.

**QUER SABER NO QUE ARCHER ESTAVA PENSANDO QUANDO COMEÇOU A SE APAIXONAR POR BREE?
VIRE A PÁGINA PARA LER A CENA SOB O PONTO DE VISTA DE ARCHER!**

MIA SHERIDAN

PONTO DE VISTA ALTERNATIVO
CAPÍTULO QUINZE

ARCHER

Posso voltar mais tarde?, perguntara ela. E então me abraçou. Eu não sabia como responder. Fazia tanto tempo desde que eu tinha sido tocado, e a proximidade dela me fez sentir um pouco de pânico, mas, acima de tudo, um anseio insuportável. Eu queria tanto retribuir o gesto, envolver meus braços ao seu redor e saber a sensação de abraçá-la enquanto ela fazia o mesmo comigo. Quase fiz isso, mas então ela se afastou e o momento se perdeu.

Mas ela vai voltar. Tive um vislumbre de mim mesmo na janela quando voltei para casa e percebi que estava sorrindo. Eu tinha acordado cedo demais e não tinha conseguido voltar a dormir, então levei os cães até o lago e joguei gravetos para eles por um tempo. A ação mecânica tinha conseguido desligar todos os meus pensamentos — todas as perguntas enervantes —, que davam voltas na minha cabeça em um looping infinito, e fiquei grato por isso. Desde que eu havia resgatado Bree da armadilha do meu tio e a carregado para a minha casa, onde ela confiou a mim a dor de como perdera o pai, perguntas e dúvidas giravam pela minha mente. A forma como seus olhos me fitaram quando sequei suas lágrimas foi direto para o meu coração, e eu soube que o que eu sentia por ela era mais forte do que me permitia admitir. Cada momento que eu passava com Bree parecia tanto excitante quanto vagamente arriscado. Me perguntei o que ela via em mim, isso se tivesse visto alguma coisa, por que continuava voltando, como e se eu me encaixaria na vida dela. Um milhão de perguntas para as quais eu não teria resposta, a menos que lhe perguntasse, e estava com medo demais para fazer isso.

Estava voltando para casa, onde pensei que Bree ainda dormia na minha cama, quando ela correu lá para fora, com um sorriso exuberante no rosto bonito enquanto me contava que não tinha tido um *flashback* naquela manhã. Ao entender o que ela estava dizendo, meu coração se apertou. Eu sabia o que era viver a mesma experiência aterrorizante sem parar. Eu entendia como era nunca mais querer voltar a dormir por temer os sonhos que viriam, as lembranças que nunca iam embora, não importava o quanto se tentava esquecê-las. Olhei para o céu, o céu muito, muito azul, me lembrando de um céu azul *diferente* e do horror que se passara sob ele.

Levou um bom tempo depois disso, anos, para que eu voltasse a confiar em céus azuis.

Um tempinho depois que ela havia ido embora, entrei no meu quarto e vi que Bree havia arrumado a cama. Eu a encarei por um momento, vendo na minha cabeça a mesma coisa que havia imaginado na noite anterior: ela emaranhada nos meus lençóis, aquele longo cabelo castanho-dourado espalhado no meu travesseiro, seus lábios entreabertos, os cílios escuros formando uma meia-lua em suas bochechas, os seios subindo e descendo em um ritmo constante enquanto dormia. E senti o mesmo latejar entre as pernas que senti na noite anterior quando me deitei no sofá da sala, animado e excitado por saber que a única coisa entre nós era uma parede. E, ainda assim, não era *só* uma parede. Era gesso, tinta e uma centena de temores.

Peguei o travesseiro em que Bree havia deitado a cabeça, levei-o ao nariz e cheirei. Consegui sentir o aroma delicado do seu shampoo, e fechei os olhos, me permitindo desfrutar do que havia parecido uma pequena intimidade antes de colocá-lo no lugar.

A batida suave à minha porta veio momentos depois de eu sair do chuveiro e me vestir. Fazia mais ou menos uma hora que ela havia partido, e por isso fiquei um pouco animado por ela ter voltado tão rápido.

Quando abri a porta, Bree sorriu com doçura, e um pouco de timidez, e, como sempre, seu sorriso fez meu coração dar cambalhotas. Tão fácil. Tão, tão fácil.

Obrigada por me receber de volta aqui, Archer. Espero que não se importe... depois de ontem à noite... não há outro lugar no mundo onde eu queira estar hoje além de aqui com você. Ela inclinou a cabeça, e seu rabo de cavalo deslizou pelo ombro. *Obrigada.*

Ai, Deus, se ela soubesse o quanto *eu* a queria aqui, que com ela era o *único* lugar em que eu queria estar, ficaria assustada? Meu coração acelerou. *Eu* estava assustado. Às vezes, sentia como se as palavras que eu não dizia para Bree estavam tão altas na minha cabeça que talvez ela fosse capaz de ouvi-las do outro lado da sala, embora eu não tivesse, *não pudesse*, emitir um som, nem tivesse levantado as mãos.

Seus olhos se moveram até os meus pés e se arregalaram quando os notou, mas logo a acalmei. Eu poderia fazer uma lista completa das dores que Bree provocava no meu corpo só com o seu cheiro, com a sua proximidade. Meus pés eram a menor das minhas frustrações físicas.

E então quando, nervosa, ela sugeriu um corte de cabelo, fiquei ao mesmo tempo ligeiramente envergonhado por ela ter pensado que eu precisava de um pouco mais de melhorias, quanto preocupado quanto a como seria tê-la tão perto, me tocando de maneiras que mulher nenhuma havia me tocado. Mas antes que eu pudesse parar para pensar, minhas mãos se ergueram, parecendo funcionar por contra própria. *Eu gostaria, sim.* Seu sorriso ajudou a dispersar um pouco do meu desconforto.

Bem, o que você quer?, perguntou ela. *Faço o que você quiser.*

Me recordei do jeito como ela me olhara na noite anterior quando eu tinha saído do meu quarto com o rosto barbeado, o que trouxe de volta uma animação cálida. Ela me olhou com aprovação deslumbrada, pelo menos foi como chamei aquilo. Talvez fosse até mais que isso, embora eu não tivesse certeza se ousaria ter essa esperança. O pensamento me deixou com a sensação de que eu estava prendendo o fôlego, mesmo respirando normalmente.

Eu quero que você goste. Pode fazer o que quiser.

Tem certeza? Suas mãos se moveram com hesitação, sua expressão tão cheia de cuidado e compaixão que senti as palavras como se estivessem roçando a minha pele.

Muita. Era tanto verdade quanto mentira, mas antes que eu pudesse me convencer do contrário, entrei na cozinha, peguei uma cadeira e a coloquei no meio da sala. Depois de um minuto, senti uma toalha ao redor dos meus ombros e o tilintar das coisas de corte sendo postas no balcão. *Respire fundo*, lembrei a mim mesmo. Espalmei as coxas, minha versão de silêncio absoluto, fechei os olhos e a esperei começar.

Suas mãos se ergueram inseguras até o meu cabelo, e seu primeiro toque enviou um zumbido baixo de eletricidade pelo meu couro cabeludo. Ela levou um momento para passar os dedos pelas mechas, parecendo aprender a sensação do meu cabelo, ou talvez simplesmente medindo o trabalho que estava por vir. Ela puxou de leve quando começou a cortar, e se eu pudesse, teria gemido. Fechei os olhos quando seus dedos se moveram levemente pelo meu couro cabeludo, me fazendo estremecer de prazer. Ai, Deus, ser tocado assim... era demais e, de certa forma, longe de ser o suficiente.

Enquanto ela se movia ao meu redor, cortando meu cabelo de um lado e depois do outro, fui capaz de observar seu corpo se mover enquanto seu olhar se concentrava no que ela estava fazendo. Aproveitei a oportunidade para absorver o movimento dos seus seios, a curva estreita e feminina dos seus quadris e as pernas longas e bronzeadas. Assim de perto, eu também era capaz de ver detalhes dela que eu não tinha visto antes. Notei os pelos loiros minúsculos das suas coxas, a pele sedosa da parte de dentro dos seus braços, as veias azuis e delicadas que corriam por baixo da pele.

Meu corpo parecia hipersensível por causa da proximidade, do toque e do aroma adocicado dela ao meu redor, o cheiro feminino que eu só tinha captado antes, algo floral e elusivo. Algo que era só a Bree.

Tudo nisso parecia íntimo, e eu enrijeci, todo o meu corpo preparado para experimentar mais dela, para explorar os contornos do seu corpo, para descobrir a sensação da sua pele. *Jesus. Pare de se torturar, Archer.* Ela era tão linda que doía estar assim tão perto dela, sabendo que talvez seria só o que eu teria. Um anseio tão forte que espremia a minha alma, me deixando subitamente fraco, e me perguntei se eu deveria pôr um fim a isso, dizer para ela ir embora, me afastar desse sofrimento maravilhoso. Fiquei ofegante, e Bree titubeou.

Ela alisou o cabelo da minha testa, e cruzamos olhares; fiquei chocado com o desejo que vi nos seus olhos. Os meus se arregalaram, movendo-se por seu rosto, tentando discernir o que vi naquela expressão. Mas não tinha certeza. Eu não sabia. E se... e se eu estivesse errado e... fechei os olhos com força, rompendo a conexão, duvidando da minha capacidade de entender essa mulher, de entender *qualquer* mulher.

Meu coração batia tão rápido que eu estava com dificuldade de recuperar o fôlego. Ela se inclinou para frente, e notei que seus mamilos estavam rijos por debaixo do tecido fino da blusa. Uma expiração funda escapou de mim. Minha pele se arrepiou, e todo o meu corpo se incendiou de desejo por ela. Era puro e abrasador, diferente de tudo o que eu já tinha experimentado.

Bree também parecia respirar com mais dificuldade do que antes, e me perguntei se ela estava sentindo algo vagamente similar ao que eu sentia. Seria possível? Como eu poderia saber? O que um homem devia fazer nessa situação? Eu deveria perguntar ou simplesmente seguir os meus instintos? Mas meus instintos estavam assustados e me confundiam. Se eu *os* seguisse, me levantaria e a faria recuar até estar apoiada na parede. Me pressionaria nela, tentando aliviar um pouco a dor entre as minhas pernas. Eu provaria a sua boca primeiro e depois todos os outros lugares. Passaria as mãos pelo seu corpo, sob as roupas, conheceria a sensação de pele nua sob minhas palmas. Eu queria descrever todos os jeitos que eu desejava usando meus dedos para escrever os pensamentos em sua pele. Minhas mãos se apertaram nas minhas coxas, doendo para dizer as palavras. Eu queria ouvir os sons que ela talvez fizesse quando sentia prazer, e ansiava a ser eu a causa desses sons. Ai, Deus, *Deus*. Eu estava tremendo, e isso tudo parecia demais.

Imagens esmurravam a minha cabeça mais rápido do que eu conseguia lidar. Perguntas demais, dúvidas demais, emoções demais, todas de uma só vez. E eu estava tão excitado que doía.

— Pronto — sussurrou ela. — Acabamos. Ficou ótimo, Archer. — Ela se ajoelhou na minha frente e eu a olhei, seus mamilos ainda eram pontinhos duros sob a blusa; os olhos, mais escuros; sua expressão, insegura. E as perguntas em seus olhos me deixaram com mais medo ainda. Eu não tinha respostas. Tudo o que tinha era mais um milhão de perguntas.

Ela colocou a tesoura no balcão e se aproximou. Seu olhar se desviou rapidamente para a minha boca e voltou, meu coração disparado. Me concentrei por um momento em seus lábios, carnudos e rosados, e quis beijá-la. Eu quis, mas estava com medo. Eu seria tão desajeitado. Hesitante. Pareceria que estava com medo dela, o que era basicamente verdade. E se ela me afastasse, se não sentisse o mesmo que eu...

Engoli em seco, o pânico se movendo rapidamente por mim. Era demais. Eu precisava pensar, precisava... Me levantei rápido, necessitando de distância, necessitando de espaço. Necessitando ficar sozinho. Bree se levantou, parecendo atordoada também. Por um momento, só nos encaramos através do curto espaço entre nós.

Você precisa ir agora. Eu quis fazer careta pela brusquidão das palavras que escolhi, mas não fiz isso. Eu queria aquilo, embora não quisesse ofendê-la. Eu queria que ela entendesse, mas eu precisava entender primeiro. Precisava controlar o meu corpo. Meu coração.

Ir?, perguntou ela. Insegurança atravessou o seu rosto. *Por que, Archer, desculpe, eu...?*

Não, não é nada, eu só... tenho coisas para fazer. É melhor você ir.

— Tá bom — sussurrou ela, com as bochechas ruborizadas. — Tá bom.

Envergonhada, ela começou a juntar as coisas. Reconheci a

sensação, pois tinha me movido assim pelo que pareceu toda a minha vida. Mas não sabia o que fazer quando eu mesmo lutava com tanto afinco contra minhas próprias inseguranças.

Tem certeza? Eu não...

Sim, por favor, sim.

— Tá bom — repetiu, indo para a porta. Pensei ter visto não só confusão, mas também mágoa no seu rosto, e isso me fez sentir uma pontada de culpa, me fez estremecer. Eu sabia que ela não pensaria menos de mim se soubesse o que eu estava sentindo. Bree era bondosa. Seria compassiva mesmo em sua rejeição. E, de certa forma, isso doeria ainda mais. Meus pensamentos confusos pareciam algo vivo que preenchia a sala e me massacrava.

Toquei o seu braço quando ela foi para a porta, querendo dizer isso, querendo fazer tantas perguntas. Mas tudo o que consegui foi:

Desculpe. Agradeço de verdade pelo corte de cabelo.

Ela me encarou por um momento antes de assentir, ir até a porta e fechá-la sem fazer barulho. Agarrei meu novo cabelo curto e o puxei, cerrando os olhos com força. *Você é um idiota, Archer Hale.* O gemido de pesar e frustração que subiu pela minha garganta não tinha som, mas ele existia. Eu estava com raiva de mim mesmo por ser tão medroso, tão desajeitado, por ficar tão desconcertado pela proximidade de Bree. Mas, Deus, eu não sabia se podia ser outra coisa. Fui para o meu quarto e caí na cama, encarando o teto por um momento, e continuei a puxar meu cabelo. Parecia estranho nas minhas mãos. Na minha pele.

Meu corpo ainda parecia acalorado e dolorido, e eu estava desesperado por alívio. Desabotoei a calça e o peguei, pulsando de desejo por Bree. Vários movimentos e fechei os olhos, pressionando a cabeça no travesseiro quando o prazer se espalhou por mim. *Alívio.* Minha respiração se acalmou, e minha mente clareou um pouco.

Eu tinha encontrado certa paz com a forma como eu levava a vida, uma aceitação de quem eu era e de quem *sempre* seria. Mas a presença de

Bree de repente alterou tudo o que eu pensei que soubesse, que pensei que *quisesse*, e eu não fazia ideia de como lidar com essas estranhas e inesperadas... possibilidades. Ou se eu sequer deveria me permitir pensar nelas. Eu estava excitado e frustrado e um milhão de coisas que eu não conseguia nem começar a descobrir.

Eu me deitei lá por um tempo enquanto o meu coração voltava ao normal. O som das árvores se balançando lá fora me embalaram e me acalmaram, o bater suave do lago na margem era um chamado. Me despi, coloquei uma bermuda velha e fui em direção à água.

Enquanto eu caminhava, me vi, inconscientemente, nomeando com as mãos as coisas ao meu redor: pinheiro, pedra, sol quente. Ensinei a mim mesmo os sinais e praticava ao nomear o que havia na minha propriedade enquanto trabalhava ou caminhava por lá. Às vezes, eu falava com os cães usando as mãos, me sentindo um pouco ridículo, mas sabendo que não tinha mais ninguém com quem praticar, mais ninguém com quem falar. Então Bree havia atravessado o meu portão...

Bree.

Fiquei lá encarando o lago, com o sol brilhando na superfície em uma centena de pontos de luz. E meu coração se acalmou.

A água estava fria, mas não gelada, e parecia seda deslizando pelo meu corpo quando me afastei o suficiente e mergulhei. Nadei até conseguir ver o alto dos prédios do centro de Pelion, meus músculos rígidos de cansaço e meus pulmões queimando de um jeito que era tanto prazeroso quando ligeiramente doloroso. Boiei por um ou dois minutos, descansando o corpo para nadar de volta. Ali era onde eu me sentia seguro e competente. Ali era onde eu sentia minha força e a minha habilidade, onde não ficava pensando no que me faltava e nas coisas que não *podia* fazer. E enquanto eu olhava para as nuvens brancas e fofas flutuando preguiçosamente no céu, me lembrei de quando aprendi a nadar, de quando tio Nathan havia me levado até lá no frágil barquinho a remo dele e me pendurado na beirada até eu estar pronto para ele me soltar. De início, me debati e me desesperei, e até mesmo chorei, certo de que começaria a me afogar e não seria capaz de pedir ajuda. Mas depois de um tempo, tentei de novo, e de novo, e fiquei mais forte, melhor, até estar dando voltas *ao redor* do barco a remo enquanto tio Nathan ria e me aplaudia.

E pensei que talvez eu fosse tentar de novo com Bree, que talvez, *talvez*, eu pudesse aprender a não ser tão esquisito com ela. Que eu pudesse aprender a ser o homem que conquistaria uma garota como ela. E que nem chegar a tentar era um jeito diferente de me afogar.

E eu não queria me afogar. Não queria. Eu queria *viver.*

Me virei e comecei a voltar, meus braços atravessando a água enquanto eu me impulsionava para a frente, seguindo para a margem, seguindo para casa.

AGRADECIMENTOS

Um muitíssimo obrigada do fundo do meu coração, mais uma vez, para a minha equipe editorial: Angela Smith e Larissa Kahle. Sou muito grata por vocês se certificarem de que a minha gramática esteja correta e as minhas palavras, escritas do jeito certo, mas, mais que tudo, sou grata pelo fato de que duas pessoas que me conhecem tão bem estejam editando o meu trabalho. Vocês entendem melhor do que qualquer um o que estou tentando dizer e onde me inseri na história. Esse é um privilégio imensurável, e gosto de pensar que meus personagens são mais fortes, que minha história é mais clara e que o que tenho a oferecer de mim mesma está sendo transmitido.

Também tenho sorte por ter um grupo incrível de leitores beta que não só foram rígidos como também atenciosos e conectados à história de Bree e Archer, e que me proveram conselhos, comentários e torcida inestimáveis quando mais precisei. Elena Eckmeyer, Cat Bracht, Kim Parr e Nikki Larazo: muitíssimo obrigada!

Amor eterno e infinito ao meu marido, meu melhor amigo, meu muso inspirador, o homem que tem o maior coração que eu já conheci. Obrigada por me apoiar durante todo esse processo e por sair arrumando a bagunça pela casa enquanto sumo para dentro da minha caverna da escrita. Você torna tudo possível.

Um obrigada atualizado aos meus editores da Forever, que pegaram os furos das primeiras versões e que me ajudaram a aperfeiçoar a história de Bree e Archer. Vocês me ensinaram tanto e eu sou muito grata por trabalhar com vocês.

Mia Sheridan

Entre em nosso site e viaje no nosso mundo literário.
Lá você vai encontrar todos os nossos
títulos, autores, lançamentos e novidades.
Acesse www.editoracharme.com.br

Você pode adquirir os nossos livros na loja virtual:
loja.editoracharme.com.br

Além do site, você pode nos encontrar em nossas redes sociais.

https://www.facebook.com/editoracharme

https://x.com/editoracharme

http://instagram.com/editoracharme

@editoracharme